你应该阅读的
中国微型小说

史为昆　主编

汕頭大學出版社

图书在版编目(CIP)数据

你应该阅读的中国微型小说 / 史为昆主编. —汕头：汕头大学出版社，2018.3(2022.8 重印)

ISBN 978－7－5658－3504－9

Ⅰ. ①你… Ⅱ. ①史… Ⅲ. ①小小说－小说集－中国－当代 Ⅳ. ①I247.8

中国版本图书馆 CIP 数据核字(2018)第 054025 号

你应该阅读的中国微型小说

NI YINGGAI YUEDU DE ZHONGGUO WEIXINGXIAOSHUO

主　　编：史为昆
责任编辑：邹　峰
责任技编：黄东生
封面设计：门乃婷
出版发行：汕头大学出版社
　　　　　广东省汕头市大学路 243 号汕头大学校园内　邮政编码:515063
电　　话：0754－82904613
印　　刷：三河市兴达印务有限公司
开　　本：880mm×1230mm　1/32
印　　张：15
字　　数：320 千字
版　　次：2018 年 3 月第 1 版
印　　次：2022 年 8 月第 3 次印刷
定　　价：42.00 元
ISBN 978－7－5658－3504－9

前　言

微型小说早已成为广大读者所熟悉和喜爱的一种小说体裁，它与短篇小说、中篇小说、长篇小说并列为小说的“四大家族”。微型小说，又称为小小说、袖珍小说、一分钟小说、千字小说、快餐小说、信息小说、掌篇小说、超短篇小说等，字数一般在千字左右。

微型小说相当普遍地运用了工笔、白描、悬念、穿插、比兴、象征等文学技法，以及虚与实、疏与密、曲与直、张与弛、抑与扬、庄与谐等辩证手法，但它不是其他小说体裁的浓缩版。微型小说饱含着作者对人生、社会和情感的深刻感悟。著名作家王蒙认为，微型小说是“一种敏感，从一个点、一个画面、一个对比、一声赞叹、一瞬间之中，捕捉住了小说——一种智慧、一种美、一个耐人寻味的场景，一种新鲜的思想”。阿·托尔斯泰认为：“微型小说是训练作家最好的学校。”美国评论家罗伯特·奥佛法斯则总结出微型小说的三个特点：一是立意奇特，二是情节完整，三是结局出人意料。微型小说讲求新、奇、怪、辣、深。最经典的微型小说，使人百读不厌、回味无穷，每读必有收获、必受教益。

我国从 20 世纪三四十年代起，就有郭沫若、郁达夫、冰心、沈从文、巴人等作家写作了一些作品。 新时期以来，是我国微型小说大发展、大繁荣的时期，涌现了大批微型小说作家、作品。

《你应该阅读的中国微型小说》精心选取了近百年来200余篇文质皆美、情感动人、富有哲理的微型小说经典佳作，分为“大家手笔”“品味哲理”“人生旅途”“人间百态”“社会大观”“真情花瓣”“幽默与荒诞”“爱情星空”“港台珍品”等章节，奉献给读者。

本书选录作品的原则是博采众长，不拘一格，所选作品或构思奇妙，或情节曲折，或语言新颖，或笔调幽默，折射出作家们对人生、社会、爱情、友情及生命的思考。

我们愿和广大读者一起共同开始一段精彩的微型小说之旅！

2018年3月

目　录

第五辑　社会大观

第六辑　真情花瓣

第八辑　爱情星空

第一辑　大家手笔

一件小事

鲁　迅

我从乡下跑到京城里，一转眼已经六年了。其间耳闻目睹的所谓国家大事，算起来也很不少；但在我心里，都不留什么痕迹，倘要我寻出这些事的影响来说，便只是增长了我的坏脾气，——老实说，便是教我一天比一天的看不起人。

但有一件小事，却于我有意义，将我从坏脾气里拖开，使我至今忘记不得。

这是民国六年的冬天，大北风刮得正猛，我因为生计关系，不得不一早在路上走。一路几乎遇不见人，好容易才雇定了一辆人力车，教他拉到S门去。不一会，北风小了，路上浮尘早已刮净，剩下一条洁白的大道来，车夫也跑得更快。刚近S门，忽而车把上带着一个人，慢慢地倒了。

跌倒的是一个女人，花白头发，衣服都很破烂。伊从马路边上突然向车前横截过来；车夫已经让开道，但伊的破棉背心没有上扣，微风吹着，向外展开，所以终于兜着车把。幸而车夫早有点停步，否则伊定要栽一个大斤斗，跌到头破血出了。

伊伏在地上；车夫便也立住脚。我料定这老女人并没有伤，又没有别人看见，便很怪他多事，要自己惹出是非，也误了我的路。

我便对他说，“没有什么的。走你的罢!”

车夫毫不理会，——或者并没有听到，——却放下车子，扶那老女人慢慢起来，搀着臂膊立定，问伊说：

“你怎么啦?”

“我摔坏了。”

我想，我眼见你慢慢倒地，怎么会摔坏呢，装腔作势罢了，这真可憎恶。车夫多事，也正是自讨苦吃，现在你自己想法去。

车夫听了这老女人的话，却毫不踌躇，仍然搀着伊的臂膊，便一步一步的向前走。我有些诧异，忙看前面，是一所巡警分驻所，大风之后，外面也不见人。这车夫扶着那老女人，便正是向那大门走去。

我这时突然感到一种异样的感觉，觉得他满身灰尘的后影，刹时高大了，而且愈走愈大，须仰视才见。而且他对于我，渐渐的又几乎变成一种威压，甚而至于要榨出皮袍下面藏着的“小”来。

我的活力这时大约有些凝滞了，坐着没有动，也没有想，直到看见分驻所里走出一个巡警，才下了车。

巡警走近我说，“你自己雇车罢，他不能拉你了。”

我没有思索的从外套袋里抓出一大把铜元，交给巡警，说，“请你给他……”

风全住了，路上还很静。我走着，一面想，几乎怕敢想到我自己。以前的事姑且搁起，这一大把铜元又是什么意思？奖他么？我还能裁判车夫么？我不能回答自己。

这事到了现在，还是时时记起。我因此也时时熬了苦痛，努力的要想到我自己。几年来的文治武力，在我早如幼小时候所读过的“子曰诗云”一般，背不上半句了。独有这一件小事，却总是浮在我眼前，有时反更分明，教我惭愧，催我自新，并且增长我的勇气和希望。

他

郭沫若

近来欧西文艺界中，短篇小说很流行。有短至十二三行的。不知道我这一篇也有小说的价值么？

天色已晚，他往街上买柴去了。

回来的时候，他在街道上看见那位二八的月娥，披着件缟素的衣裳，好像是新出浴的一般，笑向着他；月娥旁边还有许多的明眸，也在向他目礼。他默默地望着他们叹道：啊，光呀！爱呀！我要怎样才能够修积得到呀？修积得道的人真是幸福呀……

——喔，K君！你往哪儿去来？

招呼他的人是他的同学N君。他从mantle底下露出一个柴来示N，说道：你又遇着我买柴！N笑。他也笑。他问N，你要往哪儿去？

——往Y君处去耍。你不同去么？

——不，抱起柴拜客！

——你不往那儿去耍么？

——不，我要回去了。

他们在H神社分了手，他又默诵起他自家的诗来。

立秋之夜

郁达夫

黝黑的天空里，明星如棋子似的散布在那里。比较狂猛的大风，在高处呜呜的响。马路上行人不多，但也不断。汽车过处，或天风落下来，阿斯法儿脱的路上，时时转起一阵黄沙。是穿着单衣觉得不热的时候。马路两旁永夜不息的电灯，比前半夜减了光辉，各家店门已关上了。

二人尽默默的在马路上走。后面一个穿着一套半旧的夏布洋服，前面的穿着不流行的白纺绸长衫。他们两个原是朋友，穿洋服的是在访一个同乡的归途，穿长衫的是从一个将赴美国的同志那里回来，二人系在马路上偶然遇着的。二人都是失业者。

“你上哪里去？”

走了一段，穿洋服的问穿长衫的说。

穿长衫的没有回话，默默的走了一段，头也不朝转来，反问穿洋服的说：

“你上哪里去？”

穿洋服的也不回答，默默的尽沿了电车线路在那里走。二人正走到一处电车停留处，后面一乘回车库去的末次电车来了。穿长衫的立下停了一停，等后面的穿洋服的。穿洋服的慢慢走到穿长衫的身边的时候，停下的电车又开出去了。

“你为什么不乘了这电车回去？”

穿长衫的问穿洋服的说。穿洋服的不答，却脚也不停慢慢的向前走了，穿长衫的就在后面跟着。

二人走到一处三岔路口了。穿洋服的立下来停了一停。穿长衫的走近了穿洋服的身边，脚也不停下来，仍复慢慢的前进。穿洋服的一边跟着，一边问说：

“你为什么不进这岔路回去？”

二人默默的前去，他们的影子渐渐儿离三岔路口远了下去，小了下去，过了一忽，他们的影子就完全被夜气吞没了。三岔路口，落了天风，转起了一阵黄沙。比较狂猛的风，呜呜的在高处响着。一乘汽车来了，三岔路口又转起了阵黄沙。这是立秋的晚上。

寒宵

郁达夫

没有法子，只好教她先回去一步，再过半个钟头，答应她一定仍复上她那里去。

酒也喝得差不多了。左右几间屋子里的客人早已散去，伙计们把灰黄的电灯都灭黑了。火炉里的红煤也已经七零八落，炉门下的一块透明的小门，本来是烧得红红的，渐渐地带起白色来了。

几天来连夜的不眠，和成日的喝酒，弄得头脑总是昏昏的。和逸生讲话讲得起劲，又兼她老在边上挨着，所以熬得好久，连小解都不曾出去解。

好容易说服了她答应了她半点钟后必去的条件，把她送出门来的时候，因为迎吸了一阵冷风，忽而打了一个寒噤。房门开后，从屋内射出来的红蒙的电灯光里，看出了许多飞舞的雪片。

“啊！又下雪了，下雪了我可不能来呀！”

一半是说笑，一半真想回家去看看，这一礼拜内有没有重要信札。

“嗯哼！那可不成，那我就不走了。”

把斗篷张开，围抱住我的身体，冰凉地、光腻地、香嫩地贴上来的，是她的脸，柔和的较薄的呼吸和嘴唇，紧紧地贴了我一贴。

“酒气！怪难受的！”

假装似怒地又对我瞧了一眼。第二次又要贴上来的时候，屋内的逸生，却叫了起来：

“不行不行，柳卿！在院子里干这玩意儿！罚十块钱！”

“偏要干，偏要……”

嘴唇又贴上来了，嗤地笑了一声。

和她包在一个斗篷中间，从微滑灰黑的院子里，慢慢走到中门口，掌柜的叫了一声“打车”，我才骇了一跳，滚出她的斗篷来，又迎吸了一阵冷风，打了一个寒噤。

她回转头来重说了一遍：

“半点钟之后，别忘了！”

便自顾自地去了。

忍着寒冷走了几步，在墙角黑暗的地方完了小解，走回来的时候，脸上又打来了许多冰凉的雪片。仰起头来看看天空，只是混茫黝黑，看不出什么东西来。把头放低了一点，才看见了一排冷淡的、模糊的和出气的啤酒似的屋瓦。

进屋子里来一看，逸生已经在炕上躺下了。背后房门开响，伙计拿了一块热手巾和一张帐来。

“你忙什么？想睡了么！再拿一盒烟来！”

伙计的心里虽然不舒服，但因是熟客，也无可如何的样子，笑了一脸，答应了一个是，就跑了出去。

在逸生对面的炕上，不知躺了几久，伙计才摇我醒来，嗫嚅地说：

“外面雪大得很，别着凉啦，我给你打电话到飞龙去叫汽车去吧？”

“好！”

叫醒了逸生，擦了一擦手脸，吸了一支烟，等汽车来的时候，两个人的倦颓，还没有恢复，都不愿意说话。

忽而沉寂的空气里有勃勃的响声听见了，穿了外套和逸生走出房门来，见院子里已经湿滑得不堪，脸上又打来了几片雪片。

“这样下雪，怕明天又走不成了。”

我自家也觉得说话的声气有点奇怪，好像蒙上了一层布在那里敲打的皮鼓。

大街两旁的店家都已经关上门睡了。路上只听见自家的汽车轮子，杀杀冲破泥浆的声音。身体尽在上下颠簸。来往遇见的车子行人也很少。汽车篷下的一盏电灯，好像破了，车座里黑得很。车头两条灯光的线里照出来的雪片，溟溟蒙蒙，很远很远，像梦里似的看得出来。

蒲蒲地叫了几声，车头的灯光投射在一道白墙壁上，车转弯了。将到逸生家的门口的时候，我心里忽然地激动了起来。好像有一锅沸水，直从肚子里冲上来的样子，两只眼睛也觉得有点热。

“逸生！你别回去吧！我们还是回韩家潭去！上柳卿房里去谈它一宵！”

我破了沉默，从车座里举起上半身来，一边这样地央告逸生，一边在打着前面的玻璃窗，命汽车夫开向韩家潭去。

河豚子

王任叔

他从别人口中得来了这一种常识，便决心走这一着算盘。

他不知从什么地方讨来了一篮的河豚子，悄悄地拿向家中走来。

一连三年的灾荒，所得的谷只够作租；凭他独手支撑的一家五口，从去冬支撑到今岁二三月夜；已算是困难极了。现在也只好挨饥了！

但是——怎样挨得下去呢？

这好似天使送礼物一般的喜悦，当一家人见到他拿来了一篮东西的时候。

孩子们都手舞足蹈地向前进去。

“爸爸，爸爸！什么东西呵！让我们吃哟！”

这么样的情景，真使他心伤泪落的了！

“吃！”他低低地答一声后，无限的恐怖！为孩子生命的恐怖，一齐怒潮般压上心头，喘不过气来。

他嘱咐妻子把河豚子煮熟来吃，自己托故外出一趟。他并不是自己不愿死，不吃河豚子，不过他不忍见到一家人临死的惨状，所以暂时且为避开。

已过了午了，还不见他回来。孩子却早已绕着母亲要吃了。这同甘共苦的妻子，对于丈夫是非常敬爱。任何东西断不肯先给孩子尝吃的。

日车已驾到斜西，河豚的子，还依然煮着。他归来了。他的足如踏在云上一般。他想象中一家尸体枕藉的惨状，真使他归来的力也衰了。

然而预备好的刀下舍生的决心，鼓起了他的勇气。早已见到孩子们炯炯的眼光在门外闪发着，过后，一阵欢迎归来的声音也听到了。

“怎么还没有死呢？”他想。

"爸爸！我们是等你来一同吃呀！"

"哦!"他知道了。

一桌上争争抢抢的吃着。久未得到鱼味的他的一家人，自然分外感到鲜甜。

吃好后，他到床上安安稳稳的睡着，静待这黑衣死神之降临。

但毕竟因煮烧多时，把河豚子的毒性消失了，一家人还是要安安稳稳的挨饿。

他一觉醒来，叹道："真是求死也不得吗?"泪绽出在他的眼上了。

赤着的脚

叶圣陶

中山先生站在台上，闪着沉毅的光的眼睛直望前面；虽然是六十将近的年纪，躯干还是柱石那样直挺。他的夫人，宋庆龄女士，站在他旁边，一身飘逸的纱衣恰称她秀美的姿态，视线也直注前面，严肃而带激动，像面对着神圣。

前面广场上差不多挤满了人。望过去，窠里的蜜蜂一般一刻不停地蠕动着的是人头，大部分戴着草帽，其余的光着，让太阳直晒，沾湿了的头发乌油油发亮。广场的四围是浓绿的高树，枝叶一动不动，仿佛特意严饰这会场似的。

这是举行第一次广东全省农民大会的一天。会众从广东的各县跑来，经过许多许多的路。他们手里提着篮子或是坛子，盛放那些随身需用的简陋的东西。他们的衫裤旧而且脏；原来是白色的，几乎无从辨认，原来是黑色的，反射着油腻的光。聚集这么多的人在一起开会，他们感觉异常新鲜又异常奇怪。

但是他们脸上全都表现出异常热烈虔诚的神情。广东型的深凹的眼睛凝望着台上的中山先生，相他的开阔的前额，相他的浓厚的眉毛，相他的渐近苍白的髭须；同时仿佛觉得中山先生渐渐凑近他们，几乎鼻子贴着鼻子。他们的颧颊部分现出比笑更有深意的表情，厚厚的嘴唇忘形地微微张开着。

他们中间彼此招呼，说话。因为人多，声音自然不小。但是显然不含浮扬的意味，可见他们心头很沉着。

人还是陆续地来。人头铺成的平面几乎全没罅隙，却不如先前那样蠕动得厉害了。

仿佛证实了理想一样，一种欣慰的感觉浮上中山先生心头，他不自觉地阖了阖眼。

这会儿他的视线向下斜注。看到的是站在前排的农民的脚：赤着，留着昨天午后雨中沾上的泥，静脉管蚯蚓一般蟠曲着，脚底黏着似的贴在地面上。

好像遇见奇迹，好像第一次看见那些赤着的脚，他一霎时入于沉思了。虽说一霎时的沉思，却回溯到几十年以前：

他想到自己的多山的乡间，山路很不容易走，但是自己在十五岁以前，就像现在站在前面的那些人一样，总是赤着脚。他想到那时候家族的命运也同现在站在前面的那些人相仿，全靠一双手糊口。因为米价贵，吃不起饭，只好吃山芋。他想到就从这一点，自己开始怀着革命思想：中国的农民不应该再这样困顿下去，中国的孩子必须有鞋穿，有米饭吃。他想到关于社会，关于经济，自己不倦地考察，不倦地研究，从而知道革命的事业必须农民参加，而革命的结果，农民生活应该得到改善。他想到为了这些意思撰文，演说，找书，访人，不觉延续了三四十年了。

而眼前，他想，满场站着的正是比三四十年前更困顿的农民，他们身上，有形无形的压迫胜过他们的前一代。但是，他们今天赶来开会了，在革命的旗帜下聚集起来了。这是中国一股新的力量，革命前途的——

这些想头差不多是同时涌起的。他重又看那些赤着的脚，一缕感动的酸楚意味从胸膈向上直冒，闪着沉毅的光的眼睛便潮润了；心头燃烧着亲一亲那些赤着的脚的热望。

他回头看他夫人，她正举起她的手巾。

早上——一堆土一个兵

沈从文

天欲发白。一切皆静静的。这份沉静便孕育了稍后一时金铁齐鸣的种子。

老同志伏在山地土沟边如一只狗，身穿破棉袄儿，见得多，听得多，胆量稳稳的，心沉沉的，不怕冷，不怕饿。

为的是会那么一手，有了经验，到时候天空中燕子似的钢铁飞窜，“来，×你的娘，炸你个七块八块！”一下子把那个黑沉沉的玩意儿，向远处抛去，訇——一堆烟子，一堆石头，一堆泥土，向上直卷。一口猛劲的犁，一只瞧不见的大手，这么一下翻起多少东西！那大腿，那手指，那点撕碎拉长的内脏；起花的肠子，水蛇似的肠子。“来，×你祖宗，再来一下！”又再来了一下。

在那时节老同志是半疯的。空中的一切声音皆使他发疯。“来，×你……”便又再来了一下。每一个动作相伴而来的是个粗俗的字眼，这包含了一种力量，一分气。

老同志可没有死，天知道这是谁出的主意，勇敢人照例就不会轻易死。 枪子儿常常赶人背后穿，你想跑，只一下子你便完事了。你不跑，你不会在冲过来的毛子以前完事。

嘘——一颗流弹；一只紫色的鸟儿打头上飞过去，一个信号，暴雨中第一滴雨点。 来了，昨天的事又快来了。 同天明一样，黑夜一走终究要来的。

一切过去了，黑夜和沉默皆已过去了。 远处有了机关枪声音一阵，过后又异常沉静了。

天已亮，好像再不会有什么事。

老同志把手在空虚里抓了一把，看看风向什么方面吹。 老同志身边有一个小同志，一个学生，那顶圆圆的钢盔搁在头上，代为说明他来到这儿还不多久。 那学生哑哑地说：

“老同志，别开玩笑，小心一点儿。”

“小心一点儿？小心你做皇帝的命！你是来干吗的？我问你。”

那一边便无回嘴声音了。

过一会儿，那戴了钢盔的学生却说：

“老同志，老同志，到了一万顶钢盔，今早冲锋时可不怕机关枪了。”

人年轻了一点，话说得那么傻，真像机关枪子儿单拣脑瓜子钻，别一处皮肉不作兴穿过似的。 故老同志听到这儿时笑也不笑。后面的人要买帽子爱国，前面的可不要。 他们要大炮小炮，要机关炮同向空中飞机瞄准的高射炮，向谁去要？从学生看来这老同志正有点傻，像那么勇敢，那么猛，不是傻子谁作得出这件事。 看看地面各处已现出了淡淡的轮廓，只壕沟如一条黑色带子，向高处爬去。学生问：

“老同志，老同志，你为什么到这儿来！”

“我为什么到这儿来？鬼明白。你为什么到这儿来？我问你。人明白的都不来，来的就不大明白。大家都想搬了宝贝向南边跑，不要脸，不害羞，留下性命做皇帝，这块土地谁来守？”

“你有家，……有土。”

“我有田土舍不得离开吗？我有坟土。毛子来了，占去咱们的土地，祖宗出了多少力，流过多少血，家门前一块肥土让他们拿去，不丢丑？读书人不怕丢丑我可怕丢丑。站不住了，脑瓜子炸了，胸脯瘪了，躺到那炮弹犁起的坑里去，让它烂，让它腐。赶明儿有人会说：‘老同志不瘪，争一口气，不让自己离开窄窄的沟儿向宽处跑。他死了，他硬朗，他值价。’”

那学生一句话不说，也把手在空气中捞了那么一下，想爬过来一点，似乎要亲老同志一下，老同志说：

“伙计，小心点，不是玩的。”

“得啦，我让你去做皇帝。我把你这个。”他想脱下那顶帽子，这帽子使他害了羞。

啵——

一下子小雏儿完了，放翻了，一个滚便转到壕沟里泥水中去了。一顶钢盔留在老同志身边。

“发明这玩意儿帽子？”老同志道，“天空中落雪子时，戴它到头上去，挡一阵雪子。送来一万顶，好像全望着别炸碎脑子，枪子儿赶别处进，把受伤的填满一个北京城，让人知道抵抗了那么久，伤了那么多，就来讲和似的。妈妈的，你们讲和我不和。我怕丢丑。我们祖宗并不丢丑。”

稍远处有了枪声，左边有了枪声，右边有了枪声。老同志摸摸身边，身边有一十七个炸药作馅的铁棒槌。寒气中一切皆结了冰似的。空气结了冰，铁也结了冰。

私情

李健吾

我跳过去，冷不防给了他一个锅贴，又退回来，骂道——

“你？王八羔子！这话是你讲的？他妈的有钱还账，难道赖我一辈子？老蚰蜒——”我转过身向茶馆里劝架的人们道，“诸位试评一评这理，去年腊月欠的债，到而今说话也有一年了，他妈的谁见过一个制钱，刚才催紧了，老蚰蜒效会了血口喷人，说我同他女儿不干不净，要他妈的赔偿名誉——”

“前天你自个儿跟我——”老头子嘟哝着。

“我？别装孙子了！”我抡起拳头要跳过去，幸亏人多给拦住，不然怕打不毁那老同行，“就是你那位街头卖骚的千金，鼻头发红，一脸黑雀斑，小名叫作叶子的？别臭美了，大爷娶上十个八个的。也轮不到她！闲言少叙，他妈的还账！”

“看我们大家面子，宽他两天——”

“不行！血口喷人！他妈的非打官司不成，有他老头子玩儿乐的日子！”

“看你们多年老街坊的面子——”

“街坊？他妈的造咱家谣言，说我偷他姑娘？这官司吃定了！”大家推推搡搡，做好做歹，把我从茶馆劝出来。“妈的他姑娘，那阎婆惜，问我正眼看过没有——”茶馆里头有一个喊倒好的；要不是大家拦住，我真要进去，问："谁?"但是我仍然嚷道："好小子，要帮场就出来，别躲在里头唱小旦——妈的我宁可偷他姑娘，也不要你!"

我悻悻然，摇摆到后街小胡同口，靠在拐弯处的石头上。

不瞒众位说，我和那老头子都在老爷庙摆估衣摊子。他的在殿阶下的左面，我的在右面。我们是老同行，又是紧邻，时常斗嘴是免不掉的；可是我的生意一天旺似一天，招上老骨头的窄心眼，暗地里不知自己捣了多少鬼。可是要不是——话又说回来了，他有一个十七八岁的女儿，叫作叶子，往来给他送取货色，总要从我的摊子前过来过去。小风骚样子，说坏罢，也还有三分妩媚，流水有意地向着我时笑时怒。对天盟誓，小子我他妈的要从来看上她一眼，算我泄了气。自然我们常要说话，高兴起来我也许开她个玩笑——这又算什么：人非草木，孰能无情?过了眼前的新年，我才二十三岁，自己也攒了点儿体己钱，正是成家立业的好时光。

我家里还有一位老娘，早就盼我娶一房亲，给她老人家抱孙子，然而那如何能行。咱虽说不上文明哪，自由结婚哪，可总也得经过咱的亲眼挑剔，弄个好相知——话又说回来了，我所见过的只有他这个女儿；稍为中我意的，您别笑话，也只有这黑里透俏的叶子!我心里也早明白她不会不愿意，瞧她那份儿神情，眉来眼去的，也就猜得出；不过咱究竟男儿汉，话岂是轻易开得口?我也明白她爹那老糊涂的小心眼儿，愿意让他女儿搭上我，好把两家买卖并成一处，让他来个独占鳌头。瞧，我也不糊涂；他试着向咱借钱，三两吊算什么，我立即扔把他；瞧，我老催他，他老不还，活像诸葛斗周郎——今天在茶馆里，妈的他居然会说出那样不要脸的话，真亏他!让人想着怎能不生气，我偷他女儿，好像他在装腔作势的招驸马。别丢他三代的阴德了，有了那么一个活宝贝……

不过，有人在背后向我笑哪，他妈的是谁？——一团糟！刚说曹操，曹操便到。

我抬头望着天：今天怪，一个在东，一个在西，月亮跟太阳会了面。

“喂，怎么不睬人，从哪儿学来了大爷气？”她跳到我面前，乜斜着小蛤蟆的眼睛，嘴圈上还留着笑了半截的笑劲儿。

“不怎么，走你娘的路！”

“好呀，我偏不走，不走，不走定了！”

“少厌气，回家找你爹卖俏去，这儿用不着。”

“放屁，什么话！就因为你用不着，我才不走。得啦，你不是刚同我爹吵过嘴吗？哼，你真英雄，我还看见你打了他一个耳刮子，打的他半天喘不上气，听你在茶馆里吹嘴——嘿，多么英雄呀！”

我从石头上站起来，向她打了一个“匪仔”，傲然道：“对不起，鸡不与狗斗，咱不与你斗！你不走，我走！”

“不行，今天我替爹报定了仇！”她伸出一对白胳膊，跳跳蹦蹦拦住我，眼睛露出凶光，向四旁闪着，“随便你罢！要不我叫巡警，就说你——”

“说我怎么？”

“我知道什么！”她的脸墨中透血，那娇样子真像要吞了天，吞了地，妈的要吞了我！

“哈哈，我却知道哩！哈哈，我却知道哩！”

她扭身贴在墙角，脸藏在胳肢窝，抽抽噎噎哭起来。小狐狸精布天罗地网——噌，什么我不明白呀！可是我这时也真迷了，把几年的心事倾筐都倒在她跟前了。

“妈的别哭了，听我说。”

“走开！少厌气！”

“不，听我说。”成天成夜在心头滚来滚去的盘算，我真奇怪这样一句话能说得尽，“我决定要娶你做老婆——”

她的泪眼睁得活赛龙睛鱼。

“听我说！这是真的，我早就这样打算。你看，我现在已经攒了三十串钱，娶你总行了——”

“嘻！嘻！嘻！刚才还打老丈人！”

“你也爱我——”

“别乱拉扯！嘻！嘻！嘻！”

“什么？”

“昨天我给爹讲，决不嫁你贩估衣的，宁可嫁给——”

“宁可嫁给——”胡同口外走过一个老头子，“宁可嫁给他！”

“孟掌柜，那老家伙？你给他做三姨太太？”

“比嫁估衣郎强！”

“我攒了三十串钱——”

“你？”

“你爹我娘也不会不愿意，咱们又——”

“少拉扯！哎呀，天黑了，我得回家——是呀，看我爹让你打掉多少虎牙！”

这时天真黑了，胡同里也没有人来往，我向前一跳，冷不防伸手向她腰下一搂——你看，他妈的我真爱她！但是出乎意外的意外，她猛地抽出右手，照准我脸蛋上给了一个锅贴，向我笑骂道：“你？王八羔子！”

灯

王鲁彦

我愤怒的躺在母亲的怀中。 母亲紧紧地搂着我，呜咽的哭泣着，她的泪纷纷地落在我的颈上，我只是愤怒的躺着。

“你不生我不好吗，母亲?”我怨愤的问。

母亲没有回答，母亲的脸色极其苍白。

我愤怒地伸出右手，竭力的撕我胸上的衣服。

“为了母亲，孩子……”母亲按住我的手，呜咽地说。

“咳咳……”我哭了。

风凄凄的摇荡着窗外的枇杷树，雨潇潇地滴在我心上。 母亲的脸色是那样的苍白。 我悲苦的挽住了她的颈，她的颈如柴一般的消瘦。

“让我死了吧，母亲……”我哭着说，紧紧地挽着她的颈。

“不能，不能，孩子，我的孩子……”她的泪纷纷地落在我的脸上。

灯光暗淡地照着她的头发，她的头发如丝一般的乱，如霜一般的白。

静寂，静寂，世界上除了我和母亲外，没有一个人影，除了风和雨的哭声外，没有半点响声。

“罢了，罢了，母亲。 我还你这颗心，我还你这颗心！你生我时不该给我这颗心，这在世界上没有用处!”说着，我用两手竭力的撕我胸上的衣服，怨愤而且悲伤。

“啊，孩子!”……母亲号啕地哭了。 她紧紧地按住了我的手，我竭力地挣扎着。

风凄凄的摇荡着窗外的枇杷树，雨潇潇地滴在我的心上。灯光暗淡地照着母亲的头发，母亲的头发如丝一般的乱，如霜一般的白，母亲的泪如潮一般的流着，我抱住她的消瘦的颈，也号啕的大哭了。

有一滴泪，从母亲的眼中落了下来，滴在我的眼上，和我的泪融合在一处，渐渐的汇成了一道河。

我溯着河流走去，进了母亲的眼帘，一直到了母亲的心坎上。

在那里，我看见母亲的心萎枯了。

“母亲，为了你的孩子，你将你自己的心萎枯了。然而你分给你孩子的那颗心，在世界上只是受人家的诅咒，不曾受人家的祝福，只能增加你孩子的悲哀，不能增加你孩子的欢乐。现在，取出来还了你罢，母亲!”我哭着说，跪倒在母亲的心旁。解开胸衣，用指甲划开胸皮，我伸手进去从自己的腔中挖出一颗鲜血淋淋的心，放在母亲的心上。母亲的心和我的心合成一个，热血沸腾了。

我急忙合上自己的胸皮，扣上了胸衣，忽忽地离开了母亲的心，出了母亲的眼帘，由原路回到了母亲的膝上。

母亲不知道。

“母亲，我不再灰心了，我愿意做‘人’了。”我拭着眼泪对母亲说。

母亲微笑了。母亲的心中充满了无限的欢乐，母亲的眼前露出了无限的希望。

只有灯，只有站在壁上的灯，他知道我在母亲心中所做的什么，不忍见那微笑，渐渐的惨淡了下去……

余晖

石评梅

日落了，金黄的残晖映照着碧绿的柳丝，像恋人初别时眼中的泪光一样，含蓄着不尽的余恋。垂杨荫深处，显露出一层红楼，铁栏杆内是一个平坦的球场，这时候有十几个活泼可爱的女郎，在那里打球。白的球飞跃传送于红的网上，她们灵活的黑眼睛随着球上下转动，轻捷的身体不时地蹲屈跑跳，苹果小脸上浮泛着心灵热烈的火焰，和生命舒畅健康的微笑！

苏斐这时正在楼上伏案写信，忽然听见一阵笑语声，她停笔从窗口下望，看见这一群忘忧的天使时，她清癯的脸上显露出一丝寂寞的笑纹。她的信不能往下写了，她呆呆地站在窗口沉思。天边晚霞，像绯红的绮罗笼罩着这诗情画意的黄昏，一缕余晖正射到苏斐的脸上，她望着天空惨笑了，惨笑那灿烂的阳光，已剩了最后一瞬，陨落埋葬一切光荣和青春的时候到了！

一个球高跃到天空中，她们都抬起头来，看见了楼窗上沉思的苏斐，她们一起欢跃着笑道："苏先生，来，下来和我们玩，和我们玩！我们欢迎了！"说着都鼓起掌来，最小的一个伸起两只白藕似的玉臂说："先生！就这样跳下来罢，我们接着，摔不了先生的。"接着又是一阵笑声！苏斐摇了摇头，她这时被她们那天真活泼的精神所迷眩，反而不知说什么好，一个个小头仰着，小嘴张着，不时用手绢擦额上的汗珠，这怎忍拒绝呢！她们还是顽皮涎脸笑容可掬地要求苏斐下楼来玩。

苏斐走进了铁栏时，她们都跑来牵住她的衣袂，连推带拥地走到球场中心，她们要求苏斐念她自己的诗给她们听，苏斐拣了一首她最得意的诗念给她们，抑扬幽咽，婉转悲怨，她忘其所以的形容发泄尽心中的琴弦，念完时，她的头低在地下不能起来，把眼泪偷偷咽下后，才携着她们的手回到校舍。这时暮霭苍茫，黑翼已渐渐张开，一切都被其包没于昏暗中去了。

那夜深时，苏斐又倚在窗口望着森森黑影的球场，她想到黄昏时那一幅晚景和那些可爱的女郎们，也许是上帝特赐给她的恩惠，在她百战归来，创痛满身的时候，给她这样一个快乐的环境安慰她养息她惨伤的心灵。她向着那黑暗中的孤星祷告，愿这群忘忧的天使，永远不要知道人间的愁苦和罪恶。

这时她忽然心海澄静，万念俱灰，一切宇宙中的事物都在她心头冷寂了，不能再令她沉醉和兴奋！一阵峭寒的夜风，吹熄她胸中的火焰，觉仆仆风尘中二十余年，醒来只是一番空漠无痕的噩梦。她闭上窗，回到案旁，写那封未完的信，她说：

钟明：

自从我在前线随着红十字会做看护以来，才知道我所梦想的那个园地，实际并不能令我满意如愿。三年来诸友相继战死，我眼中看见的尽是横尸残骸，血泊刀光，原只想在他们牺牲的鲜血白骨中，完成建设了我们理想的事业，谁料到在尚未成功时，便私见纷争，自图自利，到如今依然是陷溺同胞于水火之中，不能拯救。其他令我灰心的事很多，我又何忍再言呢！因之，钟明，我失望了，失望后我就回来看我病危的老母，幸上帝福佑，母亲病已好了，不过我再无兄弟姊妹可依托，我不忍弃暮年老亲而他去。我真倦了，我再不愿在荒草沙场上去救护那些自残自害，替人做工具的伤兵和腐尸了。请你转告云玲等不必在那边等我？允许我暂时休息，愿我们后会有期。

苏斐写完后，又觉自己太懦弱了，这样岂是当年慷慨激昂投笔从戎的初志。但她为这般忘忧的天使系恋住她英雄的前程，她想人间的光明和热爱，就在她们天真的童心里，宇宙呢？只是无穷罪恶无穷黑暗的渊薮。

便宜货

胡也频

我们的军需长又要做喜事了——不，与其说是做喜事，倒不如干脆说他又要弄一个女人了。说他“又要”，这就是，自从他委任军需长以来，纵然还不到两年，是已经弄过七八次了，而且每次准弄到手的。照这样情形，说不定以后要弄多少次呢。这弄女人似乎就等于军需的一半职务。

至于为什么要这样弄，那倒不必研究。极简单的理由就是：由一个人变成了这样的军官，并且在全武力占据着某一个地方的时候，弄多少个女人却是并不在乎的，这在他们的生活中，简直比开一门步枪还要平常。

对于弄，各人采取的手段并不一样，有的用欺诈，有的用诬赖，有的用野蛮，终于都免不掉威吓的。但是我们的军需长一个人独独冠冕多了，他用钱——钱并不多。关于这方面的耗费是也有账目可观的，这自然因为他是当军需的缘故，所以在一本另外的流水簿上写着——

第一个四十元

第二个三十五元

第三个四十四元

第四个二十元

第五个五十元

第六个三十元

第七个五十五元

假使不因为这样挨一个的记着价目，恐怕到后来，连他自己也会记不清白究竟曾弄了多少个吧。像这一本账簿，虽说并不特别珍惜似的也和“马料开支簿”放在一起，但有一个生朋友来的时候，总难免又故意去翻开，让别人知道，好像这账目正不亚于那少校肩章的光荣。

我们的书记官对于这本账簿有一句很好的赞叹：

“这比委任状好多了！”他说。

这真不是一句过誉的话。一张委任状在现职的军官眼中已经是寻常的东西了。可是这一本账簿却不寻常，这实在有它的新鲜异样的地方。譬如说，那账目中，虽然所记的全是多少元，但是元之中就有那各别的意义——如同四十元等于一个女人，三十五元则又等于别一个女人。而且这四十元和三十五元的每一元又等于这个或那个女人的某一部分。单在这一点上，当然，比起那死板板的委某某某为什么什么什么的委任状，好多了。所以我们的军需长对于这一句话是十三分地受用的。

那么在他写着第几个和多少元之时，那心中的快乐和骄傲，实在不是别的人所能够知道了，至少总比他从军需上揩油的欢喜，要增加好几百倍吧。

那么这一夜我们的军需长又有了这种心情，因为他又在这本账簿中加上一笔了。这一笔是挨着“第七”添下去的，不消说是“第八个”，并且数目是“七十元”——这是比其余的价钱都大。

“这一个可不贱！”我们的军需长是这样觉着的。其实呢，七十元在他的身上真不算什么，他哪一夜不在赌博中输赢一两百。

不过女人究竟比不上麻将牌。我们的军需长是能够在牌桌上并不在乎的输上两三百，但他总不肯弄一个女人用上一百元。这一个七十元的确算是很不贱了。

为什么我们的军需长会这样贱视女人？自然，这有他的理由。他觉得无论怎样女人都不能和麻将牌相比的。打牌有输也有赢，钱是来来往往的，说不定昨天输了一百今夜又反赢了两百。女人呢，可就不同了，花四十就是四十，一百就是一百，是永远拾不回半个铜板的。因此在他的灵魂中便有了一种不可磨灭的真理，这真理又变成格言了，是：

“宁肯在一副麻将牌上尽输，却不能只和一个女人在床上尽睡！”

所以还不到两年的光阴，我们的军需长，截至此刻为止，是一个又一个，没有间断地把女人弄到八个了。在每一个新的女人弄到时候，那旧的，便像一床旧毡子似的弃掉了，于是由军需长个人取乐的玩具落为兵士们共同撒野的游戏场了。

在这里，谁能够不这样的承认吗？一个女人，纵然七十元，但是你看，多便宜！

轻微的印象

黎锦明

“四小姐，你的大姐和人家讲恋爱了。”多情的亢夫不到十五岁便成熟了，微笑的挑拨邻家汪氏的女儿。

“啐！……我告诉去！”四小姐说时，朝亢夫骇怪的翻了翻白眼，从玩伴中引身出来，仓忙的往角门回家走了。

两点槐花由树杪飘下。在亢夫白的颊上偎了一偎又飞去了。他默默无言，低头弄着肘旁的石榴花枝，折了一片小叶含在口中，啮出一点辛酸来。玩伴们都鄙视他了，因为他侵犯了汪家寡妇的贞洁和庄严……

灯光投在亢夫的发上，映出那柔黑的光辉。他面前斜摆着一册薄薄的英文，两个绿虫从窗上扑来，落在书面上像小蟹似的横行。——他呆呆的觑着，忆起刚才的事来。

“下次说话要谨慎些，她是青年的寡妇，怎么能用这种话去侮蔑她呢?”他的嫂子在窗外说。草扇拂在衣衫上的微声。

“赶紧去赔个礼罢！不然……”他的哥哥说，接着又调着他的女儿嬉笑了。

一阵悠扬的弦声从西屋楼上传来。他想起那楼上妙年的女儿，大约这时正在曼歌清唱。他又想自己如在非洲的大森林里孤独的踯躅，浓烈的树香包袭他的灵魂，也有毒虫猛兽戕害他的生命。不觉间他倒在灯前昏昏的入梦了。

以后再也看不见四小姐来联合他来做玩伴。角门从此长时的关住，只偶时看见汪家太太开一回两回，伸出头来叫两句。他再也不敢出大门了，因为怕经过汪家的院落，怕遭受从窗镜里摽来的寒光，怕人们排斥的喁喁私语。

汪家大小姐还是标致啊，他仍然这般萦想，不过从此他在苦闷的萦想里渐次失却给她的爱力以至消灭于无。并且他相信女人的心情符合了孔夫子论女人与小人的一段话，他渐渐的畏忌女人，不爱和女人亲近。

槐花一片片洒到尘土上，又和尘土一同消失了，枝头结出一球球和扁豆似的槐实来，已是初夏了。爱乱嚷的喜鹊报着荣华的消息，鸽哨央央的在大气里放出和平的声浪。

好几回偶然撞着汪大小姐，在她容颜上领受了一些冷酷，和他的心境一样的冰霜。

一天，他夹着几本书在一条大街上踽踽的走着。一声叮当突然提起他没在沉思里的注意，他抬头看见一列正在飞行着的洋车。车上都坐的时装的女子，其中一个便是汪家大小姐，脸上还罩着凛然的冰霜。

“是吗?”一个悄声回顾说，于是她们的视线扑剌剌的一齐挂上他的脸。带着微笑又带着一些轻浮蔑视的神情。他不禁一阵羞惭，在羞惭里觉到这件不可解的事：似乎陷到不可拔的深渊里去了，只是遭受人们这样的侮弄和轻视。

这一件事永远镌在他的心头。他洞悉这事的内层了，他在狐疑里造出他初期的想象。

“哈哈，贞洁原来如此!”以后他常时兀自的笑说，将那英文课本啪的一声掷到桌上。

在梦境里也找不出像这一个奇幻的事……

绿荫盖着全部院落，暑气未消的夏晚，人们散聚在院中。孩子们只从花枝里窜，小姐们便默坐在竹床上，柔柔的拂着羽扇，抬起眼望着苍穹，在回忆过去甜蜜的故事。清淡的月光投在她们的身上，由耸动着的轻纱里映出洁白的肌肤；晚风也和月色一样的清凉，吹动了花枝，吹动了她们的美发，流出同一样的幽香。

亢夫从外归来，走经这个小小世界，深深的受了一回诱惑。

竟想不到她——他所忌畏的女人——斜着眼波睇着他了。他的心神一阵紧张，忙望了她一眼低下头去。然而他还是觉得女人的虚伪——这样甜蜜的暗示虽陶冶他生命的全部，只是昏黑的四周，找不出一条到那田地的道路。他受了诱惑，但他永远怀着猜疑。

每一次每一晚经行彼处，这机会里继续的给他以斜睇，目语。有时微笑，轻颦。

然而不过如此吧。他的心意只是在萦想里奔流。

一直到深秋，木叶由枝杪"嗤"的一声落下，院里布满了凉风和虫语时，才不见她的倩影。

年华如流水相逐地去了，他再来京都时已暌隔四年有余了。

他住在已经迁移了的寓所，站在茫茫的前程上，把这件残余的旧痕完全消灭了。他有时听到人们口边传来她的消息，说她已经得到一个美满的职业。他听后便淡淡的忘却，不愿意联想到那些故事。

有一天，他偶然听说她到这里，他只是挟着好奇心去探视她。她着了一件狐皮外氅，容颜还是和往年一样，只是消瘦了一点。他绝料不到她会发觉他的窥探。最令他惊奇的：她忽然脸上一阵红晕——流出少女时的容色——朝在他窥探的处所望了一眼，低下头来。

如今，他为她悲哀了，想到在世界上为礼教所牢笼的女子：有时很想恋慕她，但心意再也不许他恋慕她了。

买彩票

老　舍

在我们那村里，抓会赌彩是自古有之。航空奖券，自然的，大受欢迎。头彩五十万，听听！二姐发起集股合作，首先拿出大洋二角。我自己先算了一卦，上吉，于是拿了四角。和二姐算计了好大半天，原来还短着九元四角才够买一张的。我和她分头去宣传，五十万，五十万，五十个人分，每人还落一万，二角钱弄一万！举村若狂，连狗都听熟了“五十万”，凡是说“五十万”的，哪怕是生人，也立刻摇尾而不上前一口把腿咬住。闹了整一个星期，十元算是凑齐。我是最大的股员。三姥姥才拿了五分，和四姨五姨共同凑了一股；她们还立了一本账簿。

上哪里去买呢？还得算卦。二姐不信任我的诸葛金钱课，花了五大枚请王瞎子占了个马前神课……利东北。城里有四家代售处；利成记在城之东北；决议，到利成记去买。可是，利成是四家买卖中最小的一号，只卖卷烟煤油，万一把十元拐去，或是卖假券呢！又送了王瞎子五大枚，重新另占。西北也行，他说；不但是行，他细掐过手指，还比东北好呢！西北是恒祥记，大买卖，二姐出阁时的缎子红被还是那儿买的呢。

谁去买？又是个问题。按说我是头号股员，我应当跑一趟。可是我是属牛的，今年是鸡年，总得找属鸡的，还得是男性，女性丧气，只有李家小三是鸡年生的，平日那些属鸡的好像都变了，找不着一个。小三自己去太不放心啊，于是决定另派二员金命的男人妥为保护。挑了吉日，三位进城买票。

票买来了，谁拿着呢？我们村里的合作事业有个特点，谁也不信任谁。经过三天三夜的讨论，还是交给了三姥姥，年高虽不见得必有德，可是到底手脚不利落，不至私自逃跑。

直到开彩那天，大家谁也没睡好觉。以我自己说，得了头彩——还能不是我们得吗?!——就分两万，这两万怎么花？买处小房，好，房的地点、样式，怎么布置，想了半夜。不，不买房子，还是做买卖好，于是铺子的地点、形式、种类，怎么赚钱，赚了钱以后怎样发展，又是半夜。天上的星星，河边的水泡，都看着像洋钱。清晨的鸟鸣，夜半的虫声，都说着“五十万”。偶尔睡着，手按在胸上，梦见一堆现洋压在身上，连气也出不得！特意买了一副骨牌，为的是随时打卦。打了坏卦，不算，另打；于是打的都是好卦，财是发准了。

开奖了。报上登出前五彩，没有我们背熟了的那一号。房子，铺子……随着汗全走了。等六彩七彩吧，头五奖没有，难道还不中个小六彩？又算了一卦，上吉；六彩是五百，弄几块做件夏布大衫也不坏。于是一边等着六彩七彩的揭露，一边重读前五彩的号数，替得奖的人们想着怎么花用的方法，未免有些羡妒，所以想着想着便想到得奖人的乐极生悲，也许被钱烧死；自己没得也好；自然自己得奖也不见得就烧死。无论怎说，心中有点发堵。

六彩七彩也登出来了，还是没咱们的事，这才想起对尾子，连尾子都和我们开玩笑，我们的是个“三”，大奖的偏偏是个“二”。没办法！

二姐和我是发起人呀！三姥姥向我们俩索要她的五分。没法不赔她。赔了她，别人的二角也无意虚掷。二姐这两天生病，她就是有这个本事，心里一想就会生病。剩下我自己打发大家的二角。打发完了，二姐的病也好了，我呢，昨天夜里睡得很清甜。

两个不能遗忘的印象

夏　衍

编者出的题目已经忘了，大约是要写一些上海战争中的印象。印象实在太多，现在就将两件自身遭遇的，使我永也不能忘记的印象写下来吧。

其一

二月十五，搭了载着某团体捐给十九路军兵士的军需品和食粮的运货汽车，从中山路到真如去。过了大杨桥，前面就没有连接的市廛，而只展开着随时的点缀着土堆和池沼的耕地。因为那时来往的汽车很多，所以那条平时坐在汽车里会使你上下跳跃的交通路已经修铺得相当的平稳；汽车开足每小时四十哩的速率，汽车夫已在溅着口沫的和坐在旁边的送货的办事员谈话。突然，离开我们的车子前面不到一百码路的一辆红十字会汽车，好像前面碰到了一条土堤一般的停住，车上的五六个穿制服的职员，好像一盘豆子倒在地上一般的四散的望着两面的耕地乱闯。无疑的，这是日本帝国主义的飞机。于是我们的车子也很快地停了，我们也像他们一样的躲在土堆和沟渠里面。飞机只有一只，飞得很低，在我们两辆汽车前后飞了一转，弃下了一捆白地蓝字的传单，很快地就曳着尾巴望东方飞去。大家透了口气，重新聚会拢来，汽车夫说，传单正丢在他的前面，不到两三丈路，假使这是炸弹，那就性命没了，他又说飞机师一共两个，掷传单的好像还在带笑地挥手。传单，在地上散很多，出于意料的，这真是太出于意料了，在署名中央党部的写着“打倒抗命的十九路军”的传单之外，还夹着不少日本文的署名日本革命士兵委员会的宣言。很长，最少也有七八百字，最后的口号是：“掉转枪尖来刺死你真正的敌人”，“大胆的和中国的革命的士兵握手”。有许多人看了发怔。

“怪了，东洋人里面也有这样的人？”

“而且是飞机师呢。”

可是汽车夫不服气地用袖子揩了一揩脸上的泥土，说：

"丢在这儿有什么用？我们又不是东洋兵。"

"就是要使你知道呢，东洋人里面也有这样的人！"其他一个很快的讲。

其二

日子记不清了，是在爱文义路梅白克路口的一处伤兵医院。午后，淡淡的太阳斜射在靠街的玻璃窗上，义勇的，一个什么医学校的女生伏在矮矮的板桌上面，正在替一个诸暨口音的八十八师的打断踝骨的伤兵写信。

"唔，现在没有钱寄，一时也不能回来，……还有呢？"女学生催促一般的问。

伤兵望着银鱼一般的在纸上跃动的手，尽是呆了一般的傻笑。

"什么？挂了彩还笑？……你这人痴了？"女的被他看红了脸，鼓起了腮子说。

"天下真有这样白嫩的手！你看，我们手上都是蚕豆大小的趼。喂，老孔！"他喊着，"记得全家宅的那件事吗？"

被他叫作老孔的，脸上被纱布包得只露出两只眼睛的同是八十八师的士兵慢慢地将头动了一下，依旧没力的躺下去。

"在老孔挂彩之前三五天，我和他在全家宅拼命的想要夺一支东洋兵的步枪，可是那东洋人凶得很，打死了还不放手。老孔捏了枪，我将他的手扳开来。对啦，他的手也和我们的一样。"

停了几秒钟，谁都不响，女学生怔怔地望着他的手。

"东洋兵大概也和我们一样的捏铁耙、捏斧头的吧。"另外一个伤兵讲。

一个不重要的军人

冰　心

小玲天天上学，必要经过一个军营。他挟着书包儿，连跑带跳不住地走着，走过那营前广场的时候，便把脚步放迟了，看那些兵丁们早操。他们一排儿的站在朝阳之下，那雪亮的枪尖，深黄的军服，映着阳光，十分的鲜明齐整。小玲在旁边默默地看着，喜欢羡慕得了不得，心想："以后我大了，一定去当兵，我也穿着军服，还要掮着枪，那时我要细细地看枪里的机关，究竟是什么样子。"这个思想，天天在他脑中旋转。

这一天他按着往常的规矩，正在场前凝望的时候，忽然觉得有人附着他的肩头，回头一看，只见是看门的那个兵丁，站在他背后，微笑着看着他。小玲有些瑟缩，又不敢走开，兵丁笑问，"小学生，你叫什么?"小玲道，"我叫小玲。"兵丁又问道，"你几岁了?"小玲说，"八岁了。"兵丁忽然呆呆的两手拄着枪，口里自己说道，"我离家的时候，我们的胜儿不也是八岁吗?"

小玲趁着他凝想的时候，慢慢地挪开，数步以外，便飞跑了。回头看时，那兵丁依旧呆立着，如同石像一般。

晚上放学，又经过营前，那兵丁正在营前坐着，看见他来了，便笑着招手叫他。小玲只得过去了，兵丁叫小玲坐在他的旁边。小玲看他那黧黑的面颜，深沉的目光，却现出极其温蔼的样子，渐渐的也不害怕了，便慢慢伸手去拿他的枪。兵丁笑着递给他。小玲十分的喜欢，低着头只顾玩弄，一会儿抬起头来。那兵丁依旧凝想着，同早晨一样。

以后他们便成了极好的朋友，兵丁又送给小玲一个名字，叫作“胜儿”，小玲也答应了。他早晚经过的时候必去玩枪，那兵丁也必是在营前等着。他们会见了却不多谈话，小玲自己玩着枪，兵丁也只坐在一旁看着他。

小玲终究是个小孩子，过了些时，那笨重的枪也玩得腻了，经过营前的时候，也不去看望他的老朋友了。有时因为那兵丁只管追着他，他觉得厌烦，连看操也不敢看了，远望见那兵丁出来，便急忙走开。

可怜的兵丁！他从此不能有这个娇憨可爱的孩子，和他做伴了。但他有什么权力，叫他再来呢？因为这个假定的胜儿，究竟不是他的儿子。

但是他每日早晚依旧在那里等着，他藏在树后，恐怕惊走了小玲。他远远地看着小玲连跑带跳的来了，又嬉笑着走过了，方才慢慢地转出来，两手拄着枪，望着他的背影，临风洒了几点酸泪——

他几乎天天如此，不知不觉的有好几个月了。

这一天早晨，小玲依旧上学，刚开了街门，忽然门外有一件东西，向着他倒来。定睛一看，原来是一杆小木枪，枪柄上油着红漆，很是好看，上面贴着一条白纸，写着道，“胜儿收玩爱你的老朋友——”

小玲拿定枪柄，来回地念了几遍，好容易明白了。忽然举着枪，追风似的，向着广场跑去。

这队兵已经开拔了，军营也空了——那时两手拄着枪，站在营前，含泪凝望的，不是那黧黑慈蔼的兵丁，却是娇憨可爱的小玲了。

田寡妇看瓜

赵树理

南坡庄上穷人多，地里的南瓜豆荚常常有人偷，雇着看庄稼的也不抵事，各人的东西还得各人操心。最爱偷人的叫秋生，因为自己没有地，孩子老婆五六口，全凭吃野菜过日子，偷南瓜摘豆荚不过是顺路捎带。最怕人偷的是田寡妇，因为她园地里的南瓜豆荚结得早——南坡庄不过三四十家人，有园地的只是王先生和田寡妇两家，王先生有十来亩，可是势头大，没人敢偷；田寡妇虽说只有半亩，可是既然没人敢偷王先生的，就该她一家倒霉，因此她每年夏秋两季总要到园里去看守。

一九四六年春天，南坡庄经过土地改革，王先生是地主，十来亩园地给穷人分了；田寡妇是中农，半亩园地自然仍是自己的。到了夏天园地里的南瓜豆荚又早早结了果，田寡妇仍然每天到地里看守。孩子们告她说："今年不用看了，大家都有了。"她不信，因为她只到过自己园里，王先生的园在哪里她都不知道。

也难怪她不信孩子们的话，她有她的经验：前几年秋生他们一伙人，好像专门跟她开玩笑——她一离开园子就能丢了东西。有一次，她回家去端了一碗饭，转来了，秋生正走到她的园地边，秋生向她哀求："嫂！你给我个小南瓜吧！孩子们饿得慌！"田寡妇没好气，故意说："哪里还有？都给贼偷走了！"秋生明知道是说自己，也还不得口，仍然哀求下去，田寡妇怕他偷，也不敢深得罪他：看看自己的嫩南瓜，哪一个也不舍得摘，挑了半天，给他摘了拳头大一个，嘴里还说："可惜了，正长哩。"她才把秋生打发走，王先生恰巧摇着扇子走过来。王先生远远指着秋生的脊背跟她说："大害大害！庄上出下了他们这一伙子，叫人一辈子也不得放心！"说着连步也没停就走过去了。这话正投了她的心事，她一辈子也忘不了，因此孩子们说"今年不用看了"，她总听不进去。不管她信不信，事实总是事实。有一天她中了暑，在家养了三天病，园子里没丢一点东西。后来病好了虽说还去看，可是家里忙了，隔三五天不去也没事，隔十来天不去也没事，最后她把留做种子的南瓜上都刻了些十字作为记号，就决定不再去看守。

快收完秋的时候，有一天她到秋生院里去，见秋生院里放着十来个老南瓜，有两个上边刻着十字，跟她刻的那十字一样，她又犯了疑。她有心问一问，又没有确实把握，怕闹出事来，才又决定先到园里看看。她连家也没回就往园里跑，跑到半路恰巧碰上秋生赶着个牛车拉了一车南瓜。她问："秋生！这是谁的南瓜？怎么这么多？"秋生说："我的！种得太多了！""你为什么种那么多？""往年孩子们见了南瓜馋得很，今年分了半亩园地我说都把它种成南瓜吧！谁知道这种粗笨东西多了就多得没有样子，要这么多哪吃得了？种成粮食多合算！""吃不了不能卖？""卖？今年谁还缺这个？上哪里卖去？园里还有！你要吃就打发孩子们去担一些，光叫往年我吃你的啦！"他说着赶着车走了，田寡妇也无心再去看她的南瓜。

懒马的故事

孙　犁

一

懒老婆每日里是披头散发，手脸不洗，头也不刮。整天坐在门前晒暖，好像她一辈子是在冰窖里长大起来的。

年纪还不到四十，好吃懒做，老头子也不敢管她。

有一回丈夫骂她一句："你这个老王八，只会晒暖。"

夜里，她就拿着腰带系到窗棂上去上吊了。

二

一天，妇救会分配给她一双鞋做，她就大张旗鼓地从东街走到西街，逢人便说："都说我懒，你看我不是做抗日鞋了吗?"

看看她的针线笸箩吧：

三条烂麻线，一个没头的锥子；一块她的破裤里，是她用锅底烟子染了黑，来做"鞋表布"的；还有一堆草纸。

三

懒老婆做这双鞋，什么也不干，做了十天，后来同着全区的五百双鞋一块送到军队上，四百九十九双都有同志们心爱的拿走了，就剩下了懒老婆这双。放在管理科没人去看它，鞋底向上，歪歪趔趔写着懒老婆的名字"马兰"。

放了半年，还是有一个母耗子要下小老鼠了，才把这双鞋拉进洞里去了。

我看她这名字可以改换一下，叫"懒马"倒不错哩。

（1941 年）

与周瑜相遇

迟子建

一个司空见惯、平淡无奇的夜晚，我枕着一片芦苇见到了周瑜。那个纵马驰骋、英气逼人的三国时的周瑜。

因为月亮很好，又是在旷野上，空气的透明度很高，所以即使是夜晚，我还是一眼认出了他。当时我穿着一件白色的睡袍，乌发披垂，赤着并不秀气的双足，正漫无目的地行走在河岸上。凉而湿的水汽朝我袭来，我不知怎的闻到了一股烧艾草的气息，接着是鼓角相闻，我便离开河岸，循着艾草的味儿和凛凛的鼓角声而去，结果我见到了一片荒凉的旷野，那里的帐篷像蘑菇一样四处皆是，帐篷前篝火点点，军马安闲地垂头吃着夜草，隐隐的鼾声在大地上沉浮。就在这种时刻，我见到了独自立在旷野上的周瑜。

我没有貂蝉的美貌，周瑜能注意到我，完全是因为在这旷野上，只有两个人睁着眼睛，而其他人都在沉睡。那用眼睛在月光下互相打量的两个人，一个是我，一个就是周瑜了。

因为见到了我最想见到的一个男性，所以那一瞬间我说不出话来，我见到亲密的人时往往都是那个表情。

周瑜身披铠甲，剑眉如飞，双目炯炯，一股逼人的英气令我颤抖不已。

“战事还未起来，你为何而发抖?”周瑜说。

我想告诉他，他的英气令我发抖，只有人的不可抗拒的魅力才令我发抖，可我说不出话来。

我不知道又有什么战事要发生。这么大规模的安营扎寨，这么使周瑜彻夜难眠的战事，一定非同一般。短兵相接，战前被擦得雪亮的军刀都会沾有血迹。只有刀染了血迹，战争才算结束。多少人的血淤积在刀上，又有多少把这样的刀被遗弃在黄土里，生起厚厚的锈来。

周瑜并没有在意我的发抖，而是将一把艾草丢进篝火里，我便明白了艾草味的由来。可是先前所闻的鼓角声呢？

周瑜转身走向帐篷时我见到了支在地上的一面鼓，号角则挂在帐篷上。他拿起鼓槌，抑扬顿挫地敲了起来，然后又吹起了号角。他陶醉着，为这战争之音而沉迷，他身上的铠甲闪闪发光。

我说："这鼓角声令我心烦。"

周瑜笑了起来，他的笑像雪山前的回音。他放下鼓槌和号角，朝我走来。他说："什么声音不令你心烦？"

我说："流水声、鸟声、孩子的吵闹声、女人的洗衣声、男人的饮酒声。"

周瑜又一次笑了起来。我见月光照亮了他的牙齿。

我说："我还不喜欢你身披的铠甲，你穿布衣会更英俊。"

周瑜说："我不披铠甲，怎有英雄气概？"

我说："你不披铠甲，才是真正的英雄。"

我们不再对话了。月亮缓缓西行，篝火微明，艾草味由浓而淡，晚风将帐篷前的军旗刮得飘扬起来。我坐在旷野上，周瑜也盘腿而坐。

我们相对着。

他说："你来自何方？为何在我出征前出现？"

我说："我是一个村妇，我收割完芦苇后到河岸散步，闻到艾草和鼓角的气息，才来到这里，没想到与你相遇。"

"你不希望与我相遇？"

"与你相遇，是我最大的心愿。"我说。

"难道你不愿意与诸葛孔明相遇？"

"不。"我说，"诸葛孔明是神，我不与神交往，我只与人交往。”

“你说诸葛孔明是神，分明是嘲笑我英雄气短。”周瑜激动了。

“英雄气短有何不好?”我说，“我喜欢气短的英雄，我不喜欢永远不倒的神。 英雄就该倒下。”

周瑜不再发笑了，他又将一把艾草丢进篝火里。 我见月亮微微泛白，奶乳般的光泽使旷野显得格外柔和安详。

我说：“我该回去了，天快明了，该回去奶孩子了，猪和鸡也需要食了。”

周瑜动也不动，他看着我。

我站了起来，重复了一遍刚才说过的话，然后慢慢转身，恋恋不舍地离开周瑜。 走前我打着哆嗦，我在离开亲密的人时会有这种举动。

我走了很久，不敢回头，我怕再看见月光下周瑜的影子。 快走到河岸的时候，却忍不住还是回了一下头，我突然发现周瑜不再身披铠甲，他穿着一件白粗布的长袍，他将一把寒光闪烁的刀插在旷野上，刀刃上跳跃着银白的月光。 战马仍然安闲地吃着夜草，不再有鼓角声，只有淡淡的艾草味飘来。 一个存活了无数世纪的最令我倾心的人的影子就这样烙印在我的记忆深处。

我伸出一双女人的手，想抓住他的手，无奈那距离太遥远了，我抓到的只是旷野上拂动的风。

一个司空见惯、平淡无奇的夜晚，我枕着一片芦苇见到了周瑜。 那片芦苇已被我的泪水打湿。

多活一小时

冯骥才

时间有时像尘土，需要打发掉；有时确实比金银财宝还要珍贵，但它又和流光一样，抓也抓不住。活者和死者之间的区别，就看有没有时间；没时间，生命就结束了。

年根底下的一天，有十个人由于年老、疾病、意外事故等等原因，失掉时间，死掉了。不管他们生前热爱还是厌烦生活，却都一样地渴望返回到世界上来，哪怕一忽儿也好，这种感觉是活着的人不曾体会到的。这当儿，他们碰到掌管人们寿命的天神。天神手里刚好还富裕十个小时。他对这些恋生的死者起了恻隐之心，决定给他们每人一个小时，回到人间享用——这可是从来没有过的事情！十个死者欣喜若狂。但天神在使他们复生之前，很有兴趣想了解一下他们将怎么利用这短暂又珍贵的一小时的时光。下面是十个死者依次的答话——

一："我想把我办过的一件缺德事告诉亲人们。我一直没有决心这样做，现在反而有决心了。原来这种事带在身上，死了也是一种累赘。"

二："我盼望在这复活的一小时内，科学家们能把使我致死的病由找到，并找到特效药，那么我就不止多活一个小时了。"

三："在这最宝贵的一小时里，我要妻子女儿守在我身旁。我活着时，天天忙工作，一直没能同她们一起安安静静地度过一小时。"

四："我回去就要把自己立的遗嘱撕了！我现在才真正想开，

再不管那些事了。什么这个百分之十呀！那个百分之五十呀！我之所以死得这么快，就是写遗嘱给累的。”

五：“我这次非要秘书把我孩子们的住房办下来不可。否则我一死就没指望了。”

六：“只要得到她一个小时的爱，就足够了！”

七：“我想利用这时间，写一篇真实的作品。我一辈子都是挤着一只眼写东西，这次要睁开一双眼睛了。只担心这一小时太短了，不够用。”

八：“是啊！一个小时太少了。我活着时，是有希望出国的。只要能出国转一圈，开开眼，这一生也就算不白来了！”

九：“我就想知道李四的胖老婆，生的是男孩儿还是女孩儿。虽然他样样超过我，但如果他这次生个女孩儿，李四家绝后，我这辈子的气儿也就顺了！”

十：“我要不浪费每一秒钟，再拼一下，把我画了四年，仅仅剩下一个人物的左耳朵的那幅画儿画完，死而无憾！”

天神听罢，忽然变了主意。他不想分给每个人一小时了，打算把这十个小时重新分配。他把时间赐给人们时，一向单凭兴趣，没动过脑筋，不懂得时间是有内容和有价值的。但他从此能否改变这个亘古以来就有的习惯？未必！

爱的墓园

从维熙

冬天，它被冷风吹得端肩缩脖，那疙疙瘩瘩的藤条，就像是僵死的老人一条条外露的青筋。夏天，这枯树又活了过来，捧出一串串翡翠色叶片；这些叶片编织成一把大绿伞：就像姑娘的长长筒裙，一直快拂到了地面。

这棵伞槐究竟有多大的树龄了？这无关紧要。但它有着很高的实用价值。有一天，制革厂的孟老师傅下中班时，赶上了一场雷暴。他忙不迭地跑进这棵伞槐里去躲雨，他“啊”地惊叫了一声，又立刻钻了出来。借着雷暴闪光的一霎，他看见一张漂亮秀气的脸蛋，他究竟在哪部电视剧里见过她，孟老师傅记不清了，反正她是个不无名气的女演员；至于那个男人，当时正好背对着他，孟老师傅没看清他的面孔。他冒雨往家里跑，边跑边骂着自己是“老糊涂”了。

虽说是人老珠黄，孟老师傅凡心并没褪尽。他每次下中班经过这棵伞槐时，都情不自禁地向伞槐下扫视两眼。不看不要紧，一看还真有收获：那姑娘总穿着的那双白皮凉鞋，出自于他们制革厂，他不觉着惊奇；那男人穿着的皮鞋，每次都更换款式。棕色的、米色的、黑色的；带盖儿的、带漏眼儿的、三接头的……他娘的，这小子是鞋店经理的儿子吧！不然怎么会不断更换鞋子穿呢！马科斯夫人伊梅尔达才有二百多双皇后鞋，孟老师傅已经在伞槐下发现过十八双不同式样的男人皮鞋了；虽说这数字远不及“夫人”鞋数的十分之一，在中国已经是非常可观了。

孟老师傅觉得这是偷艺的最好契机，便常常坐在伞槐对面的长椅上，偷偷画下这些皮鞋的式样，以便带回厂子去，增强厂内皮鞋在市场上的竞争能力。可是他画了几张鞋样之后，发现了一个奇迹：这个男人穿的皮鞋型号有大有小，鞋帮有宽有窄，鞋底有肥有瘦。他娘的，难道这鞋店经理的崽子，多肥多瘦，多宽多窄，多长多短的皮鞋他都能穿？

?

?

三问之后，他失去了对皮鞋描样的兴致，开始琢磨躲在伞槐下露出的白皮凉鞋。她是个什么电视剧里的演员？她名儿叫什么来着？孟老师傅暗骂自己记忆力衰竭得太早，无论如何也回忆不起她叫啥样的一个名儿。

终于有一天，电视屏幕为孟老师傅恢复了记忆功能——电视台重播了神话剧《白蛇传》，他一眼就认出来她就是扮演对爱情忠贞不渝的白娘子——白素贞的演员。他叭的一下子把电视关闭了，心里又苦又涩。

“唉！好一个坚贞的白素贞！”

孟老师傅从此绕路而行，躲开伞槐里的另一个舞台……

尾巴

汪曾祺

人事顾问老黄是个很有意思的人。工厂里本来没有“人事顾问”这种奇怪的职务，只是因为他曾经做过多年人事工作，肚子里有一部活档案；近两年岁数大了，身体也不太好，时常闹一点腰酸腿疼，血压偏高，就自己要求当了顾问，所顾的也还多半是人事方面的问题，因此大家叫他人事顾问，这本是个外号，但是听起来倒像是个正式职称似的。有关人事工作的会议，只要他能来，他是都来的。来了，有时也发言，有时不发言。他的发言有人爱听，有人不爱听。他看的杂书很多，爱讲故事。在很严肃的会上有时也讲故事。下面就是他讲的故事之一。

厂里准备把一个姓林的工程师提升为总工程师，领导层意见不一，有赞成的，有反对的，已经开了多次会，定不下来。赞成的意见不必说了，反对的意见，归纳起来，有以下几条：

一、他家庭出身不好，是资本家；

二、社会关系复杂，有海外关系；有个堂兄还在台湾；

三、反右时有右派言论；

四、群众关系不太好，说话有时很尖刻……

其中反对最力的是一个姓董的人事科长，此人爱激动，他又说不出什么理由，只是每次都是满脸通红地说："知识分子！哼！知识分子！"翻来覆去，只是这一句话。

人事顾问听了几次会，没有表态。党委书记说："老黄，你也说两句！"老黄慢条斯理地说："我讲一个故事吧——

从前，有一个人，叫作艾子。艾子有一回坐船，船停在江边。半夜里，艾子听见江底下一片哭声。仔细一听，是一群水族在哭。艾子问．'你们哭什么？'水族们说：'龙王有令，水族中凡是有尾巴的都要杀掉，我们都是有尾巴的，所以在这里哭。'艾子听了，深表同情。艾子看看，有一只蛤蟆也在哭，艾子很奇怪，问这蛤蟆：'你哭什么呢？你又没有尾巴！'蛤蟆说：'我怕龙王要追查起我当蝌蚪时候的事儿呀！'"

海龟

张抗抗

D 有一个可爱的三岁女儿，对女儿一向有求必应。他的工作单位离家近两小时路程，为了减少往返，他总在周末才回家。每次回家，女儿在晚上临睡前必要让他讲个故事。一年过去，什么大灰狼小白兔，他肚子瘪瘪塌塌早已被搜刮干净。

女儿却不肯善罢甘休，抱着他的膝不肯上床，连妻也哄她不好。

他满心焦虑。虽是周末，晚上他还得赶写一篇文章，研究所的头儿亲自点名让他在一个学术会议上发言，他将有机会在同行面前充分展示自己的实力与才华。

爸爸讲故事呀，女儿纠缠不休。

讲什么呢？他真没有时间。发言关系到对他实际水平和个人价值的确认，听说很快就要评职称了。

他突然记起在当天报纸上看到的一则趣闻。当时无意瞟了几眼，现在倒可以用来对女儿滥竽充数一番。

从前，在一个海岛上……他开始尽量耐心委婉地对女儿娓娓道来。那儿的人家家户户养着一种大海龟。海龟像一只小桌子那么大，有很硬的壳和很粗的爪子。那个海岛上没有汽车没有自行车也没有小毛驴，这个人要到岛上另一个人家去串门，就骑着海龟去。海龟最爱吃大香蕉，它的主人就坐在海龟背上，用一根细杆子拴上一根绳，香蕉就悬在海龟脑袋上，离它只有几步远，海龟想吃香蕉，就开始往前爬，可它一爬，那背上的人手里的香蕉也往前走了，它怎么也够不着，于是它就拼命往前爬，它爬香蕉也爬，就这样它背上的人就顺利到达了目的地……

女儿不知什么时候已睡着了，腮上挂着浅浅的酒窝。

他连续昼夜伏笔奋战。发言很成功，获得大家的好评，文章将被收入当年的年会专集。有人私下议论，说他虽是助研，实际上相当于副研究员的水平。

转眼又到了星期六，他去幼儿园接女儿回家时，才想起这一星期忙得昏头昏脑，竟然又忘了给女儿准备故事。

出乎他意料，女儿临睡前忽然对他说：爸爸，今天你还讲那个大海龟好不好！

他松了一口气，却纳闷女儿何以对这大海龟如此感兴趣。

……就这样，骑着海龟的人顺利到达了目的地。

他敷衍了事地讲完了故事。他发现自己根本没有同女儿亲近的情绪。他心里实际上还在惦着自己的职称。如果这次能评上副研，他一家三口就有希望分到一套两居室的住房，工资也可增长几十块钱，这可是个不小的数目。昨天上头又给了他新的任务，他必须在一个月内，评出一部有关W理论的二百页的专著，三个月内编出一部新的辞典，六个月内与人合写出一部有关W理论的评述……他不知道他如何才能做完这些事。

那骑海龟的人到地方了以后，到底怎么样了呢？女儿竟然破例没有睡着，眨着黑葡萄似的眼睛看着他问。

他说，骑海龟的人到地方了以后，就把海龟整个儿翻过来，一翻过来它就不能逃跑了，只能乖乖等它的主人去办完事，再把它翻回来骑它回家。

女儿似还要问什么。他不耐烦地拍拍她的后脑勺，把她交给了妻。

为了不受干扰地在规定时间内全部完成以上任务，真正奠定他在学术界的地位，他索性把铺盖搬到了研究所，黑夜白天泡在图书馆资料室里，不这样做就对不住自己也对不住领导对他的信任。一个几百人的研究所，老的老，小的小，真正能顶用的还是他这样的中青年骨干。但无论怎么辛苦，他觉得前面总还有个盼头……

半年后他第一次疲惫不堪地回家，心里如释重负。女儿见到他，目光转向妈妈，那句话没问出来：这个人是谁呀？临睡前，破天荒第一回并不缠他讲故事，大眼睛骨碌碌转了几回，终于问：我想起来，上次你讲的大海龟，后来到底有没有给它吃香蕉呢？

他一愣，含糊回答可能是给了。女儿却不满意，又问他到底给了几个，他说一大串，女儿又问是不是每次都给，他茫然……

星期一上班得知职称名额已定，他因年限不够，没有希望晋升；工资不动，住房当然暂时也不能动了……他感到浑身骨骼疏松……

不知怎么他想起了那只海龟，他如果告诉女儿，人并没有把香蕉给海龟吃，对女儿来说未免太残酷了，他不忍心。

雄辩症

王　蒙

一位医生向我介绍，他们在门诊中接触了一位雄辩症病人。医生说："请坐。"

病人说："为什么要坐呢？难道你要剥夺我的不坐权吗？"

医生无可奈何，倒了一杯水，说："请喝水吧。"

病人说："这样谈问题是片面的，因而是荒谬的，并不是所有的水都能喝。例如你如果在水里掺上氰化钾，就绝对不能喝。"

医生说："我这里并没有放毒药嘛，你放心！"

病人说："谁说你放了毒药了呢？难道我诬告你放了毒药？难道检察院起诉书上说你放了毒药？我没说你放毒药，而你说我说你放了毒药，你这才是放了比毒药还毒的毒药！"

医生毫无办法，便叹了口气，换一个话题说：“今天天气不错。”

病人说：“纯粹胡说八道！你这里天气不错，并不等于全世界在今天都是好天气。例如北极，今天天气就很坏，刮着大风，漫漫长夜，冰山正在撞击……”

医生忍不住反驳说：“我们这里并不是北极嘛。”

病人说：“但你不应该否认北极的存在。你否认北极的存在，就是歪曲事实真相，就是别有用心。”

医生说：“你走吧。”

病人说：“你无权命令我走。你是医院，不是公安机关，你不可能逮捕我，你不可能枪毙我。”

……经过多方调查，才知道病人当年参加过“梁效”的写作班子，估计可能是一种后遗症。

今夏流行明黄色

刘心武

猛不丁觉悟过来，已经晚了！

珊珊急匆匆地跑过几个自由市场，最后总算在秀水东街那儿买到了一件连衣裙，金黄色！黄得扎眼！

她穿着它去赴约会。

“我差点没认出你来！”男朋友上下打量着，眉毛飞上去。

“你没想到我也能弄着一件吧？唉，都怪我小病了一场，才半拉来月，跑到大街上一看，嗬，时兴上这号亮黄亮黄的了！怎么样，够派吧？”

“嗯——”男朋友的眼光分明不怎么能赶上趟。

穿着那连衣裙去上班，刚一进财会科，几位女伴就围了过来。

“哟，你这不对劲儿，眼下时兴的是明黄，不是这号杏黄！”长着一双丹凤眼的吴淑丽警告着她。

“当年不是只有皇上家才能用明黄色吗！这年头，个个姑娘都想当女皇了！”韩大姐一边叹息着。

珊珊不计较韩大姐的评语，可淑丽的话却让她全身冒汗。

回到家，妈妈责问她：“怎么刚穿两天的新衣服，就让你这么一尾巴扔到了一边?”

“您懂什么！它黄得不对！”

妈妈耸耸肩膀。这年头，姑娘们竟敢一身黄地摇来摆去。她当姑娘那阵，连“黄”字也不敢说哩。“你这人真黄！”那就离坏分子不远了。

再一次赴约，珊珊转着身子让男朋友看清楚：“是正经明黄的，不是错色的！”转完了，她指点着远近的黄衣姑娘向他宣谕：“瞧，不对，又一个不对，她们都没弄着正庄货，杏黄，多怯！浅黄，太嫩！土黄，老气……”

男朋友想表现一下独立思考能力：“我觉着柠檬黄不错！”

“柠檬黄?！还橘子黄呢！”

珊珊得意地把明黄色穿到了财务科，吴淑丽头一个尖叫起来：“新潮！这回真新潮了！上下分开两件套，比那古古板板的连衣裙洒脱多了！”

珊珊正笑成一朵花，淑丽凑到了她身前，没想到用手指头一捻她的料子，一双丹凤眼就“开了屏”：“呀！你这料子不对！如今时兴的是光面软缎，你这个——”

珊珊的笑容枯萎了。

再一次赴约，她往伸脖瞪眼的男朋友后背一拍："你瞧哪儿呢?"

男朋友扭过头，一瞧："你——我以为你还是明黄色呢，让我好找，满眼尽是明黄色了!"

珊珊这天穿的却是一件淡紫色的连衣裙。

在将军家门前

阎连科

新近，五连受命来接替一连盖一座办公大楼。照说，也没啥大不了的，就是给泥瓦师傅供砖、供灰的小工活儿。难道集团军的"猛虎连"还当不了"小工连"？当然能！问题是施工地点不是别处，而是在部队的首脑机关——军区大院。让连长感到头痛的不光是这军区大院，重要的是他们连的饭堂、宿舍和主要活动场所，都在一位将军家的大门口。"我的天，这上班、下班、吃饭、睡觉，都在将军眼皮子底下，除了搞好施工，连队的思想、作风、纪律、军容都马虎不得。"连长想，"堂堂大军区的中将呀，可不比军师级的少将、大校们，他点一下头意味着什么？摇一下头又意味着什么?"

乘船坐车，连日赶路。一到目的地，连长就提前半小时开饭，集合部队宣布："一连施工任务完成得不错，为什么还被撤走了？就因为住在将军的门口嘛，我们要从中汲取教训啊！现在，我宣布有关作风纪律的十五条新规定……"其实，也无非是注意礼节礼貌、军容风纪、不大声喧哗之类的条条款款。连长把规定宣读完毕，正要开饭时，突然觉得眼角被什么牵动了一下，回身一看：喔！是将军从小车里出来了。苍苍的白发，从将军帽下垂出来，两颗金星在他肩上灼灼闪光……连长身子微微一震，立刻清了一下嗓子喊：“立正——”

战士们被这冷不丁一声口令弄呆了，瞬间，一个个便像木桩一样钉在了原地。通信员的筷子吓得掉在了地上，也不敢弯腰去捡。这当儿，连长左转 45 度，跑步向将军报告：“报告首长——陆军第××集团军×师××团二营五连奉命在此施工，参加人员一百一十二名，其中干部八名、战士一百零四名。现在，连队正准备开饭。报告人：连长张大山。请指示！”

将军若有所思地看了一眼部队，还了一个礼说：“开饭吧，十二点十分了。”

时光像小渠流水似的，晃晃悠悠一日一日过去了。将军每天出门上班，就会看到五连队列整齐地从他身旁走过，脚步声刷刷刷整齐一致，连长总要给他敬个标准礼。而每当将军下班回来，就会看到五连正围着露天的水泥饭桌，无言无语地吃饭。直到夏天来临，烈日当空悬着，大地上散发着蒸腾的热气，地上放块肥皂，即刻也会烤化了。五连依旧是在烈日下军容严整地吃饭，安安静静地洗碗，没有一个人大声说笑……

有一天，指导员突然问：“连长，将军去哪儿开会了，怎么半个月不见啦？”

连长一怔，是有二十来天没在门口见过将军了，但他还是正经八百地说：“将军在家也好，不在家也好，我们都要注意，万一……”

说是这样说，将军终归不在家，连他家的公务员、警卫员、驾驶员、家属老小们，似乎也很少碰到了。天气这么热，施工那么累，吃饭、走路时，谁解开扣子，脱掉军装，大声说笑，连长再也没像先前那样盯得紧了。

一个月后，全连吃饭也不在太阳下围那烫手的水泥饭桌们了。他们都一手端饭，一手端菜，三三两两地，围聚在伙房周围或将军家门口的大树下，边吃饭，边说笑。更有甚者，还敢穿个背心在门口打打闹闹……

将军不在家嘛！

三个月后，天凉快了。连长在工地上偶然碰见了将军家的公务员，问："将军去哪儿开会了？一去就是几个月？"

公务员犹豫了一下说："将军没去开会，这些日子他上下班都绕道儿从后边小门走的。"

丢失的香柚

梁晓声

"大串联"时期，我从哈尔滨到了成都，住气象学校。那一年我才十七岁。头一次孤独离家远行，全凭"红卫兵"袖章做"护身符"。

我第二天病倒了。接连多日，和衣裹着一床破棉絮，蜷在铺了一张席子的水泥地的一角发高烧。

高烧初退那天，我睁眼看到一张忧郁而文秀的姑娘的脸。她正俯视我。我知道，她就是在我病中服侍过我的人。又见她戴着"红卫兵"袖章，愈觉她可亲。

我说："谢谢你，大姐。"看去她比我大二三岁。

一丝悱然的淡淡的微笑浮现在她脸上。

她问："你为什么一个人从大北方串联到大南方来呀?"

我告诉她，我并不想到这里来和什么人串联。我父亲在乐山工作，我几年没见他的面了，想他，并委托她替我给父亲拍一封电报，要父亲来接我。

隔日，我能挣扎着起身了，她又来看望我，交给了我父亲的回电——写着"速回哈"三个字。

我失望到顶点，哭了。

她劝慰我："你应该听从你父亲的话，别叫他替你担心。乐山正武斗，乱极了!"

我这时才发现，她戴的不是"红卫兵"袖章，是黑纱。

我说："怎么回去呢? 我只剩几毛钱了!"虽然乘火车是免费的，可千里迢迢，身上总需要带点钱啊!

她沉吟片刻，一只手缓缓地伸进衣兜，掏出五元钱来，惭愧地说："我是这所学校的学生，'黑五类'。我父亲刚去世，每月只给我九元生活费，就剩这五元钱了，你收下吧!"她将钱塞在我手里，拿起笤帚，打扫厕所去了。

我第二天临行时，她又来送我。走到气象学校大门口，她站住了，低声说："我只能送你到这儿，他们不许我迈出大门。"她从书包里掏出一个柚子给了我："路上带着，顶一壶水。"

空气里弥漫着柚香。我说："大姐，你给我留个通信地址吧!"

她注视了我一会儿，低声问："你会给我写信吗?"

我说："会的!"

她那么高兴，便从她的小笔记本上扯下一页纸，认认真真给我写下了一个地址，交给我时，她说：“你们哈尔滨不是有座天鹅雕塑吗？你在它前边照张相寄给我好吗？”

我默默点了一下头。我走出很远，转身看，见她仍呆呆地站在那里，目送着我。

路途中缺水，我嘴唇干裂了，却舍不得吃那个柚子。在北京转车时，它被偷走了。

回到哈尔滨的第二天，我就到松花江畔去照相。天鹅雕塑已砸毁了。满地碎片。一片片仿佛都有生命，淌着血。

我不愿让她知道天鹅雕塑砸毁了，就没给她写信……

去年，听说哈尔滨的天鹅雕塑又复雕了，我专程回了一次哈尔滨，在天鹅雕塑旁照了一张相，彩色的。按照那页发黄的小纸片上的地址，给那位铭记在我心中的大姐写了一封信，信中夹着照片。

信退回来了。信封上，粗硬的圆珠笔字写的是——“查无此人”。

她哪里去了？

想到有那么多我的同龄人“消失”在十年动乱之中了，我的心便不由得悲哀起来。

老爱情

苏　童

我这里说的爱情故事也许让一些读者失望，但是当我说完这个故事后，相信也有一些读者会感到一丝震动。

话说20世纪70年代，我们香椿树街有一对老夫妇，当时是六七十岁的样子，妻子身材高挑，白皮肤，大眼睛，看得出来年轻时候是个美人；丈夫虽然长得不丑，但是一个矮子。他们出现在街上，乍一看，不配，仔细一看，却是天造地设的一对。为什么这么说呢？这对老夫妻彼此之间是镜子，除了性别不同，他们的眼神相似，表情相似，甚至两人脸上的黑痣，一个在左脸颊，一个在右脸颊，也是配合得天衣无缝。他们到煤店买煤，一只箩筐，一根扁担，丈夫在前面，妻子在后面，这与别人家夫妇扛煤的位置不同，没有办法，不是他们别出心裁，是因为那丈夫矮、力气小，做妻子的反串了男角。

他们有个女儿，嫁出去了。女儿把自己的孩子丢在父母那里，也不知是为了父母，还是为了自己。她自己大概一个星期回一次娘家。

这是一个星期天的下午，女儿在外面"嘭嘭嘭"敲门，里面立即响起一阵杂沓的脚步声，老夫妇同时出现在门边，两张苍老而欢乐的笑脸，笑起来两个人的嘴角居然都向右边歪着。

但女儿回家不是来向父母微笑的，她的任务似乎是为埋怨和教训她的双亲。她高声地列举出父母所干的糊涂事，包括拖把在地板上留下太多的积水，包括他们对孩子的溺爱，给他吃得太多，穿得也太多。她一边喝着老人给她做的红枣汤，一边说："唉，对你们说了多少遍也没用，我看你们是老糊涂了。"

老夫妻一听，忙走过去给外孙脱去多余的衣服，他们面带愧色，不敢争辩，似乎默认这么一个事实，他们是老了，是有点老糊涂了。

过一会儿，那老妇人给女儿收拾着汤碗，突然捂着胸口，猝然倒了下来，死了，据说死因是心肌梗塞。死者人缘好，邻居们听说了都去吊唁。他们看见平时不太孝顺的女儿这会儿哭成了泪人儿了，都不觉得奇怪，这么好的母亲死了，她不哭才奇怪呢！他们奇怪的是那老头，他面无表情，坐在亡妻的身边，看上去很平静。外孙不懂事，就问："外公，你怎么不哭?"

老人说："外公不会哭。外婆死了，外公也会死的，外公今天也会死的。"

孩子说："你骗人，你什么病也没有，不会死的。"

老人摇摇头，说："外公不骗人，外公今天也要死了。你看外婆临死不肯闭眼，她丢不下我，我也丢不下她。我要陪着你外婆哩。"

大人们听见老人的话，都多了个心眼，小心地看着他。但老人并没有任何自寻短见的端倪，他一直静静地守在亡妻的身边，坐在一张椅子上。他一直坐在椅子上。夜深了，守夜的人们听见老人喉咙里响起一阵痰声，未及人们做出反应，老人就歪倒在亡妻的灵床下面了：这时就听见堂屋里自鸣钟"当当当"连着响了起来，人们一看，正是夜里十二点！

正如他宣布的那样，那矮个子的老人心想事成，陪着妻子一起去了。如果不是人们亲眼看见，谁会相信这样的事情？但这个故事是真实的，那对生死相守的老人确有其人，他们是我的邻居，死于20世纪70年代末的同一个夜晚。那座老自鸣钟后来就定格在十二点，就如上了锈一样，任人们怎么拨转就是一动也不动。

这个故事叙述起来就这么简单，不知道你怎么看，我一直认为这是我一生能说的最动人的爱情故事。

紫色人形

毕淑敏

那时我在乡下医院当化验员。一天到仓库去，想领一块新油布。

管库的老大妈，把犄角旮旯翻了个底朝天，然后对我说，你要的那种油布多年没人用了，库里已无存货。

我失望地往外走，突然在旧物品当中，发现了一块油布。它折叠得四四方方，从翘起的边缘处，可以看到一角豆青色的布面。

我惊喜地说，这块油布正合适，就给我吧。

老大妈毫不迟疑地说，那可不行。

我说，是不是有人在我之前就预订了它？

她好像陷入了回忆，有些恍惚地说，那倒也不是……我没想到你把它给翻出来了……当时我把它刷了，很难刷净……

我打断她的话，就是有人用过也不要紧，反正我是用它铺工作台，只要油布没有窟窿就行。

她说，小姑娘你不要急，要是你听完了我给你讲的这块油布的故事，你还要用它去铺桌子，我就把它送给你。

我那时和你现在的年纪差不多，在病房当护士，人人都夸我态度好技术高。有一天，来了两个重度烧伤的病人，一男一女，后来才知道他们是一对恋人，准确地说是新婚夫妇。他们相好了许多年，吃了很多苦，好不容易才盼到大喜的日子。没想到婚礼的当夜，一个恶人点燃了他家的房檐。火光熊熊啊，把他们俩都烧得像焦炭一样。我被派去护理他们，一间病房，两张病床，这边躺着男人，那边躺着女人。 他们浑身漆黑，大量地渗液，好像血都被火焰烤成了水。 医生只好将他们全身赤裸，抹上厚厚的紫草油，这是当时我们这儿治烧伤最好的办法。 可水珠还是不断地外渗，刚换上的布单几分钟就湿透。 搬动他们焦黑的身子换床单，病人太痛苦了。医生不得不决定铺上油布。 我不断地用棉花把油布上的紫色汁液吸走，尽量保持他们身下干燥。 别的护士说，你可真倒霉，护理这样的病人，吃苦受累还是小事，他们在深夜呻吟起来，像从烟囱中发出哭泣，多恐怖！

我说，他们紫黑色的身体，我已经看惯了，再说，他们从不呻吟。

别人惊讶地说，这么危重的病情不呻吟，一定是他们的声带烧煳了。

我气愤地反驳说，他们的声带仿佛被上帝吻过，一点都没有灼伤。

别人不服。 说既然不呻吟，你怎么知道他们的嗓子没伤？

我说，他们唱歌啊！在夜深人静的时候，他们会给对方唱我们听不懂的歌。

有一天半夜，男人的身体渗水特别多，都快漂浮起来了。 我给他换了一块新的油布，喏，就是你刚才看到的这块。 无论我多么轻柔，他还是发出了一声低沉的呻吟。 换完油布后，男人不作声了。女人叹息着问，他是不是昏过去了？我说，是的。 女人也呻吟了一声说，我们的脖子硬得像水泥管，转不了头，虽说床离得这么近，我也看不见他什么时候睡着什么时候醒，为了怕对方难过，我们从不呻吟。 现在，他呻吟了，说明我们就要死了。 我很感谢您，我没有别的要求，只请你把我抱到他的床上去，我要和他在一起。

女人的声音真是极其好听，好像在天上吹响的笛子。

我说，不行。病床那么窄，哪能睡下两个人？她微笑着说，我们都烧焦了，占不了那么大的地方。我轻轻地托起紫色的女人，她轻得像一片灰烬……

老大妈说，我的故事讲完了，你要看看这块油布吗？

我小心翼翼地揭开油布，仿佛鉴赏一枚巨大的纪念邮票。由于年代久远，布面微微有些粘连，但我还是完整地摊开了它。

在那块洁净的豆青色油布中央，有两个紧紧偎依在一起的淡紫色人形。

第二辑　品味哲理

老曹你好

陈世旭

请勿当道德故事读。

——题记

小张乙最近找了个女朋友，叫丁丁。丁丁长得很漂亮，小张乙喜欢得不得了，向她发誓说：“今后你说干啥我就干啥，刀山敢上，火海敢下，只要你高兴就行。”丁丁歪歪脑袋：“真的？说话可要算数。”小张乙拍拍胸口：“当然是真的，说话不算数那是小狗。你随时可以考验的。”丁丁说：“那好。不过，你只管放心，不会让你上刀山下火海的。”两个人那天就这样一路说笑着，去了电影院。

电影开映，影院里的灯光熄灭，只有放映的光线穿过了黑暗的上空。光柱下，小张乙和丁丁的前面一排坐着一个秃顶。丁丁来了灵感，忽然靠过来，对小张乙说：“你先前发了誓的，我说干啥你就干啥，不会反悔吧？”小张乙说：“怎么可能！”丁丁说：“那好，你照那个秃顶给一巴掌。”小张乙一怔，有些犹豫：这玩笑怕过分了。丁丁一噘嘴：“我就晓得你说话不算数的。”小张乙急了：“谁说的？”说完就直起身子，伸出手，拍了前面那秃顶一掌。秃顶受了惊，猛然回头，黑暗中看不清他的怒容，但可以听得到很粗重的怒气。小张乙很亲切地打招呼说：“老曹你好，你也来看电影？”秃顶不便发作，很不高兴地回答：“你认错人了。”小张乙连忙道歉：“对不起，对不起。”秃顶于是回身仍去看电影。一场差一点闹起的纠纷，总算避免了。小张乙用脚碰一下丁丁，很是得意。丁丁连连点头，表示满意。

小张乙以为通过了考验，安安心心地看起电影来。不料电影结束前，丁丁再次要求：“你还能不能给那秃顶一巴掌？”小张乙说：“这怎么可以呢，刚才……”丁丁马上打断他：“不行就算了，不要为难，我晓得你就那点德行。”小张乙一咬牙，辩白说：“你小看人！”说着就抬起手又向前面的秃顶击了一掌。秃顶这一次的愤怒是可以想象的，他从座位上一下蹿起来，回转身，猛扑小张乙。小张乙不慌不忙，一面伸手挡住他的身子，一面用研究的口气很疑惑地说：“你怎么能不是老曹呢？你肯定是我对面办公楼的老曹嘛，为什么要不承认呢？”“谁不承认？”秃顶压着嗓子咆哮起来，气咻咻地从胸前掏出身份证，“你仔细看看，我到底是不是你说的那个老曹！”小张乙装模作样地借银幕的反光认真审视了好久，才把身份证归还秃顶，一边嘟嘟哝哝：“真像，太像了，真是奇迹。”秃顶很不屑地“嗤”了一声，再次谅解了小张乙。

电影散场了，小张乙一身轻松，对丁丁吹嘘起来：“怎么样，该信得过我吧？”没想到丁丁却说：“急什么，没完呢，你能再给他一巴掌吗？”这时候，他们已经走到电影院外面，通明的灯火，那位秃顶就站在他们身前的下一层台阶上。在灿烂的灯光照耀下，那秃顶闪闪发亮。小张乙的脸一下子拉得像长长的苦瓜，嗫嚅说：“你这不是要我的命吗？”丁丁看着他那副可怜相，不再说什么，冷冷地哼一声，就走开了。小张乙一把拉住她：“别走，我听你的就是。”接着就是前面那倒霉的秃顶挨了第三个巴掌。秃顶这一次没有别的选择，只有跟小张乙拼命了。小张乙却欢天喜地地叫起来：“老曹哇老曹，你原来站在这里。刚才在里边我没认清，拍了别人两巴掌。”

这是和朋友闲聊时听来的故事，似乎有些无聊，却有道理在其中：世界上没有不可化解的难题，问题在于你是否具备足够的智慧。

七情六欲

莫小米

邻家女孩儿美丽异常，且从小学上到大学一直都是优秀生，所以她后来变成精神病人，让左邻右舍都感到无比惋惜。

据说她是因恋爱受挫而发病的。原本文静内敛的姑娘一旦发病就会让所有异性害怕。她将所有的情欲都清清楚楚地写在脸上，让人惊愕与惊悸。

当她与她的情欲被关进一间小小的病室后，她只得不停地来回快速走动，一直走到精疲力竭才猛然栽倒在床上。如此治了发，发了又治，治了又发……一次比一次严重，其痛苦状让家人都伤心掉泪。

后来医生向她的家人出示一个治疗方案。医生说，是否为她做一个大脑皮层切除手术，把她的七情六欲全都切除了吧，既然她自己已无法管住它们。切除之后，她不再痛苦，当然，也不再快乐，重要的是，她将获得她已久违了的宁静。

这真是一个既残忍又人道的主意！对七情六欲的处理将人截然区分——有人把七情六欲燃成点亮心灵的火炬，他成了艺术家；有人把七情六欲铸成杀人刀斧，他成了罪犯；有人把七情六欲封冻成冰，他成了僧侣；而这个可怜的姑娘，她只是把自己折磨得遍体鳞伤……

家人经过三天三夜的讨论，终于采纳了医生的建议。姑娘切除了七情六欲之后，风暴平息，眉眼依旧，美丽却荡然无存。

棋道

李政群

驻马村人酷嗜棋，亦颇善弈。

据传，此嗜由来久矣！长盛不衰，且代有弈杰。其中，最富传奇色彩者莫过于傅中流。其人少小学弈，悟性极高；可惜家境贫窘，衣食堪虞！无奈只身出游，屡挫名流以获取食资，聊以维生。

日久，渐感乏味，便隐迹江湖，潜心著书，以传于后世。

其时，一东瀛棋圣闻知此事，将信将疑。挟技远来，连战三日不能胜，大惊！叹服不已！继而拜为师，索其谱。傅氏本欲求一世清白，无奈家园破落，衣食不济，遂默然许之。依旧浪迹江湖……

从此，东瀛棋艺崛起……

到了“民国”三十四年春，一支“国军”路过此地，闻驻马村棋风颇盛，藏龙卧虎，尤有一青年弈艺非凡，每出常规，似拙实巧。帐中有嗜弈之将军棋兴大作，着意寻来，以一决高低。

军营摆阵，观者如堵；不闻声息，但见棋枰烽烟四起，黑白扭杀一片。鏖战方酣，青年忙中出错，遂输一局。列阵再战，将军神思空灵，妙着迭出，盏茶工夫，迫使青年中盘认负。

将军豪情顿生，淡淡一笑，送走对手，并不挂怀。

一晃数月，抗战胜利。军队班师回朝，再经驻马村。将军棋兴又起，嘱寻一真正高手。寻来找去，仍是那青年。将军苦笑，只得与之对弈。然局中风云已非往昔，青年一改旧貌，行棋飘忽，虚实不定，将军莫名其妙输掉一局。

小憩再战，将军抖擞精神，密思慎行。约莫百十回合，又趋下风。虽全力抵挡，多方拆解，终无济于事，再失一城。

将军惊诧，问：“何以进步神速?”青年从容答道：“将军前番出征，小民无美酒壮行，故连输两局，以助军威；此番将军回师，听说要另入战场。不知挥师何方，只恐同胞自残，故回敬两局，愿与将军从此结为同好，不再做豆萁之煎!”

将军愠怒，愤而离座，拂袖出帐。随从怔然，无有敢言。数月，忽传其揭竿起义，后为民族解放，战死疆场。

青年悲不自胜，从此封棋著书，匿迹江湖，忽一日，有人见其于一萋萋墓前焚烧书稿，青烟袅袅升空而去……

后人或曰：其人乃一代棋王傅氏之后也!

一串墨点

高海涛

生产资料公司吴经理正在家里写他的回忆文章。

“1945 年 3 月的一天，我们驻在魏民村，我在一个老乡家里起草与鬼子的作战计划。突然，钢笔不漏水了，我很急，一甩钢笔，墙上留下一串墨点。

“我继续起草计划。

“警卫员来报：‘鬼子离村子还有两里远。’

“‘全体集合，迅速转移。’我说完，马上收拾文件和纸张。队伍迅速撤离了村子。我忽然想到鬼子是很狡猾的，那一串墨点可能给村民带来灭顶之灾……”

刚写到这里，响起低低的敲门声。他急忙去开门，门口站了个土里土气的魏民村委主任，经理的脸上立时阴云密布。

“吴经理，我们的化肥按计划不够。”村委主任看着经理的脸色，敬上一支烟，点上，瑟缩进沙发的一个角里。

经理吐出一口浓烟，那烟缭缭绕绕围着回忆录旋转。

“我也没有什么办法嘛，化肥就这些，紧张呀！”吴经理皱皱眉头。

打发出村委主任，吴经理继续写自己的回忆录：

“……我单独来到那个老乡家。

“老乡问：‘政委你不是出去了吗？鬼子已把村子包围了。’

“我什么也没有说，径直走到桌旁，拿出匕首，刮去那一串墨点。

“老乡站在我的身后，眼睛流出了眼泪：‘队伍真好！’……”

又是一阵急促的敲门声，山响。“怎么又回来了。”吴经理嘟哝着，慢慢开了门，眼前顿时一亮：“小王呀！快，快进来！抽，抽支孬烟！”吴经理抽出一支“良友”。

小王一手夹着烟，一手平放在沙发的后背上，跷着二郎腿，吞烟吐雾，好不潇洒自在：“大经理，那事办得怎样啦？回扣这个数。”平放在沙发上的手抬了抬。

“我这就写条子。”吴经理习惯地写道：请给化肥……突然，钢笔不漏水了，来不及吸，只好把笔一甩，一串墨点正印在“队伍真好！”下面，像是加了一串着重号。吴经理看着这些墨点，内心深处响起了一声声呼唤：“队伍真好！……”手竟不觉颤抖起来……

雁的悲剧

中杰英

天要黑了，一群南飞的雁落在湖畔。饥饿、劳累和寒冷让它们非常难受。

雁儿们望着西沉的太阳，情绪低落，昏昏欲睡。这守夜的雁奴，便自然摊在最新丧偶的孀妇名下。为什么这样安排，不大清楚。打孤雁，便是它们那个王国的宗法。越是凄苦义务越多，连睡觉的权利也要贡献出来。不过雁奴似乎无意去计较那不公平的待遇，她伶俐地站在土丘上，机警地歪起脑袋，一只耳朵捕捉危险的信息，另一只耳朵倾听在草堆栖息的伙伴的动静。啊，那一对对夫妻多么幸福，或许那正在梦中憧憬着明天能落在食物丰盛的好地方吧！

夜渐深沉，风声凄紧，一种古怪的声音远远传来，几个小黑点仿佛在朦胧中闪动……这是梦吗？不对，昨天不就是这样的小黑点夺走了我最亲爱的伴侣吗——从那里喷出一股火焰，铺天盖地的沙子打过来，于是它张开臂膀遮住我的胸脯，一刹那间便从天上掉进了无底的深渊。她不禁慌忙发出本能的警号：

“伙伴们醒呀，危险——”

雁儿们骚动了，纷纷探出头来，可是大家什么也没有发现，那古怪的声音和小黑点霎时隐没了。

“我们睡得好好的，你瞎咋呼什么！”“想你死鬼了吧！也不害臊！”“这家伙一定是患神经病了，给她治治……”

那群因未能吃饱而满心怨恨的小生灵，立时鼓噪起来，扑过去拔她的毛，拿她出气。她本想申辩的，不过，最好还是把头埋起来吧，说不定这还真是我自己的过错呢！

好久好久，喧闹平息了，傻瓜们又渐渐进入梦乡。这倒霉的哨兵才把脑袋从泥草里拔出来，忍住浑身的伤痕，跛着腿重新爬上土丘。哎呀，不好啦！那些小黑点又闪出来了，还有几条绳子在晃动！发警报吗？假如又跟方才那样闹鬼呢？他们会把我鸽死的。最聪明的办法，当然就是趁那些黑洞洞还没喷出火来的时候，独自逃走，藏到安全的角落去……可是，此刻她绝不再怀疑自己的眼睛了，那巨大的网子明明正在顺风的方向拉起来，乌黑的枪口却从逆风的方向迅速逼近。

"逃命吧——逆风飞呀——"那可怜的雁奴大声嘶喊起来，衔起一块泥巴拼力掷过去。

在发出震耳欲聋的第一声巨响的同时，傻瓜们全部逃跑了。只剩下这悲惨的守夜者，她也想飞，可是扑腾了两下，原地不动——那羽毛早已被同伴们拔光了。当她侧起垂死的头，望着已重新集合起来的人字形队伍在自由的天空向南飞去的时候，一只大手掐住脖子把她拎起来："瞧这只没有毛的丑鸟，就是她坏了事！"

"狠狠地煮！拿她下酒！"

命门

林斤澜

西方有个诗人有首诗叫："门"。他说他"手上随处有门一扇"、"开向四面八方"。有时听见门里边在"狂吠"，在"嘤嘤哭泣"，在"雨声淅沥"；可是里边"没有狗"，"没有女人"，

“没有雨水”。说得特别的是“钥匙儿灵巧可爱，像说谎者的舌头”。“像活着的心房那样跳动”。

甚至有时我自己敲了门，
锁孔也接纳了钥匙。
而我却没有找到我自己。

东方有个退休诗人——退休是眼前的说法，传统上叫作退隐——住在郊区单元楼里，那天傍晚到田野散步，想着名片上可印“述而不作”四个字，不免得意，多走了几步，不觉天黑。往回赶时，已经看不见那一片楼房的轮廓，只见夜空一行行一点点灯火，或疏或密，或明或暗。隐约能听到起伏的叽啾叽啾，仿佛不是人世间的语言。随着阴气渗过来，心惊血沉，却又好不熟悉。只管顺着小路过去，有小山，到不了山前，有河，到不了河边，左手转弯，有双扇的后门。推开，几步，是个方方正正空空荡荡的花厅……诗人的眼睛“吃进”一张画，或是叫这张画“套牢”。花厅不是正厅，原是这家人挂云图——代代祖宗画像的地方。这一张是云图中的行乐图，画中少女初嫁，眼如柳叶，嘴如樱桃。珠冠沉重，霞帔庄严。更加色彩斑斓，整个像金属镶嵌锻造。可怜手腕细细，脖颈糯糯，青春袅动若不胜负担，气血升温若不堪摩擦。少妇一手推门，一手拿着铜锁匙，形似袖珍耙子，拴着红头绳蝴蝶结。那门没有打开！那门上有云纹，下有水波，不知道是什么门？诗人心中油然，眼睛却定定如油炒荸荠；兀那少妇的线条袅袅中，樱桃那里出现鸟爪，柳叶旁边发生鱼尾，细细的粗糙起来，糯糯的怎么僵硬了。啊，少妇变作老妇，珠冠似盔头，霞帔如甲胄，那门还是打不开，打了一生一世，耗尽年华，诗人心痛大叫：

“谁也没有打开过，那是生命的门。”

妇人吃惊，钥匙落地，诗人弯腰去拾，直起身时，眼前黑糊糊一片……不就是自家宿舍楼，不就是自家单元门前，推推，里面灯光明亮，老伴正和邻居争着麻将经：一个清一色，一个一条龙。诗人心想刚才做了场梦，荒唐！手心里却又捏着把东西，生怕老伴噜嗦，赶紧朝裤兜底下塞，感觉到耙子似的，拴着头绳蝴蝶……心头暴擂瞎鼓，老伴迎门质问：

“单听，白板，自摸，几番？”

“几番风雨几番愁。”

军马

冰　凛

军马出生在北方的大草原。

军马长到了两岁，应征入伍，成了一匹真正的军马。

军马奔驰于硝烟弥漫的战场。几经风云，几番厮杀，几易主人。战争中，它勇往直前，丢了一只眼睛，缺了一只耳朵，肚子也被子弹穿了个洞，据说还舍身救了一位首长的命。军马立下了不可磨灭的赫赫功绩，成了远近闻名的好马，真可谓汗马功劳。

暗淡了刀光剑影，远去了鼓角铮鸣。一页风云散，变幻了时空。

军马该休息了，它离开了绿色军营。

首长有指示，文件是红头的。军马被有关部门保护了起来，盖了好房，配以好饲料，调来了专职的调养员，军马有了崭新的生活环境。可不知怎的，它越来越瘦，毛发渐长，整天嘶嘶地鸣叫不休。

首长有些着急了。

“谁能把这匹马调养好，喂得膘肥体壮，重重有奖。”口谕传了出来。

P 君懂些马经，又会些医道，就拿着当地政府的介绍信和自己的保证书，迢迢地赶来领马。

军马来到了一个偏远的小山村。

一个月过去了。

两个月过去了。

军马的膘儿仍没有大的起色。 P 君也有些着急了。

那天清晨，P 君牵着马路过村边的小学。 小学的学生正在老师响亮的口哨声中做早操。 军马站住了，一只耳朵竖起来，一只眼睛睁得雪亮，肚皮上的伤疤急剧地收缩着，鼻孔张得老大。

“立正！稍息!”老师的声音铿锵而有力。 军马浑身一激灵，挺了挺身躯，甩了甩鬃毛，并立住四腿，又叉开四腿。 如此三番，动作规范而有节奏。

P 君有些傻眼了。 从此以后，每天清晨，P 君总是拉着军马到小学附近溜达一圈儿，军马的身体日趋丰满。

半年后，一支铁道兵开进了小山村。 这里要修筑铁路，还要穿山炸洞，工程很大。 铁道兵就在村子里驻扎下来。

那天，军马兴奋极了，看着那些穿军装的人，只是嘶嘶地叫，声音高亢而悠长，震得小村子晃晃地动。 一位首长模样的军官走过来，亲热地抚了抚马的脖子。 军马啪地并拢四腿，来了个立正，然后叉开四腿稍息，最后俯下身子，示意军官骑上去。 这一系列动作，逗得那些兵们哈哈大笑起来。

修路工程开始了。

那天有雾，很大。按计划装好了炸药、雷管，万事俱备，引爆作业就要开始。人们开始戴上安全帽，并寻找合适的位置。

“轰隆隆——轰隆隆——”浓雾顿起，火光四溢，石头飞舞，响声震得树叶跌落，鸟兽奔散。

军马狂鸣起来，四蹄跃起，挣脱了缰绳，朝着那响声的发源处，奔驰而去。

“嘶——”

那声音像炮声一样，回荡在山谷，震撼着人们的心。

失落

杨志东

主人决定给希尔克过生日。希尔克是一条狗，一条不伦不类的杂种狗。它的头长得像英国猎狗，身子却是地道的矮巴狗。主人之所以要给它起个洋名，并不因为它的名贵，而是潮流大致如此。通常狗是无所谓生日不生日，不过主人决意要给希尔克过生日，希尔克倒是不知好歹。

主人唤希尔克，主要想给希尔克定做一只蛋糕。希尔克叼起主人的手机准备奔行。因为主人通常骑着摩托车一阵风来一阵风去，希尔克必须紧跟在后。临上街，主人决定步行前往面包房。这样，主仆一前一后慢步。主人也是一番美意，狗过生日了，不能也让它跟着摩托车后面呼哧呼哧奔跑。可是，希尔克这东西不识抬举，乍一慢行，倒是慢不下步子来，眨眼就窜到了主人前头，将主人远远抛在后头。主人便唤，斥责希尔克，希尔克只得闷闷追随在后，不敢超越一步。

面包房到了。面包师听说狗要过生日，冲主人说你这狗了不得，我生个儿子七八岁，还没给他过过生日，狗比人福都大。

主人笑笑说，话不能这么说，人不一定比狗贴心。人嘛是讲究感情的，感情这东西不好拿老子和儿子打比方，对吧？希尔克，来，蛋糕。

主人回过身来，没看见希尔克，不过也没在意。因为希尔克从来都是很乖的，绝不敢随便离开主人半步。主人再次唤希尔克，主人觉得有件事情要办。往常希尔克听到呼唤便会递上主人的手机，总是在主人需要的时候恰到好处地完成这个动作。主人也因此十分看重希尔克，几年来希尔克侍前侍后给主人叼大哥大机灵鬼一样深得主人欢心，主人认为，送一只蛋糕也是情理之中的事。至于主人为什么不像其他款爷那样把手机别在腰后，而让一只狗代劳，原因不得而知。有人猜，是不是大哥大电波致癌这家伙怕沾身？

主人终于想起有一个重要电话要打。有一笔买卖约定九点三十分通话，成与不成都在九点三十分拍板。看了看手表，时间到了，差不多是最后一秒了，主人洋味十足地唤希尔克。

希尔克不见了。这就意味着主人的手机也被它带走了。

这是希尔克平生第一次擅离职守。原来是希尔克看见了一条小母狗，一条迷人妖冶的小母狗。它在希尔克身边转了三圈，希尔克的魂就被它勾走了。小母狗颠颠地在前头走，希尔克紧随身后像一条发情的公狗不由自主地跟着跑。希尔克完全忘记了主人。

一个小时后主人找到了希尔克，主人大汗淋漓，气急败坏。眼看一笔到手的生意吹了。等到他想起去公用电话亭回话的时候，时间已过去四十分钟。拨通对方，对方声音变了调，反问约好几点通话，现在是几点，说做生意起码的诚意你都没有，谁还能把这种不可靠的生意做下去？

主人狠捶自己脑袋，希尔克不知好歹，自己也这么糊涂，找狗花去四十分钟时间。这条可恨的狗！希尔克发现自己嘴上少了件东西，拧身就走。主人飞起一脚踢中了希尔克：永远不想看到你！

希尔克成了无家可归的流浪狗，整天在街头游荡。希尔克倒是不能忘记嘴里叼样东西，这东西显然不再是大哥大，而是从垃圾箱里叼来的烂鞋帮，看上去它的样子是十分虔诚的。

橘子

尹全生

沿江大学毕业生离校座谈会上，话题不知怎么扯到了橘子上。

起因是这样的：二十天前，由于学生食宿费结余，校方决定为将离校的每个学生购些物品。负责操办这件事的总务科办事不力，为每人购发了一筐橘子。而且，那橘子是隔年储藏的，离了储藏窖如同冻鱼离开冷库一样，是不能搁置多长时间的。一筐橘子重四十斤，谁也不可能三两天吃完。橘子从发到学生手里就开始烂，边吃边烂……

话题扯到橘子上会场就热闹了，牢骚、怪话铺天盖地。校长有几分尴尬，问学生甲：“你的那筐橘子也有烂的？”

甲一脸苦不堪言的样子：“橘子发到手里就有一半在烂。我先选烂的吃，吃到最后还是烂的。一筐橘子没吃到一个好的——我已经拉了半个月肚子了。”

在座的人都笑得前仰后合。一个教授笑着问甲：“既然吃橘子是受苦受难，为什么还要吃呢？”

甲答：“不管怎么说，购发橘子是学校的关怀，不吃辜负了学校领导的心意。”

校长又问学生乙是怎么吃完那筐橘子的，乙答：“一筐橘子我没吃到一个坏的。”

在座的人都不解，问：“你发的那筐橘子全是好的?”

“不。那筐橘子到我手里也有一半在烂，我先选好的吃，到选不出的时候，我连筐子丢了。”

甲乙两个学生是毕业生中的学习尖子。事后校长和几个教授在一起议论他们在座谈会上的发言。心理学教授说甲属于逆来顺受的性格，这种人走上社会是难以有出息的；社会学教授说甲的思维属于封闭型的，不可能开创什么事业；哲学教授说甲人生态度是悲观消沉的，这种人生观与时代格格不入；校长说甲不会树立个人威信，发言遭人耻笑，丧尽了自己人格……而大家一致看好乙的将来，认为乙处世有主见，有魄力；思想方法独特，有开拓创新精神，有健康积极的生活态度……时代的乐谱上，就需要这样的“音符”。

乙将是沿江大学的骄傲，将会是沿江大学升上天空的最亮的一颗星星!

转眼就是十年过去，学校举行校庆，要邀请部分走上社会的学生回校一聚。校长和几个教授都不约而同地一起想到了甲乙两个学生，便查找他们最初分配工作的单位和通讯地址，发函邀请。甲所在的单位很快回信，说甲已是局长了，并转达了甲公务实在繁忙，不能参加校庆的遗憾。乙最初分配工作的单位回信，说乙分配到本单位后，因上下左右关系不好，两个月后就调到 A 单位了；又同 A 单位联系，说是调到 B 单位了；学校顺藤摸瓜，CDEFG，一直

“摸”到K单位，K单位说乙得了忧郁型精神病——但乙听说母校将举行校庆后病情缓解，表示定将参加校庆。

猎手

章海生

伟强靠在一墩残颓的汉代烽火台下休息，他刚刚打到两只野兔。他几乎是手都不抬地从右胯边扣动扳机，两只小动物就倒下了。他对自己四十多岁身手依然矫健感到满意。他从十七岁起就迷上打猎，这种胜利曾带给他多少欢乐！可惜，这些年野物越来越少。年轻时戈壁滩上黄羊成群，甚至有时几百上千只拥在一起。那时工厂的人夜里开着汽车追捕黄羊，汽车冲到羊群眼前，猛然停车打灯，羊群便傻子般呆住了，车上的人就用步枪射击。这些年，大动物渐渐不见了，只剩下野兔、雪鸡、狐狸，也不容易猎到。伟强轻轻叹息一声，日光越过洪荒的戈壁高原，久久地落在塬下那片庞大的、自己生活的新兴工业城市上。

突然，几乎是本能，伟强感觉到右侧的山坡上有个东西在移动。他用眼瞄过去，是一只青羊！他兴奋了。健硕的青羊，这简直是上苍对他的恩赐。他周身的血在沸腾。

一只青羊正沿着山坡曲折上行，伟强从西侧的山坡直接插上去。青羊在岩石间轻灵地跳跃，伟强大步紧跟。青羊身上暗灰色的软毛和黝黑的双角已经用肉眼看得很清楚了，伟强握枪的双手也渗出了一把汗。他犹豫了一下，又端起枪来，在青羊向前跳跃的一刹那，扣动了扳机。羊晃了晃，两条前腿沉重地踏向前面的石岩。这正是伟强所期待的，他果断地再扣扳机。然而，这次枪却没响。

原来，他在打完野兔后双筒猎枪中仅剩下一发子弹。 这在他的打猎史上简直是绝无仅有的重大失误！他几乎绝望了。

可是，这时他看到青羊有些蹒跚，它缓缓地向山顶岩壁攀去。它受伤了！伟强又鼓起了希望。 青羊扭动着短粗的脖颈向东移动，他也跟着向东；青羊折向西北，他也向西北翻上。 双脚蹬落的碎石哗哗而下，眼睛却不曾从羊身上离开须臾。 在一个喘息的当口，他娴熟地从腰间摸出一颗子弹填进枪膛。 青羊此刻似乎回头望望，然后直向崖顶跳去。 伟强仿佛听到一声召唤，顿时身如鼓翼，几乎同时登上了山顶，就在青羊准备越过山脊、隐没于巨崖后的一刹那，伟强的枪响了。 青羊肥硕的身体倒了下去。

伟强奔向前。 青羊已沉重地跌落进深深的山谷之中。 伟强向下望去，下面万仞如削，寒气阴森，他倒吸了口凉气，旋即决定绕下山去取回自己的猎物。 就在他转过身准备从来路下山时，他忽然惊呆了：来路竟是山势嶙峋，巉岩峭立！下不去了。

他站在嵯峨的山巅。 这时，薄暮笼罩大漠。 血红的夕阳冉冉降下，群山显出从未有过的奇丽与悲壮。

W 之谜

郑允钦

前往 K 星球游览观光的人越来越多了！K 星球是一个充满魅力的星球，它面积不及地球的百分之一，可是山水却是很有特色的，还有一些保存良好的远古时代的建筑物。 有意思的是，长期以来，K 星球只对外界开放它的北半球，南半球一直笼罩着一层神秘的面纱。 直到 21 世纪初，K 星球大总统古特先生才宣布开放南半球。

开放令一下，星际游人如潮水般涌来，虽然游览南半球的费用是游览北半球的两倍，但旅游业务仍呈直线上升趋势。

游客们发现，南半球的景色与北半球相比，虽然有所不同，但也没有太大的差异。山水实在比北半球还要逊色一些，只有一个地方还是未知数。这块地方位于 K 星球的最南端，相当于地球上南极的位置。它被称作 W，面积只有一个田径场那么大，其四周用水泥挡板围得严严实实，上面还盖着硕大的圆弧状塑料板，远远望去像是戴着一顶帽子。里面究竟有些什么，游人们无法知道。也正因为这样，W 像一个巨大的谜，吸引了许许多多的游客。每天，都有川流不息的游人来到它的四周，探头探脑地张望，希望能窥见里面的秘密。但没有谁能够如愿。

一些富有的游客开始联名写信给古特总统，要求彻底开放南半球，揭开 W 之谜。可是古特总统根本不理睬这些信件，这更激起了游客们的好奇，他们认为这神秘的空间内一定隐藏着无与伦比的景色，也许是一座世间罕见的石峰，也许是一处匠心独具的园林，再不然就是一座金碧辉煌的远古建筑。总之，这地方是 K 星球的精华所在。于是，那些腰缠万贯的富翁不惜抛出巨额钞票来诱惑古特总统，说只要让他们进 W 去看一看，花多少钱他们都干。遗憾的是古特总统竟然不为金钱所动，他在电视机前耸着肩膀答复那些富翁："每一个星球都有自己的秘密，W 是我们 K 星球的秘密所在，你们就是给我一座金山，我也不能干泄密的事……"

古特总统的话激起了旅游迷们的愤怒，他们开始诅咒 W，但这些诅咒并没能削减 W 的巨大吸引力，相反，它更加刺激了人们寻幽探秘的心理，使 W 引来了更多的星际游客。

游客当中也有一些胆大妄为之徒。一天，一位长着红色鬈发的游客违反游览规定，强行撬开外围的水泥挡板，发现挡板后面还有一层乌黑的金属硬壳，他借来一把榔头企图敲开这层硬壳，没想到竟像被鬼打了似的，怪叫一声，倒地身亡。

这样的事故发生了好几起。游人们开始认为 W 是类似于地球上百慕大三角那样的危险地区，这就更加增添了其神秘色彩。而古特总统不得不调来一班警卫，日夜守候在 W 四周，以防游客们的越轨行为，保护游人的安全。

一百年过去了，到 K 星球来的游客有增无减。

又过了一个世纪。享年二百七十六岁的古特总统去世了。W 仍像一个具有魔力的磁场，吸引着一批又一批的天外来客，K 星球因此而积累了惊人的财富。

终于有一天，来了一位亿万富翁，提出用他的全部家产来换取揭开 W 的秘密，这使得新任总统路托先生心动了。路托总统忘记了古特总统临终时的再三叮嘱，他收下那笔巨款后，便指派机器人去除那层水泥挡板，用金属切割器切开那乌黑的金属硬壳，揭开了 W 的神秘面纱。

那位富豪和所有在场的游客都惊得目瞪口呆，因为里面什么都没有！

这里只是一块荒芜的空地。那金属硬壳能使挨着它的人毙命，只不过是因为通了高压电。

从此，K 星球的旅游业一落千丈。路托总统懊悔不已，他用那笔巨款在那空地上建造了一座金碧辉煌的豪华楼阁，企图填补原先的空缺，没料想效果大不如前。

路托总统始终不明白这是什么道理。

药方

蔡贡民

这几天，海滨县卫生局副局长老黄心事重重。

如果用与时俱进的人才观来衡量，他是该被淘汰的角色了。例如，他下属的朝阳医院要办一个心理咨询所，他就认为这不切实际，是“赶时髦”，一直压着没给批准，以至于朝阳医院的林院长背地里骂他是一个思想僵化的“老古董”。其实，要不是他资格老，20 世纪 70 年代起就当上公社党委书记；要不是他的老上级现在官居市委领导，在这次班子调整时向县里打了招呼，他这个外行人，是不可能在过了知天命之年还会被提上副处级位置，并当上卫生局副局长的。县委组织部早就想派一个学有专长的人来取代他，只是碍于市里领导的面子，才迟迟没有递交县委常委会讨论。

然而，老黄活得并不轻松。一则是外行领导内行，好比赶鸭子上架，太吃力了。二则是听到了上面要他退下去的风声，而他却心存大志，还想在退休之前混个正处级呢，因而心里真不是滋味。这样患得患失、七想八想，到卫生局上任不到一年，一向体壮如牛的他，竟然生起病来了。这段时间，他整日里觉得肝区隐隐发疼，腿脚软得不想走路，但查来查去又查不出什么毛病。这使他想起了老莫。去年年底，局里组织机关干部到疗养院体检。快到退休年龄的老莫，被查出得了癌症，且已是晚期。回来后，老莫惶惶不可终日，不到三个月就到马克思那里报到去了。莫非自己也是得了癌症，只是同事们出于好心瞒着自己？这样疑神疑鬼，那肝区疼得更厉害了。尽管局里请来专家名医给他会诊，告诉他所有零部件全部正常，但他总是心存疑惑，饭也吃不香，觉也睡不甜。

这天早上，老黄刚上班，就有人找他来了，来的是刚从欧洲考察回来的朝阳医院的林院长。

“你是想让我批那个报告?”

“不，不。我是专程看你来的。也想给你诊断诊断。”

“我这个病啊，神仙未必诊断得了，还是给我讲讲欧洲之行的趣闻逸事，替我解解闷吧!”

林院长于是讲了一个故事——

西方一家医学科研机构对一个死刑犯说，他们研究出一个成果，人的静脉破裂后，如果不及时采取止血措施，体内血液十二个小时便会流完，人的生命也就到此完结；为证实这一成果，他们想在一个死刑犯身上做试验。他们让死刑犯躺在床上，床头放一只闹钟，然后将他的手臂从窗口伸到隔壁，将抽血的针头扎进血管，任凭鲜血一滴滴流淌到手臂下的盛器里去。

死刑犯眼前的闹钟嘀嗒嘀嗒地走着，隔壁那手臂滴答滴答地往盛器里滴着血，嘀嗒，嘀嗒，嘀嗒……一个小时过去了，两个小时过去了，五个小时过去了，十个小时过去了……完了，完了!死刑犯默默计算着自己的生命旅程，心中充满了对死亡的恐惧。十二个小时过了，那闹钟一阵狂响，医生拔掉了针头，死刑犯感到自己的血液流光了，长长地吐了一口气，永远地闭上了双眼。

这故事听得老黄毛骨悚然，两眼直勾勾地注视着林院长。

“其实，这是一次心理承受能力的测试。”林院长笑嘻嘻地说，“那插进血管的针头根本就没往外淌血，隔壁响着的也是自来水往下滴的声音。但那个死刑犯真的以为自己的鲜血在一滴滴流失，心里一点点紧张起来，最后达到了精神崩溃的地步。这个实验说明，对于每一个人来说，心理健康与生理健康一样重要。”

这更使老黄感到玄乎了。

“黄局长，这次旅欧，我一直把你的病放在心上，”林院长掏出纸笔，边写边说，“我是学中医的。这段时间琢磨着给你配了一个药方，现在就开给你试试吧！”

说话间，药方开好了。老黄接过药方，看了许久，大笑起来，直笑得前俯后仰，泪满双眼，不住地喘气，笑毕又沉思起来。

说来也奇怪，这一笑，竟笑得他神清气爽、浑身舒畅，连肝区也不觉得疼痛了。隔壁办公室的干部闻声过来，一看那药方也忍俊不禁地大笑起来。但见那药方上写着：“高兴草，一钱二分；开心果，二钱三分；无忧皮，三钱四分；知足根，四钱五分；欢乐子，五钱六分。五味草药常年服用。”

三天后，朝阳医院申办心理咨询所的报告得到批准。半个月后，老黄辞去了卫生局副局长的职务，办理了提前退休的手续。一个月后，朝阳心理咨询所正式挂牌，老黄出任名誉董事长。他用从林院长处学到的办法，再加上自身的体验，为老同志们开方，张张药方无不灵验。大家戏称他为“神医”——精神医生之称谓也。

得而复失

李　进

赵林学气功纯属偶然。要不是那一日他的自行车后闸失灵，下坡时险些撞着一个女人，而那女人又长了后眼睛般一跃而起让过了车头却反手拉住了车后衣架帮他刹住了车，他真不会相信这世上还真有武侠小说中所描写的那类功夫高人。

神了，真神了！赵林跳下车的第一个念头便是想给这女人叩个响头。

哪知，更神的还在后头——

那女人在看了他一眼之后，居然高深莫测一语道出了他一向羞于启齿与生俱来的隐疾。“你有疝气。”她说，让赵林瞠目结舌半天回不过神来，她却若无其事不动声色轻描淡写地说要给他“治一治”。

赵林惊喜交集羞赧难当，虽求医心切，然光天化日众目睽睽，又怎好脱掉裤子让人施治，更何况那女人虽已徐娘半老，但毕竟是男女有别。

女人看穿了他的心思，莞尔笑道：“站好，全身放松就是。”

一会儿工夫，赵林从记事起就一直气鼓鼓的阴囊让人放了气般瘪塌下来，原来总觉坠胀难忍的小腹似被一只温暖的手轻轻托起，松快得令他想要飘起来，当那女人说“好了”时，赵林已双腿一屈跪下了。

后来，这女人就成了赵林的师傅。再后来，赵林自己也成了有名的气功师。

说起赵林的出名也极偶然。若不是那天冯处长在酒宴上突然中风倒地，赵林的功夫恐怕永远无人知晓。

就在人们七嘴八舌手忙脚乱要送冯处长上医院之际，赵林镇定自若及时劝阻住了大家。他让人将冯处长仰面朝天平放在餐厅的猩红地毯上，自己则俯身弓步双手平伸在离冯处长身体一尺高处来回轻拂，说是“佛手回春”，几十个回合后，冯处长竟能两手撑地慢慢坐了起来。这下便轰动了小城。从此登门求医者纷至沓来。赵林牢记师训“德高功自高”，救人危难每求必应，替人诊治不肯收人分文，声誉更是倍增。

忽一日友人来访，见门庭若市，怪之。赵林语其故，友人哂他呆：商品社会竟还有如此迂腐之人，你不收费，人笑你痴。赵林置若罔闻。友人不死心，不时上门劝说，如是者三，赵林便有些心活耳热。友人见状，为他在小城最繁华地段租下一门面，请名人为其书写名楣——“赵林气功康复中心”，定下各类疾病收费标准，择吉开张。求医者虽不及义务诊治时众，每日也有数十人。无多久，赵林便还清了友人代缴的房租。

那一日，赵林正为一病人打胆结石，邻人匆匆来叫，其父中风，让他马上去救。

赵林请邻人帮忙，将老父抬至床上，仍是那招“佛手回春”。出道以来救人无数屡试皆爽，这次百十来回过去老父却不见好，再做百余次，仍不见效，老父口角倒泛出串串白沫。邻人慌了，劝请医生，赵林只得从之。

此后，赵林给人治病效果渐差，病人日少。诊所撑持半年告贷无门，不得不将门面退租。

房主收拾房子时，发现屋角遗下一条幅，那是赵林的师傅与其分别时所赠。那字龙飞凤舞遒劲有力，全然不似女人笔势：

> 赵林吾徒谨记：
>
> 欲弃先得，欲得先失。

无题

毕必成

对有缘分的人，世界是狭窄的。

他以为，大学毕业后，天各一方，他再也不会与她相逢了。没想到这次到北京出差，竟在王府井百货大楼的门口与她差点撞个满怀。他掀开棉门帘儿欲进去，她掀开棉门帘儿欲出来，分秒不差！尽管阔别十年，她也有点发福了，但那甜润的一声“哎哟”，他立即认出了是她！自然，她也立即认出了他，赶紧把两手提的大包小包并到一只手上，腾出一只手与他紧紧相握，四目相视，嫣然一笑，所有的问候与微妙的情感全表达了。

他们就近找了一家咖啡馆，拣了个僻静的角落坐下，要了两杯咖啡，未曾开口，又相视一笑。说实话，十年前在大学里，他悄悄爱过她。她长得美，成绩好，又坦诚得惊人。凡遇不平事，不管对象，不论场合，当然也不管后果，立即直抒胸臆。完全符合小说中塑造的现代女性，是作家们讴歌的标准可爱的模特儿。但他却觉得她太不成熟，将来若与她生活在一起，不知要惹出多少祸端，穿上多少玻璃小鞋，他权衡再三，只好望美兴叹，打消了向她进攻的念头。果然，毕业分配时，以她的成绩和品行完全可以和他一起留在省城的研究所工作，但她却为一个毫不相干的同学打抱不平，顶撞了系主任，结果分到边远省份边远小城一个濒于破产的小工厂！临别时，他为她叹息：“唉，你也太不成熟了。这种要命的时候，怎么能得罪系主任呢?”她却睁着一双大眼，不解地回答：“是吗?”

他搅着杯中的咖啡，目视着她：“这些年，过得好吗?”

她微微一笑：“你看我这模样，像过得不好吗?”

的确，她脸色白里透红，显现出一种富态。衣服是上等的料子，上等的手工，剪裁可体，式样也新颖，又大方。一切都显示着生活优裕，心理安逸平衡。

他点点头："没想到你这性格倒春风得意。"

她笑了，笑容中隐含着一点苦涩："我记住了你的忠告，成熟了。"

他一震："……"

她不无自嘲地："我学会了处理各种关系，学会了有选择地讲话，学会了慎言慎行，未曾开口先权衡后果，人人都喜欢我了。我嫁了副专员，还调到地区工业局当了副局长，这次还出席了北京召开的会议……如你所说，春风得意。"

十年前，他原希望她这样通达人情事理，可此刻真见她如此做了，却又觉得心里有点……有点什么呢？一时说不清。

她甩甩头发，目视着他："我现在像一块色彩美丽、光光滑滑的雨花石，人见人喜。这是不是老兄所祝愿的成熟？"

他忽然感到语塞："也，也许是吧……"

她目光一闪，脸上的笑容全没了，沉重中含着悲戚："我是成熟了！"

他无言了。

桌上的两杯咖啡渐凉，热气少了。他俩呆坐在变幻莫测的五彩灯光之下……

夜遇

张桂生

暮色四合。冥冥中我在郊外田畦上行。

"张桂生，你随我来。"懵懂中，有人断喝。

影影绰绰，有一壮汉挡住我的去路，朦胧中，见壮汉脸如墨，眼若星，古代官袍加身。我一惊：“拦路者是谁?”

“捉鬼钟馗也。”

冷汗倏然冒出体外。“我非鬼。捉我干甚?”

壮汉一捋长须，仰天大笑：“如今人世间时兴第二职业，地府也受波及，我受聘于受你攻讦之人士，兼做人世间良心法庭审判官。少啰唆，随我来。”

我随钟馗来到附近一幢高楼底层大厅中，依稀记得，这是一幢尚未竣工的16层大楼，造到第8层。地基倾斜，墙壁裂缝，中途停工。此刻，厅内灯火辉煌，中央摆一硕大公案，牛头马面早已手执索魂棒，威风凛凛伫立两旁。钟馗径自走到公案后，在太师椅上落座。

“张桂生，”钟馗一拍惊堂木，“《雄伟的建筑》这篇微型小说可是你写的?”

我颔首。

“在小说中你写了一个建筑工程包工头偷工减料，用劣质水泥、废品钢筋?”钟馗咄咄逼人。

“说！说！说!”见我发愣，牛头马面齐声猛喝助威。

我不好回答，只有擦汗的份儿。

“好。不回答算你默认。我再问你，你还写了一部《无人知晓村的秘密》的童话书?”

我又颔首。

“书中你写了名歌星用混合着人尿牛屎猪粪的池塘水制作太空水?”

“说！说！说!”见我又发愣，牛头马面齐声猛喝助威。

“好。不回答又算你默认。我且再问你，中篇小说《一本正经先生的周末》也是你的大作?”

我再颔首。

“一本正经先生给了你红包?”

我摇头。

“那你为什么写镇长先生肥头大耳?我最恨以貌取人之辈。你还写了镇长先生是八个制假黑窝的总后台。证据何在?”钟馗怒发冲冠。

“说!说!说!”见我再发愣,牛头马面齐声猛喝助威。

“由此看来,告你状的人还是有依据。只因为你信手涂鸦,致使包工头坐大牢、红歌星被罚款声名狼藉寻短见到地府去唱歌、镇长先生罢了官……”

“请问,”我斗胆打断钟馗,“是红歌星向审判官大人告我的状?”

钟馗一时语塞。顿了一会儿,接着说:“你那些狗屁文章,居然还屡屡获奖,真让我生气。”钟馗越说越气:“更有甚者,你敢写不敢当,有时不用你张桂生自己的名字,却用假名,什么金牧呀、水金呀、记人呀等等发表文章。”

“那是笔名。”我争辩。

啪!钟馗一击惊堂木:“大丈夫坐不改姓,行不易名,还用屌笔名。既然你已承认这些混账文章是你所写的,现在本判官来宣布你的罪行。别以为我只是地府的大臣,现在提倡横向联系,我照样可以索你的魂……”

“且慢。”我急了,连忙大叫,“你听我分辩。”

“讲。”钟馗不动声色。

求生的欲望使我勇气倍增:“钟大人,你可懂得什么是小说,什么是童话？”

“本判官能写一手绝妙的八股文。什么小说童话，那是穷困潦倒的落魄文人的雕虫小技。”

“千百年来，人们传说你刚直、公正。”我想给钟馗灌迷魂汤，企盼他放我一条生路。

钟馗黑脸上有了得意之色。

“可是，你却一点不爱惜文化人。当年，你才高八斗，考场上考了第一名，只因长相丑陋，落了个名落孙山的下场……”我一激动就说走了嘴，慌忙打住。

“羞煞我也！”钟馗猛击惊堂木，喊声如雷，惊天动地。

我这一惊非同小可，昏倒在地。隐隐约约中，仿佛有硬物硌痛了我的左肋。睁眼一看，发觉自己躺在书房的写字台前。就一个鲤鱼打挺跳了起来，看见了写字台上的那封匿名信。我想起来了。下午，传达室熊老头送来一封信，拆开一看，原来我发表在市报上的一篇微型小说，被人按图索骥向司法机关举报，导致一建筑工地包工头被拘捕，牵涉了一干人。匿名信作者恐吓我当心小命。我哭笑不得，晚餐破例多喝了几盅老烧酒，伏在写字台上小憩。似梦非梦，才有了这次夜遇。

猎人与狼

侯希辰

猎人穿行在灌木丛中，查看前几天挖下的陷阱，可惜一无所获。当他走进一片米槠林时，微微有点儿心跳，那是最后一处的陷阱了。

伪装的树枝不见了，陷阱露出阴森森的洞口，猎手狂喜，端着枪走近阱口。猎物是只成年的公狼，金黄色的皮毛闪烁着金属的光泽，在阱底低嗥着，焦急地团团转。

靠近点儿，再靠近点儿，猎手告诫自己。小心地挪动脚步，边举枪瞄准，他只有将尖锐的弹头射进公狼的前额，才能获得一张完整的皮。猎手觉得手心有点湿，全神贯注地往前挪步。突然，他脚下一滑，眼前一黑，耳边响起尘土和落叶的坠落声，猎手意识到，他正掉进自己挖的陷阱里，他忽略了昨晚的那场大雨。

现在，猎手和凶恶的公狼，共同被困在狭小的阱底。四周是三米多高垂直光滑的泥壁。猎手心中滑过一阵苦笑：这大概就是报应吧，打了一辈子猎，结果却要死在亲手挖掘的陷阱和已捕获的猎物口中！

在猎手掉进陷阱中的那一刻，公狼被这突如其来的坠物给镇住了，它转过身，目光凶狠地盯着近在咫尺的猎人，龇着白森森的狼牙，鼻孔里发出威慑的低嗥。

赤手空拳的猎手知道，无论如何是敌不过眼前凶狠的公狼的。凭他多年狩猎的经验，他很快镇定下来，也龇着牙。目光狠狠地瞪着公狼不动。

人和狼都不敢轻举妄动，互相对峙着。时间似乎静止了。不知过了几分钟或是几小时，公狼也许感到眼前的人对它并不构成威胁，也许无暇顾及，逃命要紧，公狼盯着猎人后退两步，见猎人没有反应，便掉转身，不再顾及背后的人，开始义无反顾地用尖锐的前爪飞快地扒着阱壁。

雨后的土很湿，老狼很快就在脚下扒下一大堆土，把阱底垫高了一层。公狼用后腿跳上土墩，竖起前爪，继续往高处抓。

猎人很快就明白了公狼的意图，不禁在心中骂道，他娘的，狡猾的家伙！旋即，跟在公狼的身后，把公狼抓下的松土踩实、垫宽，做成台阶状。

狼和人，这一刻成了同舟共济的合作者。人和狼，为了求生，竟配合得如此默契和协调。

只用了两个多时辰，狼和人都看见了头顶上的地面。狼一纵身，蹿上地面，向前走了几步，停住，回转身坐下来，目光定定地望着洞口。

猎手最后也艰难地攀援上洞口。他看见狼正盯着自己，慌忙拾起掉在地上的枪，端起瞄准狼的前胸。

公狼见到猎人上来，全然不觉危险就在眼前，而是偏着头，对猎人眨眨眼，然后缓缓起身，慢吞吞地朝着密林深处走去。在转过山脊时，又回过身来望了望猎人。

猎手端着枪，怔怔地瞄准着渐渐远去的公狼，僵硬的手指，没有扣下扳机，一任猎物从容地隐入林间……

从此，猎手不再进山。他告诉别人，他已失去作为猎手应有的那股狠劲了。

死亡体验

芦芙荭

河湾很静。

女人像一只猫一般依偎在男人的怀里，睁着那双秋水盈盈的眸子，一往情深地望着男人那轮廓分明的脸。男人笑了笑，低下头在女人那炽热的唇上吻了一下，目光随即游移开去，落在了他们身下巨石前的那个深水潭上。 水潭很深。 昏暗而幽蓝的潭水在黄昏的阳光下，泛起一股股令人毛骨悚然的寒意。 潭中不时传来鱼的唼喋声。

男人说，你真的不怕吗?

女人说，只要和你在一块，我什么都不怕。

男人回过头望着姣美动人的女人很是感激地笑了笑。

这时，远处传来了一声狗叫。 男人听到狗叫声，心里一咯。 女人的心也一咯。 男人和女人的思绪一下子都沉浸在了以往的许多个夜晚里。 村子里家家户户都养了狗，那些个夜晚，夜夜都有狗叫声。

男人和女人不约而同地将目光沿着狗叫声从白亮亮的河滩上划过去。 河滩的对面就是村庄。 地里的庄稼已经收割完毕，田野显得空旷而辽远。 村头那幢三层的小洋楼在收了秋的田野里更是显得引人注目。 那是二水的花炮厂。

男人和女人都是花炮厂的工人。 就在两个多小时之前，他们还在那小洋楼里走进走出，一边干活，一边和其他工人们有说有笑的。 虽然许多天之前，男人和女人就已做出决定，选择了沉河而死这条路，但那时，他们仍然表现出一副泰然自若的样子。 各方面的压力已把他们逼上了这条绝路。 因此，他们早已将沉河而死看得和游泳一般轻松自如。 他们已不图别的什么了。 只求能死在一块就行了。

狗依旧在叫着。 那叫声走过白亮亮的河滩，走过宽宽的水面，变得动人而可爱了。

此时，男人和女人已吃完了他们准备的最后一顿晚餐。 他们脱光了衣服，沐浴着凉爽宜人的河风，像动物一般在无遮无拦的巨石上，从容过细而又放荡地做了一次爱后，双方都换上了干净而漂亮的衣服。 女人总是那样，面对死亡也要把自己打扮得极尽漂亮。

她拿着一片小圆镜仿佛要做新娘似的，一次次为自己擦胭脂抹粉画眉描口红，又一次次擦去。直到男人满意才罢了休。男人呢，自始至终都显得从容不迫。他搬来一块很大的石条，用事先准备好了的绳子五花大绑地捆了个扎实。他要到最后一刻，再将这块石条拴在两个人的身上。

做完这一切，已暮色四合了。他们又走向了一块相依相偎相拥着，如胶似漆地吻着。之后，他们转过头深情地望了村庄一眼。又望一眼。二水的花炮厂正灯火辉煌。那里的工人们也许正一边干活，一边像以往一样在说笑呢。女人突然想起了过去的日子。女人想起过去的日子禁不住一串泪水夺眶而出。

男人正在把那拴着大石条的绳索像带光荣花似的往两个人身上套，一滴泪水掉在了他的手背上。

又是一滴。

男人说，如果你后悔，还来得及。

女人凄惶地望着男人说，那边不知道有狗没有？

男人说，不知道。

女人说，以后咱真的啥也不怕了，可以长相厮守、长久相爱吗？

男人说，或许是吧。

于是，男人和女人紧紧抱在了一起，拼力拖着那块石条，如同走向洞房似的向深潭挪去。

“轰隆”一声，从村庄传来了一声炸响。走近巨石边缘的男人和女人受这一惊，僵直地站住了。

他们回过头去。村子的上空腾起一股黑烟。二水那方才还是灯火辉煌的小洋楼，此时已成了一片火海。

二水家的花炮厂爆炸了！有人喊。

随着这一声喊，村子里许多人纷纷朝二水家里赶去。一些人冲进了火中，开始在残垣断壁之中寻找着被炸的人。当一具具尸体被冲进去的人们七手八脚地从火海中抬出来时，一股可怕的阴影一下子罩在了女人的头上。她没有想到，他们为了死而绞尽脑汁，却还活着。而那些快乐地活着，并想永远活下去的人，却遭了不测风云。男人的身体也在微微地抖动着。他突然感到，死是那样的可怕。不知什么时候，他已解掉了套在身上的那拴着石条的绳索。

男人问，怕吗?

女人说，不怕。女人嘴里虽然这么说，可整个身体却像筛糠一般抖动着。她那细嫩的手掌有点冰人。男人和女人不知为什么突然产生了要活下去的念头。

男人说，咱回吧。

女人说，回吧。

于是，男人和女人沿着他们走来的路向村里走去。

求佛

生晓清

近来，唐明心绪颇为不宁，终日昏昏沉沉，常常晨昏颠倒，似醒非醒，似梦非梦……

星期天，他躺在沙发上，双手抱住那颗沉重的脑袋，眼睛微闭。蓦然，新调来的老同学孙建新拖他去登山游玩，散散心。他们爬至半山腰，见许多善男信女们，每人捧着青烟袅袅的香炷，上一个台阶磕一个头，神情十分虔诚。这情景触动了唐明某根神经，便对孙工程师说："我们也给菩萨烧一炷香吧!""好，不妨闹着玩玩。”孙附和。

他俩买好香烛，走进烛光通明、香火氤氲的大雄宝殿，来到菩萨面前，正要敬香磕头，肩头突然被人拍了一下，回首一望，发现一位削长脸的瘦老和尚站在身后：“两位施主，请到那边排队登记去。”

“笑话！给菩萨烧香还登记？”他们感到奇怪，向大门东边望去，果见香客们排着一条长蛇阵。唐明和孙工程师怀着极大的兴致排进队伍里，等候登记。过了很久，终于轮到孙工程师了。

“施主，姓甚名谁？”一个老和尚认真地询问。

“孙建新。”

“嗯。文化程度？”老和尚一边记录，一边继续盘问。

“大学毕业。”

“家住何处？”

“东北松花江畔。”

“好，孙施主请！”

下一个便是唐明，他照例回答了老和尚的所有问题。末了，不知何故老和尚沉下脸把他推出大雄宝殿。唐明申辩道：“我和孙建新一起来的，又都是大学里的同学，关系甚好。你们同意他烧香，为什么不允许我敬神呢？”

“不行，就是不行。”

他与那和尚争吵，惊动了方丈，他捻着雪白的胡须走来调解：“阿弥陀佛，老纳看登记方知，唐施主家住本地，而孙施主家离这儿两千余里。本寺院接受菩萨旨意，只受远方香客，不纳近地土人……”

“这是菩萨旨意？”唐明更加狐疑，“难道我真的生不逢时，到处碰壁吗?”

“最近，许多寺院菩萨赶时髦，向茅山菩萨学习——照远不照近！本寺院菩萨也不例外。”

“也罢，倒不如了此残生!”他向硕大的铜香炉上撞去……“唐明，唐明！你醒醒!”妻子推醒滚在沙发下的唐明。唐明睁开双眼，发现自己并没有死，只是刚刚梦游了南山寺。不过，梦中经南山寺和尚一点化，倒使他茅塞顿开：“怪不得孙建新刚从外地招聘进厂几个月，便有了新住房、科长、党票……而我在厂里辛辛苦苦干了二十年，仍是外甥打灯笼——照旧(舅)……”

上帝发的答卷

何文玉

一天，上帝酒足饭饱之后，突发奇想：“假如让现在世界上每一种生存者再活一次，他们会怎样选择呢?”于是，上帝授意给世间众生发一答卷，让大家填写。

答卷收回后，令上帝大吃一惊，请看他们各自的回答——

猫：“假如让我再活一次，我要做一只老鼠。我偷吃主人一条鱼，会被主人打个半死。老鼠呢，可以在厨房翻箱倒柜，大吃大喝，人们对它也无可奈何。”

鼠：“假如让我再活一次，我要做一只猫。吃皇粮，拿官饷，从生到死由主人供养，时不时还有我们的同类给他送鱼馈虾，很自在。”

猪：“假如让我再活一次，我要当一条牛。生活虽然苦点，但名声好。我们似乎是傻瓜懒蛋的象征，连骂人也要说‘蠢猪’。”

牛：“假如让我再活一次，我愿做一头猪。我吃的是草，挤的是奶，干的是力气活，有谁给我评过功，发过奖？做猪多快活，吃罢睡，睡了吃，肥头大耳，生活赛过神仙。”

鹰：“假如让我再活一次，我愿做一只鸡，渴有水，饿有米，住有房，还受主人保护。我们呢，一年四季漂泊在外，风吹日晒，风吹雨淋，还要时刻提防冷枪暗箭，活得多累呀！”

鸡：“假如让我再活一次，我愿做一只鹰，可以翱翔天空，任意捕兔捉鸡。而我们除了生蛋、司晨外，每天还胆战心惊，怕被捉挨宰，惶惶不可终日。”

蛇：“假如让我再活一次，我愿做一只青蛙，处处受人类保护。我们呢，走到哪里，都要遭人毒打，还要吃我们的肉，活着有啥意思！”

青蛙：“假如让我再活一次，我愿做一条蛇，人见人怕，躲得远远的。我们呢，本来登不得大雅之堂的，现在倒好，人们想着法子吃，大型宴会酒席、饭店、餐馆处处可见。”

最有意思的是人的答卷，男人一律填写为：“假如让我再活一次，我要做一个女人，上电视、登报刊、做广告、印挂历，多风光。即使是一个无业青年，只要长得靓，一阵银铃般的笑声，一句嗲声嗲气的撒娇，一个朦胧的眼神，都能让那些正襟危坐的大款们神魂颠倒。女人的答卷一律填写为：“假如让我再活一次，一定要做个男人，经常出入酒吧、餐馆、舞厅，不做家务，还摆大男子主义，多潇洒！”

……

上帝看完，气不打一处来，“哧哧”把所有的答卷全都撕得粉碎，厉声喝道：“一切照旧！”

石枕

喊　雷

小映九岁那年，在河边的乱石滩上跌伤了腿。

幸好小映的爷爷就是有名的游方郎中，他的腿伤才及时得到了治疗。无奈伤势不轻，拨筋接骨之后，只愈了外伤，关节、肌肉依旧疼痛难忍，即使扶了双拐，也难以行走，不得不卧床度日。

一天，小映看见爷爷在床前叹息落泪，便问："爷爷，你怎么哭了?"

"你的腿已经废了。"

小映听罢，哇的一声哭了，当即跪在床上说："爷爷，你是医生，你救救我吧。我不能没有走路的腿呀!"

爷爷思忖良久，说："要根治腿伤，除非你能在三年之内找到碰伤你腿的那块条石。找到之后，把条石凿磨成石枕，用以醒脑镇痛、散血化瘀、舒筋活络。如此，腿伤可不治而愈。倘若在这三年内你找不回那块条石，你爷爷就无能为力了。"

小映满怀信心地说："碰伤我腿的是一块黑色条石，我认得它。我一定能找到它!"

自此，小映无论风雨寒暑，每天一大早就拄着双拐，连走带爬地去乱石滩，寻找那块条石。

一年过去了，小映没有找到那块条石。

两年过去了，小映还没有找到那块条石。

爷爷说："河滩上的石头不会总留在原处，水涨水落会被冲往下游的。你到下游去找吧。"

于是小映到下游的河滩上去找。然而总是找不到那块条石。

三年的最后一天，小映绝望地对爷爷说：“那块石头，我没有找到。”

爷爷说：“实在找不到，就不要找了。”

“为什么?”

“你的腿不是已经能走了吗？还要那块条石干吗?”

“可我怎么也想不通：那么大的一块条石，怎么会被水冲得无影无踪了呢?”

“三年前我就把它扔到了河心深处。你在河滩上怎么能找到?”

火驹

谢志强

他的居室，贴满了千姿百态的马的图片。最醒目的是卧室床头的一幅徐悲鸿的奔马图，那丹青极为传神，仿佛能听到马蹄得得和昂首嘶鸣。他一直期望能有一匹活生生的马相伴。他一生无所作为，平平庸庸，却独爱马。他说：要能亲眼看见骏马奔驰在辽阔的草原就好了。

他豁不出去，既没去草原，更没见骏马，直到年老病卧不起。整天，唯一的生活乐趣就是欣赏壁上那静立或奔腾的马。他恍惚觉得死亡之神即将降临。我多么虚弱、衰老呀！他想。他遥想了意气风发的少年，朝气蓬勃的青年。

一天，他对在一旁照料他的儿子说：“院子里进来一匹马。”

儿子说：“哪儿可能？城里没有马，有也是公园里的马，驯服得再老实不过了。”

他说：“你上院子里去看看。”

儿子回来说：“院子里空空的，恐怕是风吹梨树发出的声音。”

他固执地说：“我分明听得马蹄声，像踏在我的心里。”

儿子倒出砂锅内的药汁：“该吃药了。”

喝了苦涩的药汁，他像是经过一番长途跋涉，疲乏不堪，垂下眼皮。

儿子征求他晚餐的蔬菜，他说没有胃口。于是，儿子告辞了。可是，他认定院子里有匹马，甚至在撞击门，欲闯进他的卧室。他担心门没拉上锁。闯进居室多么麻烦，他想。他甚至想象室内践踏得乱糟糟的情景。他受不了。他一向讲究清洁、整齐。只是，现在，他身不由己，无力起来阻止那匹野性勃勃的马了。他甚至想象出那匹马像红绸缎一样的皮毛。

这种担忧持续到钥匙在锁孔内咯噔一声，他说：“那匹马折腾了一个下午，他要冲进来。”

儿子诧异地说：“门关得很牢。”

他说：“你去把马赶远点儿，我心里很不惬意。”

儿子出去片刻，说：“我已把它赶出院门外了。”

他舒了口气：“一下午，它又是叫，又是撞，它闯进来，我还真拿它没办法。”

“怎么可能。”儿子说，“爸爸，你可能太乏了，以往，你那么喜欢马。”

“我讨厌和马一道，它太喧闹。”

“爸爸，你先喝药还是先吃饭?”

“我嘴里发苦。”他欲撑起身子，终于没起来，他指指墙壁上的画，“揭下来。”

“这……”

“我在时，闯进院子的那匹马可能有什么感应，我这儿有这么多马，马喜欢合群……”停下片刻，他又说，“对，全部揭下来，你带走。”

“怎么处理?”

“随你。”他说，“我曾经想抛开一切，去牧场，我连这也没勇气，现在……”隔两日，他咽了气。

送葬时，儿子将他搜集了一生的马的图片点燃。儿子默默看着火苗渐渐大起来，形成很猛的火势，最旺时，仿佛一匹辉煌的火驹脱颖而出，原地挺立、嘶鸣，似乎一只无形的手在扯拉缰绳。那是爸爸。儿子想。末了，火驹离去，留下纸烬，翩翩飞舞，儿子看着父亲的遗像，默默说：“爸爸，你安息吧!”

人与猴

魏金树

动物园里，大人指着笼子里的猴，对小孩说：“你知道这种动物叫什么名字吗?”

“不知道。”小孩看着上蹿下跳的猴回答。

“记住，孩子，”大人说，“这种动物叫猴，是专门供咱们人类开心的玩物。”

“何以见得呢?”小孩问。

“不信你瞧。”大人说着，从提包中摸出一颗花生，朝笼子里大猴背后的地方扔去，只见大猴急转身，略一迟疑，却用嘴接住，然后再用爪子从嘴里取出来，剥开吃掉，显得很滑稽。

小孩笑起来，说真有意思。

大人也被大猴的举动逗得很开心，便来了兴致，又将一颗花生扔进去，还是扔向大猴身后的地方，大猴故技重演，转身，跳起来以嘴接住，用爪子取出剥开，放进嘴里。

大人受了鼓舞，便不断地扔，大猴便不断地这样接。接住吃掉，或给身边的小猴。

直到一大包花生全部扔完，大人才和小孩恋恋不舍地离开。

路上，小孩问大人："你为什么将花生扔到大猴的背后呢?"

大人得意地笑了，说："猴子翻来覆去地来回折腾才有意思啊，你若直接扔到它眼前，还有什么好玩吗?"

小孩信服地说："爸爸你真行!"

大人又说："猴子这种动物自以为挺聪明，其实被咱们耍了，它们还不知道呢，真可悲!"

动物园里，大猴指着笼子外的人，对小猴说："你知道这种动物叫什么名字吗?"

"不知道。"小猴望着指手画脚的人回答。

"记住，孩子，"大猴说，"这种动物叫人，是专门供咱们猴子开心的动物。"

"何以见得呢?"小猴问。

"不信你等着瞧。"适逢有个大人往笼子里扔花生，扔向大猴的背后，大猴急转身，略一思忖，用嘴去接住，然后再用爪子从嘴里取出来，剥开吃掉，显得很滑稽。

笼外的大人和孩子都来了兴致，很开心的样子。大人又将一颗花生扔进来，大猴故技重演，转身，跳起来以嘴接住，用爪子取出剥开，吃掉。

大人便不断地扔，大猴便不断地这样接。吃掉，或给身边的小猴。

他们走后，小猴问大猴："你为什么用嘴去接扔进来的花生呢?"

大猴得意地笑了，说："如果我用爪子去接，他们还会继续扔吗?"

小猴信服地说："妈妈你真行!"

大猴又说："人这种动物自以为挺聪明，其实被咱们耍了，他们还不知道呢，真可悲!"

乞丐与富翁的传说

陶　纯

乞丐在城里的繁华地带乞讨了一年多之后，终于发现了一个理想的乞讨场所。这处场所远离市中心，在城东云龙山下的一条马路边。沿马路的走向往上看，是依山而建的一座座小洋楼，小洋楼掩映在红花绿树丛中，像一个世外桃源。

乞丐的年龄并不大，但为了顺利讨到钱，他不得不将自己打扮得老相一些。他还发现，自己的模样不能太窝囊，太窝囊的话，人们见了你就像见到苍蝇那样恶心地走开，根本没有好心情丢给你钱。

每天都有西装革履风度翩翩的富人从乞丐面前走过，走向不远处的那些小洋楼。乞丐翻来覆去说着乞讨的话，当然大多数富人都对他置之不理，扬长而去，偶尔有个把人在他面前停顿一下，丢给他一张票子。乞丐不由心花怒放，因为这一张票子顶得上他在别处乞讨三天还不止。

有一个矮矮胖胖、留着两撇小胡子的富翁刚搬到这里来，乞丐觉得这人面善，再遇上他时，乞讨起来就格外用心用情。乞丐几乎声泪俱下地说，先生，行行好吧，俺爹是个瞎子，俺娘瘫痪在床，俺老婆给人贩子拐跑了，俺女儿又得了白血病，没钱治病，眼看就要咽气了……富翁看了乞丐一眼，嘴角动了动，摆摆手止住他，从兜里摸出一张百元大票，扔在他面前的一块肮脏的白布上。乞丐赶忙作揖跪拜，连说恩人恩人，俺一辈子记着您……等他抬起头来时，看到大恩人已经走远了。

两天后，那位留小胡子的富翁再次从乞丐身边走过，乞丐先作揖磕头，说先生行行好吧，俺想送女儿去医院，但俺交不起住院费……富翁这回连眼皮都没抬，像甩手丢一只烟头那样，扔下一张百元大票后快步远去。

留小胡子的富翁买了辆油光瓦亮的小卧车。从那以后，每逢富翁坐车路过，乞丐都冲着那辆小卧车行大礼。如果富翁步行而来，乞丐就张口乞讨。令乞丐喜不自胜的是，自己差不多每次都有收获，很少有落空的时候。他想，这个富人可真是天底下最好的，这个天底下最好的富人居然让自己碰上了，老天爷有眼呐！

这天黄昏，富翁又款款出现了，乞丐酝酿好感情，待富翁走到五米远的地方时，先作揖跪拜，然后噙着泪说：先生，托您的福，俺女儿住进了医院，但住院费眼看又花光了……富翁大概刚赚了一笔，脸上挂着笑，看上去心情极好。心情极好的富翁这回没有马上走开，甩过一张百元大票后，他蹲下来，说，每次见了我你都编假话，有那个必要吗?

见老底被揭穿，乞丐很不自在地笑笑，血涌上了脸，好在他脸黑，看不出来。富翁又说，十年前，我就是你现在这个样子。

可是，您现在大发了。乞丐啧啧道。

如果我没记错的话，我已经给过你两千元钱。十年前，我就是靠两千元钱起家的。主要倒腾海产品。如今，全市的海货基本上都被我垄断了。记住，以后不要再朝我要钱了。富翁说完后，腆着小肚子款款而去。

乞丐望着富翁远去的背影，淡淡一笑。一个计划随之在他的脑子里形成了。

乞丐一连十天没在这条幽静的马路上出现。

十天后，乞丐却又来到了这里，他的样子更加落魄，恨不得马上就见到那个留小胡子的富翁，等到天黑，富翁才露面。乞丐顾不得礼节，大声说，先生，我也按你的办法，进了一批海货，但没卖出去，全臭了……

富翁说，是嘛。

乞丐痛哭流涕道，两千多块钱呐，全砸进去了……

富翁说，是嘛，我没让你也去倒腾海货呀。

可是，你靠这个发了，我却完蛋了。乞丐哭得更加伤心。

富翁一点都不为之所动，说，瞧瞧吧，这就是富翁与乞丐的区别。

自此以后，留小胡子的富翁真的没再给过乞丐一分钱。乞丐枯坐在这条美丽的马路上，经常一连数天毫无所获。又过一段时间，乞丐实在熬不下去，只好重新回到市区的繁华地带乞讨。他对同伴们说，咱他娘的挣不了大钱，就安心在这里一点一点地讨要吧。

第三辑　人生旅途

陶四指

胡永其

陶家在小城是个大家族。老四陶慕青更是了不得，他自小酷爱丹青艺术，尤以画兔享誉画坛。那幅在中堂悬挂的“百兔图”，栩栩如生，温柔可爱，令多少骚人墨客为之折服。人们皆敬称他为“陶四爷”。

陶四爷平素深居简出，潜心作画，似乎一介“大隐之士”。可“民国”二十年那年发大水，当多少百姓流离失所、四处漂泊之时，陶四爷竟寝食不安，一口气作画上百幅，并亲自上街义卖，所得的钱财全部赈济了灾区难民，一时在小城传为佳话。而当县城小报记者去采访他时，他却淡淡地说道：“区区小事，何足道哉!”

抗战那年，小城沦陷，膏药旗如蝗虫满天飞舞，驻扎在翠园内的鬼子中队骄横不可一世。中队长佐田是个“中国通”，亦甚爱丹青艺术，当他听说小城有个颇有名气的画家时，便急吼吼地把维持会长陶慕高唤来“嘀咕”了一通，并指定三日后要取画。谁知那陶慕高竟是陶慕青的大哥，他深知四弟的脾气异于常人，此事不大好办；但又不敢推却，只得强装笑颜允诺了下来。

果不其然。当陶慕高登门说明来意后，竟被四弟破口大骂了一通，羞得他面红耳赤，只恨无地洞可钻。

三日过去了，陶四爷称病不起，始终没有作画。

佐田可从没吃过这种瘪，气得疯子似的乱吼。为了不服这口气，他决意亲自登门索画。

那一日，佐田特地备一盒礼品，拉着陶慕高一道假惺惺地前去探望陶四爷。陶四爷不卑不亢地起床接待。寒暄一阵后，佐田便直通通地向其索画。陶四爷再三婉言推辞，谁料佐田竟面有愠色地吼道：“你的，良心大大地不好！”

陶慕高在一旁急了，赶紧上前打起了圆场。陶四爷无奈，只得忍住性子取来笔墨，铺开宣纸，不慌不忙地画了起来。

须臾工夫，一只通体雪白的兔子便画成了，只是那神态有点儿蔫。陶慕高凑近一瞧后，不由地倒抽了一口冷气：这只兔子竟没有尾巴！

这含义是不言自明的。那佐田是个“中国通”，也看出了这一“匠心”，旋即黑了脸，“叽里哇啦”地嚷开了，硬要陶四爷添上没画完的那一笔。

陶四爷却把画笔一掷，安然坐下，悠闲地捧着紫砂壶啜了起来。

佐田见状大怒，抽出指挥刀猛地砍去了八仙桌的一角。陶慕高大骇，又慌忙上前好言相劝四弟“别吃这眼前亏”。孰料，平素一贯温文尔雅的陶四爷“霍”地站了起来，他面无惧色，一把操起裁宣纸的小刀，对准自己的右手大拇指猛然一斫，顿时，鲜血四溅，汩汩流淌……

从此，陶四爷与画绝缘。“陶四指”则名播遐迩。

排斧

徐习军

“叮叮、咚咚咚；叮叮、咚咚咚……”河南岸修船的排斧声响彻云霄。

“叮叮、咚咚咚；叮叮、咚咚咚……”河北岸修船的排斧声震耳欲聋。

望见招旗上那大大的圆圈里的“徐”字，便可知道，在河南岸修船的是徐家班子。

徐家搞水上修理这一行已经历了好几辈人，经验丰富，手艺精湛，名声随着船主已响遍大江南北。徐氏门徒更是遍及苏北水网。走到任何一个码头，只要有修船的作场，你猜他们是徐家班子，那保准是八九不离十。

徐家班子太庞大，虽说名声显赫但也招来大江南北同道们的不满，大有“欺行霸市”之嫌。再加上有些门徒实属鱼目混珠，乘着家大业大“吃大锅饭”，弄得门徒之间常有摩擦，是非也渐渐多起来，这令掌门人徐老先生深感不安，他多次想打发他的弟子另立门户出去闯闯，可无人肯离群。偶有一两个勇敢的徒弟想自立，徐老先生便会兴高采烈地送给他们全套工具，并亲自写条子把某地某地生意划给他。可各地船家、老顾主们不买徒弟的账，只认徐家班子。再加上分布在各地的徐氏班子见到另立门户的弟子，都一再竭尽攻击之能事，搞得已自立的弟子只好灰溜溜地再叩拜返回，龟缩在“徐”字旗下，徐老先生为此忧心忡忡。

王大是徐老先生最得意的弟子之一，师傅对他寄予很大期望，有意培养王大接班，可王大却出乎意料地出走自立。这不，河北岸的排斧声正是他领的头。

徐老先生对王大出走实在舍之不得，但从长远计又积极鼓励王大一番，依旧送他一套家什，把他送上了“码头”，并给各地打了招呼。

不愧名师出高徒，王大手艺日臻完美，信誉渐高，也组织起了一些人马来，赢得了不少桩生意。 师傅看到王大能自立于江湖非常高兴。 尽管徐家班子中的弟子对王大另立门户骂声不绝，什么“叛徒”、“逆子”……甚至王大的老婆、孩子在村里也受尽了村人的谩骂歧视，可徐老先生还是理解支持王大的，经常到王大的工地上来转转，以示助威。

俗话说“同行是冤家”，更何况是王大这“叛徒”呢？沭河岸边王大与徐家最有实力的班子相遇，一场心理战一开始就弥漫着硝烟味。 河南岸那飘着“徐”字旗的班子的领班是徐老先生的得力弟子朱大虎。 大虎不仅生得虎背熊腰、力气过人，且手艺超群，处事待人十分妥帖，由他领头的每一项工程都能为徐家班子赢得极好的声誉。 所以把徐家最精干的班底交给他领着，徐老先生是十分放心的。

昔日师傅最得意的门徒，今日又很自然地成了擂台上的对头。

两岸拖上来的都是清一色的二十吨位的楠木大驳船，这在当时已算是大型运输驳船了。 正值水运黄金季节，耽误一天运营，损失掉的就是白花花的银子，所以船家不到万不得已是不会在这时修船的。 这时节抢修，除了修船质量外，这速度、工期当然是竞争的主要尺度。 钉、灰、油、麻丝、木料备齐，就看两家木工、捻工的水平了。 两岸虽未发出竞争倡议，但从两岸人来回穿梭忙碌的举动及两家船主的言语中已经感觉出来。

船体晾干，河南岸首先发出挑战，那挑战信号是从排斧声中传来的。

船家和业界都知道：排斧是鼓志气、扬威风的，由一个人领头用敲锣或击鼓发号，其他人同一刻出斧击凿，一齐用力不仅阵势浩大，且由于用力均匀修船质量也好。 尤其徐家班子的排斧声，那是威震河网的。一旦徐家班子的排斧声传来，工地周围的四乡八邻都会像看大戏似地涌来观赏。据说有一次在洪泽湖边上修船，排斧声吸引来数百人围观，造成拥挤，堤坝塌陷，落水好几十人，有两人被湖水淹死。为此事徐家班子被庄上人硬逼着作了赔偿，那以后徐老先生一再叮嘱：“慎用排斧！”

这一次，为了向王大挑战，大虎决定打排斧。无锣鼓司号，大虎就在船头大勒板上钉了一根爬头钉，用斧头敲击钉子发号，排斧声仍显示出铮铮雄威。

王大班子的弟兄们本来手艺也算不错，可遇到了徐家班子便自惭形秽，听得挑战的排斧声顿时心里发毛。王大自分户以来一直有一种对不起徐老先生和徐家班子的感觉，听见那边响起排斧，心理压力更大，自己的班子组建时间不长，刚刚开了好头，要是败下阵来，自己在江湖上无法立足不说，班子的弟兄们也肯定要散伙。可眼前已由不得他多考虑了，只好硬着头皮仓促上阵，也便指挥班子打起排斧来。开始一段时间还挺整齐，不一会便乱了阵脚，竞争明显处于劣势。

中午收工，王大划着舢板来到对岸，抱拳向徐家班子众兄弟作揖，众人毫不理会不说，还勾三刮四地辱骂些难听的言语。

哀莫大于心死，王大返回自家班子，见众兄弟神情沮丧，犹如战场上溃退下来的败兵。

下午捻船开始后，南岸的排斧声，阵阵敲击着北岸工友的心，王大被逼上梁山般心情沉重地走向船头，只听得王大指挥的斧声“叮、叮”响了两声之后便是“哇”的一声惨叫，人们迅速拥过来，只见王大一斧头砸了自己的手腕，断了的左手血淋淋地软软吊在胳膊上……

徐老先生得知此事赶到现场，在两家班子弟子前失声痛哭起来。

后来的几十年时间，再也听不到徐家班子的排斧声了。

王大又回到了徐老先生的门下，做了徐家的管家……

知识分子身份

边 鼓

“必须弄一个文凭！”他似乎下定决心。

他今年五十多岁了，从十八岁开始创作，至今已发表了数百篇作品，出版了几本书。但他没有文凭。没有文凭就不算知识分子，不算知识分子就享受不了知识分子的待遇。譬如住房、工资、书报费等等。对于钱，他是无所谓的，只是心里有点不好受。

于是，他停止创作，每天花费相当的精力去重新复习高中的数学、历史、政治、地理、外语。但光复习是不行的，还必须死记硬背。解方程、微积分；松赞干布与文成公主；主语、谓语；经线、纬线；山川、河流；ABC……他记得清许许多多的生活细节以及古今中外的许多名著和作者，唯独背不下这些高中课本的东西。然而，再难也要背，只有背熟了，考试才有希望。

上学的头一天，他在教室门口遇见了年轻的教师，平时常上门向他请教写作的“学生”。他的“学生”见他来上课，不禁感叹起来：“哟，您这么大年纪还来？就为要张文凭！”

他笑了笑，摇摇头，又点点头。他知道，自己所花费的并不止半年的复习时间。他还要在夜校里拼搏几年。如果用这几年时间来搞创作……哎，想那么多干啥！

“等到你毕业后，”年轻的教师道，“也可以退休了。”

“尽管如此，我还是想在退休前算是个知识分子嘛。”他自我解嘲地说。

年轻的教师摇摇头。这时，上课的铃声响了……

“同学们，”教师在台上亮开嗓门，“今天，我们上这个学期的第一节课，这节课要讲的是……”

“嗡——”他突然感到耳鸣起来。

好不容易等到下课，他悻悻地走进学校教务处办公室：“我想退学。”他对校领导说。校领导是认识他的，似乎也理解他的心情，便说：“是啊，你来这里读书，实在是委屈了。况且，第一节课的教材，又是你在二十多年前写的文章。”

“不！”他分辩道，“我是想抓紧时间……”他苦笑着一句话也说不出来。

威风

相裕亭

东家做盐的生意。

东家不问盐的事。

十里盐场，上百顷白花花的盐滩，全都是他的大管家陈三和他的三姨太掌管着。

东家好赌，常到几十里外的镇上去赌。

那里，有赌局，有戏院，还有东家常年买断的沿河临街的三间青砖灰瓦的客房。赶上雨雪天，或东家不想回来时，就在那儿住下。

平日里，东家回来在三姨太房里过夜时，次日早晨大都日上三竿才起床。那时间，伙计们早都下盐场去了，三姨太陪他吃个早饭，说几件她认为该说的事给东家听听，东家也不知是听到了，还是压根儿就没往耳朵里去，大多不言不语地搁下碗筷，剔着牙，走到小院的花草间转转，高兴了，就告诉家里人哪棵花草该浇水了；不高兴时，冷着脸，就奔大门口等候他的马车去了。

马车是送东家去镇上的。

每天，东家都在那“哗啦，哗啦”的响铃中，似睡非睡地歪在马车的长椅上，不知不觉地走出盐区，奔向去镇上的大道。

晚上，早则三更，迟则天明，才能听到东家回来的马铃声。有时，一去三五天，都不见东家的马车回来。

所以，很多新来的伙计，常常是正月十六上工，一直到青苗淹了地垄，甚至到后秋收盐了，都未必能见上东家一面。

东家有事，枕边说给三姨太，三姨太再去吩咐陈三。

陈三呢，每隔十天半月，总要想法子跟东家见上一面，说些东家爱听的进项(收入)什么的。说得东家高兴了，东家就会让三姨太备几样小菜，让陈三陪他喝上两盅。

这一年，秋季收盐的时候，陈三因为忙于各地盐商的周旋，大半个月没来见东家。东家便在一天深夜归来时，问三姨太：“这一阵，怎么没见到陈三?”

三姨太说：“哟，今年的盐丰收了，还没来得及对你讲。”

三姨太说，今年春夏时雨水少，盐区喜获丰收了！各地的盐商，蜂拥而至，陈三整天忙得焦头烂额。

三姨太还告诉东家，说当地盐农们，送盐的车辆，每天都排到二三里以外去了。

东家没有吱声。但，第二天东家在去镇上的途中，突发奇想，让马夫带他到盐区去看看。

刚开始，马夫以为自己听错了，随后追问了东家一句："老爷，你是说去盐区看看？"

东家没再吱声，马夫就知道东家真是要去盐区。东家那人不说废话，他不吱声，就说明他已经说过了，不再重复。

当下，马夫就调转马头，带东家奔盐区去了。

可马车进盐区没多远，就被送盐的车辆堵在外头了。

东家走下马车，眯着眼睛望了望前后送盐的车队，拈着几根有数的山羊胡子，拄着手中小巧别致的拐杖，独自奔向前头收盐、卖盐的场区去了。

一路上，那些送盐的盐农们，没有一个跟东家打招呼的——都不认识他。

快到盐场时，听见里面闹哄哄地喊呼——

"陈老爷！"

"陈大管家！"

东家知道，这是喊呼陈三的。

近了，再看那些穿长袍、戴礼帽的外地盐商，全都围着陈三递洋烟、上火。就连左右两个为陈三捧茶壶、摇纸扇的伙计，也都跟着沾光了，个个叼着盐商们递给的洋烟，人模狗样地吐着烟雾。

东家走近了，仍没有一个人理睬他。

被冷落在一旁的东家，心里很不是滋味，他在那帮闹哄哄的人群后面，好不容易找了个板凳坐下，看陈三还没有看到他，就拿手中的拐杖从人缝里，轻戳了陈三的后背一下。

陈三一愣！还没有反应过来身后的这位小老头到底是不是他的

东家时，东家却把脸别在一旁，轻唤了一声，说："陈三!"

陈三立马辨出是他的东家，忙说："老爷，你怎么来了?"

东家没看陈三，只用手中的拐杖，指了指他脚上的靴子，不温不火地说："看看我靴子里，什么东西硌脚!"

陈三忙跪在东家脚前，给东家脱靴子。

在场的人谁都不明白，刚才那个威风凛凛的陈大管家、陈老爷，怎么一见到眼前这个骨瘦如柴的小老头，就跪下来给他掏靴子?

可陈三是那样的虔诚，他把东家的靴子脱下来，几乎是贴到自己的脸上了，还没有看到里面有何硬物，就倒过来再三抖，见没有硬物滚出来，随后把手伸进靴子里头抠……确实找不到硬物，就跟东家说："老爷，什么都没有呀!"

"嗯——"东家的声音拖得长长的，显然是不高兴了。

东家说："不对吧！你再仔细找找。"

说话间，东家顺手从头上捋下一根花白的发丝，猛弹进靴子里，指给陈三："你看看这是什么?"

陈三捏起东家那根头发，好半天没敢抬头看东家。东家却蹬上靴子，看都没看陈三一眼，起身就走了。

雪山

阿　城

太阳一沉，下去了。众山都松了一口气。天依然亮，森林却暗了。路自然开始模糊，心于是提起来，贼贼地寻视着，却不能定下来在哪里宿。急急忙忙，犹犹豫豫，又走了许久，路明明还可分辨，一抬头，天却黑了，再看路，灰不可辨，吃了一惊。

于是摸到一株大树下，用脚蹬一蹬，将包放下。把烟与火柴摸出来，各抽出一支，正待点，想一想，先收起来。俯身将草拢来，择干的聚一小团，又去寻大些的枝，集来罩在上面。再将火柴取出，试一试，划下去。硫火一蹿，急忙拢住，火却忽然一缩，屏住气望，终于静静地燃大。手映得透明，极恭敬地献给干草，草却随便地着了，又燃着枝，噼噼啪啪。顾不上高兴，急忙在影中四下望，捡些大枝，架在火上。

火光映出丈远，远远又寻些干柴。这才坐下，抽一枝燃柴，举来点烟。火烤得头发一响，烟也着了。烟在腔子里胀胀的，待有些痛，才放它们出来，急急的没有踪影，一尺多远才现出散乱，扭着上去。那火说说笑笑，互相招惹着，令人眼呆。渐渐觉出尴尬，如看别人聚会，却总也找不出理由加入，于是闷闷地自已想。

雪山是应该见到了，见到了，那事才可以开始。而还没有见到，于是集了脑中的画片，一页一页地翻，又无非是白的雪，蓝的天，生不出其他新鲜，还不如眼前的火有趣，于是看火。火中开始有白灰，转着飘上去，又做之字形荡下来。咔嚓一声，燃透的枝塌下来，再慢慢地移动。有风、火便小吼，暗一暗，再亮一亮，又暗一暗。柴又一塌，醒悟了，缓缓压上几枝，有青烟钻出来，却又叭的一声，不知哪里在爆。

依然不能加入火，渐渐悟到，距离的友谊，也令人不舍与向往。心里慢慢宽起来，昏昏的就想睡。侧身将塑料布摊开，躺上去，一滚，把自己包了。

时时觉出火的集会渐渐散去，勉强看看，小小的一点红，只剩一个醉汉的光景。似梦非梦，又是白的雪，蓝的天，说不清的遥远。有水流进来，刚明白是雾沉下来，就什么也不愿再知觉。

梦中突然见到一块粉红，如音响般，持续而渐强，强到令人惊慌，以为不祥，却又无力闪避，自己迫自己大叫。

却真的听见自己大叫，真的觉到塑料布在脸上，急忙扯开，粉红更亮，天地间却静着，原来非梦，只是混沌中不理知那粉红就是晨光中的山顶。痴痴地望着，脑中渐渐浸出凉与热，不能言语。

山顶是雪。

走出沙漠

沈　宏

他们四人的眼睛都闪着凶光，并且又死死盯住那把挂在我胸前的水壶。而我的手始终紧紧攥住水壶带子，生怕一放松就会被他们夺去。

在这死一般沉寂的沙漠上，我们对峙着。这样的对峙，今天中午已发生过了。

望着他们焦黄的面庞与干裂的嘴唇，我也曾产生过一种绝望，真想把水壶给他们，然后就……可我不能这样做！

半个月前，我们跟随肇教授沿着丝绸之路进行风俗民情考察。可是在七天前，谁也不知道怎么会迷了路，继而又走进了眼前这片杳无人烟的沙漠。干燥炎热的沙漠消耗了我们每个人的体力。食物已经没有了。最可怕的是干渴。谁都知道，在沙漠上没有水，就等于死亡。迷路前，我们每人都有一壶水；迷路后，为了节省水，肇教授把大家的水壶集中起来，统一分配。可昨天夜里，肇教授死了。临死前，他把挂在脖子上的最后一个水壶交给我说：“你们走出沙漠全靠它了，不到万不得已时，千万……千万别动它。坚持着，一定要走出沙漠。”

这会儿他们仍死死盯着我胸前的水壶。

我不知道什么时候能走出这片沙漠，而这水壶是我们的支柱。所以，不到紧要关头，我是决不会取下这水壶的。可万一他们要动手呢？看到他们绝望的神色，我心里很害怕，我强作镇静地问道：“你们……”

“少啰唆！”满脸络腮胡子的孟海不耐烦地打断我，“快把水壶给我们。”说着一步一步向我逼近。他身后的三个人也跟了上来。

完了！水壶一旦让他们夺去，我会……我不敢想象那即将发生的一幕。突然，我跪了下来。“求求你们不要这样！你们想想教授临死前的话吧。”

他们停住了，一个个垂下脑袋。

我继续说：“目前我们谁也不知道什么时候能走出沙漠，而眼下我们就剩下这壶水了。所以不到紧要关头，还是别动它。现在离黄昏还有两个多小时，乘大家体力还行，快走吧。相信我，到了黄昏，我一定把水分给大家。”

大伙又慢慢朝前艰难地行走。这一天总算又过去了，可黄昏很快会来临。过了黄昏还有深夜，还有明天，到时……唉，听天由命吧。

茫茫天际的沙漠简直就像如来佛的手掌，任你怎么走也走不出，当我们又爬上一个沙丘时，已是傍晚了。

走在前面的孟海停了下来，又慢慢地转过身。

天边的夕阳渐渐地铺展开来，殷红殷红的，如流淌的血。那景色是何等壮观！夕阳下的我与孟海他们再一次对峙着，就像要展开一场生死的决斗。我想此时已无路可走，还是把水壶给他们。一种真正的绝望从心头闪过，就在我要摘下水壶时，只听郁平叫道：“你们快听，好像有声音！”

大伙赶紧趴下，凝神静听，从而判断出声音是从左边的一个沙丘后传来的，颇似流水声。我马上跃起：“那边可能是绿洲，快跑！”

果然，左边那高高的沙丘下出现一个绿洲。大伙发疯似的拥向湖边……

夕阳西沉。湖对岸那一片绿色的树林生机勃勃，湖边开满了各种芬芳的野花。孟海他们躺在花丛中，脸上浮现出满足的微笑。也许这时他们已忘掉了还挂在我胸前的那个水壶，可我心里却非常难受，我把他们叫起来：“现在我要告诉你们一件事。为什么我一再不让你们喝这壶水呢？其实里面根本没有水，只是一壶沙子。”我把胸前的水壶摘下来，拧开盖，霎时，那黄澄澄的细沙流了出来。

大伙都惊住了。

我看了他们一眼，沉重地说：“从昨天上午开始，我们已没有水了。可教授没把真相告诉我们。他怕我们绝望，所以在胸前挂了一个水壶。让我们以为还有水。为了不被我们看出是空的，他偷偷地灌上一壶沙。事后，教授知道自己不行了，因为他已好几天不进水了，他把自己的一份水都给了我们。教授把事情告诉我并又嘱咐，千万别让大家知道这水壶的真相。它将支撑着我们走出沙漠。万一我不行了，你就接替下去……”

我再也说不下去了。孟海他们已泣不成声。当大家回头望着身后那片死一般沉寂的长路时，才明白是怎样走出了沙漠……

扯淡

侯德云

岁月是个无情无义的家伙，硬推着爷爷，往老龄上去。头发白了许多，没白的地方快白了。牙齿掉了许多，没掉的也快掉了。爷爷老喽。人总是要老的呀。

爷爷老了老了，老出这个毛病。有事没事，爱闲扯个淡，唠唠叨叨，把肚子里的旧货，陈麦子，烂高粱，抖落一地，扫不净。

孙子听着烦。烦就烦你的吧。爷爷不理那个茬，有滋有味地叨咕下去。大智若愚的样子。或者也可说是，大愚若智。

爷爷说：那年，我还是个愣头小伙子哪，参加了游击队。晚上端鬼子岗楼，不知谁，弄出一个响儿，被鬼子发现啦，机关枪，哒哒哒，哒哒哒，一个劲儿扫。狂得不知姓个啥。狗日的！

孙子懒懒地捡起话头：岗楼端了没？

爷爷沉了脸，摇头：没。狗日的狠哩。死了两个弟兄。那几天，心里就是一个恨！

默了一瞬，爷爷笑：个把月，又去。端了个屁的。炸药包，手榴弹，轰轰地响。出了口鸟气啊。

孙子脸上木木的，半晌，吐了一个问：游击队啥编制？机关还是事业单位？

爷爷凝了个怔，无话。

孙子又吐了一个问：企业吗？国营还是集体？

爷爷又凝了个怔，无话。

孙子勾了头，翻一本花里胡哨的杂志，哗哗乱响。

爷爷瞟了孙子一眼，接着往下扯：转过年，我参加了八路。嗬，那叫神气！队伍往外一拉，漫山遍野，海啦。打大仗！啥也不顾，劲儿劲的，就是一个冲！小日本鬼子，稀巴啦，举了白旗，降啦。哈。狗日的！

孙子突然抬起头，眼睛一眨不眨：爷，你干掉了几个小日本？

爷爷笑，悠儿悠儿的：哪有闲空数哇，大概其说，不下八九十来个吧。嘿嘿。

孙子生了兴致，扔了手里的杂志，嚷：爷，你发财啦。干掉一个，得多少奖金？

爷爷岔了嗓：奖金？没啊。倒是身上让狗日的枪子儿钻了几个洞。

孙子矮到真皮沙发深处，撇撇嘴：爷，傻了吧你，没奖金干个啥劲儿？不如去唱歌，不如去踢球，一个个全他妈的是大款！

爷爷吼：炮火连天，狗日的打到家门口啦，唱个屁歌？踢个屁球？

孙了一脸不屑：那就去做买卖，就便还能跟日本人搞合资企业，当个老板多牛✕！话再说回来，干啥不比打仗强？死了白死。嘁！

爷爷垂下眼皮，锁了嘴。抬腚下楼。弓身背手，沿大街一驼一驼地走。车嚷人喧，愣是没听见个响儿。

日头撞向西山，洒一坡血，那景，酷像刚刚了事的战场。

爷爷叹了一口气。停停，又叹一口气，沿大街一驼一驼地走。

一个男孩生命的最后两小时

钱 岩

一个叫龙的四岁男孩端着水瓢蹒跚地走向远处池塘。此时，田野里油菜花正热烈地开放着，麦苗吱吱拔着节。 这是个阳光灿烂、生命力旺盛的季节。

男孩来到池塘边，抱着水瓢蹲下。 池塘里一团团小蝌蚪你上我下，像嬉闹的群童。 男孩挂满泪珠的脸露出笑容，于是便把手里的水瓢伸向池塘。 男孩手短，够不着水面，只好把身体努力往下探，再探。 水瓢终于够着水面，男孩却一头栽到水里……很快，水面平静下来，四下逃散的蝌蚪又重新聚起，只是水面上多了只水瓢在轻轻漂荡……

半小时前——

男孩蹲在地上饶有兴致地和水瓢里的小蝌蚪说话儿。 每只蝌蚪都像枚拖着线儿的黑纽扣，笨拙地在水中游来摆去。 男孩玩得很兴奋。 后来，男孩觉得水瓢里好像少了一只蝌蚪。 是不是刚才不小心泼出来一只呢？小蝌蚪没水会死去的，那多可怜呀！男孩离开水瓢忙在地上寻找。 事情的发生就是这么突然，两只在附近逡巡的小鸭像是蓄谋已久，就在男孩转身的一刹那，它们冲上来，把扁嘴插到水瓢里。 等男孩发现时已晚了，几只小蝌蚪被它们装进肚里后，快活地边叫边跑。

男孩拾起被打翻的水瓢，泪水便泉涌而下。 男孩边抽泣边用眼光扫视屋里。 屋里，妈妈和几个大人正在忙着呢。 妈妈忙的时候就烦他去闹，甚至会因此骂他打他。 男孩哽哽咽咽好一会儿，后来决定自己去舀几只小蝌蚪，于是端起小瓢走向远处的池塘。

一小时前——

妈妈把舀来小蝌蚪的水瓢递给男孩：“龙龙乖，你一人到门口玩小蝌蚪，妈妈有事你别进屋闹，妈妈明天就带你到外婆家去。”或许是小蝌蚪很好玩，或许是到外婆家太吸引人，男孩便顺从地接过水瓢走向门外。

张三羡慕地说：“这孩子真乖，多懂事。”

李四笑着说：“大丫，真佩服你有本事打发孩子闹。”

王五像有点不安：“大丫，就让孩子在屋里玩吧。”

大丫便得意地一笑：“常这么着，没事。”

男孩在跨越门槛的时候，由于门槛太高，身一倾，水瓢里的水便泼出一些来，一只小蝌蚪顺水泼进地缝里，男孩子没有发觉。

一个半小时前——

大丫抱着男孩立在门口张望。大丫在等人，等甲、乙、丙三人。约好今天下午来，怎么到现在还没来？此时，男孩用嫩嫩的胳膊箍着母亲的脖子哀求：“妈妈，我想外婆了，你带我到外婆家玩，”“别闹！”大丫显得焦躁不安。甲、乙、丙这仨人是忘了呢，还是有事？大丫决定去看看。果然她们都有事。大丫很失望。大丫觉得这一下午白白过去了很可惜。于是她决定重新找人。

张三说不会不想去。大丫便说：“啥事天生就会？又不是让你学造原子弹。”张三觉得再坚持就拂大丫面子便应了。

李四说没钱不想去。大丫便说：“又不是一次让你掏千儿八百，说不定你今天专掏人家口袋呢。”李四觉得再坚持就让大丫觉得自己不够意思了，便同意跟大丫走。

王五说没空不能去。大丫便说：“啥事偏要今天做？又不是为皇上缝龙袍。”王五觉得再坚持就太扫大丫兴了，就起身和大丫等一起到大丫家去打麻将。

此时，男孩很悲伤，那眼神尤其空蒙。 只是大家忽视了他。

桃花三月天

鲍 昌

他来了，正是桃花三月天。

他入了梦，也在桃花三月天。

桃花很盛，庭院很深，整天里没几个人来往，花瓣悠悠落在地上。

那张脸正像一朵桃花，因为羞怯而时常发红。 黑布鞋，白线袜，朴素的蓝布大褂，只知道干活，低头干活。

墙壁太古老了，缀满暗绿色的爬山虎。 房屋也太古老了，朱楹丹柱的漆皮大都剥落，只有隶书的楹联仍很清晰：“纵老岂容妨痛饮，抱病仍未废新诗。”

抱病的人真老了，七十个春秋织在花白胡须里。 酒使您忘记一切——东瀛留学、武昌首义、北伐星霜、内战烽火。酒也使您愤恚一切——妻妾不和、儿女不肖、家计日窘、国运日衰。

只有桃花能解酒。 您爱桃花，一如晚生的女儿。

夜阑人静，青灯如豆。 她跪在藤椅前为您捶腿，您在幽光中攥着诗集睡去。

室内是燃着一支芭兰香吗？但它比不上桃花的清香。

作为您的儿子，他也爱着桃花，一如自己的恋人，在暗中，在心上。

只有一次，他在月色凄迷的后院里截住她，吻了一下那温香的、迷人的花瓣。震惊、恐惧、羞涩，使这样的机会永远失去了。

深深的庭院啊，深深的怀念。只要当时自己有更多的勇气，桃花是不会失去的。

权势者总会有偏见，嫉妒者又会造流言，唯有那质本无瑕的不幸者，知否不幸就在眼前呢？

庭院里又滋出了小草，紫红的桃蕾又将绽开粉颊，但古都的郊垌已经响起了炮声，这一切都化为春梦。

一个哀婉的、缠绵的梦；一个漫长的三十八年的梦。

梦醒了。他来了。但他又被扯进新的梦里。

看见了新的桃花似的人面，却不见了旧日里盛开的桃花。

听见了几十台缝纫机哗哗地响，却失去了蝉声悠扬的寂寞庭院。

岁月太飘忽，人生也太波折了。他问讯那桃花是否已碾为香尘，看到的却是一双双抱歉的眼睛。

可是这一双双抱歉的眼睛，又迸射出异常的热情：“请问，您是从哪里来的？”

眼眶发湿了。他用呓语一样轻的声音说：“台湾。”

打工的老温

车中州

我踏上了寻找老温的旅途。

车厢里很吵。我闭着眼睛，在想着如何说服老温尽快回到我身边，因为，我确实需要像老温这样百里挑一的打工者。

老温是个搓背工。别看我的“大众浴室”有七八个搓背工，但要论功夫，最让我喜欢的就数老温。

算起来，老温为我打工已经有一年半了。这期间，最让我不解的是，头一年他只干了一个多月就走了，今年春节过后他又来干了一个月便对我说：“真是对不起，家里确实需要我回去。”我心里很不舒服：怎能这样三天打鱼两天晒网的？要不是看你活儿干得好，我非炒你的鱿鱼不可！但转而又想：老温五十多岁的人了，说不定家里真有重要的事情等着他呢，走就走吧。于是，我再三对他强调说：“你这次可得快去快回啊！”

但老温走后就没有回来。而他走后，我的浴室好像出现了一种无法弥补的空白——许多老主顾来了就问老温在不在，有的一听说不在就打道回府了。

我意识到了老温对浴室的重要性。

过去，上了点年纪的人来洗澡，其他搓背工嫌麻烦、嫌费时老是不愿意干，而老温却毫不挑剔，把一个个老爷子侍候得笑眯眯的。我问老温为什么干得这样好，他笑道：“我爸干了几十年的搓背工，我自然也跟着学了些手艺。干这一行，其实也有好处——侍候三教九流，看似卑微，却也可以磨炼人。”还有一次，一男一女来要包间洗澡，老温偷偷对我说：“我们可不能接待这两人，我看像是玩‘野鸡’的。”我说：“这也不好办呀，我不能撵他们走。”老温说：“我有办法。”老温一本正经地走到包间门口说：“真不好意思，二位稍等。刚才公安局的马科长带儿子来洗澡时，把小孩的裤子放在包间里了，我带他进去找找，你俩等一下再进来，好吗?”那一男一女听后，马上说还有急事，不等了不等了，眨眼间便溜出了浴室。我看老温任劳任怨，比别的搓背工要多受许多委屈，便很怜惜他。

一日，我弄了两样小菜叫住老温，说：“来喝两杯。”老温却笑着摇摇头，我问：“你不会喝?”他答：“会。”我说：“那你还不来喝两杯!”他说：“酒这东西，还是不喝为好。喝了，说不定它会给你惹出许多麻烦呢。”他接着又说：“人啊，要常想着苦日子，想着挣钱不容易才对。不吃苦中苦，难得甜中甜。”我一听，噗地笑得把酒喷出了嘴外：“老温，你一个打工的还讲这些个大道理！要讲，也应该由我这个当老板的向你讲才对哩。”

不管怎么说，浴池需要老温。有他在，浴池的生意就好。

我一定要说服他回来，并且让他长期干下去。我这样想着，不禁用手按了按皮包，那里面有三千元钱，如果老温家里确实困难，这钱便有了用处。

当我按纸条上写的地址找到他的住处时，邻居告诉我，这是老温的旧居，他并不经常回来，要找他，必须到××大厦的一个大公司去。我顿时产生出一种不安：莫非老温已经找到了更好的打工去处？要是这样的话，我就白来了。

我来到了那幢大厦。

接待我的小姐问明了情况后，说：“请你稍候，温总今天的事特别多，我先去通报一下。”

什么？温总？我急忙叫住了小姐，问：“老温是……”小姐的笑靥非常动人：“是呀，温总刚回来不久，他去外地度假刚回来。每年，他都要抽出时间去外地一个多月。他说，这样可以放松放松自己，使自己保持活力，能更清醒地领导公司发展壮大。”我一下呆住了。

荒漠一夜

符浩勇

天蒙蒙亮的时候，他已在大漠的荒滩里跋涉了整整一夜。

他蠕动着苦涩僵硬的舌头，舔了舔嘴唇上叠透的干血泡，面对远方一望无际的沙梁，不由回望一眼身后伴随着的追敌——晨雾里闪着两点绿光的饥饿的野狼，心里又掠过一阵恐惧和绝望。

他是昨天下晌为了拍摄到沙漠上的绿洲，离开了驼铃队，深入到荒滩深处的。当黄昏降临的时候，沙梁上传来一声凄凉血性的狼嚎声，他回首寻望，蓦然间发现了暮色里浮动着的两点闪亮的寒光，倏地，疲惫夹带饥饿一同向他袭来……

整整一夜，他别无选择，慌惶地在大漠里奋力向前走。途中，他为补充体力，备带的干粮吃完了，水壶里的水喝干了，肩上压着沉沉的摄影机和行囊背包。但他不忍心将拍到的海市蜃楼般的别致风景一掷了之，那可是他艺术生命的价值所在。然而，野狼显然是盯上他了，将他视成大漠里唯一的补充营养的佳肴，他只好拼力地在沙漠里走着。他心里明白，在荒滩里，缺水是最大的灾难，野狼同他较量的是毅力和意志，自己若是稍有松懈，在沙梁上倒下，野狼就会冲上前，挥舞双爪，将他撕成碎条，充饥解渴，而他拍摄的荒漠上的别致风景将化为乌有。

他回望野狼时，明显发现野狼浑身抽搐，脊梁的骨节更加突起，干瘪的肚皮贴在沙土上，喘气声越来越粗重，他们之间的距离越拉越长……渐渐地，野狼举步维艰，停下来了。他心里不由掠过一阵狂喜，野狼终于撵不上自己了。稍刻，又见到野狼嚎叫一声，转头调向，灰溜溜地往回逃窜。他不由挺直身躯，英雄般地傲立在沙梁上，似乎嘲笑野狼意志的崩溃瓦解。

当野狼的背影逃遁远去，他又一下子瘫倒在沙梁上。他该往哪里走？何方才能寻到驼铃队？哪里才有水源？严重的缺水，他已鼻孔出血，七窍冒烟，四肢乏力。忽而，他转念回想，猝然想到，野狼的转向莫非预告着前方是一条通向大漠腹地的死亡之路？于是，他意识到只有重新振作，尾随野狼，或许才有可能离开大漠，找到驼队，使别致风景焕发艺术之光。

他复而挺起疲惫的身躯，沿着野狼逃遁的方向赶去。为了避免同野狼的孤注一掷，他既不能尾随太近，那样会惊扰它；当然又不能太远，如果稍有松懈，就会迷失跋涉的方向。

芨芨草是大漠里跋涉者的救命圣草，沙梁坎下，野狼过处，芨芨草已被啃尽；他随踪而来，只好刨出草茎，细嚼取湿。野狼困乏了，停下来回头对峙地盯着他；他也停靠下身，机警地准备应对野狼的反扑。有多少回，狼跑他奔，狼歇他停。有几阵子，狼的双腿摇摆踉跄，迷迷茫茫地迈步，他就像虚脱一般神情恍惚，晕晕蒙蒙地跟着……

狼撵人整整一夜，人追狼足足一天，又是日头西斜的时分，终于，沙梁坎下出现了一片罕见的沙洲——那是内陆河被沙漠侵袭仅存的一汪清水。

野狼仿佛忘却了疲惫，奋着双蹄奔过去。

他喜出望外，狠狠地咬了一下血唇，忽而，一阵熟悉的驼铃声响过，昨天同行的地质勘探队出现在前方。他顿感泪水漾出眼眶，蒙眬中，他看见两名地质队员正端枪向着吸水的野狼瞄准，他声嘶力竭地喊："别打它，没有它，我走不出荒漠，是它救了我的命……”

声落枪响，野狼猝然倒在甘泉一般的水边，枯瘦的四肢也懒得一动。

他一个踉跄，向前一个滚翻，昏了过去。

那团云雾

濮本林

真见鬼！尽管他一遍遍地自我宽慰，可缠绕在他心头的惆怅，仍像严严实实地包裹着天都峰顶的那团云雾一样，推不走，排不开。

他是来游玩的，却失落了兴致，那惟妙惟肖的巧石、苍郁虬髯的青松、清澈透明的流泉，在他的眼里，似乎只是一片空白。

早晨从北海下山，面对大自然的造化神工，他手舞足蹈，如醉如痴，每一个景点，他都细细品味，流连忘返，以致同行的伙伴们再也经不住他那磨蹭劲，先下山了，相约在玉屏楼等他。

可现在，唉……他深深地叹了口气。

他为自己而悲哀：堂堂五尺之躯，竟然被一件小事搅得心绪不宁，而且无法自拔。

确实是小事一桩——光明顶上，他花了一元钱从一位老太婆手里买了一袋云雾茶，可没到莲花峰，就知道吃亏了，那里也卖这样的云雾茶，只要八角钱……

“真没出息。”他在心里又一次骂自己。现在几角钱算得了什么？加个夜班，少吃几根冰棒，或者——虽然他企图从愁云悲雾中解脱出来，可是不行，头昏沉沉的，一切思维都没了头绪，步履也越来越沉重了。

好不容易走到玉屏楼，他懒懒地坐在一棵松树下。对面有个地摊，不看倒也罢，一看心里更窝火了：那里也在卖茶叶，和自己买的一模一样，可价格只要五角。

他又叹了口气，闭上了双目。

“你怎么才来?”不知什么时候，几个伙伴站在他面前。

他没有回答，下意识地摸着那袋茶叶。

“哟，你也买了云雾茶?”一个伙伴问。

他点点头，小声地说：“刚刚……在这里买的。”说完他感到脸上有点儿发烧。

“那你可没吃亏，瞧，我们每人四袋，都是在光明顶买的，一袋要贵五角钱呢!”

“真的?”他眼睛里突然迸射出一道光亮，一阵莫名的欢悦使他猛地站了起来。怪呀，眼前的一切又显现出迷人的魅力，每一座山峰，每一棵青松，都像一幅绝妙的图画，在他的眼前跃动起来。

失去的兴致又在身上复归了，狂喜竟使他的心怦怦乱跳起来。

再看天都峰，峻峭宏伟，直插霄汉，看着，看着，他感到奇怪了：咦，那团云雾呢? ……

汗血马

魏继新

夕阳正在西下，苍茫的暮色给无垠的沙丘涂上了一层忧郁、凝重的昏黄，晚霞正在渐渐黯淡下去，几缕破碎的云丝被烧得通红后，又仿佛随着沙漠粗糙而夹着尘沙的戈壁风吹得骤冷，云丝便变得像一块块冷却后的生铁在青黑中镶上了一层红边，使干燥的沙漠更显得荒凉而凄惨，呈现一派壮观的悲怆。但尽管如此，空气仍然十分干燥，使人嗓子眼里仿佛冒得出火来，所以，在汉子的眼里，那落日依然在使人炫目地燃烧着，使他觉得连呼吸也刺激得嗓子一阵阵针扎般的疼痛。

汉子的头发已经有些灰白了，但短而粗糙的胡须却显示出他并未衰老，而恰恰是正值壮年，只不过岁月的沧桑与坎坷过早地给他的须发涂上了一层白霜。汉子留平头，额头像石块一般坚硬，有几条刀砍斧凿般的皱纹横在其间。他面部轮廓分明，线条执拗粗犷，眼睛凹陷，带点儿凶狠、阴沉，与他做伴的，是一匹身架不高，但却并不因风沙干渴折磨而失去其矫捷神韵的枣红马。那马与他一起出生入死，相依为命，好几次在他昏迷时背负着他脱离险境。这一次，又是它，带着负伤的他日夜兼程地奔走了三天三夜，直到闯入茫茫戈壁，才摆脱了仇家的追杀。

马喷着响鼻，艰难地把腿一次次从深陷的黄沙中拔出，但尽管如此，它还是不时用劲拽着缰绳，助不愿再跨它的主人一臂之力，但它终归还是太累了。汉子心疼地拍了拍马背，终于找了一处背风的沙口，躺了下来，那马，便偎在他头前，用身躯替他挡风，汉子见了，艰难地一笑，对它报以感激。

月亮升起来了，荒原变得苍白而神秘，一层忧郁的月光，镀在汉子和马身上，使他们看上去，犹如一尊正在渐渐风化的黝黑的泥塑。

汉子醒来时，如炽的烈日已高高地悬挂在荒漠之中。他已记不得闯进戈壁有几天了，只是昏昏沉沉地被同样疲乏的马艰难地拽着走。偶尔看见被风沙掀露出的人、兽的白骨。汉子嘴唇喃喃地动着，眼前不断出现许多幻象。他仿佛看见自己杀了杀害他全家的仇人，与弟兄们拉杆子杀富济贫的情景，也仿佛看见官家围杀了全部弟兄，还有他的相好玉茹，他要与官家拼命，玉茹却叫他一定要冲出去。他冲出去了，进了戈壁，却终于因饥渴难耐，晕倒了。

醒来时马正嘶鸣着，用脚把刀踢到他面前，又躺下来，把脖子对准他的脸。汉子一下明白了，马要他拿自己的血解渴。汉子眼里涌出了泪水，他抱住马脖子，缓缓拿起刀，但他没有割马，而是割了自己手腕，血汩汩涌出，他把手腕对准马嘴。马似乎也明白了，吸吮了几口，便扭过了头，汉子看见马眼里也有了泪水。他撕了条布巾，包住伤口，缓缓爬上马背，马站起来，艰难地向前走去，汉子却昏过去了。

不知过了多久，过了多少个白天和黑夜，马一阵长长的嘶鸣把他惊醒了，汉了迷迷糊糊地看见了 片绿地，而马也竭尽余力，艰难地奔跑起来，还出了汗。汉子用手一摸，闻到异味，拿到眼前一看，那汗中，竟渗出血丝……

后来，汉子便在这沙漠中的绿地安了家，他终身未娶，放牧着马匹牛羊。

渐渐地，这儿变成了一块小小的绿洲，不少牧民也在这儿落了户。汉子的马不仅与他终身为伴，而且也渐渐繁衍成一群，只是，此马虽日行千里，夜行八百，但每汗必血，实非一般良驹矣。

于是，人们便呼那马为汗血马，尽心恤之，轻易不使其驰骋也。

铁匠铺

马宝山

那时侯，冯氏铁匠铺没名。冯铁匠不打钉、不造镰、不锻钎、不铸犁。冯铁匠专给驴马骡挂掌。冯铁匠最拿手的是使马绊子。客家要挂掌，牲畜栓到冯氏铁匠铺门前的木桩上，冯铁匠手端半瓢苞米粒儿送到牲畜嘴边，另一只手在它身上搔痒。那生灵嘴里吃得香，身上搔得舒服，却不防被冯铁匠猛地一个绊子按倒在地，膝头压住脖颈，从腰间抽出一节绳索在四蹄上结了死扣。接着刮蹄、配掌、挂钉。牲畜的主人一袋烟还没抽完，冯铁匠的活利落脱手了。那新挂掌的牲畜站起身抖出一身的威仪，四蹄生风，踏出一路清脆。

多烈的马、多倔的骡，冯铁匠只要一个绊子，就没有绊不倒的。

冯铁匠从小练就的一条神腿。

小镇南街竖起一座炮楼，里边住着四五十皇协军和一小队日本鬼子。小鬼子队长吉田喜欢摔跤，炮楼里几十号人摔个遍，没对手就到小镇街上找。见到身强力壮的汉子就拦住："哟西，摔跤的有……"不管人家愿不愿意，扯着胳臂就摔。赢了，叉开腿一站，让摔输的人从他胯裆里钻过去。

一天，吉田在冯氏铁匠铺门前拦住一个乡下汉子摔跤。赢了又要叫乡下汉子钻他的胯裆。乡下汉子不从被吉田一阵踢打。这时冯铁匠走过来问吉田："摔输了就钻胯裆？我替他钻！"说完趴下身子从小鬼子的裆下钻了过去。在一片唏嘘声中，冯铁匠慢慢站起身，立到吉田面前，煞了煞腰带，拽住他的胳膊，脚下猛地一个绊子，将吉田啪地摔倒在地，扶起来连着又使两个绊子，摔得小鬼子吉田鼻青脸肿，赢得满场喝彩。冯铁匠抱住膀子叉开腿，做出让吉田钻裆的架势儿。吉田脸上憋出猪血似的紫红溜出人群。

冯铁匠叫在场的女人们背过身去，他掏出裆里的那家什在吉田倒卧的地面上哗哗地尿了好大一阵子，又很淋漓地大笑了一会儿。

几天后，小鬼子吉田从保定城请来一个叫大雄的摔跤手。听说大雄在入伍前是日本北海道的职业摔跤手。大雄与冯铁匠要一试雌雄。

场地就圈在铁匠铺门前。第一回合摔了个平手，都摸了一下对方的招式。第二回合，冯铁匠输了，第三回合冯铁匠也输了。又摔两跤，冯铁匠的那两条神腿都没用上。吉田拧出一脸淫笑，逼冯铁匠去钻大雄的胯裆。大雄摆手不让，要冯铁匠喊一声“大日本万岁”就饶他。

冯铁匠额上青筋暴突，忽然从墙角抱过一个石磙，将一条腿担在铁砧上，双手高举石磙，“咔嚓”一声，砸断了那条神腿，晕厥倒地。

大雄脸上一阵抽搐。吉田令人打来一桶冷水，泼醒冯铁匠仍逼他喊“大日本万岁”。

此时场上围观者众，极肃穆，肃然盯住冯铁匠拖着鲜红如旗的腿，一步一步爬到大雄面前。大雄退一步弯下腰欲将这位打铁汉子扶起来，却被冯铁匠一手甩脱。大雄又后退三步，摘下军帽深深地给中国的这位铁汉鞠一躬，然后拉着吉田慢慢退出人群。

半年后，冯氏铁匠铺又传出叮叮当当的打铁声，震得满街铿锵。冯铁匠单腿独立，站在铁砧前，打钉、造镰、锻钎、铸犁。

炉火纯青，映得冯铁匠通体紫光。

女匪

孙方友

民国十几年的时候，豫东一带活跃着一支女匪。 队伍里多是穷苦出身的姑娘，而匪首却是位大家闺秀。 至于这位小姐是如何沦入匪道的，已无从考究。 她们杀富济贫，不骚扰百姓。 打舍绑票，也多是有钱人家。

女匪绑票不同男匪，她们大多是“文绑”，极少动枪动刀。 先派一位精明伶俐的女匪徒，化装一番，潜入富豪之家当女仆，混上半年仨月，看熟了道儿，定下日期，等外围接应一到，便轻而易举地抱走了人家的孩子。 然后托中人送书一封，好让主家准备钱财。

这一年秋天，她们又抱了陈州一富商之家的独生子。 那富商是城里的首富，已娶了七房姨太太，方生下这一后嗣。 七夫人很有学识，见娇儿被绑，悲痛欲绝，几经思索，便给女匪首写了一封信：

> 我愿意长跪在你面前哀求，看在上帝的面子上，把孩子安全地还给我，免除我的痛苦。我以一个母亲和你同属女性的身份，请你三思你所做的事对我全家造成的伤害。我要回孩子的愿望比要世界上任何东西都强烈，我愿意为你做任何事来换回我的儿子，请你告诉我你的条件。

女匪首看了这封感人至深的信，很是欣赏，一时来了兴致，便回信一封：

> 我不愿跪在任何人的面前，我也不愿别人跪在我的面前。我只请求你看在上帝的面上，把我所需要的东西安全地送给我，免除我的人生之苦。我以一个女性的身份，请你理解你我命运

的不同！一哲人说："谁都希望不跟着命运走，到头来，命运却又主宰着那么多人！"由于命运之神把我推上了匪道，因而我需要生存和向一切富人报复的愿望比要世界上任何东西都强烈！我愿意为你保全你的儿子，请你拿出三千大洋来，于本月×日在我随时通知你的地点换回你的儿子！为保险起见，请不要告诉任何人！

那夫人接到女匪首的信，颇为惊讶！她万没想到女匪首竟也如此知书识礼，文采照人！她产生了见见那才女的心情，当下准备三千大洋，等到匪首的通知，亲自坐船去了城东的芦苇荡里。

女匪首并不失约，等观察四下无动静后，便威风凛凛地出现在一只小船上。大红斗篷，迎风招展，于碧绿的青纱帐中，犹如一朵硕大的红牡丹，映衬出眉目的秀丽和端庄。七夫人惊愕片刻，才发现那个曾在她府上当过丫鬟的女匪正逗着她的孩子玩儿，她那颗悬挂的心才落了下来，忙让人亮出大洋，让女匪首过钱。女匪首笑笑，打出一声呼哨，芦苇荡里旋即蹿出一叶小舟，上面有女匪二，各佩枪刀，接过大洋过了数，又箭般地驰进芦苇荡的深处，淹没在一望无际的绿色里。这时候，只见女匪打了一下手势两船靠拢。那女匪递过孩子，交给夫人。可万没想到，孩子竟不愿找他的生身母亲，又哭又号，紧紧地搂抱住了女匪的肩头。

夫人惊诧万分，痛心地流下了泪水，对女匪说："万没想到，你们首先绑走了孩子的灵魂，令我战栗！"

女匪首大笑，说："孩子毕竟是孩子，每一个女人向他施舍母爱，他都将会得到温暖！尊敬的夫人，这些是用金钱买不到的！常言说：生身没有养身重！你想过没有，当你抱走你儿子的时候，我的这位妹妹会是什么样的心情呢？"

夫人抬起头，那女匪正在伤心地抹眼泪，好似有着和她同样的悲哀！

夫人感动了，对女匪首央求：“让这位妹子还回我府当丫鬟吧！”

女匪首望了夫人一眼，说：“由于她已暴露了身份，我认为不太合适！你若想让你的儿子乐乐地回去，夺回那用金钱买不到的东西，可以在我们这里住上几日！”

七夫人秀眉紧蹙，迟疑片刻，毅然上了匪首的小舟……

我是党员

刘正文

面包车箭一样驶进望淮岭林区，突然来了个急刹车，停在了路旁。车上的旅客仿佛从梦中惊醒，一个个睁大了恐惧的眼睛。不知道发生了什么事。车窗外，暴风雪漫天盖地般压下来，似乎要把这辆小型运客汽车一口吞掉。

“快把钱交出来！”一个留马尾巴长发的年轻歹徒吼叫着，“要钱还是要命，哪头轻，哪头重，自己掂量着看！”说着，他动了动放在司机脖子上的牛角尖刀。这时，另一名光头的年轻歹徒挥舞着寒光闪闪的匕首，迅速堵住了这辆车唯一的车门。

车厢里静极了，十八名旅客几乎都能听到咚咚的心跳声。汽车司机是个客运专业户，他把卖票得来的钱全部顺从地交给了“马尾巴”。不少人学着司机的样子，无可奈何地掏出自己心爱的钞票或钱包。就在人们哭丧着脸、偷抹眼泪、束手无策的时候，车厢后排蓦地站起一个干部模样的老人。他两眼喷火，大声问道：

“谁是共产党员?”

无人回答。

“谁是共产党员?”

仍无人回答。

老人暴怒已极，开始骂人：“是党员不敢站出来，孬种!”

歹徒们恶狠狠瞪着老人，两把闪着寒光的刀影一齐向他逼来。

不知是老人的骂声起了作用，还是眼前的情景激怒了真正的共产党人，车厢里突然响起一个炸雷般的男高音：

“我是党员!”

随着这震耳欲聋的声音，一个英俊的小伙子从车厢中间站起来，迎面扑向两个凶恶的歹徒。

老人像一名火线上的指挥官，果断地下达命令：“大伙儿一起上，揪住歹徒!”

经过一场激烈的混战和生死搏斗，两个歹徒被捆绑起来，送到了县城的公安派出所。那位老人和年轻的共产党员也受了重伤，昏倒在血泊中，被送到县医院。

第二天上午九点钟，老人苏醒过来，第一句话问的是：“那位年轻的共产党员怎么样啦?”一位参加抢救的小护士哭了，回答道：“因伤势过重，抢救无效，死了。”老人听罢，长叹一声，又昏迷过去。

三个月后，清明节。老人驱车来到英雄牺牲的地方，只见一座高大的墓碑已经立起。他戴上老花镜，默默地念着碑文：“王小虎，男，汉族，二十一岁，高中文化程度，农民，平原县南王庄人……因与歹徒搏斗，不幸牺牲，被平原县委追认为中共正式党员!”

“啊？原来他不是党员!”老人摘下老花镜，用手帕擦着滚滚而下的泪水，自语道，“不！他是真正的共产党员!”

城里人

肖柳宾

青年农民老八跟着辛毅进城，被安排在建筑工地当临时工。

辛毅是建筑公司的施工员，有点小权。

老八和辛毅是在一个村子里长大的，小时候玩得挺好，只是后来才有了差别——辛毅中专毕业后进城稳拿国家工资，而老八初中毕业后因为家里穷则回村种田。

应该说，是辛毅给了老八挣钱的机会。

辛毅毫不掩饰他的优越感。他领着老八参观单位分给他的一房一厅居室，然后揿亮他那台14英寸的黑白电视机让老八赞叹不已，再然后就让老八坐在人造革沙发上欣赏他未婚妻(当然也是城里人)的照片……辛毅拍拍老八的肩膀，感叹道："不知什么时候，你才能像我这样啊!"

老八很茫然地笑笑，无言。

老八确实没法像辛毅一样。老八和民工一起住工棚，夏天酷热冬天奇冷。吃饭时老八捧着小脸盆似的碗狼吞虎咽，里面除了几片青菜外便是冒尖的米饭。老八吃得很幸福，因为这能保证他有足够的力气去挥洒热汗。

老八先从拌浆提浆做起，也就是小工。老八干活时很不珍惜力气，除了拌浆提浆，还帮别的师傅干活，学砌墙学抹灰学贴瓷砖，等等。辛毅看见了，很是不悦，把他叫到一边，提醒他："做工要精一些，要学会节省力气。你帮他们干，工资是发给他们的，你多拿了一分钱吗?"老八笑笑，无言。

“我们是同乡，我当然会照顾你。等以后招工，我去活动活动，争取给你一个名额。那时，你就是名正言顺的城里人了。”辛毅说。

老八就说：“谢谢毅哥。”

然而，此后的老八仍然爱帮师傅们干活。一晃，五年时间就过去了。老八这五年在工地干得很卖力，工人的所有技术活儿他都能干得很熟练，甚至还学会了绘设计施工图。但老八的身份没有改变，他仍然是临时工。

老八是在春天的一个晚上去向辛毅告别的，他说：“毅哥，临时工的工作我辞掉了，我要出去自己干。”

辛毅很惊讶：“自己干？干什么?”

“砌灶台、刮腻子、贴地板砖……有什么就干什么。”老八胸有成竹，“现在时兴居室装修，只要技术好，不愁揽不到活干。”

“哦，你是要去蹲街边，等人雇呀!”辛毅嘲讽地笑了，“你这种选择很冒险，怎么也比不上待在我们公司强。”

“我蹲街边等人雇，确实要冒风险。不过——”老八望望辛毅，笑了，“你们公司只接上百万元的工程，所以就有许多零打碎敲的小生意等着我去做。大生意，总是由小做起的，你说对吗?”

辛毅愣愣地看着老八离去。此后，辛毅很久没有见到老八，也不知他怎样了。直到老八辞职后的第三年，辛毅才听说，老八已经注册成立了一家建筑装潢公司，生意很红火。辛毅有点怀疑：这是真的吗?

等到他见到老八，已经是老八进城的第十五年了。那天，一个四百多万元的工程进行招标，辛毅所在的公司竞标失败，而获胜的竟是老八的那家建筑装潢公司。

竞标会罢，老八拉着辛毅去了酒楼。之后，又开着轿车带辛毅参观了他的居室。四房两厅，里面琳琅满目的家什令辛毅赞叹不已。现在已经明显发福的老八告诉辛毅："知道吗，从买下这房的那天起，我就得到城市户口了。这样的房子，我还打算买三套，让老婆崽女一起进城，因为买一套房，就可得一个城市户口的指标……"

辛毅沉思着，似乎没听见老八的话。

辛毅在想：现在建筑行业不太景气，听说公司最近要调整富余人员五分之一，我也在内。怎样跟老八说说，让我跟他干呢……

木匠的儿子

程世伟

马木匠的儿子怕血。这使他有办法催儿子弹钢琴了。那天，马木匠边磨刨刃边催儿子弹琴，连叫三声，儿子仍不动。小家伙正用铅笔往木板上画着什么。马木匠喊第四声时，他的拇指被锋利的刨刃碰出了血。马木匠用嘴去吮，两唇立刻染成红色。儿子放下手中的笔，愣愣地瞅，然后乖乖地弹钢琴去了。这下马木匠省了不少事，不然他有可能喊第五声第六声……最后把儿子揪到钢琴前，再替他打开琴盖，拿出应弹的谱子……总之要费好多事。马木匠发现自儿子学钢琴以来头一次这样自觉。他想，如果儿子见到血就去弹琴，那真是妙极了，要比打孩子的办法强得多。儿子挨打后自然会弹琴，但效果不佳，一边呜咽，一边按键，常把谱子搞错。马木匠决定用流血的办法督促儿子弹钢琴。

马木匠不想让儿子再干木匠了，尽管这门手艺已在他家传了四代。马木匠用了全部积蓄给儿子买了一架钢琴。马木匠是在一位教授家做木凳时听说钢琴是贵族乐器的，他决定让儿子学钢琴。

马木匠慢慢拿出刨刃走到儿子身边。儿子正专心做一把木枪。他从儿子手中夺过木枪，将刨刃立在左臂上，说：“从现在起，让你弹琴，你就要认真去练。不然，这东西就要割爸爸的肉。”儿子不懂老子的话，只管去抢那木枪。马木匠见儿子仍不动地方，真的在刨刃上用了力，鲜红的血立刻涌出皮肤。开始儿子只是傻傻地看，接着杀猪般地奔向钢琴。马木匠用湿毛巾擦去臂上的血，站在儿子身后欣赏儿子弹琴。琴键上两只小手不停地跑动，时而腾出一只手抹去面颊上的眼泪。马木匠拍拍儿子的肩，说：“以后让你弹，你马上就弹，不要……”儿子突然转过身，握着拳吼道：“不弹！不弹！永远不弹了！”

这是马木匠完全没有料到的事，愤怒的火焰直冲到马木匠的喉头。他转身操起一根桌腿粗的方木，狠狠朝钢琴砸去。儿子真正地吓傻了，蜷曲着身子躲在墙角发抖。马木匠没有打儿子，却连续向钢琴猛劈，直至孩子妈跑进来。钢琴表面木板均已零碎，孩子妈心疼地坐地大哭。

钢琴不能再学下去了。马木匠承认自己做了一个钢琴梦。待冷静下来一算，三年来仅学费一项就花掉2000 元人民币。

马木匠决定卖掉砸坏的钢琴，价格多少不妨，免得看见它生气。星期六晚上，马木匠就领来了买主，但给的价钱实在可怜，尽管马木匠连说，里面的机器没坏。买主却只给1000 元，多一分不要。

第二天下班，马木匠连澡都没来得洗便坐着买主开来的汽车回家拉琴了。老马推开家门，一个奇迹出现了：一架完好无损的钢琴立在那里。马木匠惊呆了，买琴人惊呆了。只有木匠妻在一边微微地笑。她告诉丈夫，钢琴是儿子修复的……马木匠弯下腰用那双粗糙的手仔细摸着钢琴，最后走到儿子身边，抱起他的头，猛烈地亲起来。买琴人在一边问："他是你儿子?"马木匠骄傲地说："是的，一个木匠的儿子，他只有十岁。"

刺猬

小 山

那时我正养着一只刺猬。

已是腊月，我用戴着白口罩的嘴跟村妇讲价，在沈阳青年大街，在碎玻璃一样的寒风里，买下了这个长硬刺的"小圆团儿"。放在我的书房里，它暖暖地舒伸开了，锥嘴上的亮眼睛把我当成了好大人。

刺猬很干净，我洒在一角的苹果块和米，夜间我睡着时，它给我划分出了"菜"和"饭"。我却不知道它把尿撒在哪个堆上。

那姓邢的人夜里来到我家。他以为他会写几首诗就和我同道，还以为他现在是大报记者，就可以使我觉得他有身份。他大谈爱，根本动摇不了我这颗自愿离婚的心。

我和他讲着话。我的刺猬在抓挠着它的玻璃房。姓邢的说："你真有意思，养刺猬。"

养狗的女人是些富傻了的女人。何况我厌恶顺从已像小板凳似的长毛狗。养猫的女人太缺乏爱，也许守着她的男人是个笨蛋。

而且，我不是宠玩刺猬。它让我想起榛树和岩石。如果它能坚强活过这个我也孤寂的冬天，开春时我要亲自把它送到风吹羊齿草的山坡上。我就又一次进山了。

可以肯定，一些夜晚自己胡思乱想确实比什么男人赖着你强。尤其他还弄着深沉。

我问姓邢的关于男人和友谊。姓邢的回答男人和女人没有纯粹的友谊。我想告诉他：男人和女人也没有纯粹的性关系，性的快活在于动之以情。可我怎么会跟他说我的观点！

音乐也倦了。一张呜咽般的提琴 CD 碟。

我告诉姓邢的，我仍读普希金的诗，还有史诗《吉尔伽美什》。有时我读得串串泪珠滚过冷颊。在我最凄凉的时刻，我不选择第二种消遣方式，诗使我进一步昏迷。

姓邢的却笑了。他脸皮上浅显地暴露着他认为我好笑。

我也笑了。把音量再放大些，连喝几口酒一般的咖啡，这能让我在夜间走得更远。

我给他看几篇散文，我写民歌的，我写阳光的。不是吹牛，收罗远古民歌走远路，我比那些书斋里的硕士研究生精力旺盛，如痴如醉。我说再过一段时间，我要去青海高原走一趟了。姓邢的羡慕我几句，眼神又深情地瞧我了。

刺猬抓挠着玻璃，夜里它不睡。在山上它吃更小的动物和昆虫，星光照耀着它穿过阴影。而在我书房里它只能仅仅保留“不合眼”的夜习惯。这时它两只小手把着栅栏一样撑着玻璃身体直立着，向外望着——我敲了敲它的带硬刺的脑袋。

回转身，——“我们睡吧。”

姓邢的连忙站起来，是的，子夜已过了。我拔掉音响插头，给他指着说：“那是厕所灯，那是热水壶。”

还没等他问我，我一把扯下蒙画的大罩布，铺在了长沙发上，把我弟弟寄放我家的行李展开，枕头摆好。

我才不看姓邢的反应呢。关上书房门的刹那，向他一笑：

“晚安。”

回我的北屋卧室，锁死门。打开床头灯，顺手牵过一本《雨果传》。

第四辑　人间百态

临终关怀

汤吉夫

病危通知已经下过两回了，家属也早已把病人的后事准备妥帖，可龚先生依然顽强地昏迷着。

几度清醒的时刻都很短暂。插在鼻子里和臂弯处的输氧、输液的管子限制了他的自由——事实上，即使没有管子的限制，他也无力移动他的失去了感觉的躯体——他那微微睁开的疲惫已极的目光，一度曾经瞥见过窗外的落雪，于是那目光忽地一闪，显示了他最后的渴望。他是多么希望能走到纷纷扬扬的大雪中，去吸一口那凛冽而又清新的空气啊。

他似乎并无太多的痛苦。久久的昏迷中，竟然接连着一个又一个的梦，他甚至梦到在南京的大街上骑着飞奔的白马，那驰骋进了云端的白马竟然还驮着他飞过了一个海峡。

他从未意识到死。他还年轻，刚刚五十二岁，事业和生活仿佛刚刚开始，不容他早早地想到每个人迟早要经过的旅程。

他又一次醒来的时候，懵懵怔怔之际，似乎看到了床前站着两个人影。他们不像是日夜守候在他床边的妻子，于是他便努力地睁开了眼睛。那人影里，有一个高大且肥胖的男子。龚先生见他圆盘大脸，脸上的肉慢慢向四周湮散，边际也随之模糊。他记不起这是哪位朋友，眼皮无力支撑，差一点当即昏迷过去。然而，当他的魂灵将走未走之际，忽然又听到一个声音说："龚教授，高教局孙局长来看您了。"于是那闭上的眼皮便重又张开来，一派惊恐的神情立时袭上他胡子拉碴的黄表纸一样的瘦脸。

午后的一个时刻里，龚先生又一次清醒过来。他吃力地拉住了妻子的手，用那种微弱到几乎听不到的声音说：“你太不该了，你不该瞒着我。”

妻子说：“老龚，别胡寻思了，我瞒你啥啦?”

“病啊，”他痛苦得脸都扭歪了，“不能治的病啊。”

“谁告诉你说的?”妻子还想隐瞒下去，泪水却止不住地流下来。

“局长来过了。”他无力地说着，痛苦地紧闭着紫黑色的眼睛。

“局长跟你说的?”

“没有。”

“那你不是胡寻思吗？一点根据都没有。”

“有，”他固执地摇头说，“连局长都来过了。”

龚先生的判断不错。那日黄昏时分，他病逝在市立医院的肿瘤科病房里。室外依旧下着大雪，迷迷茫茫又纷纷扬扬的。

一笔圆

刘绍棠

念完了大学，被分配到这个远郊小县，坐了二十二年冷板凳，忽然“年龄最重要，学历是个宝”，他一下子就成了热门货，从微不足道的广播站编辑，旱地拔葱，一跃而为新设立的县政府综合管理办公室主任。

这个“综办”，是个上不着天下不挨地的衙门。权宜而设的临时建制。不过，公安、司法、工商、民政、房管、环卫、教育、卫生等等方面的公文，都要从这个衙门口穿梭往返；他的职权便是将这些公文分门别类，审读画圈，或呈送上级批示，或转交下级处理，实际上干的是收发工作。

案头等候上呈下转的公文一尺多高，新到的请示报告还源源不断地送来：两名专司递送之职的科员，你出我进，马不停蹄。他必须一目十行，手不停画，才能避免供不应求，葬身文山脚下的命运。

要想当官儿，先学画圈儿。画圈儿虽是雕虫小技，从中却可以看出功夫的深浅，地位的尊卑，身份的高低，官爵的大小，不能掉以轻心，不当回事儿！

他比阿Q更专心、更用力，但是画出的圈儿，却并不见得比阿Q画的圆多少。两位递送公文的科员，当场就掩嘴吃吃发笑；拿回大办公室，更招来一阵哄堂大笑。他感到大丢面子，羞得无地自容。

晚上下班，他神情沮丧地回到家里。

“喂！吃过晚饭，你教我画圈儿。”

妻子是中学教员，教几何的，精通此道。

这位几何教师下了班比上班还忙，正在厨房里择菜、洗菜、切菜、炒菜、淘米、做饭……像被一条无形的鞭子抽得团团打转的陀螺。

“我哪儿有那个闲工夫？一百本作业，一百份考卷儿，够我忙个通宵的！”

“我在公文上画的圈儿不圆，有的像龇牙的石榴，有的像噘嘴儿的桃子……”

“官儿大标准，不圆也是圆的！”

唉！与其低声下气争取外援，不如发愤图强自力更生。

果然，天下无难事，铁杵磨成针。动手而又动脑，连画半个来月，便功到自然成；不但一笔成圆，气死圆规，就是双管齐下，也不差分毫。部下们非但不再窃笑、讥笑、耻笑，而且交口称赞：“如此高深造诣，愧然画蛋的达·芬奇，堪与西太后的一笔寿媲美。”

圈儿画圆了，肚子也圆了，发了福才显得官体富态嘛。

只是官气越来越重，回到家里还舍不得放下在办公室里的架子，对糟糠之妻也横挑鼻子竖挑眼起来。食不厌精，脍不厌细，阴沉着脸抱怨妻子的烹调是粗制滥造。

“我忙得贼死，干这个想那个，怎么能精雕细刻?”

“一心不可二用呀?”

“我有几张直观教学的图表，你帮我画几个圆，我就能全神贯注了。”

“那圆圈儿事关重大，是随便画的吗?”

他官声官调，同时拉长了脸。

先发制人

吴金良

有幸同一位女士共进午餐。我特意选了一家格调不错的小馆子，高背椅包厢座，头顶上乱七八糟吊着不少塑料的红花绿叶，耳边回荡着柔曼的轻音乐。这氛围颇让人心旷神怡。

饭吃好的时候，马上就可以离座起身各奔东西了。偏偏这时候，我看见了熟人，脱口大叫：“小王!”话出口，后悔得直想扇自己几个大嘴巴。小王是我的女同事，她正同一位络腮胡子的男人亲亲热热地谈着什么。我一喊，她一愣，旋即冲我点头微笑，并且极其认真地把我的女伴儿上下打量了一番。“小王，你也来吃饭?”我起身寒暄，故意装出对那络腮胡子视而不见的样子。这种环境下，不做贼也有点心虚。我期望着来个“默契”——我没看见你跟一个男人在一起，你也没发现我身旁有个女的。可是小王一点不领情，张口就来了个立此存照：“哟，你们也在这儿?”这话有点毒辣！“你们”是谁们呢？说不清啊！我和小王是同事也还罢了，要命的是我们各自的“那一口子”也和我们在同一个单位。如今我身边有个女的，却不是妻子；她身旁有个男的，也不是丈夫。虽然现代生活中常有这种“现代化”的事，可问题是我同这位“佳丽”的关系再发展十年也不过是一般的朋友。明摆着一桩大冤案，又没法澄清。根据女人舌头长的普遍规律，我觉得小王回到单位就会把这事告诉我老婆。按说我和小王处境相同，本该订个攻守同盟互相保密。可惜这种事件一旦说破就太着痕迹，而且我和小王的关系也没到这一步。

下午出门办事，华灯初放时才忐忑不安又无可奈何地回了家。情知一场醋海狂澜势在难免，我特意做出一副知错认罪的老实样。老婆在做饭，没理我。我在厨房门口转了几圈，肚子里准备了一大堆理由和表示痛改前非的绝妙好词。转了一会儿，老婆开门出来：“饿了？这就吃饭！”咦？没一点儿酸味。我心中一块石头落了地，多半是小王下午也没去上班。这天赐良机不可错过，先发制人正当其时！于是我利用吃饭时闲谈无忌的机会对小王进行了一番人身攻击：“你们办公室的小王怎么那样啊?”“怎么了?”妻诧异地问。“怎么倒也没怎么，就是说话没谱，尽瞎编派别人。人家都说，小王的话最不可信，听了她的，两口子都得分家。”“不至于吧？我觉得人家小王挺好的。哎，对了，今儿下午小王还跟我说，说你中午跟一个络腮胡子一块儿喝酒来着。没喝多吧？以后少在外边喝……”“我？跟一个络——腮——胡——子？”我瞪大了眼睛望着老婆。“是啊，小王说的。怎么了，她骗我了？”“没没没！其实小王这人也……我是说，小王这人够聪明的，你说是吧？”“反正是个人就比你精！”老婆很有感情地笑着说。

这句话够得上精辟而且深刻了！我头一次深切地感到我是那么笨而且那么不是玩意儿！

裸

金 黎

宽敞明亮的县文化局会议室里，会议正在进行，与会者个个显得年富力强、精明强干。

县委主管文化工作的严副书记正在传达省委文件。此刻，室内烟雾缭绕。严副书记刚从部队转业，他以军人严肃认真的精神，一字一句读着文件，而且边读边讲解。不料他把“赤裸裸”读作“赤果果”，顿时，满座愕然，有面面相觑者，有低头窃笑者，看来，这些文化人儿谁都听出严副书记把字音念错了。

此时，县文化局贾局长瞥一眼一本正经的严副书记，暗忖：严副书记初来乍到，谁要当面指出，在这公开场合，实在有损严副书记的面子。想到此，贾局长不由环视众人：嗯，好在没人吭气儿……

“贾局长，你接着读吧，我喝口水。”严副书记的话打断了贾局长的思绪。他心中蓦然一颤：哎哟，这文件我曾事先看过，下边还有几处有这个“裸”字，自己是读“裸”呢？还是读“果”？他一边点着头接过文件，一边端起桌上的茶杯，喝口水，润润嗓子。其实，他哪里是在润嗓子，只是借这几秒钟思谋该怎么办。处变不惊是贾局长修炼多年的看家本领了。此刻，他聪颖的大脑飞速旋转：倘若和严副书记读得不一样，这岂不是让他当众丢丑？哎呀呀，不行！他虽初来乍到，可正因这一点，自己才不摸他的脾气呀！嗯，干脆将错就错。得罪顶头上司，恐怕只有小学一年级的小孩才会干！于是他干咳一声，接着读下去。

谁知，当他又把“裸”读作“果”字音时，会议室里竟有人交头接耳，贾局长不由心中咒骂：真他妈官大压死人！刚才严副书记读错，你们干瞪眼不吭气儿。怎么？我照着读，你们便叽叽喳喳……

其实，贾局长此刻想得并不全对，人们窃窃私语，是因贾局长有张大学本科文凭，而且是铁嘴钢牙，无论大会小会，只要有发言的机会，他总是妙语连珠，口若悬河。这暂且不提，就说这刚读的“赤裸裸”三个字，他昨天在这个会议室，关于“赤裸裸”就有一番语惊四座的高论。他说：“我这个人，喜欢人与人之间是赤裸裸的。什么叫赤裸裸？也就是去掉一切伪装，好也罢、孬也罢，爱也罢、恨也罢，对也罢、错也罢，一切言行都要出自真诚！”瞧瞧，这话讲得多有水平！当时在场的也正是现在到会的这几位骨干，谁心里不为贾局长如此深刻的高见所打动？仅一夜之隔，贾局长便把“赤裸裸”读作“赤果果”，人们怎能不莫名惊诧？

贾局长此刻似乎也悟出了人们交头接耳的原因，他正欲“以正压邪”，赶紧读下去，忽见严副书记缓缓站起来，低声说：“我去方便一下。”不料，严副书记刚一出会议室的门儿，局党委书记老郑突然说：“老贾，刚才你读的什么‘赤果果’，不对吧？是不是该读‘赤裸裸’？”

老郑一戳破这层“窗户纸”，贾局长脸上一红一白地说：“对！对！应该读‘赤裸裸’！”可心里却暗暗骂道：这老滑头！刚才严副书记在这儿，你怎么不吭气儿？……于是贾局长以守为攻，悠然一笑，借题发挥道：“是该读‘赤裸裸’，嗯，这‘裸’字嘛，原意是一丝不挂……”

“哈哈哈……”众人笑了，老郑笑了，贾局长也笑了。但每个人各不相同的笑脸上，也有各不相同的意味儿。

宽敞明亮的会议室里，会议仍在进行。

好望角

秦德龙

办公室的西北角是办公室的好望角。

办公室的好望角与世界地图上的好望角异曲同工。世界地图上的好望角在非洲大陆的西南端，经过这里可以通向富庶的东方。而办公室的好望角，一言以蔽之，就是可以瞻望全局。

办公室的全局就是几个干部、几个桌子、几个椅子、几个沙发、几个柜子，还有一些土产日杂。

谁不想掌握好望角呢？几个干部都想占据好望角，想了好多年了。

当然，谁当上科长，好望角就是谁的。科长换了好几茬了，不管谁当科长，第一件事就是把办公桌搬到好望角。往好望角一坐，一拿姿势，全局就尽收眼底了。

科长坐在好望角，能一目了然地看清每个人正在干什么，每个人就会产生芒刺在背的感觉，这就是领导和被领导的关系。科长坐在好望角，还可以最先看见走进来的每一位嘉宾，不管是上级还是下级，当即就会一见如故。当然啦，遇到什么麻烦事，坐在好望角的科长只需把头卧到办公桌上，好像埋伏在草丛里了，就可以事不关己、高高挂起了。

好望角真妙。

又一位科长从好望角提拔出去了，好望角就暂时成了空角。红头文件还没下来，究竟谁能坐到好望角上呢？

按说，老甲最有条件上好望角。老甲的资格最老，经验丰富，就是下雨淋，也该淋到老甲了。曾经有两个嫩货，跑在老甲的前面当上了科长，坐上了好望角。老甲什么也没说过，没发过任何牢骚。这就是老同志的姿态、老同志的风格。但现在有个老乙，极可能成为老甲的竞争对手。

老乙年富力强，专业技术水平高，国内、国外发表了不少文章。老乙有一个最大的优点就是谦虚。但是谦虚并没有使老乙进步，几次挺进好望角的机会，他都错过了。老乙深知自己这次也不一定行，还有个老丙呢，老丙正在跃跃欲试呢。

老丙是个好人，公认的好人。尊敬领导，团结同志，遵守纪律，助人为乐。老丙特别勤快，打扫卫生、收发报纸等杂活全都默默无闻地承包了。而且老丙有办实事的能力，比如每次分鱼，他都能把最优秀的鱼给大家分回来。

就不说小丁了吧。

也不说小戊了吧。

反正大家都有资格占领好望角，都暗中较着劲儿呢，都揣着明白装着糊涂呢，都是一副大智若愚的样子呢。

好望角一直空着，上级就是不说谁来坐这把交椅。

大家就有些忍耐不住。不知谁出了个主意，抬一张空桌子放到好望角，委婉地向上级暗示，还是应该早地拔葱啊。

这个主意挺好，从表面上看不出群龙无首。大家很团结的样子、很勤奋的样子。无论谁写了材料，都主动地放到好望角的空桌子上。无论谁收了文件，也主动地放到好望角的空桌子上。当然，该谁干什么活，谁就到好望角的空桌上去取，不用任何人布置。

又有人主动把原来串在一起的三部电话机给掐了，只保留好望角上的一部。每当电话铃响的时候，大家都争着向好望角鱼跃。

好望角到底让人望多久呢？

究竟谁能占据好望角呢？

好像现在这样也挺好。甲乙丙丁戊都这样对上级领导说。上级领导认为，是挺好，增强了科室的活力，这个经验很值得推广呢。

著名看门人

唐　俑

上面要树一个看门行业的典型人物，头儿指派我去“抓”一个来，这对我的懒惰是个考验，何况我手头没有现成的线索。我知道找一个这样的人物比找一个隐士还难，尽管前者在数量上远远多于后者，每个单位都有自己的看门人。于是我恍然大悟——我们单位不就有一个嘛，何必舍近求远？

来到门卫室的时候田大爷正在闭目养神，这就是我要树的人物。所谓典型一定要有先进事迹。我让田大爷努力回想他在看门的几十年里所发生的大事，比如是否抓过小偷、只身斗过歹徒。田大爷说小偷倒是碰到过几回，但没抓到，不敢抓呀，人家身强力壮的，又带着凶器，但是小偷走后我报了案。这也算是先进事迹吧，不过我总觉得分量不重。田大爷有些激动地说：就算我老头子没干过轰轰烈烈的大事，可是几十年如一日坚守岗位，风雨无阻，风雨无阻啊小同志，换了别人能做到吗？对呀，我怎么就没想到这一点呢？若是换了别人，恐怕早就耐不住寂寞和清贫，下海或者跳河去了。

那么好吧，就抓住这一点“深挖”。材料是少了点，但我相信我的生花妙笔。

完稿后的文章洋洋洒洒近万言。只有小学文化的田大爷耐心地听我念完，基本表示满意。不过他说有一个小细节必须补充完善，就是“看门人”三字前面一定要加上“著名”二字。他说如今有著名演员导演著名作家著名企业家著名主持人著名这样人著名那样人，就是没有著名看门人，我想填补这项空白，也算锦上添花，不然所有的人都著名了——你也著名了吧？著名记者。

言之有理。不过事关重大，我觉得有必要请示一下。得到的答复是：只要有轰动效应，加“著名”又有何妨？

出乎意料的是，文章发表后有人抢劫了田大爷，并且将他暴打了一顿，暴打他的原因是他的一无所有。后来，被抓住了的小偷向人坦陈了他为什么抢劫一个看门人的原因：“他不是著名人物吗？如今哪一个著名人物没有钱？怪我自己太笨了，没有找到他的存款!”

两个月后田大爷出院了，一见面就指着我大骂：“小子，你把我老头子害惨啰!”我苦着脸说您也把我害惨啰。 我告诉他有关部门怀疑我写那样的文章有受贿嫌疑，正在调查我呢，田大爷，您可要给我做证啊。 田大爷说小子你放心吧，我一定给你做证，证明你确实受了贿。 我愕然，说田大爷您可不能血口喷人哪。 “血口喷人?”他冷笑一声，“我问你，采访我的时候你前后抽了我十五支‘红塔山’，是事实吧?”

然而第二天他就心平气和了，相当友好地向我表示他可以不给我做那样的证明，但是我必须答应他一个条件。 说着掏出一封盖有鲜红大印的“公函”，“公函”上说准备将他收入“20 世纪著名人物大系”，作为跨世纪人才向下一个世纪推荐。 我很快读完那份文字不多的“公函”，却弄不懂他的来意。 “瞧瞧这个，”他指着“编审费××元”字样说，“我是为这个来跟你谈判的。”我当即表示我是不会替他出这笔钱的，我说我虽然惹了麻烦，但那是工作上的事情，如何定夺自有公道，我相信党，相信组织，我不会跟任何人做任何形式的交易。 他说小子你误会啦，我不是让你出钱，是希望你为我写一篇“追踪报道”，让全社会了解我“一身正气，两袖清风”的状况，以便获得有识之士的捐助。 我说这不仍然是做交易吗？我不会干的，你别费心思了——你希望我雪上加霜是不是?

“你不干是不是?”

“不干!”

“有骨气！那么你听着：现在我要告你损害我的名誉!”

“损害你的名誉?”

“我本来不是名人嘛，是你小子吹的，现在我不想当这个劳什子名人了，我要你吹回来，吹到原来的地方！”

“这很容易，”我说，“原来你在门卫室闭目养神，现在在我这里胡闹，等一会儿用不着我催，你闹够了闹累了，自己会回去的。”

他气鼓鼓地瞪我一眼，悻悻地走了。

老蔫

孙方友

有一天，乡书记下乡检查工作，吃午饭的时候，到了老蔫住的那个村子。支书老印见到乡书记自然热情，中午不让走，说是要书记吃顿便饭。说是便饭，自然要比便饭麻烦一些。支书老印让婆娘去老蔫家的大棚里弄点儿青菜，说是先让老蔫记着账，到年底从提留款中扣除。这本是无可非议的，老印的婆娘提了个大篮子就去了。不想事不凑巧，老印的婆娘走进老蔫家大棚的时候，老蔫刚给青菜打过药。打过药的青菜过几天才能上市，不然会中毒的。老印的婆娘一看老蔫给青菜打药就来气，很不满意地说：“你这老头儿，消息真灵通！上次乡长来你给青菜打药，这回书记来你又玩这套把戏！吃菜又不是不给钱，何必呢?”老焉一听，很是惊慌，惶惶解释：“她大嫂，这都是赶巧了，我可不是存心呀！”支书婆娘冷笑一声，说：“你存心不存心我不知道，反正来两回也没吃上你家的菜！”

支书婆娘回去给老印说了，老印很生气，但当着乡书记，也不便发火。等送走了书记，老印再也按捺不住，对老婆说：“这老蔫，乡长来不给面子，书记来还不给面子！事情咋会这么巧，不是存心是什么？我一定给他点儿颜色看看！”

老印说这话的时候已看到了老蔫，所以故意提高了嗓门儿。那时候老蔫已走到了支书家的大院门口。老蔫是个老实人，他单等书记走后来给支书解释这件事。不想刚巧就听到了支书的这句话。

老蔫就觉得心里一沉，再也没有勇气迈上支书家的高门台，便郁郁地回家了。从此，老蔫就像有了心病，食欲不振，精神恍惚，一天一天瘦了下来。

老蔫觉得撑不住了，就托人去找老印。

被托的人听完老蔫叙述，很吃惊地问：“就这么点事儿？”

老蔫很吃惊地反问：“这事儿还小？”

被托的人笑道：“这算什么鸟事呀？老印只说报复可并没报复，你不是自己吓自己吗？”

老蔫说：“我倒盼着他报复一回，报复了，也就两清了，谁也不欠谁！”

被托的人说：“现在支书报复老百姓已不像早些年有那么多机会了，你还怕个啥？”老蔫说：“支书啥时都是支书，就像大人打孩子，说错就有错！你让他赶快把我报复了，我的心病就好了！”

被托的人仔细一想也是，便找到老印说了这件事情。支书老印一听怔了，好一时才想起这档子事，笑了笑说：“我事情多，把这事儿给忘了。那天我是故意放个高声，给他点儿颜色看看！”

“你把他吓坏了！”被托的人说，“你不如再给他点儿颜色看看！”

“这怎么成呢？”老印说，“咱是支书，怎能跟群众一般见识？这样吧，我碰到他的时候，顺便告诉他不给他颜色看了！”

不久，老印碰到老蔫，说：“你心中别再有啥了，我不给你颜色看了！”

老蔫受宠若惊地说：“既是这样，你得到我家大棚里弄两篮子青菜！”

支书说：“我弄菜干什么？”老蔫说：“你不弄菜就证明事儿还没完，我这心里仍不踏实！”

“那中！”支书生气地说，“碰上你们这号人，真是不好领导！”

逃兵

曹德权

“预备——”随着执刑官的一声厉吼，一排枪刺齐刷刷地抬起，对准了五米外被打得皮开肉绽的十一条汉子。

十一个战场逃兵有的耷拉着头，有的双目紧闭，有的瞪圆充血的双眼盯着执刑官，有的嘴角斜拉出一丝惨笑……

逃兵们面前，肃立着一千多刚从战场上撤下来的国军弟兄，这场恶仗拼去了三千多条国军弟兄的生命，换来日军一个半大队的尸首，此时，一千多生者愤怒地盯着面前这十一个败类，十一个丧失血性的孬种。

逃兵是在上士班长向二狗的带领下从河堤上溜走的，他们没跑出去，被连长带人截住。

少将旅长冷酷地盯住面前这十一个兵，鼓起的腮帮抽搐着。

执刑官的右手凝固在右耳上方，就要劈下。突然，少将旅长向执刑官摆了摆手。执刑官举起的右手缓缓放下。行刑队抬起的枪刺缓缓放下了。

少将旅长来到向二狗面前："你说，你为什么要带着全班当逃兵?!"

"旅长，我错了，我前天接到家里的信，我媳妇被保长给糟蹋了，跳了井……我七十岁的老娘……也气……气疯了！我想，这一仗我们会被打死的，打死了，我怎么报仇呢?！我就……就……跑了！"向二狗泣不成声。

少将旅长盯住向二狗，一言不发。

"旅长，我向二狗不是孬种啊！我不是孬种啊！我犯了军纪，死而无怨，只求旅长为我做主，给我报仇啊！"向二狗仰天惨号，嗵地跪下。

少将旅长将向二狗扶起，命人拿来十一支手枪，二十四颗手榴弹，蹲下身亲手将手枪压满子弹，然后站起，亲手解了逃兵们身上的绳索，再将枪和手榴弹发到逃兵们手上。

少将旅长的双眼挨个将逃兵扫过，说："生死一人一回。你们犯了军纪，罪不容留，必须死！可这个死法，如何对得起父老乡亲?！你们……自个选个死法去吧！"

逃兵们惶恐而不解地望着旅长，好久才回过神来，向旅长行了个礼，拖着沉重的双腿在一千多生者鄙视愤恨的眼光下离去了。

五天后，情报处长将一份详细书面报告递到少将旅长手上，下面是一段节录：

"逃兵李二牛、何喜发，刑场下来后逃往伏牛山，加入赵明英匪部；逃兵方财旺、陆邦才日前夜袭高桥日军弹药库，炸毁其 2 号炮弹库后滚入烈火中自焚；逃兵王磊、王玉清，深入汪伪张汉田旅部，击毙张旅参谋长高志国部下多名，弹尽拉响手榴弹自尽；逃兵刘四方、魏功德、毛金银，在上士班长向二狗带领下，猛攻日高堡车站，炸翻日军军列，击毙日伪军多名，向二狗以及三名逃兵全部阵亡……”

少将旅长长久地盯着报告，叹了口气：“派出两个小组，将李二牛、何喜发和那个保长杀掉。余下这九名逃兵……把他们记入阵亡将士英名录吧！”

半月后，派出去的两个小组先后回来，报告李二牛何喜发二匪已被击毙，只有那个保长不知被何人砍了头，祭了向二狗媳妇的坟！

少将旅长正惊异间，忽听门外一声报告，两名卫兵架了一个血肉模糊的人进来！

少将旅长吃惊地盯住血人：“是你！”

血人正是向二狗！

少将旅长逼前一步：“你，怎么没死?!”

血人艰难地喘着气，从怀里掏出一件染血的衬衣，双手捧着挪前一步：“旅长，我们攻了高堡车站后，弟兄们掩护我冲出去……去杀保长，报仇！弟兄们要我报了仇把这件衬衣交给您！我，爬了三天，爬、回、回——来了！……”

血人说完轰然倒下。

少将旅长展开那件衬衣，上面是歪歪扭扭的六个血字：“我们不是逃兵！”

还有九个血写的名字。

少将旅长将衬衣裹了向二狗的尸体，紧紧地抱着他，走出旅部，走向操场……

这一夜，少将旅长为一个死去的士兵守了一夜灵。

二姑给过咱一袋面

侯德云

在乡下人的嘴巴里，常常会生出一些鲜灵灵的词儿，像清晨挂了露珠的菜叶儿，看着可心，入口也极爽。比如，形容一个人瘦，两条腿细长细长，怎么说？蚊腿！嘿，多文学！多尿性！

蚊腿是我老家的一个人物。一辈子草草木木地活，几无可歌可咏之处。不过，他却在我心中留下了一处很深的烙印。

身为作家，总不能白端了国家的饭碗，隔三差五，总要寻思着作点什么。今个有闲，不妨捏住蚊腿，作他一作。

蚊腿的一泡尿水，愣是把个天儿滋得大亮。把家伙藏进裤子，蚊腿的心情就无缘无故地好了起来。轻飘飘地扭回屋去，一只糙手伸进被窝，使劲拍拍老婆的两片白腚，叫：起来起来，收拾收拾，今晌儿咱家包饺子吃。

老婆费力地撑开眼皮，嘴里操操的，骂蚊腿的八辈子祖宗，骂了几句，觉得没啥意思，就翘直了身子，舞乍着胳膊，往身上套衣服，嘴里仍不闲，问：你个倒霉鬼，穷叫唤啥？

蚊腿喜滋滋地说：快起快起吧，今晌儿咱家包饺子吃！

老婆就瞪圆了牛眼，吼：你个倒霉鬼，做梦搂大闺女，想好事儿呀？包饺子包饺子，包你妈个小腿！家里穷得叮当响，哪有白面？

蚊腿忍不住喷了火气：臭德性！忘了？去年的这个时候，二姑给过咱一袋面。我今天再上二姑家去一次，二姑肯定还能给咱一袋面。

老婆咧着嘴笑：真的？

蚊腿伸手撸了一下老婆的饼子脸，说：谁熊你谁不是人！

老婆麻溜起身下地，屁股一拧一拧地忙上了。

正是夏深秋浅季节，小白菜长得正旺。蚊腿刮风一样去了趟自留地，又刮风一样拔了一筐小白菜回来。

老婆将小白菜用开水潦过，又纳抹布似的把小白菜一团团纳紧，丢在案板上，堆起一丘浓绿。接着，很小心地用筷子伸到锅台一角的大油（肥猪肉炼成的油）坛子里，签出几小块肉滋拉，放进一个小碗儿。停了手，却又怔怔地望着那个小碗儿。终于忍不住，用筷子夹起一块肉滋拉，放到舌尖上舔了一下。

老婆的把戏被蚊腿发现了，气哼哼地骂：破老娘儿们，不怕嘴上生大疮？

老婆吓得一抖，紫着脸儿说：你舔舔，你舔舔，真香！

蚊腿奔过去，舔了一下，咂吧咂吧嘴，又兀地一口咬下肉滋拉，猛嚼起来，含含糊糊地说：唔唔，真香！

饺子馅拌好了，老婆有些急，催促蚊腿：还不快去，来回有十多里路呢。

二姑家住在镇子里。蚊腿提了一兜子小白菜，往镇子的方向急走。

天儿眼瞅着晌了，蚊腿还没回来。老婆火烧火燎的，一趟又一趟，到村头张望。

蚊腿东倒西歪回到家的时候，天儿已经晌歪了脖，满村人都吃过了午饭。

蚊腿是空着手回来的。

老婆气嚎嚎地说：白面呢？你个倒老霉鬼，没跟二姑提白面的事儿？

蚊腿说：她不主动给，我哪好意思张嘴要啊？

老婆说：你不张嘴要，她怎么能给？

蚊腿叹了一口气：去年我就没张嘴要，是她主动给的，谁知今年，唉……

从此，蚊腿就跟二姑断绝了来往。二姑直到死，也没弄明白这到底是怎么一回事儿。

靳海梅

阎　岩

单位派我到劳务市场招几名临时砸煤工，我已经说不清多少次来招砸煤工了。砸煤这活儿太脏太累，年轻的不想干，年老的抡不动大锤，所以招来的都是一时半会儿找不着活儿干又不愿意干等着的人。他们来干几天，找着别的活儿了就走了。他们一走，我就得到劳务市场去。这已经成了规律。

这一次还算顺利，去了没多长时间就找了六个。我正要带着他们往单位走，被一名妇女缠住了，她问我要不要她。我说不行，不要女的。她还是不肯放我走，她说她比男的还有劲。我仔细看了看她，除了脸长得黑手粗糙些，看不到她哪点有劲。我告诉她，我们有规定，不要女的。但是她不听，硬是跟着我到了单位。领导见我带了个女的，问我怎么回事。那妇女就求领导，说她能砸动，她只要百分之八十的工资就行。领导说那就留下吧。

当我再次去劳务市场领回几个砸煤工时，我惊奇地发现，上次那个女人还没有走。她站在煤堆的最高处，把锤子抡得最高，只听声声煤块破碎的声音。看着这样一个女人，我有些感动，也有些感触，我想象不出她有一个怎样的家庭，她的家人怎么忍心让她出来干这种活儿。我上前叫她休息一会儿。她笑着说，她刚休息过，不累。她一笑，我也禁不住笑了，因为她浑身上下都漆黑，包括脸，一笑，露出一口洁白的牙齿。

一茬又一茬的砸煤工走了，那个女人却始终没有离开。我很震惊，这样一个女人能在这个岗位一待就是半年。我私下了解了她的一些情况，知道她是个很不幸的女人。她叫靳海梅，四十岁，家住距市区五十公里的农村，丈夫早逝，留下一双儿女和年迈的婆婆，为了养活一家人，她不得不出来四处打工赚钱。对于这样一个女人，大部分人都对她表示同情，在私下议论她的不容易。

真的太意外了，靳海梅上了省电视台的《人生采访》栏目，我们单位里好多人都看到了她。她的儿子成了省里的高考状元，她作为状元母亲接受了采访。电视里，她一直笑容满面，感恩地说她七十多岁的婆婆对她的好和对她孩子的照顾，说她的两个孩子如何可爱，只字不提自己。当主持人问到她干什么工作时，她很轻松而又自豪地说出了她是一家企业的砸煤工。她还说这个工作是她打工以来最满意的工作，因为每个月都按时发工资。

听着她的话，我当时就流泪了，可是她仍然在电视里笑着，自始至终，没有看到她掉一滴眼泪。采访就要结束时，靳海梅说了一句让大家都很感动的话，她说，可能有好多人同情我，认为我可怜，但是我要告诉大家，我是幸福的，我的婆婆、儿女和我，不管是身体还是心理都很健康，我们在生活中相互鼓励，寻找开心，虽然日子穷苦一些，可是我们能让生活充满喜悦。不停努力而没过分的欲求，所以，我们很快乐，希望大家都幸福快乐起来！

电视里一阵雷鸣般的掌声。

命运敲门声

何葆国

1

房门上响起持久、顽固的声音，看来我要是不开门，它就是三天三夜也不肯停下来。

我只好搁下手中的笔，走过去把门打开，心情一下子变得很坏。

又是他！一个叫作简进的狂热级文学青年。

都怪一个亲戚多事，把他介绍给我，这些天来他几乎天天上门，要我指点他那狗屁不通的文章。昨天我不得不硬着头皮对他一篇所谓呕心沥血的新作提了几点意见。

“邹老师，我遵照您的意见修改好了，”简进谦恭得有些畏葸地双手呈上一叠稿纸，“请邹老师……”

我想发火，但最终还是克制了。从他手上拿过稿子，我淡淡地说：“我帮你推荐出去，你就在家等着发表吧。”

“谢谢，”简进接连点头哈腰，“太谢谢了，邹老师，太谢谢了……”

简进走后，我再也没有情绪继续写作，心想，这家伙想发表想疯了，天天上门骚扰，这可如何是好！我忽然想到去年有篇旧稿，自己不太满意，一直没有寄出去，干脆……我找出旧稿，署上简进的名字和地址，给一家熟悉的报纸寄去。

大概半个月后，简进来了，看样子他激动得面孔都有些变形了，手颤抖了许久才从口袋里掏出一张报纸。我一看，正是我署上他名字的那篇稿子。

“邹老师，您帮我修改的文章，终于，终于发表了……”他的声音激动得哆嗦。

“很好嘛，这是第一步，希望你埋头苦干，不要荒废了时间。”我煞有介事地教导他。

“是，是，是。”

从此，我很长一段时间没有看到他，也许他上门找过我，但我不在，总之我渐渐把他忘了。大概是四年之后，我有一天到那个亲戚家闲坐。他忽然问我，你还记得简进吗？我摇头。他说，就是那个我介绍他去找你的文学青年啊。我一下就明白了。他叹道，一个好好的人迷恋什么写作，现在疯了，我们活活把他害了！原来，简进在发表“处女作”的巨大精神动力之下，没日没夜地写，最后连班也不上，被单位除名，但仍旧一个劲地写……可是再也没有发表一个字，他就疯了……

我听得胆战心惊，忽然觉得自己是个罪魁祸首。

2

房门上响起持久、顽固的声音，看来我要是不开门，它就是三天三夜也不肯停下来。

我只好搁下手中的笔，走过去把门打开，心情一下子变得很坏。

又是他！一个叫作简进的狂热级文学青年。

都怪一个亲戚多事，把他介绍给我，这些天来他天天上门，要我指点他那狗屁不通的文章。昨天我不得不硬着头皮对他一篇所谓呕心沥血的新作提了几点意见：

“邹老师，我遵照您的意见修改……”简进谦恭地说。

“行了，我不用再看了，”不知怎的，我忽然克制不住自己，粗暴地打断他说，“你根本不是搞文学的料，修改一百遍也没有用!”

简进一脸窘迫。

“我劝你别白费劲了，把时间和精力拿去搞点别的东西，现在改革开放，干什么不行，偏偏要在文学树上吊死……”

我正口若悬河，忽然发现简进不见了。不知他什么时候偷偷跑了，他一定受不了我的尖刻——管他呢，我继续写我的。

大概是四年之后，我有一天上街取汇款。忽然一辆轿车嘎地在我身边停住，我吓了一跳。车窗里探出一张熟悉而又陌生的面孔。“邹老师，你忘记我啦?”原来是简进！他下了车，热烈地握住我的双手，“邹老师，你真是我的再生父母啊，我真不知如何报答你!”我懵头懵脑的，“我当初痴迷着文学，是你一番话让我迷途知返啊，我真不知如何感激你!”

原来，简进被我批了一通之后，丢掉文学转头扑通跳“海”，现在有了公司有了车，连别墅也有了。不久，简进诚心诚意拿了数万元，帮我出了一套文集。我以恩人自居，觉得理所当然，但心里不免酸溜溜的。

3

房门上响起持久、顽固的声音，看来我要是不开门，它就是三天三夜也不肯停下来。

会不会是他？好吧，我就是不开门，看你的耐性有多好!

大概十五分钟之后，敲门声渐渐弱下去，像一朵云飘散了……

跑龙套

红　酒

县剧团的花脸姓海名椒，浓眉大眼，人如其名。

海椒小时没想唱戏，唱戏是偶然。他爹老把海椒按在板凳上剃头，手艺可不咋着，每次剃头海椒都跟杀猪似的吱哇乱叫，嗓门不小，传出去二里地。隔墙儿他二叔早先在个草台班子里唱花脸，听这孩子嗓门大，模样虎虎实实还透着股灵气，就说这孩子是块儿唱戏的材料，没准儿能红。

正巧县剧团招人，二叔拉着海椒就来报名。老师问海椒会啥？海椒不言声，大眼睛忽地一扫，身子一拧，给老师来了十几个侧手跟头，虽不成章法，却也说得过去。老师又问会唱不？海椒说会，站得直直地，眼观鼻，鼻观心，连说带比画来了段“城门城门几丈高，八十八丈高。骑白马，挎大刀，在恁城门过一遭”，儿歌，他娘教的。

老师笑得前仰后合，说中中中，这孩子中！

海椒的行当属于净，主攻架子花脸，扮演过《盗御马》中扶危济困、除暴安良的绿林好汉窦尔墩，直把个红盔红髯蓝花脸，河间府响当当的人物演得是惟妙惟肖出神入化。剧团大院里一帮半大孩子一见他，就蹦着高儿喊“窦尔敦窦尔敦”。海椒不答话，扎开架势，哇呀呀呀呀一阵叫板，眉毛乱动，眼睛瞪着铜铃般大，吓得那些孩子四下逃窜。

同门师姐名叫风月，青衣，在戏里演秦香莲。素日说话柔声柔气，水样的性格。海椒眼中的师姐是白素贞，是七仙女。心说这样的女子，只有自己才能呵护她一辈子。有啥好吃的，老想着师姐。海椒不会温存，总把东西往师姐怀里一送，直眉楞眼地说给，转身就走。

团里新调来个导演，白净脸，头发有些自来卷，给师姐风月说戏时，声音很腻，时间长了，师姐看导演的眼神跟看海椒绝对不一样。看导演时柔情似水，看海椒却充满慈爱，海椒觉得跟他娘看他的眼神没两样，于是海椒郁闷得不得了。

有天夜里，皎月高挂，满地银辉，海椒一出宿舍门，便撞见师姐与导演在当院那棵槐树下幽会。海椒自己都说不清，怎么会突然亮开嗓子喊了声“好大雪”。

此时正值槐花飘香，哪有什么大雪？同宿舍都是些不安分精力过剩的小伙子，听得海椒一声叫板，即刻跟火烧蜂房汤浇蚁穴似的跑出来说“雪在哪雪在哪？”师姐与导演站在月亮地里尴尬不已，俩人拉着手扭身就跑。伙伴们嘻嘻哈哈回房了，只留下海椒望着如银的月色发呆。

师姐和导演成亲了，海椒一场大病后倒了嗓。倒了嗓的海椒只能跑跑龙套或在后台打个杂。海椒心灰意懒，跑龙套也常出错。《铡美案》中包公唱道：慢说你是驸马到，龙子龙孙也不饶。头上打去他的乌纱帽，再脱掉身上蟒龙袍。这时，按剧情要求应该是王朝拿乌纱马汉脱蟒袍。可海椒扮演的马汉心不在焉，不光脱掉了驸马爷的蟒袍，还顺手把人家的髯口摘了。台下观众笑得东倒西歪，直叫倒好，说这包公厉害，铡驸马爷还先拔胡子！

《大破天门阵》里海椒演亲兵，宋辽两军对垒，有场开打。一阵急急风中，海椒扮演的宋兵提着两把刀上场了，和辽兵一打照面，却忘了下来的动作，一愣怔，提着刀又下场了。演辽兵的演员心说还没开打怎么就走？想救场，情急中，也不顾剧情，嘴里喊着：呔，哪里逃，提枪就追。也就是唱戏，要真的是两军交战，岂不是长辽国威风，让堂堂的大宋朝丢尽了脸？就这两件事儿，就把海椒整得灰头土脸，抬不起头来。以前那个威风凛凛的窦尔敦彻底不见了。

架子花脸如今成了跑龙套的，但凡戏里有衙役马童，就有花脸海椒无奈的身影。戏外，海椒的目光一直追逐着师姐风月，痴心不改。

师姐不是不晓得海椒的心思，也给海椒介绍过俩姑娘。海椒推辞不过，见了。回来师姐问相中没？海椒说没法跟你比。师姐柳眉倒竖，说莫非你想气死我？海椒不吭声，半晌，才说，师姐，你生气的样子也好看。

日子过得飞快，海椒还是孑然一身。导演在次汇演中认识了另一座城里的台柱，追逐新人去了。师姐以泪洗面度日如年。海椒见不得师姐这样，心痛得要死要活，大着胆子说你别伤心，还有我呢。师姐却是不允。

冬日的夜晚，海椒心事重重总嫌夜长。披衣下床，在院里踱来踱去。突听师姐房内"呀"的一声惊叫，接下来却死寂无声。海椒一激灵，顾不上多想，一脚踢开房门，只见师姐倒在地上，青丝纷乱，脸色蜡白，悄无声息。海椒泪流满面连声叫着师姐师姐，两手一抄，抱起师姐软软的身子就往医院跑……

又是一年槐花香，师姐风月要和海椒结婚了。闹洞房的人已走，海椒还呆呆地坐着不动。师姐一口韵白，娇声说道：看天色不早，官人还是歇息了吧。

海椒朝自己大腿上使劲拧了一把，颤声说：师姐，这回我不是跑龙套吧？

俘虏

朱雅娟

每个人都是自己世界的第一主角。我不是。这么说吧，在我没有遇到扈三娘之前，我是自己的主角，但看到了她，我的生命注定只有一尊神。这尊神就是扈三娘。

跟着宋公明哥哥攻打祝家庄时，我有点不痛快。大家应该都记得吧，在清风寨就是这位宋公明哥哥想走上层路线，巴结当官的老爷，愣是把我打劫的官家太太送回家，害得我一直没有讨上老婆。他许愿说会给我找个比刘知寨夫人长得年轻漂亮的，这话留着去骗黑胖子李逵吧。他自己除了长得黑了点儿，也算是仪表堂堂，又有钱，却连小老婆也看不住，还被逼得杀人当流寇，有啥本领给我找个更好的？但现在看到如花似玉、美若天仙的扈三娘，我的魂登时丢了。

说实在的，扈三娘的武功并不高，但为什么总是有人打不过她呢？我自己一上阵，心里就明镜似的了。女人的美就是男人的毒，要不然怎么骂女人的话有一大半跟蛇跟毒有关？宋公明哥哥之所以一刀宰了阎婆惜，就是恨她背着自己爱别人。我就不信他一个结结实实的大男人，会夺不过一个娇滴滴的女人手里的招文袋，还非得拿刀杀了她，满世界跑着做流寇！

扈三娘把双刀舞得漫天雪花飘似的。这种武功只是用来戏台上唱刀马旦的，真正的武功不好看但非常实用。比如我矮脚虎自己，招式使得跟长相一样难看，但打仗从来没有人把我当成猫。

但现在我是一只猫，一只谄媚的猫，我故意让她打落我的长枪，甘心情愿地等她的玉手把我像抱小猫咪一样掳走。但她飞起一脚将我踢翻在地，双刀架着我的脖子嘲笑道：“真是蜀中无大将，廖化做先锋。”尔后递了一个眼神，她的手下就像捆猪一样把我捆得四蹄朝天。那一刻，我只会满嘴胡叫，美人，若能得你为妻，我王英只活一天也知足矣！

我一直猜想扈三娘是不是对林冲这个小白脸情有独钟，要不然她也不会一招之内就让林冲一胳膊夹下马做了战利品。我被解救回营后一直耿耿于怀的就是这件事，可惜当时我被关在祝家庄的大牢里，没有亲眼看到。

孙立、母大虫顾大嫂等人救了我们这一干俘虏，梁山人马铲平了祝家庄，扈三娘的未婚夫祝彪死于此役，扈三娘投降了梁山。宋公明哥哥很高兴，看得出来，他也非常喜欢扈三娘。我是扈三娘的俘虏人人皆知，但宋公明哥哥的心也被三娘俘虏恐怕知道的人并不多。

宋公明哥哥最擅长搞思想政治工作，但他怎么做通三娘的工作让她嫁给我这个三寸丁，让许多人百思不得其解。原因其实再简单不过了。

宋公明：扈三娘，林教头心中只有他已死去的妻子，你与他不可能。

扈三娘：但我与你更无可能。

宋公明：请小娘子仔细想清楚，宋某虽然现在在山寨没坐上第一把交椅，但凭宋某的本领，这只是一个时间问题。

扈三娘：任你做了皇帝，我也不从！

宋公明：拜托小娘子想清楚，如果你不愿意嫁给宋某，你只能嫁给那个小矮人王英！这样也算是姓宋的还他一个人情。

扈三娘：呸，宁死不从！

这就是那天我听到的部分对话。

半夜我跳进窗，救下欲悬梁自尽的扈三娘。

扈三娘：怎么是你？

我：如此死了，岂不是让姓宋的笑话？他害你未婚先寡，现在又想强人所难，还时刻在人面前道貌岸然。 你死了不是白死了？

扈三娘：那怎么办？

我：不如真的嫁给我王英，让他看到鲜花宁肯插在牛粪上也不愿与他这个伪君子相守，看看他心中难受不难受？

扈三娘：……

三天后，我与扈三娘成亲。

青玉案

平　萍

青玉是个漂亮女警，身边自然就彩蝶翩翩。

青玉是个心高气傲的足球迷，蝉联冠军的王子队中的那个足球王子，一个倒钩进球，如同闪亮华丽的焰火，一下子就照亮了青玉的心……

那次大练兵，青玉被男警背上肩头、摔下地的时候，蓦然以为自己也要倒钩一个进球呢，结果，尽管事后人人都夸她落地的姿势优美潇洒，但是……青玉的玉腰还是毁了，整整一个月躺在病床上，不能够自理。

不过，倒是有了休养生息的机会，当然青玉也挺懊丧的：警校时候，在水泥地上也敢和男生打斗的野丫头，如今却虚弱得如同一株玉米秆子，嘎嘣脆了。

说起玉米，青玉现在倒是会乐了，可是少女时代，她曾多次急赤白脸地跟爸妈哭闹，一个劲要求改掉“玉米”这个名字。小男生放学时候，总是追逐着她，大喊大叫：大玉米，细又长，叔叔带你钻纱……帐！那时，青玉总是不等“帐”字音拉长、转弯，就已冲进那些小男生堆里扭打……次数多了，“玉米”也就变成了“青玉”。

爸妈说过，当初，作为知青，第一次感受到了那柔柔的细风，甜甜的水汁，亮亮的星月，美美的情愫，就是因为爱情里的男女躲进了玉米青纱帐里。所以，后来，他们就给爱情的结晶起名叫了“玉米”。

小青玉感喟：姑且原谅二老吧——青玉……彰显得还算有品位、有质地啊，更不失父母的永久记忆！

终于，青玉在病床上看到了报纸上刊登的一则球赛消息，并知道两万张球票早在前一天就售完了，怎么办？

青玉可不是个想干什么而不立即去做的女警，她要求上岗，不成；又要求换岗，依然不成。无奈啊，这是老规矩了，每当这样的执勤，女警一向就得靠边站！足球场，向来不是男人的世界吗？青玉决心听从哥们儿的建议，穿上自己的警服，混在上岗的同事堆里，进场，近距离地揣摩王子风采。

青玉就是莫名其妙地喜欢足球王子的那份拼命精神，尤其是规则内的狂野，显示的完全是男子汉气概嘛。而球迷们营造的那份激情和快乐，海洋般地席卷了体育馆上空，特别是那锣鼓喧天、浪潮迭起的景象，更让青玉感慨万千……生命的意义，不就是这样升华的嘛！

终于，自己的升班马主队逼平了冠军王子队，这可是第三次逼平了又一支强队啊，魔鬼主场尽显魅力！尽管感觉错失了两个进球良机，但是青玉心灵深处还是隐隐觉得，这样的结局最好，至少王子不会太失落、太沮丧。虽然此场邂逅，没有瞧见王子的拼抢雄姿，但是青玉可不想让自己心目中的王子太郁闷。

胜败乃兵家常事嘛！何况结局是平局呢。

刚一散场，为了一睹王子的英姿，青玉追星族般地提前跑到体育场外，在狭长的主客队汽车必经的马路上，等候着、期待着，她决心要用手机拍下王子的容貌，然后，在思念的时候打开手机即可。

青玉羞涩了，红润漫上了脸颊……

主队的大巴在夹道欢送的鼓掌声中远去，青玉又迎来了客队——王子乘坐的大巴。青玉不再鼓掌，而是面色潮红地奔跑着，高举着手机追随着，拍呀拍呀，她不知道能不能够抢拍到王子的身影，但是，她清楚，这是她唯一的机会，不能错过……突然，她定格了，心跳仿佛骤停……眼前的这一幕，是真的吗？她用左手使劲擦了擦她那双黑亮的眸子——那王子，真的，正在伸出右手中指，倒钩着、比画着，一脸的恶狠狠的鄙视，嘴还一张一合的骂着什么！

青玉好屈辱啊，几乎是下意识地又按了一下手机的按钮……继而，她听到并且看到鼓掌的球迷们，开始追赶客队大巴，尤其是一些小伙子，纷纷摔出了手中的水瓶、杂物……大巴后窗玻璃碎了，就仿佛是青玉的心！

大巴司机跑过来，叫道：“警察，我的车被砸了，怎么办？”

青玉茫然一笑，淡淡地说：“打 110，报警呗！”

青玉真的忘记了她就是警察了吗？呀！她的腰剧痛起来，可是怎能比得过她的心之疼痛？如同被检查出瑕疵的青玉石，再也无法显示纯净、透亮、完美了。

司机投诉了这个女警的不作为。青玉先是被禁闭，再被全局通报批评。局党委更因为她不举证、不接警，责令她调离了警察岗位。

青玉一直沉默着，眼睁睁地冷看着魔鬼主场被足协罚款、警告，自始至终没有拿出那份手机拍来的证据。

她知道：或许，这个城市万余名狂热球迷之火爆形象受损害了，或许，魔鬼主场被玷污了。但是，青玉这辈子狂热爱恋的王子没有了呀。只当是一份祭奠吧，毕竟这也是她能为那王子做的唯一一件可以保护他的事情了。

又或许，至此，王子的质地也会纯正起来？

祸兮？福兮？

青玉黯然……谁又能慰藉？

张大嘴

青 铜

张大嘴的嘴并不比别人大多少，之所以得了这个诨名，全是因为好吃。

打小儿，张大嘴就爱串门儿。闻到谁家卤肉了，张大嘴就坐下不走了。人家看他是个孩子，也就不好赶他。肉熟了，夹两块给他，他三两口吞了，眼还往锅里瞅着。

张大嘴家穷，人懒，种出的麦苗还没韭菜叶子宽；又馋，麦穗子还没黄，就忍不住揪下来拿火烧着吃了。这日子就更过得紧巴。

那年月，没得肉吃。不用人教，张大嘴就有法儿。

张大嘴跑到野地里，找地鼠洞。地鼠精，有两个洞口。张大嘴把一个洞口拿网兜罩了，守着另一个洞口,往里头撒尿灌水、点了湿稻草往里头吹烟。地鼠受不了烟熏火燎，仓皇钻出来，就入了张大嘴的套。张大嘴把地鼠拿泥裹了，往火堆里一扔。火熄了，连泥带皮地撕下来，油汪汪的一疙瘩肉，喷香！张大嘴打了牙祭，肚里有油，心里不慌，就找个背风窝晒暖去了。

夏天草深，地鼠洞不好寻。张大嘴就弄个弹弓，到淮河滩里捡一兜石子儿，往林子里一钻，专拣那个儿大的野鸟，一打一个准。张大嘴也不讲究，不管是野鸡还是斑鸠，依例糊上泥，烧了吃。吃完了，找块荫凉地歇上了。

慢慢地，鸟儿们知了张大嘴的厉害，都飞往别处去了。张大嘴就寻根缝衣针，中间系了线绳，串块馍头，往麻地里一蹲，钓鸡！这一招真是绝了。鸡到麻地里打食，见了馍头，哪有不啄的道理？一嘴下去，就卡了嗓了，叫不出甩不脱，逃不了被张大嘴火烧火燎。

鸡丢了，主人家要寻。一来二去，寻到张大嘴头上，少不了要骂两句。没用，鸡照样丢。村人就都把鸡关在圈里了。张大嘴再馋，还没到上门偷的份儿上。想吃肉，得另想法儿。

农村红白事情，要办席面待客。再穷的人家，席面上也少不得一个“碗面子”和一道肉丸子。

“碗面子”，也叫“八大块”，说白了就是一碗八块肥膘条子肉，和一碗掺精带肥的方子肉合扣成一碗。这道菜是“面子”，少不了的。张大嘴就打上了这“碗面子”的主意。

哪家要娶媳妇儿，哪家老人病重，张大嘴都记在心里。只要有事情，不等炮仗响，张大嘴就奔过去帮忙。农村里，谁家办红白事情，都有乡人不请自来地打个帮手，哪有往门外推的道理？东家也就都允了他。这样一来，干完了活儿，主人家要设席答谢帮忙的乡人，张大嘴就有肉吃了。

干完了活儿，张大嘴早早就选个女客多的席坐了。女客食量小，又多有信佛吃素的，张大嘴盘算着能多吃点儿。

“八大块”端上桌来，张大嘴总是先抢肥肉，再吃瘦肉。那年月，肚里都没油水，傻子才放着大块肥肉不吃呢。到了上世纪80年代，张大嘴改变了策略：先抢瘦肉，再吃肥肉。为啥？生活好了，油水足了，条子肉太油腻，就没多少人吃了。张大嘴抢吃完瘦肉，剩下没人吃的条子肉就都是他的了。

吃肉丸子，张大嘴也有招儿。开席用八仙桌，每席八人，丸子却是十个，讲究的是十全十美。十个丸子八个人，多出的两个，总要有人吃到嘴里。丸子端上桌来，别人都伸勺子去抢，张大嘴却不慌。等别人都塞住嘴了，张大嘴才不慌不忙地端过盛丸子的汤碗来，把事先盛好的米饭扣在碗里，一本正经地说，我口重，这汤咸，正好下饭。

别人心知肚明，可谁能跟他一般见识？再说丸子塞着嘴呢，只好吃个哑巴亏。

就这样，张大嘴穷了一辈子，懒了一辈子，吃肉却吃了一辈子。

张大嘴活到八十岁上，已经是20世纪90年代末了，红白事情已基本不大张旗鼓了，席自然也不开了。林子里的鸟也打尽了；农田里都撒了农药，地鼠也绝迹了。张大嘴吃了一辈子肉，怎能断了？便拖着颤巍巍的步子，去淮河边上钓鱼。那会儿，淮河污染得厉害，鱼虾稀少。张大嘴的鱼篓便时常空着。

有一天，张大嘴刚撒下钩，就钓住了一尾十来斤重的大鱼。张大嘴喜不自胜，白眉毛都翘到头顶上去了。张大嘴费了老鼻子的劲，终于把一尾大花鲢拉上来，就地拾些茅草，把鱼烧了，狼吞虎咽起来。没吃几口，一根鱼刺卡到了喉咙里。

张大嘴吃了一辈子肉，竟生生给一根鱼刺卡死了。

喝酒

盐　夫

酒，在米贵家喝的。

米贵不在家时，我常去。那条道，熟，一会儿就到了。我是外省人，有人请酒，去。鸿门宴也去。酒局没有外客，就我、米贵及南瓜花。南瓜花是米贵的女人。嗯，怎么说呢，还真有点不好意思，我们上过床吧。在床上，南瓜花常提起米贵。我知道，他们感情挺深的。南瓜花身体的每个部位我都熟悉，至于米贵这人嘛，却是刚认识的。不过，与米贵说话投机，有缘。米贵也在外省打工，与我一样，一年只是春节回一趟家，自然南瓜花我就多照顾了些。这也正常，女人哪能离得了男人。米贵回到家三天，我们就混熟了，南瓜花是我们很好的沟通渠道。经济危机，米贵春节提前放假，而我还得过几天才能离开米家庄。

南瓜花忙着炒菜做饭，灶上灶下的。她儿子毛毛呢，小，也不上桌面。一张八仙桌，宽宽敞敞。我坐正面，米贵侧面。左手，还有一双筷子一只酒杯，给南瓜花留的。酒杯满满的。酒是农家酒，不好，也不孬，有劲。肉却是好肉。啥肉？纯种狼狗肉，喷香喷香的，怪馋人的。米贵说地冻天寒，吃狗肉好，吃狼狗肉就更好了，暖胃，壮阳。我反驳他，壮阳有什么好，我们民工一年只回一次家，浪费。说这话时，我瞟了一眼南瓜花，灯光下，南瓜花屁股很肥大，也很性感。米贵说，你也会浪费？我说我咋就不浪费？我不是老板，天天能泡上小姐，我是民工嘛。上次，有民工管不住那东西，找小姐了，也该他倒霉，被警察抓了，罚五千，一年也就这样白干了。我说，依我看你米贵不会也找个野女人吧？我盯着米贵眼睛问。米贵一声叹息。我与米贵也就不再多说话了，一碰杯子，酒就下去了，和酒一起下去的，还有狼狗肉。

狼狗是米贵夜里逮的。

米贵说他是逮狼狗高手。这是笑话。土狗可能，狼狗容易逮吗？狼狗聪明着呢。米贵能逮着狼狗，有我的原因——我做了内应。狼狗是我老板的看门狗。不过，看着狼狗我就生气，我早就想吃了它。有一条新建的高速公路，从米家庄村边上绕过。我在工地打工，我是机械手。我不喜欢我们老板。老板太精明了，工资卡得紧紧巴巴的，一分不多，还不准我回家探亲。上次，奶奶去世时，我去请假，老板不同意。他说工程紧，走行啊，走了就不要回来了。经济危机，这年头工作不好找，我只好留下了。其实，奶奶去世未必一定回乡的。我是想我女人。女人在电话里说过，她想我，夜夜梦见蛇。

我使劲咀嚼着狼狗肉。狼狗肉真是香，好吃。狼狗这事上，我与米贵想法是一致的。一拍即合。喝酒上，却各有各的算盘。米贵想灌醉我，我想灌醉米贵。南瓜花却不允许酒喝多，暗里护我，明里护米贵。她端来两只小碗，碗内各有一块精狗肉。我认得，狗肾。她说这是男人吃的东西，趁热吃，吃了，家里女人欢喜。我说米贵这家伙真“性”福。南瓜花说你就不“性”福？南瓜花抛个媚眼，尾音拉得长长的。米贵在，我不敢明着接南瓜花眼神。米贵说别听女人的，咱兄弟俩得喝高兴了，喝！一举手，又是一杯酒下去了。米贵要把酒再满上，我罩住酒杯。我不是米贵的对手。

咋啦？想耍赖？便宜不能尽让你讨。满上！米贵说。

米贵话里有话。点支烟卷，我把烟雾吹在米贵脸上，说，你得罚酒。

罚酒？罚得有理由嘛。米贵不认。

说错话了。我说。

没说错话。米贵梗着脖子说。

我喊一声南瓜花你过来。南瓜花就过来了。我说米贵酒喝多了，净说错话，他说我讨便宜了，我讨啥便宜了？毛毛生病我送的医院，那夜冒着大雨，对吧？麦子我帮种的，田我帮翻耕的，对吧？耗的是我们老板的柴油，老板的机械，机械是我偷着开出来的，还差点被老板抓住，对吧？你说是谁讨便宜？是谁该罚酒？

南瓜花不表态，却把酒杯满上，然后说，感谢感谢，敬一杯。我摆摆手。我不喝。我肯定不喝。我继续责问米贵说，你多久没回家了？十一个月，对吧？挣钱？挣钱为什么？养家？对了，算是说对了，知道养家的人不回家，你还要不要家了？你小子把酒喝了。米贵无言，他说不过我，显得很惭愧。米贵没有再抗议就把酒喝了。米贵喝酒的表情看上去很苦涩。我把米贵的酒杯又满上，推到他的面前。米贵站起来给我敬烟。他说，哥啊，这杯就不罚了吧？民工都这样顾不上家的，一年一回家。我说，不行，一定得继续罚酒。这时，我的手机响了。是我女人打来的。女人与我说着话，却被一个男人接过去了。喂，老唐你好吗？男人说话倒是很讲礼貌的，可声音一点也不熟悉。这男人是谁呢？我站起身向门外走去，一边走一边想。我始终没想明白。这一晚，我的酒与米贵一样喝得三心二意。

父亲的斑马线

刘会然

刚来城里几天，父亲就像失去阳光的麦苗，病恹恹的。

我劝父亲多去公园里走走。公园就在我们房子对面，横穿一条大道就到了。公园很大，风景秀丽，活动的人也多。

父亲说，房前的大道上车太多，很麻烦。

我告诉父亲，过大道时走斑马线，所有的车辆都会停下来让你，很方便的。

父亲说，真的吗？斑马线这么神奇？

我说，千真万确。

父亲好奇地问，什么是斑马线？是留给斑马走的线吗？

我笑了起来，城里哪里有斑马？是大道上用白漆漆成的像斑马身上条纹的线。斑马线是方便路人横过大道用的。我再一次告诉父亲，在斑马线上行走，所有的车辆都会停下来让你。

父亲问，是所有的车辆吗？

我说，是的，是所有的车辆！

父亲还是不肯相信。我亲自带他过了一次斑马线之后，父亲啧啧称奇，说城里人真文明。乡下的车都是在路上横冲直撞，怪吓人的。

父亲再问，行人走在斑马线上，要是车辆不停下来让行人，将会怎样？

我说，交警会严厉地处理他，罚款，扣分，严重的还要吊销驾照。

父亲说，好，城里的制度就是好。

闲着的时候，父亲就一个人去对面的公园里散步。头几次过斑马线时，父亲还是畏首畏尾。几次过后，父亲总算放心了。渐渐地，每次过斑马线，父亲总是昂首挺胸，巡视着来往的车辆，活像是一个检阅军队的大将军。

父亲说他喜欢这种感觉，走在斑马线上的时候，所有的车辆都齐刷刷地停在脚下，父亲说这就像检阅自己饲养的那群整齐划一的鸡鸭一样。

公园里散步的，遛鸟的，遛狗的，多是成群结队。他们都是一些退休了的城里人，满是城里人的气派。

父亲不懂遛鸟，不懂遛狗。父亲想，城里人真怪，让鸟在天空、树上鸣叫不是比在笼子里叫更动听吗？还有，让狗猫它们自己走就是了，为什么要用一根粗粗的绳索拴在脖子上？狗和猫不是都有灵性，知道回家的路吗？

那次，父亲对一遛鸟的大爷说，你爱鸟吗？

大爷说，你不是废话嘛！我每天喂它最高级的饲料，还放交响乐给它听。

父亲说，既然你爱鸟，你干吗要把鸟儿关在笼子里，像坐牢一样？

大爷剜了父亲一眼，你乡下来的吧……

那次，父亲对一个遛狗的大妈说，你爱狗吗？

大妈说，你看不出来吗？我每天都要给它美容按摩，晚上我们还同睡一张床。

父亲说，既然你爱狗，你干吗不放开绳索，让狗儿自由玩耍？

大妈啐了父亲一句，你乡下来的吧……

以后，公园里的城里人一看到父亲走近，都纷纷躲闪。乡下来的父亲孤零零的。

那天，父亲精神一振，像发现了沙漠中的绿洲。他发现一乡下人正吃力地铲一大堆游人遗弃的垃圾。父亲感觉应该去帮一下乡下来的兄弟。二话没说，父亲走过去，拿起铲子就干上了。乡下人很紧张，说，你乡下来的吧？

父亲说，是啊，你不也是吗？

乡下人说，大哥，我求求你了，你千万不要帮我。你一帮我，明天我手里的铲子可能就没有了。说着，乡下人忙从兜里掏出一包烟递给父亲，大哥，帮帮忙，我是从乡下来的，现在好不容易找到这份工作，我老伴儿还卧病在家呢。

父亲很纳闷儿：我真心帮他，想和他聊上几句话，他却认为我抢他饭碗。唉——父亲叹了一声。

父亲觉得去公园没有意思了。父亲说，公园虽然景色优美，聊天儿的人也多。可只有树木愿意和他说话了。

不过，父亲还是喜欢去公园。他说，他觉得过斑马线的感觉真好。父亲空闲的时候；总喜欢在斑马线上晃来晃去。在斑马线上，父亲仿佛找回了所有的信心与尊严。

那天，父亲在检阅他的“军队”的时候，一辆车疾驰而过，父亲还没有明白怎么回事，车轮已经碾过他的头颅……

父亲到了另一个世界，他也许永远也不会明白，自己竟然会倒在一辆警车的轮子底下，而那辆警车正是为了追赶一辆乱闯斑马线的肇事车。

幸福死了

魏永贵

四十五岁的王三乐已经很久没有找到幸福感了。

其实王三乐在别人眼里够幸福了。在城市打拼了几十年的王三乐可以说是志得意满。房子有了，车子有了，位子有了，票子有了，半明半暗的情人也有了。可他就是没有幸福感。或者说越来越对幸福这个词儿陌生了。

王三乐住在有电梯的楼房里感觉被水泥瓷砖地板挤压得难受。坐在车子里感觉被空调清新剂熏得难受。坐在会场里感觉耳朵被麦克风灌得难受。坐在堆满山珍海味的宴席上，还没有动筷子就感觉胃撑得难受。就是躺在情人身边，王三乐也感觉空虚得难受。

王三乐从头到脚就是感到累，感到难受。王三乐知道，一个整天感到累和难受的人怎么会有幸福感呢。

那天晚上在半醉之后王三乐拨了一个电话。

电话接通了，王三乐嗯啊了几声，对方似乎一直没有反应。王三乐有些不耐烦地说：喂，你说话啊！

电话里说你是三儿吧？

王三乐本来是要给一个小情人电话的。眼下习惯叫小三儿的。没想到电话里突然反叫他三儿。也用的是儿化音。

王三乐说，什么三儿啊四儿的，我是王三乐！

王三乐正要挂电话突然意识到接电话的是几千里外乡下的

母亲。

三儿是他的乳名。

王三乐急忙说，娘，我是三儿，你还好吧？

娘在电话里说：好，娘多活一年就多赚一年，好着呢。

跟娘通完电话，王三乐突然有一个强烈的念头：回老家乡下一趟。

好久好久没有回老家看山看水看娘了。

王三乐于是立即动手收拾东西，准备去赶半夜那趟火车。王三乐知道，如果不抓住这个念头，明天一早就又改变主意了。

穿睡衣刚做了保养的妻子说你是不是有病，你们单位不是这两天竞争处级岗位吗？偏偏选这个节骨眼出门！王三乐说你说得对，我是有病，正好回乡下一趟，权当是疗养。王三乐出门的时候妻子又甩给他一句话：再说一遍，职务竞争过了这个村就没有这个店，快去快回别死在那里不回来！

火车汽车蹦蹦车。王三乐推开家门的时候把娘吓了一跳。娘的头上多了一层霜一样的白发。娘急忙就去鸡窝里找鸡蛋，又拿着镰刀去门前菜园里割韭菜。王三乐看见，娘的脸上漾着一道少女一样的光。

在娘做饭的当儿，王三乐溜达到了屋后的打谷场，几垛草静静地卧在夕阳里，雾岚在远处的山冈上袅袅地飘。

王三乐小心地爬上草垛，四脚朝天地躺了下来。夕阳给天空的闲云镀了一层金边，一伸手似乎可以碰到。一群群不知名的鸟悠悠地从头顶飞过，也是要回家的样子。王三乐深吸了一口气，又缓缓地吐出来，轻轻闭上了眼。

睡梦里的王三乐听到一个声音。

“三儿，饭熟了，你回来吃……”

王三乐听清楚了，那是娘的呼唤。叫着他的乳名。似乎回到了很久以前。一种感觉在那一刻开始蔓延。

幸福。

是幸福。

我找到幸福了！

王三乐感到身体在微微地抖。

“三儿，饭熟了，你回来吃……”

娘呼唤的声音还在旷野里。一声声，那样亲切，缥缈。忽近，忽远。时间在那一刻似乎凝固了。幸福的浪头纷至沓来，铺天盖地，汹涌澎湃。

娘，我在，在呢。

王三乐感觉自己回应了，却又几乎没有发出声音。他想招一下手，却似乎怎么也抬不起胳膊。

巨大的幸福把王三乐淹没了。

几天后的A市小报上，一条社会新闻格外醒目。新闻的标题是：《某机关王某某竞职无望猝死家乡》，副标题是：《人到中年谨防心脑病刻不容缓》。

立正

许　行

“你说说，为什么一提蒋介石你就立正？是不是……”

我的话还未说完，那个国民党军队的被俘连长，早又“叭”下子来了个立正，因为他听到我提蒋介石了。

这可把我气坏了，若不是解放军的纪律管着，早就给他一撇子了。

“你算反动到底啦！”

“长官，我也想改，可不知为什么，一说到那个人就禁不住这样做……”

“我看你要陪他殉葬啦!”我狠狠地说。

“不，长官，我要改造思想，我要重新做人哪!”那个俘虏连长很诚恳地说。

“就凭你对蒋介石这个迷信的态度，你还能……”

谁知我的话里一提蒋介石，他又“叭”下子来了个立正。

这回我终于忍不住了，一杵子把他打了个趔趄。并且厉声说：

“再立正，我就打断你的腿!”

“长官，你打吧！过去我这也是被打出来的。那时我还是个排副，就因为说到那个人没有立正，被团政训处长知道了，把我弄去好一顿揍，揍完了对我进行‘单兵训练’，他说一句那个人的名字，我就马上来个立正，稍慢一点就挨打。有时他趁我不注意冷不防一提到那个人名字，我没反应过来便又是一顿毒打……从那以后落下来这个毛病，不管在什么时间地点，一说到那个人或一听到那个人的名字就立正，弄得像个神经病似的，可却受到嘉奖，说这是对领袖的忠诚……长官，你打吧！你狠狠地打一顿也许能打好了呢。长官，你就打吧！打吧!”俘虏连长说着就痛苦地哭了，而且恳切求我打他。

这真怪了！可是听得出来，他连蒋介石三个字都回避提，生怕引起自己的条件反射。不能怀疑他这些话的真诚。

他闹得我也有些傻了，不知该怎么办啦!

一九四八年我在管理国民党军队俘虏时，遇到了这么一件事。当时那个俘虏大队里都是国民党军队连以下的军官，是想把他们改造改造好使用，未曾想竟遇到了这么一个家伙。

“政委，咱们揍他一顿吧！也许能揍过来呢。”我向大队政委请示说。

“不得胡来，咱们还能用国民党军队的办法吗?！你以为你揍他，就是揍他一个人吗?”

吓！好家伙，政委把问题提得这么高。

“那么……?”我问。

“你去让军医给他看看。”

当时医护水平有限，自然看不出个究竟来，也没有啥医疗办法。以后集训完了，其他俘虏作了安排，他因这个问题未解决，便被打发回了家。

事隔三十年，“文化大革命”后，我到河北一个县里去参观，意外地在街上遇到了他。他坐在一个轮椅上，隔老远他就认出我来。

“教导员，教导员！”他挺有感情地扯着嗓子喊我。

他头发花白，面容憔悴，显得非常苍老，而且两条腿已经坏了。我问他腿怎么坏的，你说因为那毛病没改掉，叫“红卫兵”给打的，若不是有位关在“牛棚”的医生给说一句话，差一点就要他的命啦！

我想这个我们不许做，也不忍做的，“红卫兵”却做了。打断了他两条腿，当然就没法立正了，这倒是一种彻底的改造方法。于是我有意识地说：

“你这一辈子，算叫蒋介石给坑啦！”

天啊！我非常难过地注意到：在我说蒋介石三个字时，他那坐在轮椅中的上身，仍然向前一挺，做了个立正的姿势。

教父

赵　冬

我是在北方那座俄罗斯式的城市里长大的。

那时候，教堂顶的白雪，尖楼上的钟响，紧裹黑衣的修女……无不诱惑着我对神秘殿堂产生不着边际的遐想。

外公是天主教徒，对耶稣十分虔诚。他不仅自己信教，每周还要领儿孙们去教堂做礼拜和做弥撒。他与教堂的老神父交情甚密，神父待人谦恭、和善，小孩子们都喜欢围着他蹦呀跳呀，或听他讲圣经故事。

神父是外公的挚友，也是两个舅舅的教父。闲暇时经常来家里与外公聊天、对饮，一瓶酒，四碟菜，多至深夜。谈得投机便与外公同榻而眠，情同手足。两个舅舅才十八九岁，对教父更是顶礼膜拜，言听计从。

外公的兴趣很广泛，爬山、钓鱼、打猎、打拳、下棋、舞文弄墨……没有他不好的。有一次去雪山打猎，一熬就是半个月，结果还真打死一头黑熊，一个人把熊用爬犁拉了回来。他在人前最得意炫耀的是那件火狐狸蹄皮大衣，据说是件宝物。外公说穿上它就是在雪地里睡上三天三夜也冻不死。这件大衣是用好几百只红狐狸蹄皮缝制的，我猜，皮大衣一定是很值钱的。

秋去冬来，北方的大地又覆盖了一层白皑皑的冰雪。天气冷得能冻掉行人的下巴颏，松花江被冰雪封了顶。外公是个不甘寂寞的老人，他不听家人劝阻，拿着渔具到江面上戳出一个冰窟窿，下网捞起鱼来，从清晨到黄昏，家人见这么久未归，便去人寻找。江面的冰上摆着渔具，却不见了老人。

全家人慌慌张张地奔到江边，望着冰窟窿里蒸腾出的寒气哭号不停。人们都说，一定是老头子捞鱼不慎跌进冰窟窿里了。

由于未捞到尸首，外公的丧事也只好草草举行。尽管这样，还是赶来了许多人，都是他各界的朋友，人们大都受过外公的恩惠，希望能为老人做点什么……忙前忙后，里外张罗得最欢的要属老神父了。分家的时候，他把我大舅拉到了一旁，对他说："告诉你，我昨晚做了个梦，梦见你爹在那边呢……"他用手指了指天空："他蹲在雪地里，一丝也不挂呀！我看见他身体直打战，好可怜呢！"

第二天，教父伏在二舅耳朵上，神秘地说："孩啊，昨夜你爹又托梦给我，他说那边天冷，他快被冻死了……"

两个舅舅像两只傻鹅，呆呆地望着教父，不知如何是好。

翌日，教父又来到我家，告诉舅舅说外公梦中委托他把那件狐皮大衣给捎过去。

舅舅不敢怠慢，急忙取来大衣，让教父拿走了。

做礼拜的时候，教父满脸慈祥地拍了拍大舅的肩，眨着眼睛说："你爹接到大衣穿上了，还夸你是个大孝子呢……"几句话说得大舅轻飘飘的。

可是，没过几天，外公突然活着回来了。四邻震惊不小，家人欢天喜地。

原来，那日外公在江面网鱼，几网下去，不见半点鱼腥，来了脾气。旁边正好有位老渔翁经过，便赌气扔下渔具，随老渔翁到江下游用大网捞鱼去了……

从此，教父再也没到家里来过。外公到教堂几次，教父均以病相避。一连好几年，外公怕教父难为情，也就换了一个教堂做礼拜。

记得外公临终前，还念念不忘这件事。他躺在床上，用微弱的声音对大家说："……唉，真没想到，一件破大衣，竟伤了一位……老朋友。罪过呀！……"

皮二

张桂生

皮二种了一辈子菜。一年四季，每天东方刚现鱼肚白，他就挑一担菜到江对面的沿江镇卖。

冬至这天，皮二在菜场卖菠菜。一个嘴巴涂得血红的贵妇人称了一把菠菜。"三斤一两，每斤四角，一共一元二角四分。"她口中念念有词，用指甲变了颜色的纤细的手指拈着几张毛票，远远地递给皮二，"这是一块二角，没有了零钱，少给四分，如何?"

"我会找。"皮二说。

贵妇人血红的樱桃嘴一撇，从小巧的进口真皮皮夹里抽出一张五十元的票子："你找?"

皮二接过钞票，塞进荷包，又掏出一把小票，开始找钱。

"我不买了。"贵妇人不屑地说。

"你把菜放下。"皮二眼皮没抬，把五十元的大票子还给她。

"吝啬鬼。"贵妇人丢下这句话，风吹杨柳般扭着屁股走了。

卖菜同行和行人目睹了这个场面，悄悄议论："皮二这老者犟，真小气。”

菜很快卖完了，皮二挑着空菜篓回家。不凑巧，渡船上仅有一对回乡下给祖宗填坟的中年夫妇。这艘做渡船的铁驳船是沿江镇的公物，可渡八十人过江，由私人承包。如今柴油贵，人少了过江承包船主划不来。没办法，只有等。

过江的人们陆陆续续上了船。

一辆崭新的北京吉普开到了江边。三个撑船人和小车司机紧密配合，加上过渡的四五个小伙子在后面使劲推，北京吉普才好不容易开上了铁驳船。

两个下属陪着一个领导模样的人上了船。

一直蹲在铁栏杆边打盹的皮二睁开了眼睛。

“二叔。”领导模样的人蓦然看见皮二，亲热地呼唤，走到老者身边，递去一支“红塔山”。

有认识的人小声说：“这是沿江镇的皮镇长，是皮二入土为安的大哥皮大的独子。今天是冬至，皮镇长一定是回老家填坟。”

人们羡慕地望着皮二。

船开了，撑船人开始收过渡费。每人四角，一人一单车六角。

“小车八块。”吉普车旁边，年轻的船主小李对小车司机说。

“这是镇里的小车，送镇长回家填坟。”司机用牙齿咬着一支“阿诗玛”，“你要收钱?”

正与皮二拉家常的皮镇长听见说话声，掉头向船主小李笑笑。

小李好尴尬，离开小车司机。

半眯着眼睛，有滋有味品尝“红塔山”的皮二径自走到小李身边，递给他一张拾元票子：“小车八块，我四角，找我一块六角。”

小李一愣："皮二叔，这?"

皮镇长白皙的脸孔涨成猪肝色，走近皮二："二叔，这?"

"你是我的侄儿?"皮二问。

皮镇长点头。

"这就对了。你是皮家的儿孙嘛。你手头不方便，二叔替你付也一样嘛。"皮二将钞票塞给小李，"找钱。"

渡船上几十双眼光一齐射向皮二。

黄绍先

贾大山

黄绍先是我小时候的同学，做了大半辈子商业工作，现在退休了，人们仍然叫他"黄经理"。

绍先长得矮矮的、胖胖的，像一个半大孩子。他年轻的时候，工作很卖力气，我天天早晨看见他抱着一把大扫帚在商店门口扫地。可是人们记得，他领导的百货商店，真不怎么样：货架子一半是空的，售货员的脸孔一向是黑的。那年上级提出了"全面整顿"的方针，绍先心一横，也把他的商店狠狠整顿了一番，并且订了服务公约，贴在店堂里。服务公约一共是五条，前四条的内容还可以，不迟到不早退呀，百问不厌百挑不烦呀，等等，最后一条就不像话了："保证不打骂顾客。"顾客看了，没有不笑的，也没有不害怕的。那年省里来了一个检查团，看见那服务公约，笑得东倒西歪、前仰后合，检查团的那位首长，竟然笑得趴着柜台，浑身哆嗦，像是得了癫痫似的……

商业局局长也笑了，笑完就把他的经理免了，说是："绍先是个好同志，可惜水平太低了。”

于是绍先这事儿成了人们的一个笑柄儿。直到现在，熟人们一看见他，就说：

“保证不打骂顾客！”

绍先莞尔一笑，也不恼怒。

绍先水平不高，却有一片忧国忧民的心。最近的一天中午，我在下班回家的路上，看见他站在大街上的一根电线杆下，正吃烧饼。他看见我不打招呼，也不笑，一脸的忧郁之色。我问他怎么了，他竖起一个手指，朝电线杆上一指，说：“你听！”

电线杆上安着一个小喇叭，小喇叭里正在广播县里一位领导同志的讲话。讲话的声音不高，口气很硬。

广播完了，绍先的烧饼也吃完了，他说：

“听见了吗？”

“听见了。”

“听见什么了？”

“不准用公款吃喝玩乐。”

我的话音未落，他便笑了，先是噗噗地笑，继而吃吃地笑，然后仰起脸，笑得没了声音、没了眼睛，最后搂着电线杆子，笑得浑身哆嗦，像是得了癫痫似的……

“绍先，笑什么呢？”我问。

他说，他觉得“不准用公款吃喝玩乐”，跟他的“保证不打骂顾客”，味道差不多……

说完又笑了，笑得叫人难过。

阿春

林如求

我们新婚搬进了新村，因为上班离家远，妻子中午不回家就餐，剩我一人也懒得去弄饭，就经常光顾巷子尽头的那家小吃店。

跑堂的是个川妹子，老板娘叫她阿春，长得虽不十分妩媚，五官倒也齐整，尤其看人时，眼睛潮潮的，一副情深谊长的样子。论年岁，也就十八九岁吧。

看得出，阿春待我挺好的。每天，我足未进店，她就为我挪好了椅子，还用布擦了擦坐垫和靠背。桌面是一抹再抹，白衬衫靠上去也不粘半点油污。碗碟勺筷无须吩咐，就用开水烫了又烫，然后齐齐整整摆到我面前。这事换了别的顾客，非得开了金口，她才懒懒地敷衍一下。至于调味品虾油酱油醋什么的就更不用我饶舌，她必定在上菜之前都摆在我面前。我常忖：阿春该不是喜欢上我了吧？

阿春不苟言笑，她普通话讲得不顺溜，带着浓浓的川音。我曾问过她老家的地址，她说了个县名，是离成都挺远的县份。显然，她是个从大山里挣扎出来的打工妹。

我平时有个习惯，开会候车等人什么的，总喜欢挟着本书去看，并非故作风雅，而是不耐烦那几分钟等待的时间。到小吃店就餐也如此。阿春对此似乎特别感兴趣，只要手头不忙，必定站在一旁歪头看我读书，偶尔被我发现了，她就让我给她看书皮。我不知道她究竟是以此来亲近我还是以此来掩饰她想亲近我的忸怩之态。有一天，当她看完我带的一本《台港文学选刊》杂志的封皮，我表示要把杂志送给她时，她却摇头谢绝了。也许她是怕我有什么不轨的心思吧！

我很感谢阿春的友情，但我没法报答她。我曾想送给她小费，但这在我们这里目前尚不时兴；送给她别的什么礼品，又怕遭人误会。这很使我常怀一种负债感。唉，阿春啊阿春！

一天，我去午餐。老板娘不在，阿春亲自掌勺。几个顾客围了一桌，满头大汗地喝酒吃菜，猜掌行令。我看她一个人忙得团团转，心里一亮，说声："我来帮帮你吧。"就上前替她端菜送酒，手脚像抹了油，挺麻利的。

这时，一位顾客来点了一道炒香螺。然而，阿春不晓得如何炒这道菜。我立即自告奋勇说："让我来吧。"下油加辣下螺加酱油加料酒加糖加葱加味精，三翻两炒，一盘香喷喷的炒香螺顷刻上了桌面。那几个食客吃了直朝我跷拇指，赞扬我这螺炒得好。

客人总算打发走了。当我洗着油腻腻的手，满心欢喜地等待阿春对我褒奖时，阿春却显得很迟钝。她用一种陌生的目光打量我，眼睛还是潮潮的，好半晌才从牙缝里挤出一句话：

"你也会干这个？你不是个读书人……"

后来，我再到她店里时，阿春便也对我懒懒的，爱理不理的样子。后来，我便不到这家小吃店就餐了。

发财

盘文波

人人都想发财。老养也想。村上想发财的外出淘金了。老养不知道怎么发财，便不敢出门。

几年之后，外出发财的人果真大多发了财。村里就像模像样地有了不少洋楼。那些年轻人在发了财的同时，还带回了漂亮的老婆。老养这辈子头一回看到这么多、这么漂亮的女人。漂亮女人们挽着自己老公的手臂走着时，很刺老养的眼。老养更渴望发财了，也更不知道怎样发财了。

发了财的人把漂亮老婆搁在家里，又要出去发财了。老养蹲在自己狗屎一般的屋里，屁也不敢放得太响。

“养哥!”是发了财的年轻人在门口叫他。老养狐疑地望着对方。“我们想给你发工资。”对方进了老养的屋子。老养仍狐疑地望对方。“你把我们的老婆都看住，每月 300 元。”对方说，“但什么事也不能发生。”老养移动一下身子：“钱我不要，帮你们看住就是了。”“傻帽!”对方就骂一句，扔下 600 元，“预付两个月。”老养看着桌上的钱，眼睛闪出一丝光亮。

老养一心一意地为富人们看管起老婆来。富太太们并不知道老养在看管她们，只是觉得老养总是在不远的地方注视着自己，一到夜晚还到家门前转悠，像个卫士。村里留存的就只有老养一个中年男子，其余中、青年男子都出去了。富太太们感到生活很枯燥和寂寞，而老养的出现很能调节她们的生活，就都喜欢和老养说笑了。老养正愁没好借口与她们接触，这一转机，使他暗自高兴。富太太们把老养抓来取乐。老养是个很好讲话的人，她们叫他唱歌，他就唱歌，她们叫他讲笑话学狗叫，他就讲笑话学狗叫。末了，她们塞给他钱，开始老养死活不要，她们便骂他“傻帽”，并很生气。后来老养要了，她们很满意很高兴。不多久，老养学会了主动取悦于诸富太太，得的小费就更多了。

过了一段时间，富太太们也想学一下城里人，遂商量招老养为保姆，帮着煮饭、干杂活之类。老养欣然答应。老养干的活，她们很满意，做的饭菜也极合她们的口味。老养的月收入于是又增加了一大笔。

一晃，到了年底，外出发财的男人们陆续归来，他们见自己老婆过得很好，又得到太太们对老养的赞扬，便补足了老养一年的工钱。都说："明年还请你。"

年三十，老养和老婆关紧门坐于火炉边清点一年来的收入。数着数着两公婆热泪如泉涌。

"没想到我也能发财！"老养有些不可理解地想。

舞台

孙禹文

连日来，她的心情一直难以平静，她被一种从未有过的情感牵引着、撞击着……只要一瞥见床头柜上那幅装帧精美的照片，她的心房便会剧烈地颤动，血液会迅速涌上额头。

她是一个刚过二十岁的纯真姑娘，一名只有四个月工龄的纺织工人。同许许多多青年人一样，她喜爱看时装模特表演，喜爱听音乐会，平时特爱唱歌，让她最着迷、最崇拜的，是新近从北唱到南、被新闻界炒得正热的清纯派歌星李琼。她那甜甜的嗓音、浅浅的微笑、晶莹剔透的眼睛，足以让她陶醉。

眼前，她看着的正是她与李琼合影的照片。

她自己不会相信，她的父母不会相信，她的那帮小姐妹也不会相信。那天，著名红歌星李琼会拉着她的手，同她出现在同一个正在直播的晚会现场，从而，成为她的家人、亲友、老师、同学反复品味的一个永恒的电视画面。她怎么也不会想到，她会拥有一张出自《青年报》名记者之手、留下她与最崇拜的人合影的照片。

她努力不想这事，好让自己平静一点。可那印象太强烈了，事情虽已过去两个多月，一切就像在昨天、在眼前。

当她听说李琼的又一盘盒带出版了，她又禁不住激动起来："今天刚好厂休，不如现在……"她满怀深情地看了看同样满怀深情看着她的李琼，骑着她心爱的红飞鸽，直奔音像公司。

她觉得人生的道路虽然漫长，但只要一步一步地走，终会有个幸福的终点；她又觉得，人与人相识、相处、相交、相知都是缘分，不在于地理位置的远近、结识时间的长短以及社会地位的悬殊……一边想，一边骑，不知不觉到了街心绿岛。

这是车辆、行人绕道拐弯的地方，也是她人生的重要转折点。

那件事，她一直觉得挺平常、挺普通。你想想，一个流氓对一个晚归的女中学生施暴，她遇到了，她能装作没听见、没看见，就这么坦然地骑着车回家睡觉？她既没有那么多的智慧，也没有那么大的胆量，能巧妙地将罪犯制服。她只是觉得这个坏蛋不应该欺负身背书包的女学生。她记不清是她抓住那个坏蛋，还是那个坏蛋抓住她，直到那家伙拔出匕首，狠狠地捅了她三下，她也没有搞清楚。她也记不清当时有没有呼喊，她只感到她用尽了全身的力气抱住了一样东西。罪犯逃了，直到警察来了，她还抱着那只鞋。后来到医院看她的公安局领导告诉她，正是根据这只鞋，他们很快抓到了那个家伙；正是根据这只鞋，这个城市三年内类似的十起强奸大案得以破获。她也知道，正是这只鞋，把那个比她大两岁的青年送到了另外一个世界。

绕过绿岛，她的心情掠过一丝不安。就是这么件普通的事，她和她的家庭得到了前所未有的荣耀。住院期间，市长亲自去看望她，后来，她被授予“优秀共青团员”、“三八红旗手”，再后来，她被有关领导通知，参加省“五一”劳动节联欢晚会。

那天，她刻意打扮了一下，本来清瘦的脸，显得更加纯净。按照电视台导演的安排，她平静地坐在前排的中间位置，很直观地看着演员们的表演。当晚会快要结束时，只见一位身材修长、身着白色连衣裙的演员款款地走向舞台中央。这时，舞台灯光大亮，一束柔和的光线照在这位演员脸上。啊，这不是李琼吗！她无数次从电视荧屏上早已熟悉了她的面孔，是的，正是那个清纯歌手李琼。她显得异常激动，很用力地鼓掌，可惜细汗沁满了手掌。她还没有完全从兴奋中醒悟，女歌星已泪流满面：她在动情地向人们讲述关于她的故事。只见她快步走向她，所有灯光随之移动。李琼牵着她的手，慢慢走回舞台。她噙着泪，满怀深情地向观众介绍：“这就是我们故事的主人公，那个身负重伤、只身勇斗歹徒的女英雄！”观众席上顿时响起雷鸣般的掌声。李琼仍然牵着她那双纤巧的手：“下面，我要为我们的英雄演唱一首新近创作的《卫士赞歌》，以表达我和大家对英雄的敬意！”随着她声情并茂的演唱，特别是最后那句略带沙哑的拖腔，感染了所有在场的观众，观众的情绪和晚会的气氛达到了高潮。演唱结束后，李琼牵着她的手回到原来的位置，与她并肩坐在一起，少先队员献来两束鲜花。李琼随即将花献给她。她俩就这么肩挨肩地靠着，开心地交谈着。摄像机的镜头不时转向她俩，那个机敏的《青年报》记者，不失时机地揿动了快门……

一别两个多月，想必她一直都好吧。她一面骑，一面为李琼祝福。不知不觉中，已到了音像公司。

巨大的广告牌上，赫然写着“红歌星李琼最新盒带首发式”。

她忙乱地架好自行车，直往里赶。只见营业大厅内熙熙攘攘，人头攒动，无数种嘈杂声好像在重复一句话“给我签一个”。怎么，还有签名，莫非她在这儿？她不顾一切往里钻，一会儿又被人潮挤回来，她只好踮起脚尖。她简直不敢相信自己的眼睛，那个熟悉的面孔正出现在无数只晃动的手当中。是她，果真是李琼！她用足力气，拼命往里挤，好不容易挤到了她的跟前。她激动地一把抓住她的手，大喊：“哎，李琼，你好吗?!”她“嗯”了一下，极熟练地从身后拿起一盒带子，亲切地问她：“签哪儿?”她以为李琼没有在意，便向前挪了半步，用力地抓住她的手臂，调皮地冲她喊：“哎，你看我是谁?”看着李琼迷惑不解的样子，她着急地说：“哎，李琼，我是肖小茹!”李琼停下手中的动作，仔细地端详她。她也极认真地看着李琼。她真想大声说，李姐，你还是那么漂亮。双方对视了一会儿。李琼好看的眉毛轻轻皱了一下：“对不起，我记不起来了。”边说边优雅地摇着头。她愣住了，李琼会认不出她？两个月前的那个晚会，难道她忘了？两人靠得那么近，谈了那么多贴心话，她会没印象？

热情的歌迷仍在往前涌。她被挤在一边，木然地站着。那边，李琼仍然带着浅浅的微笑，满怀热情地为人们签着什么。

她一人彳亍在街头。她为那台晚会害羞。

武松杀嫂

贾平凹

要我说，武松是这样杀的嫂。

潘金莲，淫荡妇，你既是嫁给了武家，恁狠心就同奸夫害我哥哥？武大无能却有武二，我岂能饶了你这贱人！今日你睁眼看看，这把钢刀白的要进去，红的要出来，割你的头祭我哥哥，我还要戳了你的胸腹掏出心来，瞧瞧天下的女人心是怎么个黑法！

她怎么不声不吭并没吓软？贱雌儿竟换上了娇艳鲜服，别戴着颤巍巍一朵玫瑰，仄靠了被子在床上仰展了。哎呀，她眼像流星一般闪着光，发如乌云，凝聚床头，那粉红薄纱衫儿不系领扣，且鼓凸了奶子乍得老高。以前她是嫂嫂，不能久看，如今刀口之下，她果真美艳绝伦，天底下有这样的佳人，真是上帝和魔鬼的杰作了！天啊，她这是临死亡之前要集中展现一次美吗？

啊，这么美的尤物，我怎么就要杀了她呢？她是害死我哥哥，哥哥实在是与她不般配，一朵鲜花插在牛粪上，她是委屈了。武松若不是武二，武二若没有个太矮的哥哥，我也会是同情这女人的，也会是不满意这门婚姻的，可武大毕竟是我的哥哥，一个奶头掉下来的同胞，我哪能不维护亲生的兄长呢？哼，杀人者偿命，你就是九天玄女，是观音菩萨，武松若不杀你，武松算什么英雄武松！

她笑了，无声而笑，不是冷笑，也不是苦笑，笑而摄魂，这女人，怎么我要杀她，她还以为这又是同那一个雪天她与我接风的酒桌上一样吧？这女人是对自己有过感情的，扪心而想，我何尝没有爱过她呢？现在我真的要杀了她吗？如果那一天我接受了她的爱，我也被爱所冲动，那我会怎么样呢？今日要杀的除了她难道没有我吗？正因为我武松是英雄，才避免了一场千古谴责的罪恶，可正是我成了英雄，才将她推到了西门庆的贼手里吗？

武松呀武松，你这是想到什么地方去了，现在哥哥的灵前，灵堂阴气凝重，哥哥屈死的灵魂在呼唤着你来申冤，你怎能就要饶了这狠毒角色？是的，你个潘金莲，就是不爱我的哥哥，你可以再嫁他人，嫁谁都可以，却偏偏是同那个泼皮西门庆！ 同了西门庆也还可以，竟合谋害了哥哥性命，我武松放过了你，别人又会怎样议论我呀！一顶绿帽子戴给了哥哥，也戴给了景阳冈的英雄。 或许更有人说武松不杀嫂，是嫂曾经爱过武松，我一个英雄会在人们眼中是个什么形象呢?

杀吧，杀吧，潘金莲，武松真格要杀你了！

刀怎么提不起来，这般重呀？那么一刃，一代美色就灭绝了吗?世上少了潘金莲，多少人为之丧气了，我武松是不是心太硬了？哥哥，哥哥，我该怎么办呢，我已杀了西门庆，咱就放了这个尤物吧?

咳，咳，这是个景阳冈的老虎就好了。

罢了，罢了，由她去吧。 可是可是，我不杀她，她能老老实实在武家守节吗？她一定又要另嫁他人，或许又会与别的不三不四的恶徒勾搭，那这么鲜活的小兽与其让他人猎去，还不如我武松杀了她。 杀了她，看着殷红的血怎样染红白瓷般的胸脯，看着她睁开了杏眼在咽气前的痉挛，岂不是更使人刺激吗？我不能成全她爱我，却可以让她死在所爱的人的刀下，不是于她、于我都是一场最合适的解脱办法吗？好了，好了，潘金莲，那我就这么杀你了！

于是，武松就把潘金莲杀了。

五分熟

安 谅

每个周末，那个垂垂老矣的富翁在他的孙子搀扶下，都到这个餐馆里来，临窗而坐。

自然点的又是蔬菜色拉、鹅肝酱，还有一块牛排。 牛排要的又是五分熟。

我总有点担心，这五分熟的牛排，这老头能嚼得动吗？

我每次担忧，都被刘大厨的似乎善解人意的目光给融化了。看看那位老翁咀嚼得津津有味的神情，显然没有要多大齿力，我说不出该是惊讶还是疑惑。

每一次，刘大厨都要走过去打个招呼：“吃得怎么样？”老翁和他的孙子总是很满意。“牛排五分熟吧？”老翁问。刘大厨也很爽快地回答：“五分熟，你喜欢的。”说完，总和老翁的孙子相视一笑。

据说，这老翁来这儿已二十多年了。每回来，都要的是五分熟的牛排，二十多年的跨越，老翁的牙齿恐怕都掉光了，还嚼得动这五分熟的牛排？

每次来，都是刘大厨迎客，并亲自掌勺。这几年，他很少掌勺了，可老翁来，刘大厨总是自己接待。我们都极为佩服刘大厨，没有这精湛的手艺，谁也是玩不转的。

有一回，我却发现了一个秘密：刘大厨给老翁煎的牛排实际上是特意挑选的，且根本不止五分熟。这刘大厨太鬼了。我仿佛突然发现了别人的短处似的，对刘大厨的行为倍感不适。

我看见，刘大厨将牛排端到老翁面前，又像往常一样，说了一句“五分熟”。老翁微微颔首，又津津有味地咀嚼起来。我的肺都气炸了。

我终于忍不住，一把按住老翁孙子的肩膀，拉到墙角边上：“你，你知道吗？给你爷爷煎的牛排，不是五分熟的！”

老翁的孙子望着我，一会儿，竟然笑了：“我早知道。老爷子从小就喜欢吃五分熟的。多一分，少一分，他都不开心。可这二十多年，老爷子的咀嚼功能变化多大啊！也难为刘大厨，总是恰到好处地控制火候，让他吃得真正舒服。”

只见老翁一抹嘴，吃得显然很为满意地打了个饱嗝，站起身来准备告辞。

刘大厨又走近和老人打招呼。“五分熟吗?”老翁问。“五分熟，吃得满意吗?”“那当然。”老翁答。

五分熟，这才是真正老到的手艺啊！

饱学之士

沙叶新

观念更新，姑娘们的婚恋观最善于更新。解放前别提了，那时候姑娘们没自主权，“全凭父母一句话，屎壳郎、癞蛤蟆都要嫁”。解放了，姑娘们才开始有权选择意中人。50 年代那会儿，当兵最光荣，姑娘们“不爱金，不爱银，最爱肩上有星星”，大都爱找当军官的。到了“文革”，又不一样了，“只要成分好，别的不计较”，所以当时的“国营企业”工人、三代贫下中农最容易娶到如花似玉的老婆。80 年代初，又一变，有那么一阵子是“姑娘找老公，专找海陆空”，凡是有海外关系的、落实政策补还一大笔钱的，家有空房的，姑娘们都趋之若鹜，你争我夺。这几年，随着改革开放，姑娘们的心也搞活了，找港商，找洋人，找什么样的人都有；还有一些“华籍美人”，专找那“美籍华人”的。但也有许多不同流俗的姑娘，由于“尊重知识，尊重人才”的社会风气使然，别具眼光，爱才若命，“只要学问高，就把彩球抛”，专找那有真才实学的郎君。

绝代佳人黄娅便是不同流俗的姑娘。

黄娅今年二十七，不算小了，之所以至今尚未婚配，就是想找一个饱学之士。 找呀找呀找，还真让她找到了。

那天，黄娅在书店，面对浩瀚的书海，她深感自己的浅陋无知。

“有没有《美学入门》?”黄娅不那么自信地问营业员。

“有。”营业员说。 可他找了很多书架，一层一层地找，也没找到这本书。

一个男子不知何时来到黄娅的身边，他突然用一种似乎转速不对的声音一口气说道：

“浅表层次信息载体积淀于框架深层之书的群落耗散无序之网络淡化现象之走向致使文化消费呈现危机氛围”

他说什么? 黄娅不知其所云。 但从这男子的语气和态度上推断，黄娅似乎感到他是在说书摆得不好，所以找不到。 但他干吗不直说呢? 而且说得又没标点。 黄娅想也许有学问的人都是这么说话的；假如说得平淡如水，那还有什么学问可言? 黄娅侧身看了看这个男子，只见他高挑的身材，清瘦的面孔，戴副金丝边眼镜，头微仰，下巴前伸，目光居高临下。 没学问的人是不可能有这种架势的。 黄娅顿时肃然起敬。 男子又说道：

“种姓符号余非社会角色诗人”

黄娅似懂非懂，心想他大概是在作自我介绍：他叫余非，是个诗人。 不，也许他是说我不是个诗人。 说话没标点，真难断句。

此时这个可能叫余非的诗人或者他不叫余非也不是诗人的男子又向黄娅伸出手来：

“一丁角色期待使用非语言的重声姿态符号期待与另一角色系

统的沟通 and 反馈”

这下黄娅可懂了，她的懂并不是听懂了，而是看懂了。谁都可能看得出一个人向你伸出手来意味着什么。黄娅很高兴地也伸出手去，她想这可能就是对方期待的反馈。

他们就这么认识了，而且很快就进行了约会。

他是叫余非，也确实是个诗人。第一次约会，余非就向黄娅出示了他的诗作，标题为《熵与性的倒错及孤独的裂变》，全诗有四句：绿色的乳房挂在透明的树枝上／在厕所尽量把蓝色的屁放响／叫春的猫排泄出一碗酒刺／负面超越人生⺍宀⺍

黄娅怀着崇敬之心将这首诗反复吟诵了三遍，她不敢说不懂，这倒不是担心会显露自己的无知，而是害怕伤害诗人的自尊，所以她尽力做出充分理解并被感动的样子。但最后一行的三个字她实在不解其意，还是忍不住问了：“最后三个字是不是缺了几笔?”诗人摇摇头，不屑一答。

“您这是什么诗派?”

诗人拿出一纸宣言，递给黄娅。上面写道：

“超前意识诗派主张诗歌是诗人超前意识的排泄是诗人边缘意识的错乱是诗人人格分裂的击撞是诗人孤独情感的呼吸是他妈的滚他娘的闹着玩”

越是不懂，黄娅越是对诗人崇拜。经过和诗人的几次接触之后，她深感自己的才疏学浅。为了缩短她与诗人的差距，她要诗人介绍几本高层次的书籍供她学习。诗人开列了一个长长的书单，并一一指示快速阅读的门径。于是黄娅沉下心来，闭门谢客，发奋攻读。不出半年，她便自觉学有所成，为了感激她的启蒙者，也为了向诗人表达自己的爱慕之心，她请诗人来家中一叙。诗人来后刚一坐下，黄娅便激动地说道：

“为了拓展你我之间的情感张力为了构建新的角色组合为了使我们两性之间的亚稳结构嬗变为超稳定系统特通过语言媒介向您传播爱的代码请求您多元的多层次的多视角的全方位的对我观照反思我多么期望我的爱能化释你被压抑的伊特能涵盖你的心能通过原发过程在你的口唇区获得心灵的对应物”

据说不久黄娅就与诗人结合了，而且也成了一位诗人。

钩沉

李　泉

专攻唐诗宋词的谷教授准备撰写《中华诗词掌故之钩沉》。谷教授经常伏案于资料室，一副眼镜，一支“永生”旧钢笔，一叠硬白纸板卡片，潜心专注的神态令人肃然起敬。人们阅报翻书的动作都格外小心，生怕惊扰谷教授缜密深邃的思维。谷教授对这些全然不觉，早已进入一种至高至深的境界。

唯有管收发的驼王也钻入资料室的时候，才能偶尔打破这严肃静寂的氛围。驼王姓王名它，四十五六岁，读过高中，据说当年是高才生，只因驼背且脚跛未能入高等学府深造，实在是一大憾事。后来不知怎的，进了 W 学院当勤杂工，倒也得了与学者名流接触的机会，每月到各处室收集废旧报刊，躲入屋内拿剪刀挖“天窗”，硬是将剪残了的报刊卖得些许零钱，日子过得倒也洒脱自在，远胜过乞丐王。人皆怪之，送雅号“驼王”。

谷教授翻阅学术刊物，不时笔录摘记，托颌沉思。驼王则遍览各类报刊，手持一黄皮小本，拿胶布粘卷的油笔在上面写，时而兀自呵呵地笑。别人便朝他皱眉侧目。驼王似无感觉，竟捧本杂志走近谷教授，往桌上一拍，问：“老谷，此字念啥？什么意思？”人们更是莫名其妙，投以冷漠的目光。

谷教授轻推眼镜，稍事沉吟，斯文地一笑，如在讲堂为弟子传道授业解惑，一一指点。驼王点头，作顿开茅塞状，黑且粗的大拇指一竖，转回身坐下去，连个“谢”字都不出口，遂将那杂志掀得哗然作响。

后来，光顾资料室的人日渐冷落。谷教授与驼王依旧时常相遇，对视颔首，各有所专，两不相扰。

谷教授洋洋万言的《中华诗词掌故之钩沉》终于发表，又入选《神州文论观止》，共得稿酬66元。某日，驼王谦恭诚恳地冲谷教授道：“先生，可否送我《观止》一册？”谷教授欣然应允，且题写“敬祈王它先生雅正”，盖上印章，双手赠予。驼王说句“多谢”扭身便告辞了。谷教授思忖道：“能读懂乎？”

数日后，市里举办“环城收藏家珍品竞展”，一纸烫金飘香请柬落在谷教授案头，上有“敬希光临评鉴”字样。开展之日，谷教授与各界学者名流及买票观展者入展厅，凝神悉心鉴赏，击节咂舌称叹之声不断。

蓦然，谷教授驻足一展柜前，定睛注目，但见是一大册“中华现代征婚广告收藏大全(一)”，收藏者王它。再俯身审视，乃一厚本报刊剪贴，所用之剪贴簿，却是那精装大开本的《观止》，真是移花接木，精致奇绝。谷教授面露不悦之色，暗叹：“原来如此！”

竞展告成，驼王获奖，得奖金888元。听此消息，谷教授不禁大惊：“奇哉怪也！”

驼王却不露声色，入资料室从容不迫一如往常。谷教授双眉微锁，目光冷峻，但仍执着如一，决计再撰高深论文若干，再创辉煌。偶或，谷教授偷觑驼王，见此人数日来专看唐诗宋词研究之类的学刊，心中甚是不解。孺子可教耶？那边，驼王似入境一般，贪婪地在小本子上记什么。谷教授又不能不悄悄抚案称奇存疑。

又过数日，谷教授闲来有暇，翻报纸浏览，倏地，一条“广告词征集揭晓”刺入眼帘。一等奖一名，作者王它，其作品为：“双爱”淋浴器，“但愿君心似我心，定不负相思意！”奖金 15000 元。谷教授痴然良久，信手拈笔在那报纸上狂草“天生我才必有用”七个字，长叹一声仰躺椅背上。

翌日晨，驼王给谷教授送报刊，却碰了锁，很是惊讶。一打听，才知教授昨夜心脏病突发，住院抢救，现刚脱险。驼王心里一震，一切暂作罢，赶紧看望谷先生，边走边自语：“谷教授，恩师也。”

第五辑　社会大观

善狗与恶狗

王　蒙

保斯喂养着两只狗，一名顾德，一名拜德。顾德性善，见了人就欢叫起舞，摇尾吐舌，令人愉快；拜德性恶，见了人就龇牙吠咬，咬住就不撒嘴，不在被咬者的骨头上留下清清楚楚的牙印决不罢休。保斯几次给拜德讲看清楚对象再咬的道理，拜德就是不听，它只知道咬，有咬无类。保斯怒，将拜德关入后院，准备向动物保护协会申请特准：以人类公敌罪给拜德静脉注射空气，送它上天。

孰料那天晚上闹飞贼，顾德见贼人从房顶飞跃而下，道是贵客，便欢呼踊跃，跳蹦绕圈，发出呢喃声音，去舐贼人的皮鞋帮，被贼人飞起一脚踢到了狗鞭。顾德惨叫卧地，不能起立。贼人由于不熟悉地形，误开了后院关得严严的门。拜德一声狼嗥，狗毛耸立，不分青红皂白，见贼就咬，咬上就不撒嘴，咬倒了还在咬，一直咬到众家丁前来将贼抓获。

主人喜，决定每月给拜德额外奖赏生牛肉二十公斤，羊排骨二十公斤，猪头肉二十公斤，并在拜德脖子上系了一根红丝带。对顾德则十分失望，饥一顿饱一顿，有一搭没一搭，扔给它一点残渣剩饭，平常根本不用正眼看它。顾德由于被踢中了要害，从此无精打采，耷耳垂尾，偶尔叫几声，发发怀善不遇的牢骚。

拜德自恃功高，见人就咬，见人就叫，见肉就夺，不可一世。它连续咬了几次过往行人与邮递员、花匠、厨师，都被保斯庇护，赔钱了事。后来，拜德又多次咬伤了客人。保斯渐恼，把拜德训斥了一回，并减少了伙食补贴标准。谁想得到，几天后，没有吃上可口的骨头，拜德不快，干脆蹿到街中心去咬人，其中一名是儿童，一名是市长的小姐，一名是大法官本人。保斯大怒，顺手拿起一根木棍打了拜德一棒子，谁想到拜德果然发了恶性，扑向主人，咬了主人的迎面骨，留下深深的两个狗牙印子。害得保斯大喊反了反了，去医院清洗包扎敷药处理，并打破伤风针与预防狂犬病针剂。

从医院回来，保斯吩咐人将拜德锁起，再用绳子五花大绑，把拜德吊到了树上，准备处以绞立决——按照该国法律，只要有两个人证签字画押，咬主人的狗可以立即处决。

行刑时，保斯突然改变了主意，下令赦免拜德，只是用锁链将其锁起，关入后院，下令每天喂它面包屑 200 克——半饥半饱，反正不会饿死。“只怕将来还有用得着它的时候呢。”保斯对管家说。

断代

周克芹

他死了。人家把他从病房推到太平间。他对于自己的死，没有什么可以遗憾的，不治之症，有什么办法呢！他甚至觉得骄傲，因为凭着他的人缘，凭着他走后门的高超本领，他在“判了死刑”之后，由于弄得到各种高级药、进口药，他竟然出乎医生的意料，把生命延长了将近两年！这个奇迹，在相同的病例中，是绝无仅有的。

他不感到遗憾的更主要的原因是：他的七个子女，包括子女们的爱人或对象全都先后安排了工作。 前些年，不必说了，那阵子走后门不是什么难事。 这两年他照样把刚刚长大的子女安排好了，不仅如此，远的调近了，在工厂当工人的，也都调入县级机关成了干部。 方法虽然不算光明正大，却也没有触犯法律。 子女们读书不长进，升学有困难，不靠他，又怎么办呢！

当然，他这样匆匆过世，也还是免不了有些稍觉歉然的事情。那就是对他几个后人的不满意。 子女们为人过于老实，头脑又极简单，一个个都没有他聪明，他还没有来得及将自己那套看家本领传授给他们，而他们今后过日子，会感到困难的……

他正在这样思前想后的时候，太平间的窄门打开了。 他的老伴、儿女们进来了。 他们面色阴沉，悲哀。 七手八脚地将他抬了出去，放在一辆架子车上。 盖上白布，向火葬场出发。

“好呀！老子不在了，这几个笨蛋竟连一辆大汽车都弄不到了，哎……我辛苦了一辈子，他们就这样用个破架子车拉我！”他默默地在心中抱怨着，后悔着。 然而，如果叫他们把自己停在路边，重新去哪个单位借汽车，那么必定耽搁时间。 而天气又是如此的炎热，他怕自己的形象会迅速变得十分丑恶，发出令人恶心的臭味……事已至此，也只好将就委屈一下了。

一行人簇拥着他，出了城关。 架子车颠簸着，前进的速度自然相当的慢。 中午的时候，才来到目的地。 远远望见前边车水马龙，挡住他们无法再往前走。 他们只好在一辆大汽车后面停了下来。 大汽车上堆满了白色的花圈和绿色的柏树枝。

“怎么搞的？都凑到这一天来了？该往前头靠嘛，挤嘛！……这几个没用的蠢猪呀！……”他愤愤然。 平日里，他买什么东西，无论在多么紧张的情况下，也没有排过队的。

这时候，一个火葬场工作人员走过来了，发给他大儿子一张卡片，叫填上姓名地址等等。

“见你妈的鬼，到阴间去都要填履历表吗!”他没有骂出声来，却迅速拉开盖在脸上的白布头，向那工作人员露出满脸的笑意，说道：

“请把你们场长请来一下，麻烦你了……”

场长来了，是一个老头。

“你好呀，老兄!”他向场长打招呼。

场长仔细看了看他的脸，不认识。

“怎么？认不得我啦？我可认得你呀！……你家那个幺女儿，现在工作怎么样？还满意吧？……哟，忘记啦？那一年你来求县委书记给你解决你幺女儿的工作，我正好在大门口遇到你呢！记起来了吗？……后来，书记交代下来，你幺女儿的工作问题，还是我亲自跑的腿呢！把她分配到蔬菜公司。为那件事，我和商业局的人事科长吵了一架！哈哈……”

场长想起来了，会意地笑了笑。

“今天上午停电，一直到这会儿才来了电。”场长说，“这阵正在‘处理’张副局长。快了，接着就轮到你……你们把车子退转去，走左边那条路，绕几步，后门在那边……”

他满意了。对于他，无处没有后门可走。

然而，这毕竟是最后一次了。进了火葬场的“车间”，他才感到锥心的痛苦。在最后一刻他对儿女们说道：“我这一去，你们可要好好过日子。我就担心你们太笨，过不好日子……”

儿女们哭得很伤心，没有一个人听见他的话。

杀羊

于心亮

端坐门诊。 来了一病人，诉说鼻塞、流涕，稍有头痛、咳嗽，可能是感冒了。

我问姓名、年龄、职业。 病人稍稍一迟疑，说：我是杀羊的。

我说：杀羊？那钱不少挣吧？

病人说：还行，基本上杀一只能赚一只。

我说：那钱确是不少挣。

病人点了点头。

我说：杀羊也有诀窍吧？

病人说：那当然，给羊放不放血就有门道呢！放了血，分量就轻了；不放血，把血憋进肉里，分量就轻不了。

我说：噢，心想，可怜的羊们哪。

忽然想起一个问题，问：听说杀羊，有的羊会哭？

病人说：是呀，有的的确是会哭，还下跪呢！病人的表情显得兴奋，那是一只母羊，很肥，我绾着绳扣靠近它时，它就朝我流泪了。 我挺惊疑，但还是把绳扣套上它脖子，这个时候它下跪了。我心一软，放了它。 然后我到饭店去催账，钱没到手，反而挨了一顿揍，我那个气呀！回来就把母羊给杀了，一剖开它肚子，俺的娘呀，它肚子里有三只小羊！我那个后悔呀……

我说：是呀，太可怜了，可怜天下父母心。

病人说：是呀，我当时恨自己呀，干吗非杀母羊呢？等它生下三只小羊，我又能另外赚多少钱呀！

我口里说，噢，心里想，狠心的你真是钻进钱眼里了。

我给病人试脉，观舌苔，量体温，测血压，慢慢地我的脸就变得很凝重，我说：先查个血，然后拍几张片吧。

病人遵从我的医嘱查了血，验了尿，拍了X光，做了心电图，还有B超和CT，然后捧着一摞单子又坐到我面前。我一一验看，眉头一会儿紧、一会儿松。病人的脸皮也跟着一会儿紧、一会儿松。然后我就开始摇头，把病人的脸色摇得青一块紫一块、红红绿绿地变。然后，我又长叹一声，缓和着口气说：慢慢调养吧，先给你开点药。

病人战战兢兢地捧着一叠处方去划价、交款、取药。我想，他回去后可以开药铺了。我洗了手，慢慢坐回椅中长长地吁气：这个月的任务又超了，等着发奖金吧！

下班时，有同事来问：杀了几只羊？

我说：就杀了一只羊，羊毛却不少挣。

同事说：那人是大款吗？

我说：不，那人是杀羊的。

同事又问：啥病？

我说：感冒。

挖参人

贾平凹

有人家出外挖药，均能收获到参，变卖高价，家境富裕竟为方圆数十里首户。但做人吝啬，唯恐露富，平日新衣着内破衫罩外，吃好饭好菜，必掩门窗，饭后令家人揩嘴剔牙方准出去，见人就长吁短叹，一味哭穷。

此一夏又挖得许多参，蒸晾干后，装一烂篓中往山下城中出售，临走却在院门框上安一镜。妇人不解，他说这是照贼镜，贼见镜则退，如狼怕鞭竹鬼怕明火。妇人奚落他疑神疑鬼，多此了一举，他正色说咱无害人之意却要有防人之心，人是识不破的肉疙瘩，穷了笑你穷，富了恨你富，我这一走，肯定有人要生贼欲，这院子里的井是偷不去的，那茅房是没人偷的，除此之外样样留神，那些未晾干的参越发藏好，可全记住？妇人说记住了。他说那你说一遍。妇人说井是偷不去的，茅房没人偷，把未晾干的参藏好。他说除了参，家里一个柴棒也要留神，记住了我就去了。妇人把他推出门，他走得一步一回头。

妇人在家里果然四门不出。太阳亮光光的，照在门框上的镜子，一圆片的白光射到门外很远的地方，直落场外的水池，水池再把圆片的白光反射到屋子来。妇人守着圆片光在屋中坐地，直待太阳坠落天黑，前后门关严睡去。睡去一夜无事，却担心门框上的镜子被贼偷了，没有照贼的东西，贼就会来吗？翌日开门第一宗事，就去瞧镜子，镜子还在。

镜子里却有了图影。图影正是自家的房子，一小偷就出现在檐下的晾席上偷参，丈夫与小偷搏斗。小偷个头小，身法却灵活，总是从丈夫的胯下溜脱。丈夫气得嗷嗷叫，抄一根磨棍照小偷头上打，小偷一闪，棍打在捶布石上，小偷夺门跑了。妇人先是瞧着，吓得出了一身汗，待小偷要跑，叫道我去追，拔脚跨步，一跤摔倒在门槛，看时四周并不见小偷。觉得奇怪，抬头看镜子，镜子里什么也没有了，一个圆白片子。

又一日开门看镜子，镜子里又有了图影。一人黑布蒙面在翻院墙，动作轻盈如猫。 刚跌进院，一人却扑来，正是丈夫。 蒙面人并不逃走，反倒一拳击倒丈夫，丈夫就满口鲜血倒在地上。 蒙面人入室翻箱倒柜，将所有新衣新裤一绳捆了负在背上，再卸下屋柱上的一吊腊肉，又踢倒堂桌，用镢挖桌下的砖地，挖出一个铁匣，从匣中大把大把掏钱票塞在怀里。 妇人看着镜子，心想丈夫几时把钱埋在地下她竟不知？再看时，蒙面人已走出堂屋，丈夫还躺在地上起不来，眼看蒙面人又要跃墙出去了，丈夫却倏忽冲去，双手在蒙面人的交裆里抓，抓住一嘟噜肉了，使劲捏，蒙面人跌倒地上，动弹不得。 丈夫将衣物夺了，将腊肉夺了，将怀中的钱票掏了，再警告蒙面人还敢不敢再来偷？蒙面人磕头求饶，丈夫却要留一件东西，拿了剪刀一铰，铰下蒙面人的一只耳朵。 遂扯着蒙面人的腿拉出来，把门关了，那只耳朵还在地上跳着动。 妇人瞧得心花怒放，没想丈夫这般英武，待喊时，镜子里的一切图影倏忽消失。

以后的多日，妇人总见镜子里有自家的房子，并未有小偷出现，而丈夫却始终坐在房前，威严如一头狮子。 妇人不明白这是一面什么镜子如此神奇？既然丈夫在门框上装了这宝物，家里是不会出现什么事故的，心就宽松起来，有好多天已不守坐，兀自出门砍柴，下河淘米，家里果真未有失盗。

一日，开门后又来看镜子，镜子里又有了图影。 一人从院门里进来，见了丈夫拱拳恭问，笑脸嘻嘻，且从衣袋取一壶酒邀丈夫共饮。 丈夫先狐疑，后笑容可掬，同来人坐院中吃酒。 吃到酣处，忽听屋内有柜盖响动，回头看时，一人提了鼓囊囊包袱已立于台阶，一边将包袱中的参抖抖，一边给丈夫做鬼脸，遂一个正身冲出门走了。 丈夫大惊，再看时屋后檐处一个窟窿，明白这两贼诡秘，一人从门前来以酒拖住自己，一个趁机从后屋檐入室行窃。 急伸手抓那吃酒贼，贼反手将一碗酒泼在丈夫眼上，又一刀捅向丈夫的肚子，转身遁去。丈夫倒在那里，肠子白花花流出来，急拿酒碗装了肠子反扣伤处，用腰带系紧，追至门口，再一次栽倒地上。

妇人骇得面如土色。再要看丈夫是死是活，镜子里却复一片空白。

三日后，山下有人急急来向妇人报丧，说是挖参人卖了参，原本好端端的，却怀揣着一沓钱票死在城中的旅馆床上。

冬日荒野，烤白薯

孟伟哉

友人杨君，原学文学，后攻历史，近几年致力于社会学的研究。许多事，在我们看来只是一个故事，他常常把它们归结为一种现象，“××现象”，“××效应”……他就时常这样讲。一天，我到他府上闲聊，聊来聊去，他聊出这样一件事。他文绉绉地说——

60 年代下半叶，70 年代上半叶，许多干部在“五七”干校，那是一种流放的生活，大家都记得的。那时候，我们干校附近的某些农民，也可谓“左”得可以，我们为了劳动穿上破旧的衣服，他们竟说那是“马列主义的外衣”。他们中的好事者，还曾编过这样一段顺口溜：

穿的破，吃的好，
光着膀子戴手表，
想回北京回不去，
错误肯定小不了。

这种顺口溜当然是荒谬的，只就“吃的好”这一点而论，便很不确。当然啰，一般说，比起当时的农民，流放中的干校学员的伙食可是要好一些的，但有时也可怜得很。比如，有一次，大冬天，我们八个男子汉被派去挖河沟，任务规定得很死，不挖够几米不得返校。眼看中午十二点了，活儿还没有干完，至少还得再干一小时。这时，大家不只是累得难受，饿得更不是滋味儿。刚巧，距我们挖沟的地方不远，有一块农民起了白薯的地，有一个同志就说：你们挖沟，我去看看那地里还能不能找到几块漏刨的白薯？大家很赞成，这位同志就去刨白薯了。

他在那荒秃秃的白薯地里，东刨西找，果然弄出来大大小小十几块白薯。尔后，他又拣了一些干草和干薯蔓，烧起一堆火，把这些白薯放进去烤。他是很会烤白薯的，他说过，只要你捏着那白薯从皮到心都软了，那就是熟了。他烟熏火燎地把那些白薯折了几个过儿，一个一个揣捏过，待它们都熟了，一声呼喊，我们七个壮汉便蜂拥而至。没人注意他这时去干什么，原来他是跑开撒了一泡尿。只一眨眼工夫，我们七壮士竟把白薯分了个精光，异口同声地赞叹着真香、真甜、真好吃，偏偏没有一个人想起这些白薯是他烤的，应该给他留一块，弄得那个同志目瞪口呆……

说起来这是一件多么小的事啊！近几年，当我以社会学的观点考察生活中的一些现象时，常常情不自禁地想起这件往事，心头很不是滋味，觉得这是自己人性的弱点的一次暴露。吃烤白薯者忘记了烤白薯者，真不像话！以至于我想写一篇文章，拟一个怪诞的题目，《论吃烤白薯者与烤白薯者的荒诞逆理现象》，从这个故事引申开去，作出理论的概括和发掘。如何？

杨君讲到这里，止住，表情怪异地盯着看我。

我说："有趣！愿做阁下宏论的第一读者。"

跑片

张学荣

朋友老李，出身农村，小时候，爱看电影。

那时他们村还没有通上电，也就没有电视可看，即使通上电，也买不起电视机。文化活动贫乏，没什么可娱乐的，一个月难得看上一场电影。一听说附近三里五庄哪个地方放电影，老李是必去的。往往一部影片看上五六遍，更无奈的，常碰上跑片。一盘片子放完，银幕上出现几个字：跑片未到，请稍等。就是说，附近哪个村也在放电影，等那里放完一盘，安排跑片的人匆匆地拿了来，到这里再放，可这里一盘放完了，那里的下一盘却还未送来，这就只有耐心等了，有时等十分钟，有时等半个多钟头，或者更长时间。

老李后来考上了大学，留在省城。在乡村麦场上看露天电影、等跑片的那段生活，就成了美好的回忆。

老李本来与我同行，舞文弄墨为生，却时来运转，行情看好，得了个“长”字。整天就陀螺似的忙，迎来送往，应酬接待。有时苦于分身无术，只有“跑片”了。比如开会，有时发生“撞车”，就只有这个会听几句，再转到另一个会场。最高纪录，一天参加过八个会。职务也是一身几任，除本身的“长”字外，兼任这个领导小组组长，又兼任那个协会会长、某个组织的名誉主席。这么说吧，如果都排列出来，名片正反面都用上也列不完，还只能避虚就实，去粗取精。就拿吃饭这件小事来说，常常一顿饭吃几个地方，其实，老李不大喝酒，一顿最多喝个三五杯的。但场面总要应付呀，于是只好在这里吃一会儿，酒过三巡，与大家共饮几杯，便匆匆告辞，与主人道几句抱歉之词，急急地奔赴另一场宴席。到了另一场，人家都坐齐了，单等他一个，他一到场，大家齐齐地站起来。老李一拱手，连声致歉。待他坐定，众人才相继落座。

每每谈起此类事，老李一脸苦不堪言：“唉，没办法，只有使用运筹学。”

一天，老李又在两个大酒店之间“跑片”。两个酒店近在咫尺，所以，老李没像往常那样带车，省得司机还要占人家一个席位。在一个酒店喝了几盅，考虑到还有一家焦急地等，就匆匆步行到另一家酒店。谁想，就几步远的路，却被一辆疾驶的卡车撞倒，当即昏迷过去。肇事车主慌了，将老李抬上车，就近到一家医院抢救。老李苏醒后，手下的人也闻讯赶来了。手下人见老李醒来，连忙吩咐赶快转到第一医院去，那里的医疗技术本城第一。

在转院途中，老李又昏迷过去，到了第一医院，已咽了气。

医生说，要是早来十分钟就好了。医生还说，如果不是转院耽搁，在就近那家医院，完全可以救治，那家医院有这个能力。

人们听了，唏嘘不已。

曝光

金　光

市报记者小许最近了解到 S 县烟草公司偷税 135 万元的情况后，当即前往。经过认真采访，连夜赶写了一篇消息：《S 县烟草公司偷税 135 万元被查处》——

本报讯　记者最近从 S 县国税局了解到，该县烟草公司在经营烟叶销售中，采取改变原始发票等手段，1998 年 8 月至 9 月，共偷税 135 万元。该县国税局接到群众举报后，迅速行动，组成调查组，认真核查，已将所失税款全部追回，并对烟草公司处以 18 万元的罚款……

消息写好后，小许逐句逐字斟酌，认为没有什么不妥之处，这才将稿件誊写清楚，准备交给部主任签发在第二天的日报头版。

岂料小许刚走到门口，电话铃响了，是 S 县烟草公司经理打来的。 电话里说：“许老弟呀，听说你要给公司缴税的事曝光，咱县因有了咱公司才连续五年评为全国烟叶生产先进县，今年上级要求我们拿六连冠，如果报纸批评了我们，上边知道了，六连冠就吹了。 我们的压力实在太大，求求你了。 你来县里匆忙，我让办公室的同志去见见你，望你高抬贵手。”

挂上电话，小许正在发愣，就有人敲门。 来人称是 S 县烟草公司办公室的，手里拎着两条“中华”牌香烟。 来人一进屋就哭丧着脸说，经理给他下了死任务，批评稿无论如何不能发，如果发了，先敲了他的饭碗。 那人说完从包里掏出一沓人民币，说：“这是公司让我转给你的稿费，5000 元，请收下。”

望着可怜巴巴的来人和那沓人民币，小许心里打起了鼓。 他今年刚从大学新闻系毕业分到报社，想搞几个有分量的报道。 可头一篇稿就弄成这样，于是便坚决回绝。

在小许的严厉回绝下，那人只好将钱收起，但死活要把香烟留给他。 并说烟草公司不缺烟，这是全体同志的一片心意，抽几支烟不犯大毛病。 小许无奈，只好答应将香烟收下，再拿出那篇消息，按来人要求把偷税的词儿，改成漏税款；把查处一节的情节改成了主动补缴。 俩人都觉得没什么大毛病了，那人才告辞。 小许又誊写了一遍，起身往部主任的办公室去。

岂料小许刚走到门口，电话铃又响了，是S县的县长打来的。他在电话中称赞了小许敢于揭露社会矛盾的做法，说他的采访报道活动是为S县做好事。然后话锋一转说，S县是市里烟叶生产基地，报上发表漏税影响太大，请考虑考虑，最好不要发。国税局那边，县里已经做了工作，要以全县利益为重，他们已经没什么意见了。小许说，稿子还是要发的，如果词句不妥，可以修改。于是俩人在电话中讨价还价一番后，小许又拿出那篇消息修改起来。他删除了改变原始发票的情节，只简单地在消息中说，由于财务人员工作失误，造成漏税135万元，后在县国税局的协助下，主动清理了账目，补缴了全部税款。小许又誊写了一遍，起身往部主任的办公室去。

岂料小许刚走到门口，电话铃再次响起，是总编打来的。总编在电话中表扬了小许的工作精神，然后话锋一转说，对S县烟草公司偷税的稿件，刚才市里有关领导已打了招呼，认为S县是全市烟叶生产基地，也是市财政的一大支柱，如果曝了光就会挫伤该县发展烟叶生产的积极性。因此，原则上要以正面宣传为主，不要给市里的工作添乱。并定了调子：这个稿子不但要发，而且要发表扬稿。末了，总编让小许把稿件拿给他，俩人在一起认真而细致地对稿件进行了修改，之后认为相当满意了，这才由小许誊写一遍，总编直接签发到第二天日报头版的显著位置。

第二天一早，市报一版便出现了一则加花边的消息：《S县烟草公司积极缴纳国税》——

本报讯　S县烟草公司把缴纳国税工作当作头等大事来抓，仅今年8月和9月两个月，就主动缴纳国税135万元。近日，该公司经过自查，又挤出18万元的国税，由公司领导亲自送到了县国税局，从而受到了县国税局和上级部门的好评……

荔枝红了

沈祖连

生在荔枝之乡，我觉得幸福。不是吗，你看，诗人们都用了世上最好的词语来赞美这南国佳果：日啖荔枝三百颗，不辞长作岭南人；一骑红尘妃子笑，无人知是荔枝来。当今果熟之际，想起那挂满枝头的红荔，口水便都要流了出来。正好，有朋友包了果山，邀我去现场品尝，我自然也不好独食，便邀了朋友张君。可张君是个大忙人，一个局里的文字材料都得经过他的大笔，便一推再推，看看荔枝都将要过春了，这才排出个时间来：星期天早上。

张君如约开来了车，可就在拉开车门之际，张君的手机响了。我坐在张君的右旁，那手机的音量清晰地传了过来，通话的是个女音，清甜清甜的：

"张主任吗，有个事情，你帮我打个电话给大李，让他给天津那边寄份材料，我告诉你，详细的地址是……"

我向来不想听人家的谈话，可因张君是密友，加之都已经坐了下来了，再借故走开，便显得生分了，只好安坐下来。张君便一边听，一边找纸笔来记录，手机搁在耳朵与肩膀之间，脖子拗成个45度角那种，嘴里不停地嗯着，手上不停地记着。

听完电话，我说："既有事就算了吧。"

张君却说："不碍事的，我再打个电话搞掂。"

于是，张君便找起大李来。一个电话到他家，嘟了半天，没有人接。打手机，是“对不起，该用户已关机”。打叩机，又说“因用户原因，已暂停使用”。

我问，这女的是什么人？张君说是位副书记，他的顶头上司。

那这大李又是谁？张君说是行政科的一名勤杂人员。

“家里没人，手机也关了，不是成心不让人找的吗？”

张君说：“这可以理解，星期天嘛，像我们这种局，一年是没几个休息日的，好不容易轮上了一个，谁没个老婆子女的呢？”

“那我们就推后算了，你先去办妥领导交给你的任务吧。”

“事要办，但这荔枝也不能再推的了，再推就要散圩的了，你再等等，我叫个人去找。”说着话，张君又拨通了另一个电话，要他无论如何，务必要找到大李，让他打个电话过来。

约十分钟工夫，张君的电话响了：“哦，大李是吗？不好意思，打扰你的休息了，有个事情……详细地址是……对，你今天上午前一定得寄出，真是不好意思，这是老板交办的，是二老板的安排，对，材料就在二老板那里，你直接到二老板那里去拿材料，对，上午。没问题，下个星期我再给你补假，怎么？你想去六峰山？行，小事一桩，你先办妥这件事吧。OK。”

张君这个OK也不知是跟大李讲的，还是跟我讲的。

上路时，张君将手机转入了呼叫留言状态，说：“这下好了，任务完成了，我们可以尽情去享受一下这迷人的妃子笑了。”

只我还是不大明白：“既是老板交办的，二老板也跟大李熟，为什么她不可以直接打电话给大李，还得通过你来实现呢？”

“接下你也许还要问，为何我不直接去找二老板拿材料，直接到邮局去寄，而要弯山曲水地找到大李，好话陪了一大箩，且还答应他到六峰山去旅游的条件呢？”

“不，我没有这个意思。”

“明摆着的，她副书记可以给大李打电话，那我也可以去办，但你不明白，这是一种职责，正如蚕吐丝、蜂酿蜜、犬守夜、鸡司晨一样，你知道吗?”

“那是。”我深深地点了下头。

“还有呢，即使你好心好意去办了，日后难免有个越俎代庖的过失，到时哪里说理去?”

“哦，想不到这还真是件复杂的事哦。”

好草都死了

戴遂安

儿子大学毕业后回到公司，在机关里当一名小职员。

父亲退休在家。家住一楼，屋后一方小园，养了许多兰草，其中不乏珍贵之品。公司内外不少人高价求购，父亲却说：“好草无价!”心存侥幸者再问，父亲道：“草就是我，我就是草，买得了吗?”遂绝了上门讨要之人。

一天，儿子对父亲说：“爸，有一件事，我想……”

“啥事?”

儿子犹豫了。

“啥事呀?”

“我们处长，想要一盆兰草。”

“兰草——”父亲看了儿子一眼，“你拿一盆送去吧。”说着指了指屋后墙角的那一片。

儿子回头一看，是父亲经常送人的那种，又说：“爸，处长要那种……那种叫瑞雪兆春的。”

父亲半天不开腔，脸色变得吓人。儿子正不知如何是好。父亲又开了口了：“好一个识货的处长！他咋知道瑞雪兆春？”

“你送去参加职工花卉展览，他看过，知道得了一等奖。”儿子怯怯地看着父亲，心想没指望了，那可是有人出三千块也没卖的呀！

过了几天，儿子突然发现父亲把瑞雪兆春分成两盆了，心里不由一阵激动。不久，两盆都活了，父亲叫他给处长送了一盆去。时间虽迟了些，却得到了处长连声道谢。

又一年，春天。父亲发现儿子接连几天愁眉苦脸，不时叹气，便问：“咋啦？”

儿子不吭声。

又问：“你是咋啦？”

“爸，我不好开口——”

“犯错误了？”

“不……处长讲，别人把我送他的那一盆瑞雪兆春要走了。”

父亲不出声了。

末了，父亲还是又分了一盆出来，叫儿子给处长送去了。为了儿子，有什么不能送呢！

不久的一天，父亲应花友之邀前往当地一富户家观兰。好气派的后花园里，摆着各种花草盆景。忽然，他在一个架前停下了。盘根错节的黑漆树根几架，一上一下，分明放着两盆瑞雪兆春！其中一盆叶片已黑了大半。那花盆，那一苗一叶，好眼熟。

主人一笑，指着两盆花说：“伙计，我曾经给你一盆三千块还不卖，现在我两盆才花了一千块！”

父亲脸色铁青："只怕难养活吧。"说罢，借口有事匆匆走了。

一个星期天的下午，儿子的顶头上司——处长领着一位陌生中年男人找上门来了。

儿子忙着沏茶、递烟。处长把父亲叫到一边，悄声问："毕师傅，那种叫瑞什么雪的草还有吗？"

"没有了！全送朋友了。"

"真的？"

"真的！"

"我们一位上级业务主管部门的领导，想要一盆像样的兰草。"

"很抱歉，帮不上忙了。"

"还有啥好东西？"

"你们到后面看看吧！"

那中年男人在后院看了一圈，失望漫上脸来，只听他悄悄对处长说："没什么好货！净是些艳花俗草。"

两个男人怏怏地走了。

儿子不由惴惴，便问父亲："爸，那些好草呢？"

"好草都死了——沾不得俗气！"

儿子懵了……

关于申请添购一把铁壶的报告

许世杰

"天津卫吗？请到总务科来一趟，你们打的报告批了。"

小卫一愣："嘛报告?"

"那个，那个——"电话里，一阵翻动纸张的窸窸声之后，总务科吴科长一板一眼地念道："关于申请添购一把铁壶的报告。"

"嗬，我的天爷！这都嘛时候了，才批下来呀！去年冬天，办公室里生火，空气太干，急需一把铁壶。可现在——"小卫瞥了一眼正在摇头摆脑的电扇，不由得一声苦笑，"哼！好嘛，一把铁壶批了半年！我说吴头，是不是报部里批的?"

申请一把铁壶竟费如此周折，是小卫万万没有料到的。他第一次向总务科提出来，是在去年12月中旬。当时，一位姓郑的科长一口应允。可是等了半个多月，连壶的影子也不见，他又去找总务科。郑科长不在，另一位王科长合上手中的《八小时以外》，吸了口烟，打着官腔说：

"天津卫，一把铁壶，看来事情不大，但是，一旦其他科室知道了，也来要，事情就不好办喽。"

小卫急了："他们要得着吗！他们在楼里办公，有暖气。只有我们在木板房里，也只有我们生炉子!"

"不要张口'他们''我们'的，要注意团结啊!"

小卫的鼻子都差点给气歪了！他只好去找总务科的第一把手吴科长，然而，得到的回答却是："那个、那个，既然他们二位意见不一致，你们打个报告，请领导研究一下吧!"

这"研究一下"，竟是五个多月。不过总算批下来了。去年冬天虽然过去了，但还有今年冬天呐。为避免夜长梦多，小卫急忙去总务科，填写那一式三份的领物单。

吴科长捧着保温杯，正端详面前那张被画得密密麻麻的报告。见小卫进来，他抬手理了理稀疏的银发，浑浊的双眼吃力地从老花镜上方望着小卫，为难地说：“不好办啊！赵局长没有批具体意见。”

“嘛玩意儿？一把铁壶，要赵局长批?!”小卫简直不相信自己的耳朵了。他凑到吴科长身边，扫了一眼那张报告，“嗬！还真是赵局长批的。哎，赵局长不是同意了吗?”

“正是因为这‘同意’二字才不好办啊!”

“怎么呢?”

吴科长呷了口茶，慢吞吞地：“那个，那个，这上面，郑科长的意见是‘同意购买’；王科长的意见是‘不同意购买’；李主任和周主任只画了个圈圈；孙副局长的意见是‘要注意关心群众生活，应该添购’；而钱副局长的意见却是‘一把铁壶，也要公文旅行，何其荒唐！不精简机构，不整顿作风，怎么行？建议以此为例，在干部中进行教育’。那个，那个，赵局长究竟是‘同意’哪一种意见呢?”

“这……”

延安旧事

尹全生

那是一支挥洒着磅礴气势、辉煌哲思的笔，忽如瑞鹤乘风，忽如游龙入海，写完了《沁园春·雪》，写完了《实践论》、《矛盾论》。然而同是那么一支笔，一九三七年十月九日夜，却变得艰涩了，如同沉重的犁铧，走走停停，艰难地在油灯下苦耕——那支笔是在苦耕一块板结了几千年的刑不上大夫的疆土，更是在辗压一片连触及都不忍的感情。

当笔杆颤落了一天星斗，当油灯舔着了东方云霞，四百零六个字的一封短信总算写完，末尾是一个苍劲有力的签名，和一个不能忘记的沉重日子：一九三七年十月十日。

短信在当天上午转到了陕甘宁边区高等法院；法院正在陕北公学操场公审黄克功。

黄克功当时任延安抗日军政大学第六队队长，因失恋开枪打死了陕北公学女生刘茜。

黄克功可以算是红军最早的“红小鬼”了。他没枪高就参加红军，跟随毛泽东，饮弹井冈诸峰，浴血中央苏区，九死一生走过雪山草地，是身经百战的毛泽东的爱将。

参加公审大会的有一万多延安军民。法官、起诉人、辩护人、观审人……在会场上展开了激烈的争辩——

杀人者偿命！功勋不能抵消罪恶，地位不是赦免死罪的理由！法律面前人人平等，必须判处黄克功死刑！这是法官、起诉人的意见。

一个黄毛丫头的命怎能与一个革命功臣、将领的命一般分量呢？他伤害了一条生命，可他曾经拯救过多少民众的生命？日寇侵我中华，大敌当前，对一员战将的需要难道不足以超越“杀人偿命”的原则吗？这是辩护人和大多数观审人的意见。

公审争执不休，相持不下。

面对法官，面对民众，昂首挺胸的黄克功眼睛湿润了。他请求法庭对自己执行死刑，但，希望给他一挺机枪，由执法队督押上战场，在对日作战中战死！

黄克功的请求，使法官和起诉人哑口无言。

天高云淡，寒风送雁。万人公审会场一片静穆。

就在这时候，毛泽东的亲笔信送到了法庭——

黄克功过去的革命经历是光荣的，功勋卓著。但若法外施恩，便无以教育党，无以教育红军，无以教育革命者，并无以教育一个普通的人……

念完这封信，法庭当众宣布：判处黄克功死刑，立即执行！

听完宣判的黄克功向法官立正、敬礼——但抬起胳膊时意识到没戴军帽，便就势振臂高呼，高呼他的党，万岁！他的领袖，万岁！然后迈开大步走向刑场，如同满怀信心地去执行一项任务……

延安的老百姓不懂什么“法律”，什么叫“明镜高悬”，但他们会唱歌，他们唱“解放区的天是明朗的天”，唱得最动情、最起劲，唱得热泪盈眶。

据说毛泽东一生只流过两次泪，一次是为他牺牲在朝鲜的儿子流的，另一次是在处决黄克功的枪声响起的时候流的。他反复嘱咐：一定要为黄克功买口上好的棺材！

延安哪！

黄克功被埋在延安，埋在延安宝塔山的南面。

真的被埋了吗？

有虫眼的豆子

刘立勤

五队的队长叫老甩。

五队本来有一个队长，人姓白，心却是黑坨坨。白队长的黑坨坨心从不估摸队里的事，也不估摸家里的事，整天估摸别人的事。估摸着怎么让别人把自己的东西送到他家里，估摸着怎么把别人的女人哄上自己的床。种下的苦瓜子多了，苦瓜就出了。老甩一吆喝，队里人一声吼，齐刷刷举手把老白拉下来，又齐刷刷举手把老甩推上去。老甩为人耿直，做事公道，政策也硬，又不和别的女人挤眉弄眼，好多人都说他干得好。队长是个苦差事，干得好就容易得罪人，得罪了人，就有人说他干得不好，世上没有公平秤。先是老白。老白干队长时是不干活的。还可以白占队里的东西，还可以白睡别人的女人，日子挺熨帖。老甩干了队长，他就没了这些特权，还要苦扒苦作，一杆秤分粮。接着是老白睡了的那些女人，老白做队长时，她们可以不干活或少干活，还能得到许多便宜。老甩做队长了，不喜欢这一套，她们就没了这些便宜。于是，老甩这队长还没干上一年，这些人都嚷嚷要改选队长，把老甩选下去。村里人没文化，选队长不易。已经开了两天会了，还没商量出个选举办法。老甩说是用老办法：举拳头或是站队。可老白知道自己不得人心，就不答应。老甩说全队没人识字，请村上老师帮忙。老白信不过，也不答应。弄得老甩也没办法，就问大家，大家也没主意。生生是熬了两天两夜，也没生出个选队长的法子。熬到第三夜了，老白生出一个法子。老白说：“我们选豆子。”老甩说：“选甚豆子?”老白说：“我俩一人一只碗，社员一人一粒豆子，他们选谁就给谁碗里装豆子。哪个碗里豆子多，哪个就是队长。”老甩说：“和举拳头、站队一个样。”老白说：“不一样。”老甩乜了眼老白，就想起满坡焦黄的庄稼，应了。老甩就起身同会计去找豆子，剩下老白冲着几个女人“哈哧哈哧”笑。老甩和会计找回了豆子，也找回了两只空碗。老甩说：“有红纸的是老白的，没纸的是老甩的。”说罢，就发豆子，每人一粒。人们捏着豆子，就觉得豆子沉甸甸压得心慌，就像拿着个金元宝，拿在手上细细瞅。好久没吃顿饱饭了，有人盯着豆子就生出饿意。只听老甩喉结上下一滚，恶出一声脆响："都别吃了，那是队长呢！"那是队长，自然是吃不得的。再仔细瞅一遍，又舐一遍，都庆幸没吃，豆子有虫眼呢。于是，依依不舍地把豆子丢进碗里，碗里就生出一串好听的声音，漾在心里好舒坦。老甩听了，就笑了，投豆子的人也笑了，老白也厮跟着笑。这时，不规矩的男人就在女人的大腿上掐一把，女人夸张地一叫，会场上热闹得很。选举正在继续。老甩的老碗边排成了队。一人一粒，顺着碗边"叮儿当儿"叫得好听。听得老甩咧着嘴笑，豆子却长得慢。老白的老碗边虽然没几个人，一人却是一把，虽然没生出好听的声音，豆子却欢欢地长，长得老白咧着嘴笑。有人看出了蹊跷，拿眼去瞪老甩，老甩却不管不顾咧着嘴笑，会场上立马静寂了许多。手上没了豆子，碗里也没了声响，老白盯着碗里的豆子"哈哧哈哧"地笑，老甩也厮跟着"哈哧哈哧"地笑。笑罢了，老白端起老碗，高喊一声："我是队长！"老白喊罢，又"哈哧哈哧"笑，老甩也不言语，厮跟着"哈哧哈哧"笑。

老甩说："队长还是老甩！"老白说："我的豆子多，我是队长！"老甩说："我的豆子多。"老白说："我堆尖一碗，你只有半碗。"老甩"哈哧哈哧"笑了一阵，说："我发出的豆子都是有虫眼的，收回来的也都是有虫眼的。你数你老碗里有几粒有虫眼的豆子。"

老白听了老甩的话，立马傻了眼。老甩发的豆子确是有虫眼，他接过手仔细瞧了瞧，又扔了。没想到自己精心挑选的圆豆子，却被老甩有虫眼的豆子算计了。老白想到这儿，"啪"的一声把手中的老碗摔了，圆溜溜的豆子在会场四下乱钻，人们哄笑，四下抢起来。这时，老甩就甩出一声队长的恶吼："豆子都交回来，还可以种二分地呢！"

1935年的羊

徐建宏

找到学校，老旺看见曹老师正在巴掌大的操场上给学生们布置下午上山打柴的事。冬天的太阳光把曹老师的话照得暖洋洋的。曹老师是从遥远的大城市来到瓦村教书的，几十年的青春在黄尘古道中悄无声息地献给了瓦村。山里太穷，孩子们读不起书，只能隔三差五地到山上打些柴然后挑到镇上卖了弄点钱。老旺看到自己的孩子狗娃一狗娃二也在中间，细长的脖子伸得像两条羊腿。

等学生散了，老旺急忙把曹老师拉到一边，哆哆嗦嗦地从破棉袄里掏出一个旧布包。大概是午后的太阳光显出了力量，曹老师注意到老旺的额上微微出了点汗。

老旺说："曹老师你看看这里面写的啥？"

曹老师疑惑地打开布包，从里面露出一张缺角的纸条。由于年深月久，纸条已经渍黄不堪，上面不规则地分布着一些细洞。曹老师展开纸条，只见上面写着：

借　条

兹借到瓦村邢元富家羊二十只，俟革命成功后以两倍奉还。此据。

红军指导员　叶××

1935. 10. 25.

曹老师抬头看看老旺，此刻老旺的眼睛像两把钳子钳住了他。

曹老师说："老旺，这东西你从哪儿找到的？"

“俺家的一个破墙洞里。”老旺急切地说，“上面写了些啥?”

“老旺，恭喜你啊。”曹老师一巴掌拍在老旺的肩上说，“你家发财了。”

消息是从这天午后开始像花朵一样开遍了整个瓦村。黄昏时老旺家的院子里已挤满了人。没有谁对老旺怀里的那四十只羊持怀疑态度。整个瓦村似乎隐隐听到了从1935年传来的羊叫声。

瓦村虽然偏僻，但历史上也是个弹痕累累的地方。离村不到一里，马蜂窝似的弹坑足以印证瓦村昔日的光荣。

根据曹老师的指点，老旺第二天一大早就翻山越岭到镇上去了。一个干部模样的人打着夸张的手势对老旺说，这张借条非同一般，我们一定要认真核查。尤其是首长的签字，需经专家鉴定。

冬去春来，日子的流云在漫长而煎熬的等待中随风而逝。老旺日复一日地把羊群赶到山坡上，看远处山梁上腾起的黄尘，也看曹老师带看狗娃他们上山打柴的情景。据村里人说，曹老师的父亲是烈士遗孤。后来曹老师是从遥远的大城市来到瓦村教书的。老旺记得，几十年间，曹老师才回过五次家……

县里派人在镇长的陪同下来到瓦村是几天后。那是个令人难忘的日子，整个瓦村到处尘土飞扬。人们看到瘸腿又老实巴交的羊倌老旺从县里的同志手里接过一个大红纸包，那鲜艳的色彩在灿烂的阳光下让人热血沸腾。镇长说，经多方鉴定，确认借条无误，首长的签字也是真实无讹。那四十只羊被折合成现金一万块。这个中午，我们的农民兄弟老旺像一颗挂在秋天树上的红柿子引人注目。1935年的羊叫声又一次回荡在瓦村的天空。

老旺找到学校时天刚蒙蒙亮。曹老师扶着墙壁出来开门。看到一脸土色的老旺，曹老师开玩笑地说：“老旺，你的脸是不是被钱烧了？”

老旺站在门口，从门外透进来的光线照出曹老师房间里的摆设简陋又寒碜，灶上的白烟袅袅散开。老旺迟疑了一下，从怀里掏出一个纸包塞到曹老师手上说：“俺想了整整一宿，这两千块钱就送给学校吧。往后你和孩子们不要再上山打柴了。”曹老师空洞地张了张嘴，一时无从说起。

老旺粲然一笑说：“狗娃这几年全靠了你才念上书的。还有俺们家。你的恩情俺们忘不了。留下的那几千块钱，够俺们还债和添些羊啥的了。”

曹老师凝视着老旺一瘸一拐地走入晚春的早上，眼前一片模糊。他仿佛看到有许多可爱的羊簇拥在老旺身后。老旺就像站在洁白的云彩上。在他耳边，1935 年的羊叫声如水而来。

桥墩

杨祥生

江心乡大桥通车庆典活动准备就绪。晶莹闪亮的四十四根灯杆上的彩旗哗啦啦地飞舞，四只大彩球凌空飘扬，穿着节日盛装的人群潮水般涌来，历尽“隔江千里远”之苦的人们沉浸在无限欢乐的氛围中。

庆典活动下午两时整举行，倒计时还剩下三个小时，然而为大桥通车剪彩的乔厅长尚未驾到，真急煞人呀！半月前发出的请柬没回音，打宅电嘀嘀忙音，加急电报也如石沉大海。万般无奈，乡政府只得请乔厅长的救命恩人田大爷出山赴省城面请。按理田大爷昨日可归，可眼下却杳无音信，急得赵乡长团团转。

大桥通车剪彩非乔厅长莫属，这是江心人的强烈呼声。乔厅长不仅是江心人相识中职务最高的官儿，更重要的是，他是建桥的“第一功臣”。战争年代，乔厅长在一次战斗中身负重伤，是田大爷冒着枪林弹雨将他用木盆驶过江。从此乔厅长与江心乡结下了不解之缘，多次大声疾呼要造桥，甩掉贫困帽，并捐款三万元。江心乡人都清楚，乔厅长是清官。这笔巨款是他从牙缝里省出来的，大家都哭了。乔厅长不剪彩，有谁能担当此殊荣呢?

赵乡长脑海里闪现着斗大的问号：

难道乔厅长有意退避，以此不显山露水永葆美名?否！乔厅长在大庭广众中曾亮底：“大桥通车，我只要有口气，爬也要爬来参加祝贺！”难道是政务繁忙难以脱身?否！乔厅长已离休三载，“为江心乡造大桥是我晚年最大的事！”难道子女尽孝心，带着他游山玩水享清福?否！乔厅长无儿无女，“为江心乡造大桥尽微薄之力是我晚年最大的清福！”

为……为什么?赵乡长百思不解。

正当焦急万分之时，田大爷气喘吁吁地赶到，赵乡长迫不及待地问：“乔厅长怎没来?”

“没……没见到。”田大爷捋着雪白的胡须，嗫嗫嚅嚅。

“什么人都没有见到?”赵乡长呼吸急促起来。

“见……见到乔厅长老伴，说乔厅长身体不适，不参加庆典，晚上来看看。”田大爷声音冷冰冰的。

“唉……”赵乡长十分失望，大会筹委会开了紧急会议，临时请来宾中的副市长剪彩。

夜幕降临，桥灯齐明，人头攒动。来啦！一辆黑色轿车缓缓驶上桥来，人们呼地一下拥了上去。

车上下来一位老太，穿着一身黑衣服，一副憔悴的面容。砰，车门关紧。

“乔厅长呢?”赵乡长问道。

“老头子在里面，他很累。”

老太平静如水。

赵乡长缓缓走向车门：“乔厅长，请您老人家下来看看吧，乡亲们已恭候您半天啦!”

突然老太揉了揉眼，亮开了沙哑的老声：“好吧，我来请老头子下车。”

少顷，老太下了车，人们目光顿时定了格——老太捧着只黑色的骨灰盒：“老头子五天前已去世，这是他的遗信。”

赵乡长虔诚地双手接过信，悲哀的话音在大桥四周弥漫：“我以一个离休老干部的身份衷心祝贺大桥通车！……我恳求将我的骨灰埋在大桥底，请允许我当个桥墩吧……”

哇！哭声轰雷般响起。

接着，人们不由自主地列成几路长队，朝着骨灰盒深深地三鞠躬。

返老还童不是梦想

徐　宁

电视台开辟了一个长寿讲座，讲座人是一个看起来也就四十岁上下的人。节目主持人首先做了介绍：留美博士和教授，世界著名生物学、生命学和养生学专家。

教授风华正茂很有风度，只是突出上唇的一对大门牙有些碍眼，很像老鼠的啮齿。他也很会讲话，一上来就吊人胃口：“请大家猜猜，我多大了？”

电视和现场观众有的交头接耳，有的独自纳闷：往大还是往小猜呢？往大也就是五十岁，往小还能低于三十岁？

沉了一会儿，教授突然揭开谜底：“九十三岁！”

哇噻！见过吃惊的，没见过这么吃惊的。一片诧异和惊呼，接着就是连绵不绝的乱嚷嚷：不可能！吹牛皮！！简直就是胡说八道！！！

教授见惯不惊，依旧笑眯眯的，要的就是这种轰动效应。

他清了清嗓子：“虽然大家不信，却是事实。所以，我们今天的讲座的题目就是——返老还童不是梦想。”顿时万籁俱静、鸦雀无声。其实大家嘴上说不信，还是宁可信其有。从古到今，上至皇帝下至平民，哪个不期望长命百岁、返老还童？

教授开始讲演：“据文献记载，三皇五帝时期，出了个彭祖，自尧帝起，历经夏、商、周，娶妻四十九，生子五十四，活了八百岁。秦始皇时期，曾派徐福到海外寻求长生不老之药，一片汪洋不见人回。大家也许想知道，徐福找到了长生不老药吗？我诚实地告诉大家，他找到了！但感到秦始皇过于残暴，不想让他遗患人民千百年，所以就没带回来，自己吃了。据《太平广记》记载，唐玄宗时期，有人流落到海外，不仅见到了徐福，还得到过他的治疗。那时，徐福已经一千多岁了。人怎么能够长寿和返老还童呢？现代科学研究表明，一是遗传，也就是基因中染色体以及核糖核酸的作用，二是根治疾病，三就是靠养生。我现在负责任地告诉大家，现在所有问题都被我攻克了，人人都可以活到希望的任何岁数。靠什么呢？教授一边说一边摆出了一排包装精美的药盒子：就是靠服用这些养生品，名字分别叫长生 1 号、2 号、3 号……”

人群一片欢呼，无不感动地热泪盈眶，就像黎明前见到了喷薄而出的冉冉红日。

这时，主持人恰如其分地提问：“教授，能不能谈谈您的经历。”

教授说：“好的。我生于 1919 年，也就是俄国发生十月革命那一年。1937 年，卢沟桥事变，日本占领了华北，我跟着学校一路迁徙到四川、云南等地，那时的名字叫西南联大。1942 年经胡适之——也就是新文化倡导者胡适先生——的介绍，进了美国加里敦大学读生命学，先后读完硕士、博士、博士后，又来又攻读博士后又后——这是一个只对极少人开设的学位——1949 年，本来想像钱学森、邓稼先、朱光亚等一样返回祖国，但因美国政府的阻挠，还因为课题一直没有攻克，国内又缺乏研究的基础就一直留滞在那里。但我从不向美国人透露任何的研究细节，愿望就是一定要把科学成果首先应用于祖国人民。”

热烈鼓掌。

主持人又问：“您在大陆还有没有亲人？”

教授不好意思地说：“那时实行包办婚姻，父母给我找了一个童养媳，出国之前逼我完婚，因此就有了一个儿子，现在已经七十一岁了。”

主持人问：“他现在还健在吗？”

教授说：“在，而且也跟我到了直播现场。”

就听主持人高声喊道：“现在就请教授的儿子闪亮登场。”

音乐骤然响起，干冰制造的白色祥云中，走来一位颤颤巍巍的古稀老人。

大家自然把注意力集中在老头脸上，分辨他到底和教授有几分相像。几分？百分之百！虽然一个老年、一个壮年，那脸型、五官甚至表情，特别是那两个老鼠一样的啮齿都惟妙惟肖。

老头向教授恭恭敬敬叫声爹，然后坐在了主持人安排的座椅上。

主持人问：“老爷爷，您真是教授的儿子吗？”

老爷子说：“那还有假，不信我再叫一声，爹！”

主持人问：“教授，有了这么珍贵的成果，为什么不用在您儿子身上，让他首先返老还童？”

教授说：“这个问题提得好，一来是药品刚刚在动物身上完成实验，再就是我先让他以现在的模样做个参照，实际效果出来了才更有说服力，等再次露面时，你们会见到一个全新的他。”

过了不长时间，也就是两个月左右吧，教授又来到直播现场，儿子又在音乐和烟雾中闪亮登场。这是一个二十岁的青涩少年，眉眼鼻子无不一样，也有家族标志性的大板牙，台上爸爸叫得比以往还亲。他现身说法，循序渐进、依次服用长生1234567，终于实现了返老还童，同时他还告诫观众，这种药要适可而止，否则就会回到童年甚至婴儿时期。

药品热销，各大药店排起了长队，甚至出现有人加塞被打死的事件发生。

这时，在一处海滨高级别墅里，有这么祖孙三代正在享受着天伦之乐。

老板牙说：“大水（生于1963年，故名），你就缺大德吧，当着那么多人让我叫你爹。”中板牙也就是“教授”说：“爸爸，你是受了委屈，我这就给你操持个老伴。”老板牙说：“过五十的我可不要。”小板牙撒娇地说：“爸爸，我功劳也不小，我要买台法拉利。”

老板牙有些好奇心地问：“加里敦是所什么大学？”

中板牙说：“就是家里蹲着。”

青岛啊，青岛

刘兆亮

青岛是一个很美丽的城市。我那时认为它恰如其分的美丽是因为父亲去了那里。

自从父亲去了青岛，这个离我八百里的地方突然有了亲和力和感召力。尊敬的青岛市民也好像一下子都成了我的亲人，我特别挂念青岛，想念他们。

父亲是去青岛干建筑小工的，抬水泥、搬石块、挑砖头是他的工作。但这是次要的，父亲在青岛生活和工作了，这是让人感恩的事。

那时我正上高三，父亲带着家中最破的被子和那顶漏雨的安全帽到县城坐火车。因为还有四十分钟的空闲，父亲就到学校去看我。但他并没有见到我，他的脚刚好踩到上课铃声。父亲就给看门师傅留了一张字条，写道：“儿，我去青岛干活儿了。青岛好啊，包吃包住一天二十块钱。你好好念书，争取考到青岛去。”落款是“父亲亲笔”。

这是父亲写给我的第一封书信，是写在随手捡起的烟盒上的，烟盒上脚印清晰可辨，比父亲的字还工整。但父亲的字比它精神多了，撇撇捺捺都有把持不住的去青岛的激动之情。

青岛好啊！父亲这个赞美诗般的感叹也是听别人陈述来的。父亲没去过青岛，甚至他连比县城更大点儿的城市都没去过，但父亲那时去青岛了。看到父亲的留言，我很高兴。

从此以后，我的学习和生活便有了“青岛特色”。地理课本上的胶东半岛成了我的维多利亚港，历史课本上德国强占青岛的章节让我深刻铭记，青岛颐中足球队成了我心中的巴西队。而我的高考志愿上，打头阵的都是青岛的大学。

父亲在一个叫观海山的山上建花园。山不太高，但站在屋顶上可以看到海，下雨天不上工，父亲就上山顶去看海。看海是父亲最高级的精神生活。在他的物质生活方面，让他津津乐道的，是能隔三差五吃到两块五一斤的肥肉膘。父亲说，瘦的他们才不爱吃呢，青岛的肥肉真贱！父亲说，乖乖，青岛就是青岛啊！

但青岛没有及时给他发工资，这是堵心窝儿的事。父亲说，肥肉很香，但一想到钱就咽不下去了。

父亲走时只准备了二十五块钱生活费，父亲花了四十天。之后，他摸口袋时，兜里只剩下五个手指头了。当然，在他的内裤边，母亲还连夜为他缝进了五十块钱。但那钱不能动啊！

青岛怎么不发工资呢？老板解释说临时有点儿困难，让父亲等人顶一顶。父亲觉得那个李老板说的话不虚。以前李老板让父亲下山替他买的烟都是十多块钱一包的，现在下降到四块多钱一包了。

给李老板买烟是父亲难忘青岛的另外一个原因。

起初，父亲买烟买得一肚子得意，觉得老板还挺把自己当回事。等父亲戒烟了——实际是没有闲钱买烟了，他才感觉到买烟成了一种煎熬和痛苦。

父亲每次烟瘾上来的时候，都要到厕所尿一泡尿，每次进行的时间都很长。他低头思考着什么，最后还是使劲地捏一把那缝在内裤边的五十块钱，忍了。

但父亲经常把烟包放在鼻子下使劲地闻一闻。闻一闻烟又不会少，没事的。有几次他甚至就想把手中的烟往腰里一别，一口气跑回家，坐在田头再一口气抽光。边抽烟边看玉米生长，多美的事儿啊！

但父亲是个老实巴交的人，这也是老板习惯让他买烟的根本原因。父亲觉得自己挟烟出逃的想法太匪气了，也不切实际。父亲比较实际的做法是，爬山时多弄出点儿汗，递烟给老板时好让他酬劳给自己一根抽抽，但是没有。只有一次，李老板客气地说，剩下的三毛钱硬币不要了，看你累的，头上的汗珠子比雨点儿还大！父亲不收，两个人互相推让，干活儿的人都把手中的活儿停下来看他们。李老板生气了，大喝一声后又把声音压得低低的，拿着，对，拿着。父亲的兜里就多了三毛钱。

父亲想等下次再多出三毛，还有再下次，再再下次……

但李老板已经好几天没让父亲买烟了，也就是说李老板已经很少过来了。慢慢地，父亲他们就感觉到李老板可能在耍熊蛋了——他要跑掉了！

大家也很久没能吃上肉了，伙房的人也好久没接到钱了。

工程没完，老板就跑了，碰上这样的事，算是倒了八辈子霉。

父亲等人也不能干等着，就买了车票回家。父亲们都偷偷地进行着自己的工作：有的与父亲一样拆开了内裤，有的翻起了鞋子，有的把被子里的棉花团弄开……那里是事先准备好的回家的路费。我们那里的习惯，路费多少就缝多少。

父亲把他在青岛的这些经历讲给我听的时候，我还在等青岛方面的大学通知书。青岛与我的关系还八字没一撇。

但青岛朝我走来了。我被青岛一所重点大学的土木工程系录取了。

那天父亲把烟头抽得很兴奋，他满眼亮亮的，左手比画着青岛宽阔的马。路怎么走，还一个劲儿说，青岛好啊！青岛好啊！

我不知道，当父亲赞美诗一样地感叹青岛好的时候，他的右手在口袋里把从青岛带回来的那三毛钱都攥出了汗！到了学校后我才发现，那三枚硬币，被父亲打进了我的背包——那是父亲在青岛赚取到的财富，儿子应当继承。

满票

孙方友

村中有一个小学校，学校虽小，但年代久远，据说开初伊始是村上一位乡绅办的。乡绅姓张，名毅斋，学校也就起名叫“毅斋乡小”。解放后，张毅斋被镇压，学校就更了名，改为“张广小学”。张广也是本村人，是位烈士，解放战争时期任共产党的第一任村长，不料当时反动势力猖獗，被反动派暗杀团杀害。因为张广是在小学校里被敌人活活钉死的，为纪念这位为革命献身的烈士，所以经政府同意，将学校改为“张广小学”。

校名本来应该顺理成章地叫下去，岂料不久前张毅斋的儿子从台湾回来了。他见家乡小学校房屋破旧，院墙头倒塌，决心为乡人办点儿好事，捐款五万元人民币修建小学校，但也附加了个条件，学校修建好之后恢复原名：毅斋乡小。

老村长的独生子张郑原在乡政府里当书记，眼下离休在家安享晚年，一听说要更改校名，大发雷霆，气冲冲地找到村支书，说是坚决反对学校更名。村支书更是左右为难：改吧，烈士遗孤不同意；不改吧，这里为老区，经济困难，眼看五万元就要顺水漂走。万般无奈，他急忙召开村委会研究，干部们议论了一天，最后决定召开群众大会，让大伙用无记名投票来决定。

大会就在小学校里召开，一家一个户主，几百户人家全来了。村支书发下选票，宣布了两个候选名单，并说为照顾文盲，来个简单行事，只在选票上画圆或打“×”。画圆者表示同意更换校名，打“×”者就是不同意。

可做梦也未想到，投票结果，竟是满票——大伙都同意更换校名！

只是，大伙的情绪也非常低沉！

村支书大惑不解，悄悄问张郑说：“你为何也投了赞成票？”

张郑哭丧着脸说：“昨黑我儿子和媳妇、孙子给我吵了一夜，说我糊涂，说是对子孙万代有益的事儿你为何阻挡？名字算个鸟？爷爷的名字挂在上面就有点儿丢烈士的人！再过几年学校塌了砸死了学生是谁的罪过？孙子劝我说：爷爷你别难过，等我大学毕业挣了钱咱再把名字改过来！”

村支书面红耳赤，许久没说出话来……

落棋有声

张新民

铸造车间主任的人选，通过民意测验、调查座谈，集中在大黄和小李两个人名下。要说工作能力、群众关系，两位各有千秋，不分上下。这可把干部科汪科长难住了。几经斟酌，决定不下来，他打算听听新厂长的意见。

厂长略一沉思，出其不意地问道：“还能告诉我一些题外的细节吗?”

“关于他俩?”科长疑惑了。他理了理额前的乱发，突然想了起来：“哦，这两位都是象棋高手。大黄连续三年蝉联全厂冠军；小李呢，虽没有大黄稳定，但去年也得了第三名……”

厂长颇感兴趣的站起身来：“好哇，我找他俩赛几盘!”原来厂长也是个棋迷。

为了知己知彼，厂长亲自找不少工人了解情况，最后正式下了战表。昨晚与大黄下了三局棋。大黄一向出手稳健，素有“以柔克刚，后发制人”的美誉。但昨天他下得不很顺手，接连三局都握手言和。厂长拱拱手，说：“真太过意不去，让你连让三局。”

今天上场的是小李。棋友们给他的外号是“程咬金”。据说他既有开局的“三斧头”，在遇到逆境时，又常常会像“半路里杀出个程咬金”一样，走出一些出其不意的妙着，使对手防不胜防。两局下来，厂长就被他凌厉的攻势逼得只有招架之功，没有还手之力了。第三局，下到得意处，小李一扫初进门时的拘谨，竟然拍起厂长的肩膀来：“老兄，十步之内，解决战斗。”

“唔?”厂长不买账，“要是赢不了呢?”

“这辈子不下棋!”

“一言为定?”

“当然!”

厂长毕竟还有两下子，他在太阳穴上抹了点儿清凉油，抖擞精神，沉着应战几起几落，终于和了这一局。他笑吟吟地开始收摊，小李猛然抓住他的手：“慢，再来一盘。”

“不是说这辈子不下棋了吗?”厂长用含笑的眼睛端详着小李，意味深长地问。

小李不服气地说：“不行，刚才漏了一着，不补回来睡不着。”

厂长朗声大笑：“你睡着睡不着我不管，反正今天我可以睡个好觉了。”

他把小李送出门外，径自朝汪科长家走去……

小村出了个女秘书

侯德云

村子挺偏僻，可村人都很自豪。咱这地儿，风水好啊。出了个女大学生，在市里一家老大老大的公司里当女秘书，能说风水不好？瞅着吧，村里那一群学生娃儿，将来说不定会出息多少个像女秘书那样的人尖尖哩。

村人中最自豪的，是翠翠的妈。那个女大学生，是翠翠。那个女秘书，还是翠翠。翠翠在外面露了脸，在村里更露脸，当妈的，能不欢喜？

翠翠妈整天整天把笑眯在脸上。见人老远就打招呼。嗓门很亮，显得底气特足。做活儿，家务活儿、田里的活儿，从不毛手毛脚，让人觉得干练、稳成。没说的，翠翠在大地方做体面事儿，当妈的，也不能在村里给孩子丢脸呐。

女秘书翠翠常给家里寄东西。都是些稀罕物，翠翠妈活了大半辈子也没见过的，金贵得不得了。女秘书翠翠也常给家里寄钱，数额大得让翠翠爹吓一跳。翠翠爹掐着指头算，嗬，十亩地，十年的收入，也没有翠翠寄回来的钱多。翠翠爹心里痛快。常常捏着小酒盅有滋有味地喝，还高一声低一声哼小曲儿。

翠翠妈满村子喧嚷，翠翠又寄东西啦，翠翠又寄钱啦。引逗得村人嘴巴里直啧啧。啧啧一通，心里就不大好受。回头对自家的学生娃厉声呵斥，一副恨铁不成钢的架势。

电视连续剧，名字叫《女秘书》。村人争着看，早早坐在电视机前，灌了满眼广告。家里没电视的，特意挤到翠翠妈家看。还说，女秘书不就是翠翠吗？瞅瞅翠翠在城里做啥？翠翠妈盛开了满脸艳丽的笑，忙前忙后，给大伙儿递烟炒瓜子。

电视里的女秘书很俊。村人说，瞅瞅，翠翠变得多俊！电视里的女秘书很能干。村人说，瞅瞅，翠翠多能干！电视里的女秘书突然跟老板睡在一张床上，那老板有老婆，还有孩子。村人傻眼了，木着。木了一会儿，见女秘书还跟老板在床上睡着，就绷不住劲儿，一个接一个，低头悄悄往外走。走到院子里，狠狠地呸一口唾沫，不要脸的！

翠翠妈的精神头倒了，病歪歪的，枯瘦得像个洗衣裳的搓板儿。做活也不利落，丢三落四的。偶尔出门，碰见街坊邻居，也不搭话，愧着脸急走，让人家在背后指指点点戳脊梁。

翠翠妈托人写信给翠翠说：别当那个碍眼的女秘书了，另找个活儿干吧，哪怕出大力种地也行。翠翠很生气。回信说，我干得好好的，干吗要回去种地？不，就不！

日子一天天地往下挨。公鸡照样打鸣，母鸡照样下蛋。村人也照样是三个饱一个倒，吃饭、做活、睡觉。稍微不同的是：村人闲聚堆的时候，不再唠什么风水之类的嗑儿了；村里的女学生娃，辍学的很多。

巧合

郭学荣

在距离九月初九还有一个月的时候，张老师就开始紧张而有条理地忙开了。张老师并非为重阳节作准备。登高饮酒，赏菊吟诗，那是古时候的事，那是诗词中的事，张老师不会烦那个臭神。张老师在紧锣密鼓地筹办他父亲的七十大寿。张老师出生的日子就是张老师的母亲去世的日子，这正合了俗语所说的“儿奔生，母奔死”。张老师的父亲终生没有再娶。张老师的父亲一生平淡无奇，但有一样不寻常，那就是出生在重阳节，识字断文的祖父给他起了个叫靖节的名字。别人不一定知道这个名字的学问，作为语文老师的张老师还是知道的。张老师像古代文人雅士准备过重阳佳节一样精心地准备着父亲的生日。

在一番精确的经济核算和激烈的心理斗争以后，张老师决定不放在饭店，就在家里操办，并决定请镇上有名的能替主家精打细算的汤厨子。大方向定下来以后，其他事情就好摇桨划船了。寿桃怎么蒸，寿堂怎么摆，厨子菜单开下来了，鸡鸭鹅鱼哪天买，烟酒饮料找谁批发，事无巨细，张老师都精心安排并如期实施了。张老师甚至连祝寿词都打好了腹稿，他要敬祝父亲大人身体健康、万寿无疆。

并非没有一点难处。比如请不请学校里的领导、同事就使张老师颇费了一番踌躇。请吧，让人家花钱，虽然张老师每年在学校里出的人情也不少，但一想到因自己个人私事让同事，尤其是让领导花钱、花工夫，张老师还是觉得不请为好。最多“省了人家钱，落了人家怪”吧！离九月初九越来越近了，张老师要准备的反而越来越少了。真正是万事俱备，只等重阳。

重阳不在星期天，要不要请假也让张老师动了一番脑筋。请假吧，等于间接请客；不请吧，家人怎么交代。即使如此，张老师还是很机智地解决了。到那天，通过私交暗暗地把上午三四节课调到一二节上，下午去打个照面就行了。张老师上班从来不迟到、不早退，偶一为之就像平生谨慎的诸葛亮玩一次空城计，是没有人在意的。

重阳如期而至，张老师依计而行。下午四点多钟，已经溜到门外的张老师想想还是回头，到办公室悄悄地跟相处较密的王老师打了个招呼，说有点私事先走一步，如果有人问他，打一下马虎眼。王老师表情怪怪地说，今天万事大吉，没有人会问你。你准备搞什么惊人之举。张老师丈二和尚摸不着头脑，等到好不容易摸着头脑的时候，张老师急得直抓头脑了。原来九月初九亦即今天也是校长太太的四十岁生日。全校老师都去，你能不去吗？要是你父亲真的过生日，这么大的事，怎么之前没听你吭一声呢？唉！怎么这么巧？难怪校长太太叫秋香。没有人出头收人情，大家一反常规地各人自封人情钱，找人代礼都困难。

张老师随同大家来到了镇上的菊花饭店。桌上已赫然陈列着一个硕大的生日蛋糕。校长太太秋香的手上捧满了鲜花、首饰盒等同事们的惊人之举。大家都是兴高采烈、十分愉快的样子，只有张老师的笑容显得生碰硬撞。在热闹的喧哗声中，校长的手机骤然响起，全场立即寂然。校长的声音突然夸张地高了八度。大家都听得出是镇党委书记的电话。 校长哼了几声后便离座走到门外。 再进来的时候，校长招呼张老师走出了饭店。

唉！怎么这么巧？原来，九月初九亦即今天也是书记千金的二十岁生日。 书记在县城的爱陶居大酒店为掌上明珠大摆宴席。 母亲看女儿秀眉微皱，细问方知，来客全是陌生人。 女儿要求请几个同学、几个老师。 初中时代的老师代表就点了张老师，而张老师最难找。 书记要校长负责通知到位，送人到位。 张老师想起了名叫秋菊的文文静静的学生、他的语文课代表，心中一热，可眼下犯难。 张老师嗫嚅着，怎么去，这么迟了？就算了吧！校长打开了手机，一会儿，一辆私人面的轻轻地停在他们的身边。

城里的爱陶居大酒店就是与镇上的菊花饭店不同。 那墙壁上的软包就像街上的美女令张老师想摸又不敢摸。 学生看见自己初中时代印象最好的老师，满足、愉快鲜明地写在了脸上。 书记夫妇亲自下位，亲自给张老师、给校长敬酒。 紧跟着，三套班子的头头脑脑很有秩序地给张老师敬酒。 紧跟着，各部门方方面面的一把手有条不紊地给张老师敬酒。 张老师平生没有在如此短暂的时间内亲眼目睹如此众多的领导，受宠若惊得杯杯满、杯杯清，一杯接一杯。

大家似乎只愿喝酒不想吃菜。 张老师越喝越觉得肚饿心慌，越喝越觉得头重脚轻，越喝越觉得如梦如幻。 突然，掌声四起，小寿星秋菊给父母敬酒了。 秋菊祝爸爸妈妈今年四十，明年三十八，越活越年轻。 大家正嗷嗷叫好，突然，张老师端着酒杯，摇摇晃晃地挤到了书记面前。 张老师大喊一声：“我来迟了，我是不孝之子。我敬祝父亲大人身体健康、万寿无疆！”大家先是一愣，继而喷酒喷茶喷饭喷菜。 书记没有笑，书记严肃认真地说：“张老师酒大了！张老师言重了！我们不是人民的父母！我们是人民的公仆！”

红嘴儿

欧湘林

小镇远离闹市，晚上还点着原始的桐油灯。古朴的小镇人日子过得很平静，生老病死，婚丧嫁娶，一切都依着老一辈的法子办，老人都活到七老八十的，一点也不比城里人阳寿短。

小镇三四十户人家百十来口人，开了些店铺，专门收购山货，然后让城里人买走，如木耳、蘑菇、茶油、山果、蛇皮、药材之类。每月逢三六九的赶场日子就是小镇人的节日，在这些天里，小镇人的口袋里就会装满票子，这是小镇人的骄傲。

小镇人的骄傲是靠小镇有一条河通大江，有一条南北大道连着四里八乡，小镇人因此很满足。可小镇人万万没有想到的是，平静的日子却给一个从城里来的女人给扰乱了。

那是去年秋天，小镇人惊奇地看到镇子上来了一个收购药材的女子。女人也像爷们一样跑生意？小镇人感到好奇怪。但见这女人三十来岁，不但人长得漂亮，还涂了口红画了眉眼。尽管小镇上的老人看不顺眼，但年轻人的眼光却被她吸了过去，特别是姑娘们觉得新鲜。这天，那个收购药材的女人看中了何老二家的货就留下来同何老二谈生意，当晚同何老二家闺女睡，第二天就雇了船将何老二家中的所有药材都买走了。临走时把一盒口红忘在了房里。

何老二的闺女叫桂桂。桂桂胆小，拿了那女人的口红不敢往唇上抹，就找了几个小姐妹商量。几个小姐妹认为不抹白不抹，但不能像那个女人那样抹成猴屁眼，那太艳太打眼，只能淡淡地抹点。

于是，几个小姐妹就怂恿胆大的冬芸先抹了，淡淡的像天生的红嘴儿一般，冬芸一下就显得比以前水灵多了。一高兴，几个鬼丫头就拉了冬芸往有人的地方走，开始也没太引人注意。第二天，终于有人说话了：哟！这闺女出落得花儿朵儿似的了。冬芸听了心里像灌了蜜。

可是有一天，冬芸和小姐妹们聚在一起的时候差点哭了起来，说建国欺侮她，搂着她亲嘴儿，那会儿差点把她憋死。鬼丫头们听了一个个哈哈大笑起来，肚子都笑痛了，谁都知道建国是冬芸的对象，就住在下河村，他们年底就结婚。那天冬芸抹了口红去看建国还不是诚心送上门去的？

几天后，小镇上的鬼丫头们几乎在一天之内都成了红嘴儿，只是淡淡的更撩逗人。老人们想管一管，但管不住，骂过几次后就泄气了。因为当他们认真地打量了一会自己的宝贝女儿后，又确实觉得那淡淡的红嘴皮儿比原先那没血色的白嘴皮儿要好看得多，而且又不妖不媚的，也就只好不再吭声了。

随着红嘴儿的招摇过镇，小镇上跟着又出现了粉脸画眉，这都是那个收购药材的女人第二次来小镇时带进来销售的，好会赚钱的女人！

到了夏天的时候，小镇上的鬼丫头们中又出现了健美裤（老人们叫它巴皮裤）和短裙子（老人们叫它露腿围子），冬芸的上衣领口开得好低，隐隐约约看得见乳峰间那条沟儿……

唉，一切都在变，都受了城里人的影响啊！这世界是年轻人的，老人们叹息一阵后也没法子了。但他们又不得不在打瞌睡的时候，从眼缝里瞄一眼那些追赶城市文明的姑娘们。

榜样

秦 俑

峰子最后还是选择了回家教书。当同学们都去火车站送他时，峰子不知怎的就想起了一句悲壮的古诗：壮士一去兮不复返。

先是到县教育局报到，签了字后，办公室的同志挺疑惑地问，你是师大毕业的？峰子什么话也没说，背起两大袋子书和行李，头也不回地搭车回了家。

父亲见峰子回来了，远远地迎了上去，说，工作安排好了吗？

峰子没吱声，把行李往父亲手上一放，回到家“咕嘟咕嘟”喝了一大杯水，然后才说，省晚报让我去做记者，没去。

怎么？

我想回村里学校教书。

父亲颤着声问，是不是在学校里犯了事？

年年都评为“三好生”呢，怎会犯事？峰子坐了下来。

那怎么回这破村？

因为学校里少了老师。

父亲愣了好一阵，叹了口气便去张罗着泡面条。

峰子早没了娘。他看着驼了背的父亲，心中不由得惴惴地发慌：父亲要是骂他一顿，或者打他一记耳光，他的心里也许会好受一点。

吃过面，峰子便去村里的学校找校长。说是学校，其实不过是一层四间的茅草土坯屋，屋旁边竖着一根四五米高的杉木，上头飘着一面早已发白的旗。而且也就一个老师，教了快四十年了。

峰子在学校的自留地上找到了校长，校长正戴着那副掉了一条腿的老花眼镜在地里侍弄自己种的蔬菜。

峰子轻轻地叫了一声，校长。

校长回过头，眼镜差点就掉到了地上。他见了峰子，脸上的笑便浮了上来，说，峰子回来了。

我是来向您报到的，我也来学校教书，以后我就是您的部下了。

你……校长激动得什么话也说不出来，只是汪了泪，用沾了泥土的手紧紧地握住峰子的手。

校长破例炒了一盘蛋，邀峰子喝一盅。校长一边喝酒一边说，想你考上大学那年，学校里的娃儿就加了一倍，大家都把你当榜样呢。

峰子就想起往年的寒暑假，他一回家，总有东家西家的请他到家里吃饭教课，说是要自家的娃儿学学他的样。

可是，这一年暑假过去，也没见哪家有人来请他。和乡亲见面，还有人不相信地问：峰子，你真回村里教书？

峰子就爽快地回答：是！

到秋天开学了，报到的学生竟暴减到往常的三分之一。校长和峰子都不明白：老师多了，学生怎么反倒少了？

于是，峰子拿了一份花名册挨家挨户地去问，问来问去，都回答说：我家的娃儿不念书了，过两年让他到外面打工去。

峰子说，孩子还小，怎就不让念了？

念了书没用。

怎没用？念了书可以考大学啊。

对方就不吭声了，任峰子怎么劝说也没用。等峰子一脚跨出大门，后边就传来轻轻的嘟囔：上了大学又怎啦，还不照样回家种地……

这话刺得峰子的心一阵阵地疼。

跑了几天，来报到的孩子没见增多。倒是县教委捎了信过来，说是让峰子去领“扶贫助学志愿者”奖章，他成了县里好几万教师的榜样呢……

第六辑　真情花瓣

老师

杨轻抒

姚老师绝对没想到，绝对地，就在他转身的那一瞬，那个才十五岁的孩子会突然拔出水果刀，猛地插进他的肩头。

姚老师先是愣了一下，然后就有一股钻心的痛。姚老师站住了，站了整整一分钟，才仿佛明白了点什么似的，慢慢地转过身来。

姚老师满眼不解地看着面前这个才十五岁的孩子。

那个小男孩也愣住了。

然后就看见了姚老师肩头那柄闪亮的水果刀和顺着刀口一滴滴不断外涌的血。

小男孩的脸白了。

小男孩的腿一软，扑通一声跪在了姚老师的脚下。

这个小男孩是姚老师班上的学生。

这个叫风的小男孩是姚老师班上最捣蛋的学生。尽管很捣蛋，但姚老师说得最重的一句话就是刚才，要风把家长请来。

学生在学校犯了错，老师叫学生请家长到学校，这很正常——至少在我们乡下学校很正常。只是姚老师不知道，风的爸爸因盗窃被抓了进去，风的母亲跟人跑了，现在只剩下了风。

这些都是姚老师后来才知道的。

我们七手八脚把姚老师送进医院，然后像拎小鸡似的把风拎进了派出所。风闯的祸不小。

敢对老师动刀——即使是动手，在我们学校历史上也是前所未有的，而且快六十岁的姚老师在我们学校教了一辈子书，学生不说遍天下，至少全镇有一半是姚老师的学生。

风犯了众怒。

派出所所长也是姚老师的学生，气急了，踢了风一脚，说，先饿上两天再说！就把风扔进了那黑漆漆的小屋子，门上上了一把特大号的锁。

我们一看所长这架势，就知道风出来时会是怎么一副模样，不过我们都是姚老师的学生，我们心里也愤怒极了。

要知道，姚老师的学生中有做厅长的，有当县长的，厂长经理更不少，还从来没人敢在姚老师面前不恭过，偏偏有这么个叫风的学生……

姚老师第二天就闹着出院了。

刀口并不太深，没伤筋骨，因此姚老师坚持要出院。

姚老师找到派出所所长，说，放了风吧。

所长吃了一惊，放了？

放了。

为什么？

风是我的学生，我没教好他，是我的错。

所长几乎不敢相信自己的耳朵，老师怎么会这样！

姚老师很平静。放了他，真的，我的这次教育失败了，但我会弥补的。

所长急得满脸通红，最后，所长说，好，您是老师，我放人！

风就出来了。

风出来之后姚老师仍旧让他回班上上课。

校长怕再出事，就劝姚老师，说教龄也三十多年了，年龄也大了，干脆退了吧，反正学校的公寓您继续住，工资奖金全发。

姚老师说不。

校长说您那么多学生，退了可以到处走走看看，如果您愿意，我们还聘您当顾问。

姚老师说不。

校长没办法，只好让姚老师继续上课。

但经历那么一场风波之后，姚老师的身体明显地弱了，鬓边白发也多了，姚老师离退休真的不远了，但姚老师站在讲台上依旧神采飞扬。

那一天，姚老师坐在办公室里看报，看着看着，姚老师的手猛地收紧了，一种极度的愤怒和悲哀猛地涌到了脸上，姚老师喉头咕噜了一声，然后，身子慢慢地滑了下去。

同办公室的女老师小韦吓得惊叫一声，便大喊起来。我们跑过去，姚老师已经没了呼吸。

姚老师是突发脑溢血。我轻轻展平姚老师看过的那张报纸，姚老师看的是报纸第二版，第二版有篇报道，是关于一位厅长因贪污受贿被判处无期徒刑的事。我看那厅长的名字挺眼熟的，后来忽然想起来了，厅长是姚老师的学生，一个姚老师引以为自豪的当年最懂事最努力的学生。

原来是这样！

姚老师的坟就在学校对面的坡上，姚老师的坟面对学校，可以看见学校的一草一木。

姚老师的坟总很干净，每年清明我们都能看到坟上有一串串的花环。那个叫风的学生也每年跟我们一样去扫墓。风在姚老师的坟前跪得最久。

女孩擦皮鞋

王保伦

女孩长得漂亮，在大学里读中文。我那时也英俊，也在大学读中文。我们同班，天长日久，女孩成了我的女朋友，女孩说她喜欢我。女孩喜欢我的原因不是因为我长得漂亮，是因为我写诗。女孩也喜欢写诗，但总也发表不出去，见我写的诗隔三差五便见报，就三番五次找我，让我向她交代成功的秘诀。

我提了条件，只要她同意与我交朋友，我便授她写诗的秘诀。其实我写诗没什么秘诀。写得多了，功到自然成。我的目的是让她成为我的女朋友。这样，因为诗的关系，她总去我们宿舍找我。见了面我们便谈论诗。有时在宿舍谈，有时在校园的树林里谈。班里的老师和同学都说我们谈恋爱了。

女孩与我谈诗谈了一年，她仍然没发表诗。我有些内疚，便找个机会对她说，对不起，我没有帮你发表诗。女孩笑了，说："你以为我找你真的为了诗?"我问："为啥?"女孩说："我喜欢与你在一起。"

女孩说了这话以后再去我那里找我时，她不与我谈诗了，她每次都给我擦皮鞋，每次都将我的皮鞋擦得很亮，不但擦我的皮鞋，还把我们宿舍的其他男生的皮鞋都擦得干干净净。我忌妒地说："你是喜欢我还是喜欢他们?"女孩问："你这话是什么意思?"我说："你闲得发慌是不是？干吗给他们擦皮鞋?"女孩笑了："我不喜欢他们，我只喜欢他们的皮鞋，我只喜欢你一个人。"我奇怪地问她："你为什么喜欢他们的皮鞋?"女孩歪头冲我神秘地一笑：

“这是秘密，不告诉你。”

那年暑假前夕，在一次学生大会上，校长问我们学生准备怎么度过暑假，有没有勤工俭学的打算?

女孩第一个举手发言，她说：“暑假期间，我上街擦皮鞋。”会场里爆发出笑声，几百双眼睛一齐对准了她。女孩认真地说：“我说的是真的，我真上街去给人擦皮鞋。”

校长带头给女孩鼓了掌，在掌声里，我的脸发烧，心里说，疯丫头，你出这个洋相干啥?

晚自习结束，女孩找我去外边散步。我劈头就给了她一盆凉水：“你太过分了吧，你想出风头也不能由这个来出呀……你真能去擦皮鞋?”女孩说：“我啥时说过假话?”这晚散步，我们谈来谈去，总也谈不拢。

转眼暑假到了，临分手那天，女孩找我去外边说话。她说：“喂，别生气了，放了假，你别忘了常去看我，我就在中街那儿擦皮鞋。”我扭头就走，我不愿听她擦皮鞋这句话，这句话使我替她害羞，一个漂亮的女孩怎么能擦皮鞋呢?女孩在我后面不停地喊我的名字，我仍然没有停下。

整个暑假期间，我接到她十几个电话，都是约我去她家的。

我赌气没去赴约，临开学的前三天，我忽然非常地想念她。其实在内心里，我是喜欢她的。

我便在一个中午去她家，她家锁着门，敲了半天也没有人开门。我悻悻地往回走，路过中街时，忽然听见有人喊我的小名，是女孩在喊我。我循声望去，女孩正坐在小板凳上低头给一个男人擦皮鞋。她身边坐着一位中年妇女。我走过去，发现女孩的脸、胳膊都被阳光晒黑了。我心里一动，心疼她。我转身去冷饮店给她买了几支雪糕，她接过去，把雪糕递给中年妇女一支，又转身指了指中年妇女对我说：“我给你介绍一下，这是我妈，典型的下岗女工，为了供我上大学，她主动选择了擦皮鞋的行当，她已擦了三年皮鞋了。”

女孩又告诉我，她这个暑假帮妈妈擦皮鞋，挣了点儿钱。这个学期的学费她可以自己付了。

我忽然理解了女孩，后悔这么晚才来看她。我对她说：“你有个好母亲，你也是个好女孩……我错怪你了……”

“谢谢你能理解我……”女孩第一次那么紧地握住了我的手，有泪花在她的眼中闪动……

鸽白鸽红

西蕾宁

这段时间，娟好的鸽子都要扑啦啦飞到对面阁楼上，那里有豆或饭粒供它们享用。一个年轻人噘着嘴呼唤鸽子，有时还抚着最小最白的那只交谈几句。警报凄厉的年头，谁会有这般闲情？他悄无声息地观察着，发现那人对小鸽子动人地一笑，腮边便露出两个深深的酒窝。许是第六感应吧，他突然抬起脸来朝这边望望，一闪身不见了。他也爱鸽子？娟好开始心神不定起来。飞回来的小白鸽乖巧地停在主人手掌上，亮亮的眼睛像在说话，她不由地低低问一句，他告诉你什么了？鸽子咕咕的倾诉叫人生出满腹惆怅。

尽管他没露过几次面，那对酒窝却深深地印在娟好的脑海里，睡神都赶不走。经过几夜的辗转反侧，她鼓足勇气写下一张纸条：我替鸽子谢谢你。躲在阳光的阴影中她忐忑不安地看着小白鸽飞往阁楼，很快便瞠目结舌——鸽腿上的条子使他神情突变，嘭地关掉了小木窗。娟好委屈得眼圈发红，再没勇气去侍弄那些生灵，直至第三天，哑巴女佣咿咿呀呀从楼上冲下来。鸽子怎么啦？娟好腾地站起身，似乎是等候已久！

原来小白鸽受伤了，正在阁楼下的瓦梁间挣扎呢。娟好针扎似的心疼，情急之中找来根竹竿探身去搭救，差一点儿就摔出窗外！这时阁楼的窗帘刷地拉开，他向她使劲摇头摆手，然后慢慢地将大半个身子伸出去，一点点接近那只鸽子……娟好便从空气里嗅出一股诱人的气息来，抬起头，1932 年的大上海，依然天蓝云白。

哑巴女佣抱回鸽子时，它已经得到了专业水准的包扎。残存在屋里的酒精味儿令娟好神思悠悠，也叫踏进门来的一个人顿生狐疑：好，家里发生了什么？她闻声耷拉了眼皮，爸爸，你讲过半个月以后才回家的。自打父亲成为复兴社一员起，她横竖看他都不顺眼。

在上海滩舞刀弄枪的父亲比在老家开诊所时阴沉多了，他俯身托起小白鸽，仔仔细细察看它的伤口。清创、上药、规范包扎，我女儿肯定没这么能干，附近又没有诊所……他突然间压低了嗓门，谁这么大方，还给鸽子用全上海严加控制的消炎药？这话使娟好倒退了好几步。你一定得说，马上就说！他上前摇着她的肩膀急吼吼地喊叫，女儿却把头转开了——在好多人眼中，父亲他们这种人是四处狂吠的犬呢，她可不想让阁楼里的年轻人受到伤害。困兽似的转几圈，他忽地和颜悦色起来，好，你倒是不知道，附近的几条街都被封锁了，要抓一个来上海买药的共产党呢。十七岁女儿脸上掠过的惊诧和慌乱，足以使父亲热血沸腾：这个弄堂里说不定真有一条大鱼！想了想他丢下一句话，听着，从现在起，你不准出门一步。父亲急匆匆地离去了，娟好忽然打个冷噤，拔腿就往楼上跑。

鸽子们已开始在阁楼附近咕咕啄食，年轻人抬起头来时恰与窗边的娟好四目相对，少顷他笑了笑，这恐怕是最舒心的笑了——一刻钟后他将跟人一起护送药品到苏区，那里有全中国最清新的空气。纸醉金迷的大上海，让人留念的只有这几只鸽子，它们往阁楼边一站就能给战友报平安呢。对面的女孩扬起手臂想跟自己说什么？他再次回她一个笑，便关上了阁楼窗。他真是那个身陷重围的共产党？娟好突然着急万分，捡起块石头刚要投向阁楼，有双强有力的手钳住了她，一团毛巾随即塞进她嘴里……抓住共产党就意味着赏金和升迁，父亲太明白不过，他来不及报告和搬兵，只得铤而走险了！

娟好的父亲把年轻人和他的同伴堵在了弄堂口，他背上的女儿满脸是血(那其实是鸽血)。先生，救救我的孩子，搭你们的车送她上医院吧。亲手击昏女儿的父亲，其声音居然充满悲情。看清伤者是鸽子的主人后，年轻人犹豫着拉开车的后门……

第二天，《申报》头版有条重磅新闻：昨日午后，一辆别克轿车冲入黄浦江，车上三男一女无一幸存。有迹象显示，这是一起走私违禁药品的重案……该记者全然不知车里曾有过一场惨烈搏斗，更不晓身负重伤的年轻人最后驾车跃进江水时，眼里满是些飞去来兮的鸽子。

抻面条

许　行

他特别喜欢吃面条，一天三顿也不厌，不过这可不是粮店里卖的那种面条……

小时在家里母亲给他擀面条，一碟鸡蛋酱，一盘芽葱，或者黄瓜、水萝卜丝等小菜，他吃得真香！以后结了婚成了家，妻子摸到了他的脾气，比母亲还下力给他做面条吃。她能擀、能抻。抻出来的面条要粗有粗，要细有细，比从模子里轧出来的挂面还匀溜，吃起来硬实、筋道、口感好，就是到了肚子里也觉得舒服。

不幸，妻子比他先走了。他也六十多了，身板硬实，牙口好，还是爱吃抻面条。现在续了个后老伴，这个五十刚过的小老太太，就只给他买挂面吃，吃起来真败口！

星期天女儿回来了，一看爸爸瞅着挂面条眼晕，不下筷……她把爸爸的饭碗端过去说："你等一会儿吃。"便扎起围裙下了厨房。和面、揉面、饧面、抻面……大约半个多钟头后，一碗抻面条端到了爸爸的面前。他一惊，女儿什么时候也学了母亲的手艺？这回他吃着嘴里香，肚里苦，他想起前妻，眼泪含在眼眶里……

这一切后老伴都看在眼里，心中很不是滋味。第二天她吃罢早饭，便提了一盒点心，到饭馆去向抻面师傅学习。学和面，学揉面，学饧面，学抻面。抻面这道关最难过。她人老了，手脚笨了，力气也小了，怎么也弄不到抻面师傅那么灵巧，不是粘连，就是断条，二斤面未抻完便一身汗了。她不得不出个高价，买了一斤抻面条回去。

老头子离休后搞史志，天天到班上去。午间回来，一碗抻面摆在面前。

"啊，小凤来了？"他以为女儿回来了。

"没。我给你抻的。"

"你也会抻……"

“你别隔着门缝看人。”

老头子吃得很香，这面条跟过去妻子抻的差不多。

“想不到你还有这两下子，这跟她过去抻的一样……”老头子一高兴，有点说走了嘴。

老太太听了当然有点不是味，这老家伙总想着他的前妻……不过，这毕竟是赞美她，把她说成跟他前妻一样，有啥不好？于是，也很高兴。

第二天老太太练抻面就更来劲了，她先到饭馆去学一通，又在家里自己和面苦练。可翻来覆去还是抻不好，这大概得费点工夫，不到十天半个月出不了徒……眼看就该做午饭了，没办法还得跑到饭馆去买人家抻好的面条。好话说了一筐，勉强按成碗的面条价格匀了一斤回来。啊？一上楼房门开着，老头子回来了。

这回露馅啦！

“唉，没想到吃一口饭，给你添了这么多麻烦……”老头子明白了后有些过意不去。

抻面条煮好后，老头子只吃了半碗，不知怎么的，他心里老觉得这抻面条味道有点不对了……他说：

“以后咱们吃烙饼吧！”

这天夜里老太太偷偷抹了半宿眼泪。

又一个星期天，老头子女儿回来了。她又要动手给爸爸做抻面条，老太太一把揽过去说：

“我来！”

老头子和女儿都睁大了眼睛，惊讶地看着老太太熟练地抻面表演。

老头子这晚心情激动，喝了两盅酒，话也多起来。睡觉时，老太太脱衣服，他怔住了，天哪，老太太两条胳膊肿得像发面馒头了……他一切全明白了，心中震动非常，紧紧地搂着老太太，眼含热泪，不胜爱怜地抚摸着她的胳膊。

“唉，这该死的抻面条啊……”

小站歌声

修祥明

子夜时分，山村的小站昏暗静谧。苗兰老师提着行李来到站台，像触电般浑身颤抖起来。

她本想在夜深人静时悄悄离开山村，没想到全班四十多个孩子全站在这里为她送行。

站牌下，放着一篓子山核桃，篓把上贴着个红双喜字。这是山里人祝贺新婚的礼节。

三天前，她去了趟县城，回到山村，她对孩子们说，要和远离千里的男朋友举办婚礼，婚后，她就在那里定居了。

孩子们舍不得她，却没张口将她挽留。只将一串串难舍难离的泪水洒下。

远处传来列车的长鸣。

四十多个孩子含着泪水，像一棵棵被雨水浇伤的禾苗一样，凄悲地立着。

班长说：“咱们为苗老师唱一首《好人一生平安》吧。”

歌声在夜空中响起：“有过多少往事／仿佛就在昨天／有过多少朋友／仿佛还在身边／也曾心意沉沉／相逢是苦是甜／如今举杯祝愿／好人一生平安。”

这歌声，低沉悲哀。这是孩子们真诚的祝愿。

列车徐徐地向前开动着，孩子们像一阵旋风一样随车跑着，唱着……

好人一生平安。

歌声像让泪水滤过似的。

车上苗老师失声痛哭起来。

孩子们怎知道，她不是去结婚。三天前，去县城体检，她患了白血病，在人生的旅途上，她只有半年的时间了。

一枚硬币

严晓歌

那年七月，我以五分之差，从通往大学的独木桥上栽落下来。

我心灰意疏，收拾了笔墨纸砚，打算与十年寒窗告别。

娘说："再试一年吧。"

回忆起千军万马争过独木桥的情景，我不禁一阵战栗。我说我不试了。

娘又说："你今年失败的原因是英语差，初中基础没有打好，鼓足勇气从头学习，明年会考好的。"

望着娘充满希冀的目光，我不敢再强硬，只得接过娘递来的一叠浸透着汗渍的纸钞，又回到县高宽敞明亮的教室里复读。

弟骑着一辆旧自行车，驮着两袋黄灿灿的小麦，给我送到学校面粉厂。每当我口中咀嚼着白暄香甜的馒头，却分明看见爹娘和弟、妹吞咽玉米锅巴红薯块的情景。于是馒头变为鱼刺，鲠在我的喉间。家乡的土地是黄沙土，长庄稼不旺，产量低，我家人口又多，五月打下的小麦年年吃不过腊月，为了补偿肚子，娘喂猪养鸡，攒钱让爹籴来玉米，加上一窖红薯，填充断麦的日子。玉米锅巴焦黄焦黄，煞是悦目，但不中吃，粗糙难咽，而蒸红薯煮红薯闻着喷香，吃多了却胃酸恶心。我知道，一家人是从牙缝里省下来小麦，供应我读书的。

坐在教室里，我神情恍惚，眼前老是晃动着娘憔悴的身影。娘锄地间苗，娘刷锅做饭，娘缝衣补被，娘破冰浣洗……娘啊！你太苦了，过度的劳累让你一个四十多岁的女人变得仿佛六十老妪。爹当村干部，整日东奔西跑为公家忙碌得顾及不了家庭，弟、妹又小，一家的重担都搁在娘肩上。爹曾心疼娘要辞去村干部，娘却不愿。娘说人争一口气，神争一炷香。我多想丢下课本，回家扶娘一把。可我不敢，我怕娘伤心，再平添几缕白发。

于是我便常常去想蓝天白云，碧草牛羊，绿水青禾……上学期结束，我的成绩在全班排列二十八名，还不及一些新生。看来今年的高考又将付之流水了。

寒假回到家中，我对娘说我不读书了。

娘这次没说什么，她只是默默地忙碌手中的活儿。

除夕，按家乡的习俗，我们一家人围坐一起包饺子。娘把一枚洗刷明亮的五分硬币递给我，说："民，你把它包进饺子里，看明早谁有福气吃到它。"对于这千百年来流传下来的做法我不以为然，但我还是照娘的话做了。大年初一，娘把一碗热气腾腾的饺子端到我们面前。我急不可待地拿起筷子夹住一个饺子送进口中，"咯嘣"，我咬着一样硬物，吐出来，竟是昨夜我包进饺子里的那枚硬币。娘看见了，爹和弟、妹也看见了。娘笑嘻嘻地说："看来今年民是有福人了。民今年考大学，一定会高中榜首。"爹和弟、妹也随声附和，说我一定能考上大学。 我脸红红的，心里鼓胀着一股躁动。

开学了，没等娘催促，我便踏上了去学校的大路。

……

秋天，一纸大学录取通知书飞进我们这个农家小院，娘多年来灰暗的脸上绽开春阳般灿烂的笑意。

接下来我上大学干工作，娶妻生子，生活和事业一帆风顺。 这期间我家也发生了很大的变化，爹虽说还当着村干部，但弟、妹已经长大，能替娘分担许多家务，日子日渐富裕起来。

又是一年除夕，一家人又像往年一样围坐一块儿包饺子。 我睹物思情，对娘说，要不是那年的一枚硬币，我恐怕难有今日。

娘听罢哈哈大笑，说："硬币哪里能代表有福没福呀。 那年捞饺子时，我手指蘸着凉水，一个一个地捏着饺子，找到包着硬币的，放进了你的碗里。"

我忽然眼睛里潮湿起来，赶忙扭过头去。

光明行

杨轻抒

母亲不知出去干什么了，我一个人独自扶着墙出了家门，门外正下着雨，雨打在芭蕉上面，滴滴答答地响。

我已经没有心思听那雨打芭蕉的美妙乐音了，因为我再也看不见那丛我亲手种植的芭蕉了。

以前我从没想过什么叫作黑暗，没有。 我抱怨过城市是那样的拥挤，天空有好多的灰尘，抱怨过房间是那样的窄小，人群中有那么多丑陋的面孔，然而，当我终于看不见这一切的时候，我才突然感觉这一切是多么的珍贵！

我从没想过我也许会在黑暗中度过我的大半生，从没！而今，我无论如何不能接受这一切，我独自走进了雨中。

我不想提到那个叫“死”的汉字，但我绝不认为这样活着有任何意义。如果这时有一辆车向我撞来，如果身旁的建筑物突然倒下来，如果我一脚踏进了深渊，我会坦然接受的，我会！

但这一切都没有发生。

我只听到了汽车紧急的刹车声和司机的惊呼声，听到前面迅速移动重物的声音，听到人群急急走过的声音——我竟然畅通无阻地在城市的雨中行走，雨中的城市第一次变得这样宽广。

然后，我听到了一声狗叫，一种友善的、我能想象出的一种乖乖巧巧的狗的叫声。

头顶的雨突然停了。

走开！我咆哮，我不需要同情，我不需要可怜！

我使劲地挥动手臂，要甩开身边的一切，但我无论怎样努力，始终甩不掉那把罩在我头顶的雨伞。

我终于失声痛哭起来。

能陪我走一程吗？一个声音说。是一个女孩子的声音，软软的，柔柔的。

我不作声。

能陪我走一程吗？我……害怕。

女孩把手伸过来，拉住我的手。阿明——女孩叫一声，我听见小狗汪汪地叫着跑过来，围着我转圈，然后伸出舌头舔我的脚。

女孩牵着我的手。

我们在雨中走，雨声在伞外淅淅沥沥地响。 女孩的手热乎乎的，天地间很静，只有雨，沙沙的雨落在身前与身后。

不知走了多久，我的心渐渐平静下来。

女孩问，你的眼是谁治的?

我说出了医生的名字。

原来你就是我叔叔的那个病人！女孩有些惊喜地说，我叔叔没说过你的眼睛绝对不能治好吧?

……没有。

对了，女孩高兴地说，我叔叔说了，你的眼睛能治好，他还说，治好你的眼睛将是他一生最得意的手术之一。

真的?我还是有些怀疑，因为母亲无意中说过，我的眼睛治愈率只有百分之二十五，也就是说，失败率高达百分之七十五。

真的，女孩说，不骗你!

女孩把我的手拉到她的头上，她的头发湿漉漉的，女孩有一肩长发。

你……

我只有一把伞，遮了你当然没法遮我了。

谢谢！我低声说。

女孩轻轻地笑起来。 我会拉二胡，喜欢听吗?

我说我喜欢。

一阵窸窸窣窣的声音，我听见女孩试了一下弓，顿一下，一种激越的欢快的音符突然跳跃而出。

是刘天华的著名二胡曲《光明行》!

女孩拉得真好！我曾经多次听过二胡曲《光明行》，但我从来没像今天这样感到过有一大片的光明水一样猛然落满我的头上、肩上，沐浴着我的全部身心。

看到阳光了吗？女孩轻声说，你一定会看到光明的！

我久久地不想说话。

你眼睛好了以后，想送我点儿什么呢？女孩问。

你喜欢什么？

我喜欢栀子花，小时候院子里有好多的栀子花，洁白的，像阳光一样的灿烂光明！

我送你栀子花。

不准骗我！

不骗！

手术很成功，百分之二十五的奇迹出现了！医生感慨地说，这么坚强自信的病人不多见呢！

我没有时间去理会医生的感慨，拆线那天，我跑到城外的农家院里，折了一大捧栀子花，我要去找那个喜欢栀子花的女孩！

然而，当我认定我已经走到了我曾经和女孩待过的地方时，我才发现在我面前的，哪有什么房子，有的只是一片满是砖头瓦块长了青草的废墟。

我问人，这儿曾经有间小屋，有个会拉二胡的女孩吗？

那人怪怪地看我，你没看见这儿是一片废墟吗？

我想，是不是我走错了地方？于是我重新回到起点，闭了眼，凭着感觉走，走到了，睁眼，仍是那片废墟！

我见人就问，这儿曾有个会拉二胡带条叫阿明的小狗的女孩吗？

有人想了半天，哦了一声，说，你是问那个卖艺的盲女孩吗？她早走了，不知上哪儿了。是牵条小狗背把二胡——她曾经在这儿搭过一个临时的棚。

一个盲女孩?

一个卖艺的女孩?

我说，她叔叔是眼科医生呢!

那人说，哪有这事! 她只是个卖艺的女孩，胸前常戴朵栀子花。

是这样! 我发疯似的跑遍了城市的每一个角落，我见人就问，看见一个胸前戴朵栀子花会拉二胡的女孩了吗? 所有的人都冲我摇头。

我跑遍了城市的大街小巷，那么多的人呢，那么多的人中没有那个长头发的牵着一条叫阿明的小狗的女孩，有的只是大块大块的阳光在那个清晨猛然倾泻下来，把一座城市，把所有的人，都淹没在了厚厚的阳光中。 我呆了。

我把手中的栀子花抛起来，城市的天空中顿时飘满了洁白的栀子花，那一瓣瓣洁白的花像一个个梦，像一瓣瓣梦一样的阳光，像一瓣瓣阳光一样的音符随风飘荡……

阳光，真香! 所有的人都抬起头来，他们在找寻那些很香很香的光明呢!

我泪流满面。

会上楼的牛仔裤

刘永飞

十年前来这座城市工作，为了省钱，我在市郊租了一套六楼一居室的老式工房。 因公司每天加班，我终日早出晚归，快半年了还没真正认识一个邻居。

说心里话，我对这个高度发达的城市毫无好感可言，我觉得它冷漠、排外。这个城市的人以为自己叽里咕噜的方言十分优越，视所有的外地人均为乡下人。

那时候每天我从市区回到住处往往已是深夜，自己随便弄点吃的，或者洗洗积攒下来的替换衣服，沾床就睡。常遇到早晨挂到阳台晒干的衣服，被傍晚突来的雨打湿，第二天还要重洗。而那条牛仔裤就是在一次风雨交加的夜晚掉下楼的。

发现牛仔裤不见了，我没着急，一是因为那是条旧裤子，本不打算再穿了；二是因为已是午夜，底楼的邻居早睡了，如果贸然为一条旧牛仔裤，以一个陌生人加外地人的身份去敲邻家的门，遭训斥和白眼肯定少不了。

下班，我发现我的那条牛仔裤被装在一只干净的塑料袋里，系在一楼楼梯扶手上。本来就旧的牛仔裤，经过大雨的“洗礼”，污水的浸泡，越发显得丑陋。看到的第一眼我决定放弃它。于是，我没去动，继续让它留在那里。

奇怪的是第二天下班，那条牛仔裤又出现在二楼的扶手上。我没收牛仔裤，我相信过不了两天这条裤子会像垃圾一样被人丢掉。

然而没料到，第三天这条牛仔裤竟然“走”上三楼，我觉得这个“好事者”真够执着的。我产生一个好奇的想法：“就不收，看你会不会‘跑’上六楼。”我想人的耐心总是有限的，这个人总不至于为了一条无人理睬的旧裤子跟自己过不去吧。

出乎我的意料，第四天这条牛仔裤“上”到四楼，这让我感动之余感觉很有意思，我有了“认识认识”这位好心人的冲动。

果不其然，第五天下班看见它在五楼出现。此刻，我坚信次日这条裤子准会“跑”上六楼。倘若再不见见这位执拗的好心人，我会后悔一辈子的。我破天荒地请了“病”假。

第六天的早晨醒来后我感到莫名兴奋，楼道里一有风吹草动立刻跑到猫眼前望一望。后来我干脆搬个凳子拿本杂志在猫眼下坐等。

时间一分一秒地过去，“那个人”还没有出现，我的耐心受到挑战。我正为是否先去买菜而犹豫不决时，楼道里忽然传来沙沙的、缓慢而沉重的脚步声。我预感到“那个人”要出现了，忙起身，向外张望，结果猫眼里除了墙壁上的一只电表盒，其他一无所有。我没失望，因为那脚步声正越来越近。我发觉这个人脚步缓慢，不时停顿，仿佛在寻找什么东西，而他的喘息声越发强烈。

脚步声和喘息声先在五楼短暂停驻，随着一阵摆弄东西声，脚步向六楼来了。我原想开门迎接，怕是误会，决定从猫眼里观察。

终于，他在我的眼前出现了：一位偻腰、低头、银发稀疏的老人。老人拎着那条牛仔裤，背对着我的门口一阵粗喘，然后哆哆嗦嗦将手里的塑料袋系在楼梯扶手上。

“大爷！”老人欲转身下楼，我喊住他。老人先是一愣，左耳缓缓面向我，接着眯起的双眼斜睨过来。天哪，他竟是个盲人！

我告诉老人这条裤子是我的，不准备要了，并表示了歉意和感谢。老人听后很开心，露出孩子般的笑容。我问老人既然行动不便又为何一层层送上来？老人说，这栋楼里像你这样的年轻人还有几户，远离故乡异地讨生活不容易啊，我是怕你们来去匆匆的看不见。我说你完全可以敲门问问的，也不至于费这番周折。他说，这样不好，一个瞎老头子随便敲人家的门不礼貌，再说了，好多人只希望过自己的小日子，反感人家打扰呢！

老人下楼时我要送他，被他婉拒，他说自己能行。看他颤颤巍巍摸索着下楼，我的心弦莫名地被谁抚动了，眼睛湿润起来。我蓦然觉得这城市原来就有爱，而且爱就在身边，只是之前太过于封闭自己而恐惧接受它罢了。

女孩

张抗抗

有男人攀到山岩上去采花。采回来一大丛一大丛连枝条带花蕾的野杏花。满怀蓬勃灿烂的花枝，把男人的脸都挡住了。

男人慷慨地把那些不易采得的野花，一枝枝分赠给同行的旅伴。

那一枝枝绚丽烂漫的野花中，或含苞欲放、或恰到好处，有的枝上缀满成串一粒粒小豆豆似的粉色花蕾，有的枝条上一朵朵开怀怒放、正值盛期……

男人把一枝裹得紧紧的花蕾，递给了那个女孩。

它就像你呐，还害羞着哩。拿回家去，插在水里，过些日子就开了。

女孩摇了摇头。

——不，我不要这枝。她轻轻说。

不要这枝，那你喜欢哪一枝呢？

女孩指了指另一丛正开得轰轰烈烈、热热闹闹的花枝——我要这个。

母亲打断她：傻孩子，这花都已开过了，拿回家去，一两天就谢了呀。

不。她坚持说，我就要这一枝。它开得多漂亮啊。

它确实很漂亮。假如不去想它明天的模样。

一个成年的女人走过来，接过那丛被女孩弃置的花蕾，说：可我，倒正想要这一枝。

男人若有所思地说：恰好是女人理想的一次对位。

女孩抱着她鲜艳的花束，抬起脸望着她的父亲。女孩笑了。

回家的路上，那女孩始终紧紧抱着她那束盛开的杏花，她似乎悄悄吻了它一下，有一片洁白的花瓣飘落下来，缀在她的发辫上。女孩好快活。

生命

曹德权

血色黄昏，硝烟滚滚。

日军56师团长驱直入，已彻底切断滇缅国际通道，进占怒江西岸，在惠通桥沿岸同国军接火，中日双方几十万部队摆开了决战架势。

怒江不保，昆明危在旦夕。

整个大后方已感触到战争的迫近。

距惠通桥不到五十公里的泥泞马路上，开来五辆重型卡车，第一辆车上，坐着一个着少校制服的大胡子。两小时前，他接到集团军总部的命令：不惜一切代价，将弹药及食品送上惠通桥南高地。这里，国军耿振华师已到了弹尽粮绝的地步，一个师打到不足一个团的兵力了，全体官兵已有四天没进过一口食物，士兵们连枪都端不起来了，而他们接到的命令是必须再坚守二十四小时，不惜战至最后一兵一卒。

惠通桥不保，怒江防线必毁于一旦，后果将不堪设想。

卡车在马路上疯狂地弹跳着向前冲去。大胡子少校手提一挺轻机枪，两眼血红，作为带队官长，他明白迟到一个小时的后果是什么。

不该发生的事发生了，第一辆卡车扎进炮弹坑里，熄火了。随后的四辆卡车也被迫停了下来。前面的路面都布满炮弹坑。

全体押车官兵全都下了车，奔跑着搬石头填炮弹坑，推车，累得气喘吁吁。也就是在这个时候，四野里聚来不少饿得皮包骨头的饥民，怯生生地围着卡车转，也不知是谁喊了一声：车里有白馍！顿时，四野里的饥民打了强心针般振奋起来，忽拉冲上去钻进车厢，抢吃起馒头来！

大胡子少校手提轻机枪冲到被抢的车前，嘴角抽搐着，双眼滴血，一咬牙将机枪用手端起来对准饥民，只听一片哗啦的枪栓声，全体押车官兵持枪围住了饥民。

就在这时，大胡子少校的双眼直直盯着车尾，然后痛苦地闭上了双眼。在车尾，一个大约十二三岁的小女孩，饿得双眼深陷，浑身瘦骨骇人地撑着肉皮，一双脏兮兮的手抓住馒头，嘴里还咬着一只馒头，在嘴边啵着遮住了半张瘦脸，双眼惊骇而哀怜地望着大胡子少校！

大胡子少校浑身战栗着，两幅画面在眼前交替晃过，一边，是饿着肚子同鬼子拼命的国军弟兄；一边是手无寸铁饿得只剩一口气的小女孩！他丢下机枪，面对饥民们跪了下去，一拳砸在头上："乡亲们呐！前边，守怒江的弟兄们已经四天没有吃饭了，他们空着肚子在和鬼子拼刺刀啊！你们……"

四野霎时一片寂静，所有人如石雕一般。

小女孩怯生生地挪到大胡子少校面前，将手里的馒头递到大胡子少校手上，然后取下嘴里的馒头也递上去：“叔叔，我不知道这些馍馍是送到前边去的，这个馍馍我咬了一个缺缺，你给前边打鬼子的叔叔们说一声，这个馍馍我咬了一口，请他们不要见气，请他们吃饱了多杀鬼子……好吗?”

大胡子一下抱起小女孩，只一个劲点头。他将脸贴着小女孩的脸：“你叫什么名字?”

小女孩有气无力地答道：“我叫尤小翠。”

大胡子颤声说道：“好妹妹，等我们打败了鬼子，我一定要让你吃上白馍，一定让你吃饱好吗?”

小女孩吃力地点点头，脸上露出稚气的笑。

所有的饥民们此时都将抓在手里的馒头默默地送回了车上。然后用最后一点力气抱起一坨坨填弹坑的石头……

车队终于怒吼着向怒江方向冲去……

一周后，大胡子少校和耿振华师长来到 周前陷车的地方，大胡子少校手里提着一小袋馒头，耿师长手里也有一个馒头，一个发黄的有一个缺口的白馍。他们找一个叫尤小翠的小女孩。

一个老大娘将他们引到一座新的小坟包面前，老大娘说：“她家七口人，她是最后一个死去的，她在三天前饿死了!”

大胡子少校和耿师长咚地跪在新坟前。

凄厉的枪声伴了一声号叫：小翠妹，所有的中国军人会为你报仇！——小日本，我们中国人不会死绝！

三十四年后，一位国军起义将军临死前拿出一个有个缺缺且发黑的干馒头，说：把这馒头的故事……讲给……小青年们……听。

晨曲

朱玉琪

同往常一样，她轻轻地撩开被子起床了。时针正指向四时半。洗脸刷牙、上街买菜、淘米做饭……她像一只精密的摆盘，在这三口之家的小机器上，欢乐而飞快地摆动着。

“喂喂，懒虫，该起床了，太阳晒屁股啦！”她动作麻利地从厨房冲到卧室，对着丈夫嚷，“什么时间？六点一刻。喂，咱们上法院。昨晚，你半夜上床，不是神气活现地要离婚？闹着玩的？哼，谅你也不敢。快起床吧！什么什么？临时调班，你今儿上中班？好，那你就困扁头吧！小虎起床，别钻到你爸爸的被窝里胡闹。小疯子！”

她一边收拾房间，一边唠叨：“你看你看，写字台上、地板上全是烟灰。好呀！深夜回家，又在研究那张图纸。你喜欢熬夜，熬死了，我也不管；可是我的电费——厨房里的灯又开了整整一夜。再这样没头没脑，我非扇你两个巴掌不可！小虎别笑，你不能像你爸爸……哎哟，我的饭焦了！”

她把中午的饭捂好，又将早饭放到煤气灶上，然后扫地。“这是什么，一大团塞在床底下的……啊哟，又是你的工作衣。又是这么脏。你呀，一天一件，当我洗衣机。笑什么？什么，你那台老爷机器革新成功了！哈，祝贺你，祝贺你。哟，又神气起来了！骄者必败。你不要忘记自己是六七届初中生。”

说着，她“噔噔噔”地到厨房间去洗那件工作衣，同时进行遥控指挥：“小虎，快穿衣服。皮鞋在沙发旁边，衬衫在床边橱上。

噢，对了，书包在桌子底下。我早上检查过你的作业：算术有一题做错。再这样，我也扇你两个巴掌。别哭别哭！”

当她听到小虎假哭声像洪水一样灌进厨房时，她乐了，暗笑了起来，不一会儿，工作服从清水中捞起，晒好。

“啊哟哟！泡饭烧成了粥。”她赶忙端下饭锅，换上水壶。拔腿去买三根油条，顺路取回了当天的牛奶。

“喂，我想起了，你昨天发奖金，放在哪儿?”她喘着气，一屁股坐在床沿上，重重地推了丈夫一下，顺手将儿子的衣领翻整齐，“在老地方？多少？嗬，还不少！这是超产奖和革新奖吧！喂，我一个子儿也没拿，仍和生活费一起放在老地方。要用，你自己拿，别又说患‘气管炎’。不过，我得提醒你：香烟一天一包！吸香烟生肺癌，叫我怎么办？嫁人？你说得好轻巧。要嫁人我一定嫁个科学家。稀奇什么，你?”

她一看时间，跳了起来，急忙吃早饭。一嘴二用，边吃边嘀咕：“这奖金，我考虑好了：一半仍旧存‘活期’，咱们的存折里已有……哈哈，绝密数字，内控。什么，你偷看了？好，这账，明儿算。至于另一半嘛，给儿子买件罩衫，给你买一斤半绒线。——别假惺惺了，谢谢你想到我。我不要，老太婆，打扮个啥？小虎，快来洗脸刷牙吃早饭。”

她三下两下，吃完饭，马上动手烧菜。声音仍像高压电，源源不断地输进卧室：“喂，告诉你。昨天临下班，为了压花板的质量，我狠狠地骂了‘戴老’一句。她哭了，唉，数十年的老交情，这下……不过，我想‘戴老’一定会想通的。今天我向她赔礼，但原则要坚持。”

她看见儿子快把饭吃完了，就叮咛：“小虎，爸爸今天中午在家，你中饭回家吃。晚饭嘛，妈妈又要上夜校读书，不回来了，你就一个人吃吧！嗳，上课一定要听讲。过去可以凭力气工作，现在讲究知识和学问了。你没看见爸爸妈妈脱了一班车，现在赶起来，多么吃力啊！乖，我上班去了。来，让妈妈亲一下。好，拜拜！”

她又对卧室里喊：“我走啦。阳台上的花你浇一浇。”……

啊，多么醉人的晨曲。热烈、欢快、高昂、激越……

接女儿回家

凤　凤

他和她今天是来接女儿回家的。

一条铁路在崇山峻岭中穿行着，铁路修了三年，女儿就在大山里住了三年。

他是修铁路的。他俩答应女儿，等铁路修好了，就接她回家。

他和她轮流把女儿抱在怀里。女儿也知道就要第一次坐火车啦，女儿就一声不响的，女儿很听话。

他和她抱着女儿来到了一个车站。车站不大，上车的人却不少。大山里有了铁路，就把山里和外界的距离拉近了，人们不用脚就可以走出大山，走进山外的多彩世界里。

车上的人很多，他把女儿紧紧地抱在怀里。她也在一边护着，生怕有人碰着女儿。

女儿还没有坐过火车。没有铁路的时候，女儿就成天叨咕着坐火车。他俩就许愿等铁路修好了，一定带女儿坐一次火车的。可这次真正坐上火车啦，女儿却一句话也不说了。

他和她心里都感觉到，女儿坐上了火车，女儿不说话，女儿的心情也是愉快的……

车上的人太多了，他和她想给女儿找一个座位。让女儿真正坐一坐火车。

他就问身边座位上的人，有一个坐在外边的人说到前边的站就下车。他抱着女儿就在这个人身边耐心等着，她也在一边站着。

列车不停地在山间逶迤穿行着，一会儿上了桥梁，一会儿钻出了涵洞，列车勇往直前着。

前方的车站到啦，那个人下车啦。他就把女儿轻轻地放到座位上。女儿终于可以坐一坐火车啦，他和她心里都笑了……

车下又上来了一些人，列车上的人更多啦。她在座位边紧护着女儿，生怕拥挤的人们碰着座位上的女儿。

列车又继续前行了。一个年轻人挤过来，年轻人突然抱起他们的女儿，她忙护住女儿……

“你干什么!”他大声说。

“我坐这儿……”年轻人说。

“你没看这儿有孩子吗?”他说。

“什么孩子？哪儿来的孩子？你这人有毛病吧……”年轻人还要动他们的女儿。

“你才有毛病……”他急啦，用握风枪的有力大手抓住了年轻人的胳膊……

幸好列车长过来啦。“怎么回事?”列车长问。

他说：“我女儿在座位上好好的，他却非要坐……”

年轻人也不示弱：“你女儿在哪？哪个是你女儿？我看半天了，整个被子包个东西就占着座位……”

“你女儿在哪儿？”列车长也有点儿发蒙啦。

“这就是我女儿……”他把裹着的被子一层层打开，一个骨灰盒就露了出来。骨灰盒上边，有一张小姑娘的照片。小姑娘正瞪着大眼睛，看着列车上的人们……

他的眼睛湿润了：“三年前，我在打前边的黑石山隧道时，隧道老塌方，我几天没下山。女儿上山来看我，遇上了山洪……”

列车长突然攥住了他的手：“你就是铁18局5处、月掘进隧道超百米9队的风枪大王李师傅?！这就是你们的女儿小花?！……”

列车长把小花抱起来，亲吻一下，又轻轻的放到座位上。“就让我们共和国筑路工人的孩子，坐最后一回火车吧……”

四周的人都站起来了，都默默地看着小花……

光线暗下来了，列车驶进了黑石山隧道，车厢里一片啜泣声……

妻子的心

壶 公

我的妻子爱珍是在冬天去世的，她患有白血病，只在医院里挨过了短短的三个星期。

我送她回家过了最后一个元旦。她收拾屋子，整理衣物，指给我看放国库券、粮票和身份证的地方，还带走了自己所有的相片。后来，她把手袋拿在手里，要和女儿分手了，一岁半的雯雯吃惊地抬起头望着母亲问：

“妈妈，你要去哪儿?”

“我的心肝儿！我的宝贝儿!”爱珍跪在地上，把女儿拢住，“再跟妈亲亲，妈要出国。”

她们母女俩脸贴着脸，爱珍的脸颊上流下两行泪水。

一坐进出租车，妻子便号啕大哭起来，身子在车座上匍匐、滑动，我一面吩咐司机开车，一面紧紧地把她扶在怀里，嘴里喊着她的名字，待她从绝望中清醒过来。但我心里明白，实际上没有任何女人能够做得比她更坚强。

妻子辞别人世后二十多天，从海外寄来了她的第一封家书，信封上贴着邮票，不加邮戳，只在背面注有日期。我按照这个日期把信拆开，念给我们的雯雯听：

心爱的宝贝儿，我的小雯雯：

你想妈妈吗？

妈妈也想雯雯，每天都想，妈妈是在国外给雯雯写信，还要过好长时间才能回家。我不在的时候，雯雯听爸爸的话了吗？听阿姨的话了吗？

……

最后一句是："妈妈抱雯雯。"

这些信整整齐齐地包在一方香水手帕里，共有十七封，每隔几个星期我们就可以收到其中的一封。信里爱珍交代我们准备换季的衣服，换煤气的地点和领粮食的日期，以及如何根据孩子的发育补充营养等等。读着它们，我的眼眶总是一阵阵发潮，想到爱珍躺在病床上，睁着一双大眼睛出神的情景。当孩子想妈妈想得厉害时，爱珍温柔的话语和口吻往往能使雯雯安安静静地坐上半个小时。渐渐地，我和孩子一样产生了幻觉，感觉到妻子果真远在日本，并且习惯了等候她的来信。

雯雯也有一双像她妈妈似的大眼睛，两排洁白如玉的细齿。

第九封信里，爱珍劝我考虑为雯雯找一个新妈妈，一个能够代替她的人。

“你再结一次婚，我也还是你的妻子。”她写道。

一年之后，有人介绍我认识了现在的妻子雅丽。她离过婚，气质和相貌上与爱珍有相似之处。不同的是，她从未生育，而且对孩子毫无经验。我喜欢她的天真和活泼，唯有这种性格能够冲淡一直蒙在我心头的阴影。我和她谈了雯雯的情况，还有她母亲的遗愿。

“我想试试看，”雅丽轻松地回答，“你领我去见见她，看她是不是喜欢我。”

我却深怀疑虑，斟酌再三。

四月底，我给雯雯念了她妈妈写来的最后一封信，拿出这封信的时间距离上一封信相隔了六个月之久。雯雯的反应十分平淡，她没有扑上来抢信，也没有搬了小板凳坐到我面前，而只是朝我这边望了望，就又继续低下头去玩她的狗熊。

亲爱的小乖乖：

告诉你一个好消息：妈妈的学习已经结束了，就要回国了，我又可以见到爸爸和我的宝贝儿了！你高兴吗？这么长时间了，雯雯都快让妈妈认不出来了吧？你还能认出妈妈吗？

……

我注意着雯雯的表情，使我忐忑不安的是，她仍然在专心一意地为狗熊洗澡，仿佛什么也没听到。

“雯雯！”

“嗯。”

我欲言又止。忽然想起，雯雯已经快三岁了，她渐渐地懂事了。

一个阳光明媚的星期日，我陪着雅丽来到家里。保姆刚刚给孩子梳完头，雯雯光着脚，坐在床上翻看一本印彩色插图的画报。

“雯雯，”此刻我能感觉到自己声调的颤抖，“还不快看，是不是妈妈回来了！”

雯雯呆呆地盯着雅丽，尚在犹豫。谢天谢地，雅丽放下皮箱，迅速地走到床边，拢住了雯雯：

“——好孩子，不认识我了?”

雯雯脸上的表情瞬息万变，由惊愕转向恐惧，我紧张地注视着这一幕。接着……发生了一件我们都没有预料到的事。孩子丢下画报，放声大哭起来，哭得满面通红，她用小手拼命地捶打着雅丽的肩膀，终于喊出声来：

“你为什么那么久才回来呀！”

雅丽把她抱在怀里，孩子的胳膊紧紧揽住她的脖子，全身几乎痉挛。雅丽看了看我，眼睛里立刻充满了泪水。

“宝贝儿……”她亲着孩子的脸颊说，“妈妈再也不走了。”

这一切都是孩子的母亲一年半前挣扎在病床上为我们安排下的。

神刻张

刘建超

神刻张也说不清楚自己是不是真的喜欢上了寡妇黄花。他把自己的店从老街搬到了涧西，心里就从来没有安静过。

神刻张大号张邈，年方二十八岁。以他的年龄能在老街闯出名声，冠以神刻，足见是有两把刷子的。张邈自幼聪颖，家境贫寒，无钱供他读书。村里的私塾先生十分喜欢张邈，便在学堂外教他读书识字。老先生也是篆刻高手，张邈就跟随先生学到了手艺。老先生过世后，留给了张邈一套祖传的刻字工器。张邈为练手艺，在村后的石崖上刻字，把一片石崖刻满了三字经。

张邈来老街闯荡刚好二十岁。张邈的功夫在当地已经小有名气。想到老街闯荡可不是个容易的事。老街聚集了古城的名士贤达文人墨客，类似沾点文雅的店铺开张，都会受到他们的品头论足。如果被这些人臭一通，那你的生意就清淡得差不多要关门了。更不用说，早在老街立住脚的同行撬斗，老街人固执，爱逛老店，不太凑新店的热闹。

张邈的店刚开张，就来了一个客户。一身长衫，头戴礼帽，架着一副眼镜。坐下喝了客茶后，从怀里取出一个红布包包，小心翼翼地一层一层慢慢打开，露出个精致的缎子面木盒，轻轻地掀开盒盖，又是一个红布包。客户把红布包置于掌心，并不急于打开，站起身对张邈说，看到你新店开张，想必是功夫不浅。我这活不知先生接是不接?

张邈双手一掬，您是我小店开张的第一位客人，感激不尽，岂有不接之理?

客户这才慢慢揭开红布，拿出一粒绿豆般大的白玉，这可是我家祖传的一块宝玉。我用这块玉要刻一枚私章，这是我的名片。

张邈接过名片，客户的名字是瞿衢鑺。张邈知道，遇到上门滋事的了，一定是老街上的同行所设置。

客户又说，我家这块祖传的宝玉，怕光。先生在篆刻时切记不能开窗开灯。

张邈说，玉月有缘。今晚正是十五，我在月下为先生制作此章。先生明日可来取货。

客户说道，好。明日开店，我与老街三大贤达同来验货。言罢起身走人。

皓月当空，树孤影单。张邈的身影在院中时长时短。

第二天一早，张邈的店门刚打开，门外已经等候着昨日的客户。

张邈将客人引进屋内，捧出一个缎面纸盒，从中拿出一个指甲盖大小的石盒。仅就石盒就令来客惊奇，小石盒精灵剔透，上面还刻有龙凤图案，更绝的是，石盒上还带着一把小石锁和一把石钥匙。用钥匙打开石锁，里面安逸地躺着那枚小小的玉印。客户小心翼翼地捏起玉印细观，只见字是篆刻在玉石通体表面。张邈拿出印泥，把玉印在上边蘸蘸，又递过一方宣纸，玉印放置于宣纸上，食指轻轻按住玉印，慢慢一推一滚，瞿衢鑃印四个字便跃然纸上，小篆秀逸婉丽，灵动多姿又规整肃然，遒劲浑穆，洋溢着秦汉风韵。

客户叹服，连连称赞，神刻，神刻啊。

“神刻张”便在老街叫响。

张邈在老家乡下爹妈给定下一门亲事，张邈老大的不愿意也没有办法，只好拖着，也极少回家。

张邈在老街做营生，心静神安，可是自从见到了寡妇黄花后，心神就不再安静。老街人都传说黄花生活作风不好，有时半夜三更能听到黄花送相好的吆喝声，正经人家是不与黄寡妇来往的。张邈就是放心不下，借故去黄花店前转悠，看到黄花安逸的笑容，张邈浑身都透着舒坦。张邈借故给黄花刻了一枚印章，那印章细看方能看出带有心字形状。张邈知道自己和黄花难走到一起，可是扯不住，想。

张邈的母亲知道了儿子相中了老街的寡妇，又哭又骂，以死相逼。

张邈为了避开黄花，把店从老街迁出，安在涧西。 店搬出了，心思却挪不动。 人也常走神。 接手活不多，还出错。

那日，老街“马一鲜”羊肉汤馆的老板马善明来找“神刻张”，请张邈把祖上留下的牌匾修补缮新。 见到张邈魂不守舍的状态，马善明说，都说你和黄花有点事，到底是哪门子事?

张邈说，没事，确实一点事都没有。

马善明说，我去过黄花的店，看到她总在那包装纸上盖印章，是你给刻的章吧? 你说你们俩，要好就大大方方地好，要不好就立马两断。 就这么拖拉着，对你们不好，对老街也不好。 你一个大男人没有啥，人家一个寡妇，不容易啊。

张邈就去了老街，告诉黄花，自己要回乡下成亲了。

黄花捋捋鬓角，说，成了亲，店还搬回老街吧。 生意，还是老街好做。

张邈说，黄花，晚上，你能吆喝我一回吗?

黄花有些恼，怎么，你相信街上的传言?

张邈说，我不信。 我就是想亲耳听你吆喝我一回，也不枉我俩——

月夜，老街定格了一般的安静，月光洒在青石板上，泛着冷冷的光。

张邈站在黄花家的门外，黄花，我走了。

门开了，黄花对着空空的街道，柔柔地喊道，张邈哥，还来啊。

门重重地关上。

门里门外两个人已是泪水滂沱。

母亲

王奎山

母亲一辈子都是为父亲活着的。

父亲年轻的时候，在一个铁矿山上挖铁矿。母亲知道父亲爱吃炖豆腐，算着父亲该回来的时候，就提前打一块豆腐放着。等父亲一回来，就给他炖豆腐吃。母亲对我和姐姐说：“你们日子长着哩。长大了，想吃啥没有？这会儿，先尽着你爹。”父亲自然舍不得一人独享，往往吃不到一半，就说：“吃不下了。真吃不下了。”

有一回队里分西瓜，家里分了两个。一个大的，一个小的。我们娘儿三个把那个小的分吃了，留下那个大的给爹。爹好长一段时间也没回来。家里没人的时候，我就把那大西瓜从床底下滚出来，拍拍，听听，闻闻。但也仅是如此而已。吃的念头是从来都没敢动过的。父亲终于回来了。母亲喜滋滋地把那个大西瓜抱出来放在桌子上，准备切给爹吃。谁知道一刀下去，一股臭水就流了出来。母亲一下子愣在那里。过了片刻，母亲似乎明白了什么，指着我骂：“都是这个兔王八孙！”说着，抓起一把笤帚就要打我。我早意识到事情不妙，一溜烟地跑了，连晚饭也没敢回去吃。还是姐姐把我找回去的。

女儿出生以后，母亲来城里给我看孩子。那时候，父亲已退休在家了。逢到只有我们娘儿两个的时候，母亲就该叹气了。母亲说：“不知道你爹在家咋过哩！”我说：“他一个大老爷儿们，还饿着不成？”母亲说：“他一辈子没进过厨房的门，连啥是锅滚了都不知道。”我说：“没进过厨房的门，还不是你惯的嘛！”母亲知错地笑笑，不再说话。

到了麦收或秋收的时候，母亲更是坐卧不宁的。母亲常在我面前唠叨：“娃，我听见‘吃杯茶’叫了。”我说：“吃杯茶叫又咋着？”母亲说：“吃杯茶一叫，就该收麦了。”隔天又说：“娃，我闻见麦子的香味儿。”我说：“尽说梦话！这在城里，你会闻得见麦子的味儿？”母亲却说得真真切切：“可不是哩嘛，今儿一大早我一起来，我闻见新麦子的味儿了，真香啊！”

于是，只好放母亲回去几日。

父亲去世以后，母亲迅速地苍老起来。不到一年的时间，头发就全白了。我怕母亲在乡下孤单，就写信让母亲来。母亲不来，说是在城里住不惯。后来，我亲自去接，母亲才答应来了。临走的时候，母亲领我到父亲的坟上烧纸。纸点着以后，母亲说：“他爹，娃让我到城里住几日，你给我好好在家待着。”停了一下，母亲又特意拿出一张事先准备好的纸摊到地上，说：“你要是愿意随我去，也中。”然后就去看那空气中飘荡着的纸灰。一阵微风吹来，有一朵纸灰像一只黑蝴蝶一样在空气中飘来飘去的，最后，慢慢地落到了母亲摊在地上的那张纸上。母亲小心地把那纸灰包好揣进怀里，喜滋滋地说：“你看看这老头子还怪会顺杆儿爬哩。我让他去，不过是虚虚，他倒当真了！”

那年秋天，我回去帮母亲收花生。走到父亲坟前，母亲惊讶地叫了一声：“咦吔——”我忙问：“怎么了？”母亲说：“你看你看，你爹在叫我哩。”我一看，爹的坟上裂开了一道一寸多宽、三尺多长的口子，我笑笑，说：“天干嘛。”母亲正色道：“不是。肯定是你爹叫我哩。我这一阵总做梦，总梦见你爹，说是在那边也没人给他做饭，常常吃不饱……”

果然，到那年腊月，母亲就不行了。

临去之前，母亲从枕头下摸出一副绿玉手镯。对我说：“娃，这副镯子我想戴走。”我说：“你戴嘛。”说着，我就把那副镯子给母亲戴上了。母亲说：“要说也不是啥值钱的东西，是你爹给我买的。”停了一下，母亲的脸上突然地涌起了一片酡红，母亲像个羞怯的少女一样地笑了。“那一年，你爹到熊寨去卖瓜，整整一挑子瓜，就换了这副镯子。你爹回来说是钱丢了，你爷爷把他好一顿骂……”

我的眼泪就流出来了。

母亲说：“那还是我当闺女的时候……”

停了好大一会儿，也没听母亲再说什么。低头一看，母亲已经咽气了。

饭局

魏邦良

夫人荣升为财务科长后，五味便心甘情愿地包揽了所有的家务活。累一点五味倒没什么，让他受不了的是夫人工作上的应酬越来越多。这不，自打当了科长后，夫人就从来没有按时下班过。

每天下班回家，五味就手忙脚乱地做起晚饭。晚饭刚弄好，家里的电话就会准时响起，拎起话筒，里面会传出夫人千篇一律的声音：“今天晚上我有一个饭局，晚饭你一人吃吧。”

做好了晚饭没人吃就像写了篇稿子没人看一样令人极为扫兴。坐在沙发上抽闷烟的五味免不了一阵胡思乱想：倘若自己和老婆换一下位置，那现在在家闷坐着的就是老婆而不是自己了。如果真是那样，五味想，老婆那一刻会不会和自己现在一样心烦意乱呢？在家枯坐的滋味不好受，五味想，倘若让老婆也尝尝这样的滋味就好了。

一日，夫人偶有小恙在家休息。那天恰好是五味的生日，但粗心如五味者，除了夫人的生日他铭心刻骨以外，其他的日子他从不留意。为了给五味一个惊喜，夫人悄悄买了蛋糕、蜡烛，还在对面小餐馆叫了一桌精致的酒菜。待一切安排妥当之后，五味夫人便在沙发上正襟危坐，像表演完毕的演员等待掌声一样等待五味的归来。

傍晚六点，电话响了，夫人拎起话筒，里面传出五味颇为自得的声音："今天晚上我有一个饭局，晚饭你一个人吃吧。"五味夫人这一刻的沮丧与失望恐怕只有五味才品尝得出。

五味夫人正坐在沙发上生闷气，天突然下起雨来，五味夫人一惊，心想糟了，五味上班时没带雨具，他的单位又在郊区……五味的单位里只有一家"三星"餐厅，夫人断定五味所说的饭局十有八九在那里。五味夫人找出雨伞雨披准备给五味送去。五味是骑自行车上下班的。

待五味夫人一步一滑来到3路车站时，她看见车站对面的大排档已撑起了挡雨的布篷。忽然，一个熟悉的人影跳入她的眼帘，细一瞅，那不正是五味。

坐在挡雨篷下面的五味正狼吞虎咽吃一碗炒面哩。

偷瓜

于心亮

李善才种瓜。瓜好，惹眼。就有人来偷，不是大人，是毛头娃崽。一群，为首是铁蛋。

李善才就看瓜。看不住，不愣神，那边瓜自己动。再一瞧，是一圆脑袋，便发声喊跳起来撵。圆脑袋逃开。回转身，这边早有几个娃崽抱着大西瓜跑远了。

李善才很头疼，便去告大人。大人管一管，娃崽就愈作践瓜田，李善才就更头疼。

没治，只有瞪大眼睛瞧，把狗也牵来。娃崽与狗有交情，几天下来，狗老远就朝娃崽摇尾巴。李善才就气，就打，狗就汪汪哀叫。娃崽也叫：你有啥本事，打狗。李善才说这是我的狗。就更打。娃崽便更偷瓜。

李善才不敢打狗了。只是骂。娃崽老远啃着瓜拍手笑。

以往娃崽偷瓜就啃，气李善才。近来娃崽偷了瓜抱着就走，往村里去，李善才就奇怪。寻思：娃崽是决计不敢把瓜偷回家，大人会揍死他们。但他们确是回村了。

耐不住，李善才就偷躲在娃崽后面，远远跟进村。

矮脖柳那儿有两间草房。破，孤零。娃崽们抱着瓜躲进去。李善才在外面听着。

“三奶奶，善才叔让俺们送瓜给您吃。”娃崽们说。

娃崽还说：“三奶奶，善才叔说这几天忙不开，过些天来看您。”

有含混声音应着。李善才知道是三奶奶的声音，泪便流下来。

李善才不知自己怎样扑进屋子跪倒在三奶奶跟前。他喊：娘哇，我混！

娃崽帮忙把三奶奶搬进李善才的大瓦房里，李善才请他们啃西瓜。

李善才说：想吃瓜就来瓜田，管够！

娃崽们就笑，一小口一小口吃西瓜，脸竟红起来。

吃了一块，娃崽们就停下来。互相看。

李善才说：咋的？

娃崽们说：不咋的。

李善才便再说：那不吃？

娃崽挠头笑。铁蛋说：瓜不甜哩！

李善才一愣，也笑：好好，去吧。

娃崽又来偷瓜。李善才草帽遮着脸，躺在窝棚里睡。

睡了几次，竟不再见那些娃崽。李善才便又奇怪。一次遇见铁蛋，就拽住问。

铁蛋起先不说，后来经不住就说了，你老是睡觉。李善才一愣，愣完了依旧哈哈笑。

脚边傍着狗，手里攥着棒子，李善才威风凛凛站在瓜田里。老远瞧见一圆脑袋便喊一声："呔！浑小子！"发起脚来撵，地跺得咚咚响。

行路人经过瓜田边，说："善才你地边的瓜侍弄得比地中的好。"李善才说："那敢情是。"

桥之过

俞凤斌

柳老师，姓柳爱柳。柳无水不活。她生在柳溪，既有柳又有溪。人生自然一帆风顺：小学毕业上初中，初中读完考进师范，后来分配回柳溪。

柳溪在村东头，3 米多宽，溪源在山上，终年溪水潺潺，流向远方。溪水像一把明晃晃的剑，斩断两岸人们相连的纽带。自打柳溪村炊烟初升起，有志之士就欲在溪上架一座桥，把断了的纽带连接起来。这是积德之事，“架桥铺路养儿无数”，造一座桥就是树一尊碑，那些无儿无女的户家更是争先恐后。于是，几乎每年的秋天，溪上总是支起简陋的独木桥。

可是，第二年一场暴雨，又被山洪吞噬，溪水依旧是一把剑。人们说造桥者心不诚！造桥者说溪水不义。谁是谁非，无人评说。

柳老师任教的柳溪小学，有三分之一的学生在溪东，春夏秋冬涉水就读。春夏秋三季溪水像母亲的手揉在孩子的脚上，搓去污垢，搔得脚心痒酥酥的。冬季溪水却似一坛辣椒水，辣得孩子脚掌红红的。柳老师小时候冬天下过水，知道那滋味：开始脚像被狗咬似的，钻心痛，然后就是麻木无知，像绑在身上的两块木头。于是，她郑重宣布：冬季的溪东学生不准脱鞋过溪，全由自己一人背着接送。

夏天，山洪滚下来，溪水增宽变深。家长不让孩子上学校，教室里总是空出三分之一。这时柳老师的心房也随之空荡荡的。为了填满教室，也为了填满自己的心，每场大雨之后，柳老师准时蹚过溪水，挨家挨户领学生。

柳老师背送学生过溪的事迹，随着溪水从柳溪漂向天外……

县里、地区、省里分别表彰她为“优秀教师”。

四季转换，溪水悠悠。获得赞誉的柳老师依旧在冬季和大雨之后背送学生过溪，只是又多了一件分外事——带领同学们开荒种地。她打算在溪上造一座桥，预算 1000 块。

1000 块钱终于凑够了：勤工俭学收入 500 元，加上柳老师自己的积蓄。承包者被柳老师的精神所感动，夜以继日赶在“教师节”前把桥架通了。断了数百年的纽带终于接上了。

桥上没有树碑，也没有剪彩，只有孩子们“咯咯咯”的欢笑声和脚踏桥面发出的“咚咚咚”的响声，但这声音声声叩击着柳老师的心，不时激起一阵阵欣慰的涟漪……

寒假到了，又开始一年一度的“优秀教师”评选工作。可是，这次柳溪小学上报的柳老师的先进事迹材料，不几天却被退了回来，上面批着：缺少背送学生过河的典型事迹，材料不过硬。

柳老师知道了，找出几年来省地县发给她的奖状，铺在潺潺的溪水上，她想：这荣誉属于溪水，应该归还它。

孩子们像约好似的，从家中带来锤子、斧头，狠命地敲打石桥，想砸毁它。因为他们听说：由于有了这座桥，柳老师才没有评上好老师!

柳无水不活。柳老师姓柳爱柳，大概也离不开水吧……

“柿把儿”老师

赵广存

“柿把儿”老师本姓赵，个子很矮，比拿破仑肯定还矮几公分。满脸的美丽青春痘。小小的眼睛上罩副近视眼镜。厚厚的嘴唇上蓄着两撇小胡子。

上第一堂语文课时，他自我介绍说：“我嘛，就这副尊容。是吧！好也好不到哪里去，差也差不到哪里去。是吧!”有同学做了统计，就那一堂课，他总共说了一百八十个‘是吧’。平均每分钟四个，平均每个人五个。于是，大家暗地里给他起了个绰号：“是吧”老师。因“是吧”与“柿把”谐音，而这里多的是柿子，因此，同学们管他叫“柿把儿”老师。

以后上课，他在讲台上说一个“是吧”，同学们在下面学一个。有时，他还没说“是吧”，同学们就先说了。他很生气，却不好发作。谁叫他满嘴的“是吧”呢！有一次，他真的生了气，一摔教鞭，训斥大家：“以后，只许我说‘是吧’，不许你们说‘是吧’，谁再说‘是吧’，就滚出去!”“柿把儿”老师从来没发过这么大的火，这一着倒把大家给镇住了，教室里变得鸦雀无声。谁料，他最后又来了一个“是吧”！“哄”的一声，教室里笑成一片。气得他两撇小胡子一抖一抖的。这时候下课铃响了，他走出教室时，向同学们告别，竟说成了“老师再见!”同学们嘴张开了，词还没出声，“哄”地又笑了。

他的口才可以说比较差，可写作水平却出奇的好。还是市作协的会员呢！同学们常在报刊上拜读他的大作。老实说，在同学们心里某个角落，还装着对他的敬意呢！可一旦上了课，听到他一个一个“是吧”，就又嘻嘻哈哈起来。每堂课上完，他小小的鼻尖上尽是细细的汗珠。

“柿把儿”老师课讲得不好，在婚姻上也是失败的。快三十岁的人了，至今孑然一身。谈过的不少，没一个成功的。近日，又有好心人给他介绍了一位，是文学青年，长得特好看，又是某局局长大人的千金。姑娘因喜欢他的文章而爱屋及乌地喜欢上了他。姑娘打算把他调到某局办公室，以后朝政界发展，前途无量着哪！他一听，急忙向姑娘解释：“让我考虑考虑，是吧!”

那一天，姑娘像一朵红云，笑盈盈飘进了他的寒舍，打探他的考虑结果。他低着头，对姑娘说：“我还是爱我的学生，我不能离开我的学生，离开他们我就没有灵感了。是吧!”听了他的话，姑娘气红了脸，大喝一声：“去你的‘是吧’吧!”说完转身“蹬蹬蹬”扣响高跟鞋走了。他望着姑娘闪动的红色背影，嗅着姑娘留在屋子里的香，眼泪快要流出来了。

同学们知道这件事，一个个感动得直掉泪，真想亲他两口。

第二天，他去上课，发现讲桌上亭亭玉立着一个细脖儿空罐头瓶，瓶里插着一把鲜艳的野花，花茎上系着一张“忽啦忽啦”抖动的纸条，上面写着：“赵老师，我们全班同学都爱你，我们不能没有你。我们再不叫你‘柿把儿’老师了。我们以后要好好听你的课!”

“柿把儿”老师痴痴地望着纸条，眼睛一眨也不眨，半天吐不出一个字。突然，嘴一张，迸出两个字：“是吧!”这一刻，教室里静悄悄的，没一点声息。

等待葛多

王　洋

葛多回来了。

那个六月的午后，我照镜子时发现头上长出了几根白发，我说：“孙俪，给我拔白头发。”

孙俪坐在阳台上，我的头枕在她的腿上，阳光下，我的白发格外醒目。

孙俪的手温柔地抚过我的头发和脸颊，我惬意地躺在她的怀里，太阳光晒得我迷迷糊糊。就在我快要迷糊过去的时候，我听见孙俪说了一句：“葛多回来了。”

葛多回来了。我醒了，阳光刺得我睁不开眼。

我听见孙俪又说："葛多回来了，我要去找他。"

孙俪和葛多最后一次相见是在大学毕业前夕，两个人席地坐在沂河边的沙滩上，六月的阳光照着静静的沂河，河面上有水鸟在盘旋。在这个伤感的六月里，葛多挥舞着双手对着河水激情澎湃地喊了一嗓子："十年后，这座城市将是我们的天下！"

这句豪言壮语似乎成了葛多的谢幕词，从此以后，他从孙俪的生活中消失了。

一晃十年过去了，在这漫长的十年里我和孙俪结婚、生子，过着平淡无奇的生活。

婚后的日子是琐碎而单调的，岁月像一把无情的刀子削去了我青春的锋芒，在我的眼角、额头留下了深刻的印记。葛多的豪言壮语已经成为青涩年代的墓志铭，青春不再，日子像和尚手中的木鱼，敲一天是一天。

孙俪似乎还在怀念着那个激情四射、壮志满怀的葛多，她还没有从梦里醒来。她整日埋怨我窝在那个不死不活的单位里混日子，让她恼怒的是已过而立之年的我在单位里至今仍是一个大头兵，任别人呼来喝去。

吵架是不可避免的，有了第一次就有第二次、第三次，最后的最后，我们经常为了一点鸡零狗碎的琐事吵得天翻地覆。

在一次争吵过后的午夜，我听见孙俪在梦中喊一个人的名字："多多，我的多多，你在哪儿呀？"

现在，葛多回来了，我该怎么办？

我出了家门，尾随孙俪而去。

孙俪沿着出城的道路一直向北，再向北。人流稀了，车辆少了，沂河展现在眼前。

孙俪轻车熟路地沿着河岸西行，穿过一片小树林，孙俪从河沿的台阶下到一片空阔的沙滩上。六月的阳光照着静静的沂河，河面上有水鸟在盘旋。孙俪静静地站在沙滩上，一任风吹乱她的乌发，掀起她的衣角。

黄昏降临了，落日的余晖淡淡地洒在孙俪身上，她的脸上竟然呈现出了少女般的红晕，她的目光清澈而深情，她拢了拢鬓角的乱发，用少女般甜润的嗓音呼唤着一个人的名字："多多，我的多多，你在哪儿呀?"

孙俪的深情呼唤一下子把我拉回到十年前那个六月的午后：湛蓝的天空下，阳光、沙滩、盘旋的水鸟、仰脸倾听的孙俪和侃侃而谈的我。

在那个伤感而多情的季节里，美丽纯情的女大学生孙俪已经被我的言语蛊惑了，她眼神迷离，两腮酡红，深深地沉醉在我编织的梦网里了。在我的"演讲"中，未来已经幻化成一条金光大道，无限伸展，触手可及……讲到最后，我站起身，挥舞着双手对着滔滔河水激情澎湃地喊了一嗓子："十年后，这座城市将是我们的天下!"

夜幕悄悄降临了，远方的城市已点亮了星星点点的街灯。孙俪深深地吸了一口气，她对着茫茫夜色呼唤着："多多，我的多多，你在哪儿呀?"

呼唤声惊飞了一只水鸟，鸟儿扑腾着翅膀飞向了天空。这只腾空而起的水鸟突然把我的一颗沉睡的心扇动得猛跳起来，我感觉双臂像长了翅膀，我的嗓子痒痒的，我身轻如燕，展开双臂朝着呼唤声响起的地方飞奔而去："孙俪，我来了——"

我和孙俪手牵着手回到家，打开房门，灯亮的一刹那，我和孙俪都笑了。

葛多真的回来了。

我头顶那一盏灯

谢志强

彭老师说我头顶亮着一盏灯。

我那时走读军垦农场偏僻的三营耕读小学，有点全托性质。 我家居住的连队离营部三里路，晚饭后，班主任彭老师送我还有另外两个同学回家。 两地之间，有一片不大不小的坟地。 每回穿过坟地，便生出恐惧，担心传说之中的死鬼出现。 坟地荒芜而又阴森。彭老师教我们算术课程，作为奖赏，他每堂课总是讲个神话故事。那时，我的心灵世界里，都是那些变幻莫测却又可爱有趣的神话角色，以致那片戈壁沙漠中的绿洲也成了神话的世界。 因此，彭老师说：你头顶亮着一盏灯。 我并不奇怪，只是我自个看不见，我看看同班两个同学的脑袋并没有亮光。

这个说法传出去，连队、学校的人们都来瞧稀奇。 彭老师威信很高，可是，人们看了我都失望，说彭老师老花了眼了。

彭老师并不反驳，只是自信地笑笑。 他说有些东西，并不是每个人都能看见，但它存在着。

我疑疑惑惑，有时候，伙伴一起藏猫猫，我绝不钻草垛，生怕头上的灯引起了火灾。 我相信彭老师的话。 想象里，我头上确实亮着一圈光。 我看不见。

彭老师格外严格了。 我喜欢算术课，却更喜欢玩耍，玩耍起来一切都抛在九霄云外。正是贪玩的年龄呀。

那天，彭老师唤我去他那间办公室。我心里像揣了一窝小兔一样乱乱地蹦跳。

彭老师摘下老花镜，拍拍桌面的作业簿，绷着个脸，说：你这两天咋了？

我的脸火热火热地烧，说：没咋。

彭老师生起气来，样子很凶，说：今天布置的作业你动脑筋了吗？

我低下头，流起泪了，照实说：我抄了同桌的作业，我生怕来不及交作业。

彭老师说：好吧，现在你做一遍。

我出了差错——我抄袭的时候也没动过脑筋，演算过程出了错，结果却对了。

彭老师说：一盏灯，灯光怎么会暗下去呢？

那以后，我撒了谎，头顶那盏灯的亮光总会暗淡下去。我知道只有彭老师能看见我头顶的那盏灯。连我自个也看不见。外界都说彭老师迷信。我想我头顶确实亮着一盏灯。我不再撒谎了。

小学毕业，我进场部中学读书，寄读。我仍坚持不撒谎，再考入沙井子中学读高中，后来，我考入阿克苏地区师范。大概是阴错阳差，录取的竟是文科。我再没见过彭老师。渐渐地，我开始说些个谎话，而且极力编得圆些，否则弄得很狼狈，撒谎的起点是说真话受过两回惩罚。

我的年龄一天天增长。我开始划开了神话世界和现实世界。我想象我的头顶那盏灯的亮光逐渐地暗下去。我撒谎了，就有这种感觉。已经无颜碰见彭老师了，虽然我一旦撒谎脸就发烧。

现在，我头顶那盏灯已没了亮光，我想。不过，我常常怀念彭老师——一脸络腮胡，戴着副老花镜，很慈祥的模样，我却害怕哪一天意外地邂逅他。

伤

刘国芳

孩子问爷爷要一块钱买糖葫芦吃。爷爷没把钱给孩子，爷爷说小孩子怎么能学成乱用钱的习惯呢。爷爷又说现在就会大手大脚花钱，以后还得了呀。爷爷还说糖葫芦那东西能吃吗，脏死了。孩子没要到钱，有些失望，转身走了。

爷爷见孩子走了，喊了一句：“小羊你去哪里?”

孩子没睬爷爷，一溜风跑了。

孩子跑到卖糖葫芦的地方，孩子没钱买糖葫芦，来看一眼，也喜欢。但卖糖葫芦的人已经走了，孩子在那儿呆了一会儿，往远处走了。

孩子要去找卖糖葫芦的人。

在孩子到处寻找卖糖葫芦的人时，他母亲回家了。

女人一回家就发现孩子不见了，女人于是问老人，女人说小羊呢？老人如实告诉了女人。老人说他要一块钱买糖葫芦，我说小孩子不能乱花钱，还说糖葫芦脏，不能吃，没给他钱，他就走了。女人听了，立刻发作——女人当时拿着杯子要倒水喝，女人把杯子摔了。女人说老东西你是越老越糊涂，孩子要一块钱你给他就是。女人还说没见过你这么做大人的，越老越小气。女人又说还不赶快去找小羊，站这儿做什么。

老人就出门了，去找小羊。女人在老人出门后扔了一句过去，女人说：“没找着小羊，你也不要回来。”

老人没回话，但心里很气。随后，老人一直在街上找着孩子，但一直找不到。

老人找不到孩子，真的不敢回去。

在老人找孩子时，孩子的父亲回来了。男人一进家门，就发现孩子和他爹不见了。男人于是问女人，男人说小羊和我爹呢？女人还在气着，女人说那老糊涂，小羊要一块钱，他也不给，弄得小羊走了。女人又说我让那老东西去找小羊了，找不到小羊，他也别回来。男人那时也在倒开水喝，听女人那样说，男人来气了，男人把手里的杯子和暖瓶都扔了，男人说你是怎么尊老爱幼的，他是我父亲，你敢骂他老不死的。男人还说你让我父亲去找小羊，他都七十多岁了，你自己不会去找？男人又说还不快去找他们，站这儿等死呀。

女人就出门了，去找老人和孩子。男人在女人出门后大声说：“找不到小羊和我爹，你给我滚。”

女人回了一句，女人说：“滚就滚，你以为我想赖在你这个穷家呀。”

女人说着，恨恨地走了。

男人在女人走后发起呆来，呆了一会儿，男人觉得自己好像过分了一点儿！男人便拍了拍自己，出门了。

男人要去找他们。

在男人出门后不久，孩子赤着脚回家了。孩子本来穿着鞋子，但走久了，鞋磕脚，孩子便脱了鞋，把鞋拿在手上，赤了脚走。那时候天晚了，孩子回到家，一个人也没见。屋里黑黑的，孩子走进去，还喊了一声爷爷，但爷爷二字还没喊完，孩子便尖叫了一声，然后哭起来。

孩子的脚被地下的玻璃刺伤了。

血债

曹德权

西迈的爹是下午赶到学院的，这地方憨大，高墙内到处都有高楼，院内行道纵横交错，绿树成行。西迈爹一下就傻了眼，打听了许多人，都说不出他儿子在哪座楼，问他儿子是哪个系哪个班的，他也说不出，瞎转了好半天，最后想起身上带着儿子的信壳儿，就赶忙找出来问人，费了九牛二虎之力，才找到了西迈上课的地点。

西迈想不到爹会赶到学校，望着满头大汗的爹就埋怨说：您要来就该先写封信嘛，我也好去接您呀。

西迈爹说：傻儿子，这就不懂了，你去接我还不耽误上课读书吗？

西迈望着一脸认真的爹就笑了，将爹引到自己的寝室安顿下来。西迈同寝室的同学们听说西迈爹来了，很高兴，就合伙凑钱，在馆子里为西迈爹接风。

埋单时，一个领头的同学掏钱，西迈爹就说：这哪成呢？咋会让你们摸荷包呢？你们都是读书的学生，妈呀老汉儿哪有那么多钱拿给你们？这钱，大叔我出！

同学们就说：这不成，我们这里有规矩的，不管哪个同学的亲人来了，同寝室的同学都要为他接风的。

西迈也说：爹您就算了吧，您等会儿再出钱吧，饭钱他们出，等会儿我们去卡拉 OK 厅唱歌，您就付这个钱好了。

西迈爹听大家这么一说，也就不再说什么了。 就随同学们去了一家卡拉 OK 厅。

西迈爹是第一次进卡拉 OK 厅，这里的一切都让他感到陌生，灯光很暗，茶桌儿很小，摆了茶就没什么空处了，生怕碰翻茶杯，还不敢抽叶子烟，地下铺了红地毯，怕烟灰抖到地上给人家整脏了，室内有机子吹冷风，外边热得让人流汗，里边凉飕飕的，硬是很科学，更科学的是那么几台机子，格老子不知怎么操作，像电影有人娃儿和山山水水什么的，音乐一响，同学们对着话筒摇头扭腰一吼，憨好听的就把歌儿吼出来了！

西迈爹觉得吼得最好听的就数儿子，唱的什么弯弯的月亮，嗓门儿挺清亮的，还吼了什么像香港人唱的歌，听不清爽那词儿，但声音憨好听的。

西迈爹觉着儿子是出息了，考进大学脱了农家脑壳，连歌也唱得这么好，真是祖上积了德哟！西迈爹就由着儿子和同学们直吼得个脸红筋胀四季花儿红。

就这么着 OK 厅里耍了两三个钟头，见同学们都说吼够了，西迈爹就摸出两张十元钞票，对着冲茶的姑娘就喊：“喂！收茶钱！”

那姑娘就应声往台子里一晃，一会儿就来告诉他：“先生，你们这单三百四十六元。”

西迈爹立时脑壳就木了：“你说啥子来？三百多块？有这么贵的茶吗？”

西迈脸一红，一下拉住爹：“爹，您别出洋相了，除了茶还要出歌钱的。”西边爹一愣：“什么歌钱？你们出了这么大的力气给他们唱，还倒过来讨钱?！日尿怪了！那些唱戏的，不都唱了收看戏的钱吗?!”

西迈和同学们就给西迈爹反复解释，最后西迈爹好像弄了个大半灵醒，把荷包里的钱全部摸出来，一点，还差十五块。西迈连忙摸出自个身上带的钱凑上交了。

西迈爹不知是怎么走回儿子寝室的，这一夜，他一直大睁着眼没能睡着。

第四天上午，西迈爹离开学校走了。走时没告诉儿子。西迈下课回到寝室，发现爹的行李没有了，他叹了口气，愣在那里。他发了一会儿呆，一下躺在床上，觉得枕头下不对劲儿，忙挪开枕头，发现下面放着厚厚一叠钞票，钞票里还夹着一张单子。

一张中华人民共和国公民献血单！

后台

关　宏

一个副校长调走了，留下一个空缺，学校中层干部都盯着这个位置。据说，我和教务科科长金最有竞争力。

但是，我是有自知之明的。我凭什么与金竞争呢？

周校长出差，陪伴同行的总是金，不管火车票多么紧张，金也能为校长买上卧铺票；开会挨着坐并常常为校长添茶添水的也是金；出去吃饭的时候，周校长的酒杯里会神不知鬼不觉地被金换成白开水，让校长在酒宴上出尽风头。且金做这一切时非常自然，完全看不到那种唯唯诺诺的神色。金长得颀长白净，一表人才。

可是我这个学生科科长呢，喜欢认死理，不会应酬，还有点婆婆妈妈，尽管我长得五大三粗的，学生背后还是叫我婆婆科长。在我看来，这个副校长的位置非金莫属。给自己定位以后，我倒也安定自然，一如既往。

而近来金与周校长更接近了，与老师们之间的关系仿佛更融洽了。

日子匆匆而过，期末来临公布新任副校长的时候，竟然是我而不是金。我大吃一惊，可会场上响起了热烈的掌声。我看到金气得脸都白了，他站起来又坐下，坐下又站起来，往复几次，最后走出了会场。

这个出人意料的结果，据说主要是我有个大后台，这个后台很硬，校长不敢得罪。这更让我丈二和尚摸不着头脑，我，纯粹老百姓一个，父母苦苦挣扎培养我从农村出来，进了师范学院，毕业时有门路的都离开教育系统，而我自然是做“孩子王”。教了几年书，不知哪点被周校长看中提拔到学生科当科长，哪里会有什么后台呢？而且，这后台周校长还不敢得罪，真是越说越玄了。

但无论如何，我还是进了校级领导班子仍分管学生工作。一次开完校务会，我向周校长询问关于后台的传闻。

周校长笑了，从抽屉里拿出一封信说：这就是你的“后台”，还给我写了封信，现在你可以看看。

我满心狐疑地接过信，打开——

尊敬的校长：

您好！我们一致推荐学生科高科长做分管学生工作的副校长，他不但公正无私，而且富有爱心，他那春风化雨般的育人方法让我们得以健康地成长。下面，我们向您讲述这几件事情……

落款是许多学生的签名。他们竟联名举荐我！看着看着，我的眼睛不由得模糊了。

压岁钱

马贵明

快过年了，爹决定到县城卖一车大柴。

我嚷着要去，爹说怪冷的，路又远。 娘说去就去吧，孩子还没进过城呢。 爹没再言语。

半夜里，娘就把我叫醒，我懵懵地起来，把腿伸进冰冷的裤管。 我要洗脸，娘说别洗了，风一吹好皴了。 在锅台边喝了一碗娘刚熬好的苞米粥。

头晚柴已装好了，满满的一车。 天很冷，爹把一件破大衣扔在柴上，把我抱了上去。

我怀里抱着娘给烙的烙饼，苞米面和一点儿白面，再放些葱花的那种。 热乎乎的，整个身子都温暖着。

老车在铺满积雪的乡路上吱呀吱呀地走，我家那匹老辕马很瘦，前面那头骡子是昨夜爹跟刘二叔家借的，拉得很吃力。

爹问我冷不冷，我说不冷。 我就躺在车上面数星星。

数着数着我就睡着了。 爹推推我说，醒醒，到了，下地走走，暖和暖和。

我睁眼一看，车已停了，到了县城，牲口正在吃草呢，县城没有书里写得那样繁华，人也不多。

离我们不远，有几个人围着一口冒着青烟的锅在买什么。 我问爹，那是什么，爹说那是油条。 我说好吃吗？爹说当然好吃。 我吸了吸鼻子，果然有很香的味道。 我想走过去看看，可我不敢。

有人过来问，大柴多少钱一斤？爹说三分。 那人问二分卖不？

爹说不卖。那人慢慢地走了。

街上的人渐渐多了起来，他们都轻松地走着，穿着各色大衣，有的嘴上还蒙着一块白布，爹说那叫口罩。

快到晌午，才又有一个人过来问柴价。

爹说：三分。

那人说：二分吧。

那二分八吧。

那人说：二分五卖不？

爹说：那就二分五。

那人说：能有多少斤？

爹说：一千多斤。

于是，爹又把我抱上车。那人说：就算一千斤吧。爹说：还是秤称公道。车子吱呀吱呀地跟那人走了。

那人住在一条很小的巷子里，爹把柴一块块卸下来，用绳捆了，再一次次用大秤称。每称一次，那人在纸片上记一次。那人真笨，这点儿账还记干吗？

每称完一次，爹就把柴抱进那家院子里码好。爹抱，我也抱。那人说：小家伙，挺能干。

那人问：你们哪儿的？爹说：永头乡的。那人说：挺远吗？爹说：不远。

抱完，爹问：多少斤？

那人说：我算算。

我说：1112 斤。

那人瞅我笑了笑，一会儿，他说：是 1112 斤，这小孩还挺聪明。

爹也笑了笑说：就算1110斤吧。

那人说：不用抹，你们也不易。

爹接过那人递来的钱，数了两遍，点了点头说：对对，正好二十七块八。

爹把车赶出小巷，停在一个菜市场头上。爹说：饿了吧？我点点头。爹说：你吃饼吧，我去买点儿肉，你在这儿一定不要走开。

爹去了，我从怀里摸出烙饼，不很凉，好香，我一气吃完了四张烙饼，才想起没给爹留。爹买了两棵大白菜，四个大萝卜，一扎芹菜，还有一捆粉条。爹说割了二斤三两肉。

我说：爹，烙饼都叫我吃了。

爹笑了笑说：爹不饿。

到了早晨卖油条的地方，爹停了车，过去说，我买油条。我看那边筐里只有两根又小又蔫的油条。爹说：减点儿吧，我买了。卖油条的一个胖妇人说：那就五分钱吧。

爹把油条递给我：你吃一根，给你娘留一根。我吃完了，那味道很香很香。

那一天，爹没有吃东西。

回到家时，又是满天星星，爹喝了三碗苞米粥。

腊月二十七那天，爹给我五分钱硬币，说：过年了，给你压岁钱。

那五分钱我好久没舍得花，春天里，娘又借去买了一盒洋火，还给我三分钱。

那一年，我整整十岁，第一次拥有压岁钱。

麻花辫

丁建涛

有一个风华正茂的女孩。

有一个英俊潇洒的老师。

一个青春的故事揭开序幕。

女孩很喜欢听老师的课，久而久之，她的日子中多了份期待，也多了份朦胧的情怀。

有一天上课时，教师在黑板上写下：“你在编织着麻花辫，你在编织着诺言，你说长大的那一天，让我解开那麻花辫。”老师轻轻唱了这几句，然后分析其中的修辞手法。

女孩牢牢记住了那几句话，开始蓄发，想等待自己所倾慕的年轻老师去解开她的麻花辫。

她痴痴地等着。等老师矫健的身影走进教室，等老师的每一个潇洒的动作，等老师的每一个会心的微笑，等他的那个“诺言”……

然而，有一天，她在公园突然看见她的老师挽着一个短发的女孩。她呆住了，心里像打翻了五味瓶。她哭了，为了自己的那个粉色的梦；她又笑了，是为了还未丢失的那份情意吗？

初中毕业的晚会上，女孩轻轻地唱了一首歌——《麻花辫》，又轻轻地讲述了一个如梦般温馨的故事。然后，她轻轻地走到老师面前，青春的黑发编成了两条美丽的麻花辫。她淡淡地笑着，闪光的眸子望着老师，请求道：“老师，您能解开这麻花辫吗？为了一个女孩，也为了一段美好的回忆。”

老师有些激动，他缓缓地伸出了手，两行热泪顺着女孩的面颊流下。“老师，我没有错，对吗?”

“是的，如同青春没有错。”老师说着，一环一环地解着麻花辫……

前仆后继的麦子

陈正举

日本鬼子住进沂水城，姥姥就急着要大姨出嫁。大姨一百个不愿意，因为她听人说她嫁的那个男人，人称老蚕，更重要的是大姨心里已有别人!

一年前，姥爷请木匠到家里做家具。大姨帮姥姥给木匠做饭。小木匠一见闭月羞花的大姨，立刻灵魂出窍，一大锛刨在小腿上，刨出的口子，小孩嘴一样张着，血珠红豆一样往下流。可小木匠毫无知觉，只拿眼睛直直地看着大姨。那一刻，大姨正吃惊地看着小木匠鲜血直流的小腿，没在意小木匠吃人的目光。直到小木匠瘸着腿给她拾起惊掉的头巾，他们的目光才撞在一起。一个鼻尖上冒汗珠儿的挺拔得像小白杨树一样的汉子印在大姨的心里，就抹不掉了。小木匠见到貌若天仙的大姨，心里说，能让她抱一回，死了也不枉来人世走一遭。

出嫁那天，大姨撞墙摔碗不上轿，几个人将大姨架进轿里，大姨又从轿里撞出，抱住姥姥的腿喊，我不嫁!大姨泪飞如雨，哭得一街两巷的人心都碎了。大姨哭到老蚕家门口，还哭。迎亲的鞭炮放完了，大姨就是不下轿。送女客连拖带拉，才把大姨弄下轿。过门时，大姨踢飞火盆，踏翻马鞍；拜天地时，撞倒供桌，将男人老蚕一掌推坐在地，留下一院冷香独自跑进洞房，把老蚕关在房外。老蚕千呼万唤叫开门，试试探探去挑大姨的蒙头红，想早一点儿看看令他魂牵梦萦的大姨；可他手中颤抖的寿杖还未及大姨，就被怒不可遏的大姨夺去，回手将寿杖着着磕在老蚕的头上，俺不喜看你个老蚕！老蚕沉闷地叫一声，双手捂头蹲下去。大姨骂一声娘，便将蒙头红系成一个死扣，蒙住了闭月羞花的脸蛋。

就在这时，鬼子来了！

日本鬼子得到消息：沂河以东，遍地土八路，于是纠集一万人马，对沂河以东实行拉网式扫荡。一时沂河东尘土飞扬，喊声不绝，枪声不断。丧心病狂的日本鬼子见人杀人，见房烧房，见物抢物，见女人就糟蹋。日本鬼子如洪水猛兽，席卷沂河东十几个村庄。十几个村庄的百姓在鬼子的追赶下，只知往前跑，不断有人倒下。倒下的人立刻被后面的人踩得哭爹叫娘，血肉模糊。但谁也停不下来。人流势不可当，一个劲朝青石山涌去。

老蚕一听鬼子来了，早已忘记头疼，拽起大姨就跑。大姨在新房威猛得很，可跑起来就没本事了。大姨是小脚，跑起来弱柳扶风一样，根本跑不快。情况紧急，老蚕要背着大姨走。就在他哈腰背大姨时，蜂拥而至的人群，把他们冲散。大姨离开老蚕，恐慌起来，着急地扯下蒙头红喊。大姨喊得有些茫然，因她压根儿不清楚老蚕什么样子，也不知老蚕的真名字，又不好意思喊老蚕，只得喊哎。老蚕想抓住大姨，可他怎么也突不破蜂拥的人流，眼看大姨离他越走越远，只能焦急地冲远去的大姨喊，哎，桂竹！大姨的名字老蚕是知道的。他们的叫喊，很快被喧嚣的人声和鬼子暴烈的枪声冲散淹没。大姨火苗一样的蒙头红也很快在汹涌的人流中消失。

他们身不由己，被人流裹挟着上了青石山。

青石山不算高。山顶上早年为防土匪修建了十几间石屋，周围是石头围墙，还有寨门。山的西北角是悬崖。上万人都上了青石山，躲进围墙内。

上万人中，真正的八路只有五十几个人，他们是区中队的同志。区中队的同志一上山就上了围墙，把住寨门口，迎击日本鬼子，保护百姓。日本鬼子蝗虫一样，朝青石山涌来。区中队的同志很快牺牲大半。老百姓也一片片倒下。那些有血性的爷儿们看见区中队的人一个个壮烈牺牲，看见亲人一个个血染山石，忍无可忍，纷纷拿起牺牲者留下的武器投入战斗。鬼子上一批死一批，百姓也一个个血染山石。青石山很快血流成河。鬼子和抵抗者杀成一团。两下刀砍枪挑，手撕牙咬，都想置对方于死地。

顷刻间死了那么多乡亲，大姨为老蚕担起心来。大姨呼叫着寻找老蚕。突然，听着有人喊，谁是老蚕的亲人？老蚕负伤了，快来呀！大姨听了一怔，很快醒来，飘飘摇摇奔过去一看，那个血染胸膛的老蚕，不是别人，正是去她家做活的小木匠。大姨心立刻裂了，碎了。肝肠寸断的大姨扑上去，哎呀，原来娶俺的是你呀？你怎么不早说？你怎么叫老蚕？老蚕说一声喘出一口血花，人家都叫我老蚕，叫老蚕不好吗？大姨说，好好好，你别说了！此时，老蚕精神委顿，神志恍惚，眼前翠绿一片，金黄一片，火红一片。那火红的就是大姨的蒙头红大姨美丽的脸蛋。老蚕好喜欢，好激动。老蚕把最后一丝豪壮化成无限温柔说，我娶了个天仙，我好高兴！哎呀，我好冷！大姨说，我来暖你。大姨敞开飘香的胸怀，未能抱起她的小木匠，一个满脸污血的日本鬼子看见大姨白璧无瑕的胸怀，笑起来。鬼子笑得狰狞邪恶猥亵。鬼子一脚将老蚕踢翻，扑向大姨。大姨躲闪着呼号着。日本鬼子血腥的双手刚刚抓住大姨，突然停着不动了。原来，老蚕手中的大刀扎进日本鬼子的后背。立时，污血瀑布一样喷了老蚕一身。日本鬼子呀呀怪叫着，转身一刀把小木匠的头斩下来了。大姨嘶声啼血地叫一声，就把小木匠的头颅紧紧抱在怀里。小木匠的头颅说，这回我可捞到让你抱了！

大姨夺眶而出的泪水，化成石头，化为一声壮丽的呐喊，小鬼子，我要吃了你！她身后那些视死如归的妇女和孩子也在喊，小鬼子，我要吃了你！

那个时候，正是麦子黄了的时节。

金黄的麦子，在血雨腥风中前仆后继。

夏夜之风

国　庠

辛大爷弯曲着身子坐在马扎上，一双终日被老泪浸泡得红肿的眼睛，一动也不动地凝视着东屋门上刚挂出来的新门帘。

东屋今天搬进了新邻居，忙了一天，房子打扫干净了，玻璃擦亮了，家具安顿好了。女主人兴致勃勃地拿出一条带熊猫图案的新门帘，挂在门上，淡蓝色的，上面有几只黑眼窝的小熊猫，正抱着竹笋，美滋滋地啃着。

“喂，你来看，多漂亮！”女主人向屋里喊着。她的儿子淘淘站在妈妈身边，不住地向辛大爷那边张望。

辛大爷的脸抽搐了一下，像被谁狠狠地拧了一把，热辣辣的疼。烟头儿上的火烧到了老人手指上，他哆嗦了一下，两个指头使劲一挤，一团纷乱的火星落在地上。他叹了口气，把脸埋进手掌里。

“挺好的，哈，你看这几只小熊猫愣头愣脑的，多好玩！”女主人兴高采烈地望着一身尘土的丈夫，得意地说。

淘淘拉着妈妈的衣襟，望着正准备回到屋里去的辛大爷的脸，又回头看看门帘上的熊猫。忽然，他的小嘴一咧，笑了。提起脚跟像要飞起来似的拍着巴掌。“妈妈快看！那儿还有一只熊猫！”他笑嘻嘻地朝辛大爷一指，小手在眼睛上圈成两个圆圈儿。

辛大爷提着马扎，愣在那儿不知所措，脸上浮动着一丝僵硬的笑容。

他的脸上和身上，长满了白癜风的白色斑痕，唯独两个眼窝的皮肤是深棕色的。为这，他不轻易上街，街上常有人盯着他的脸看上半天，然后捂嘴“嘿嘿”笑着跑开，身后传来“熊猫，熊猫”的叫声。

“淘淘，进去！”女主人小声说道。

淘淘困惑地望着妈妈，闪到门帘后面。

辛大爷的脊背上一阵发凉，叹了口气，提着马扎回屋去了。

屋里有些发暗了，飘着一股老年人房里特有的酸腐的气味。他没开灯，摸索着爬上床。

这可恶的白癜风，毁了他的一生。至今，还是孑然一身，感觉不到人生半点儿的温暖。一滴浑浊的泪水，流下老人的面颊。

“辛爷爷。”淘淘倚着门框，小声叫着。

“来。”辛大爷抹了抹脸，下了床，打开电灯。

淘淘端着一个粉色的、装满花生的小盘：“爷爷，您吃吧，妈妈买的。”淘淘的眼睛里闪着光。

“爷爷不吃，咬不动。”辛大爷笑着俯下身子，却不敢伸出自己那长满白癜风的手，去抚摸一下孩子那光滑的脸蛋儿。

“爷爷。”淘淘怯生生地伸出沾着泥土的小手，在辛大爷脸上碰了碰，“疼吗?”

辛大爷摇摇头。淘淘从小西服坎肩的口袋里掏出一根香烟：“您抽，爸爸的。”

辛大爷迟疑地接过烟。淘淘看着辛大爷颤抖着点上烟，慢慢地走出门。

“哎，盘子!”辛大爷端着小盘追到东屋门口。

东屋门上那条崭新的带着熊猫图案的门帘不见了，一条旧花布被单，被两个铁夹子夹着，歪歪斜斜地挂在门上。

辛大爷哽咽了一下，在这夏日的夜晚，吹过一股温暖的热风!

第七辑　幽默与荒诞

扯皮处的解散

王　蒙

牛皮厂扯皮处举行第一百零六次例会。会议由托处长主持，参加会的有十二个副处长和一名秘书。会议宣布开始后，托处长突然发现最爱闹意见的第十三副处长没有前来，忙叫秘书派车去接，因此只得休会二十分钟。

第十三副处长到达后立即大发牢骚，认为开会不通知他并非偶然，“太不正常了！太不正常！”他说。

托处长宣布这次会议的议程是讨论扯青蛙皮的最新工艺并评选扯皮先进人物。第一副处长介绍了滚身扯皮法、叹气扯皮法、会议扯皮法、文牍扯皮法、太极扯皮法、哼哼扯皮法……几种新工艺的推行情况。

第二副处长建议暂停讨论工艺问题，因为由他负责拟稿的一个关于在上厕所期间不得打篮球和饺子馅里不得掺有马粪和小豆冰棍的书面通知亟待下发，已传阅四个月，各正副处长均签名表示同意，掌管印章的第三副处长却迟迟不肯盖章，因而影响了厕所的环境保护和扯饺子皮的质量。

第三副处长立即说明，他每盖一个章需费时一个月左右，否则会人为地造成前紧后松、月计划完成不平衡、盖完章后无事可做的现象，影响观瞻。

第四副处长插言说，发给副处长以上干部用的公用自行车只有三辆，而处长、副处长共有十四人，人多车少的现象日益严重。他建议：一、起草一个申请追加自行车的报告，打印四十份。二、把车少人多的情况汇总，写一个单行材料。三、把现有的车拆开，每个处长发给0.428个车轮。如有剩余，留成归己。

第六副处长建议增补两名年富力强的副处长，扩大处编制，处下增设六个科：初扯科，复扯科，齐扯科，闲扯科，乱扯科，暗扯科。

第七副处长提出了增加扯皮的财务预算问题，并建议采取包干制。

第八副处长提出了派遣代表团出国考察的计划……以汲取欧美扯皮学最新成就。

这时候来了一个电话，叫秘书去取文件。

秘书走后，立即休会，因为在座的只剩下了处长、副处长，却没有做具体工作的人了。

秘书回来，宣读文件道：

"着令立即撤销扯皮处建制，该处所有工作人员，立即集训待命。"

处长、副处长面面相觑。最后，不知是谁说了一句："早该这样了。"

项链

吴若增

高洋的表姨从美国回来探亲、旅游，可把高洋乐坏了。表姨临走的时候，把一支带电子表的圆珠笔送给他，说："我这趟回来没带什么，把这支笔送给你留个纪念吧。"

"谢谢表姨！嗯……"

“嗯?”

高洋接过圆珠笔时有点儿漫不经心，这表情被表姨发现了。

“你不喜欢?”

“不，喜欢，不过……”

“不过什么?”

毕竟是活了二十多年才认识的表姨呀，高洋实在有些难以开口。

“说吧，你还想要什么？只要我有……”

表姨还是微笑得那么亲切，那么真诚。

这微笑给了高洋以鼓励，于是，他终于红着脸，嗫嚅着说话了：“表姨，您戴的那项链……嗯，如果……如果……”

“哈哈哈……”表姨爽朗地笑了，毫不犹豫地摘下了颈上的项链，“我还以为是要什么呢？噢，给你。是想送给女朋友吧？倒挺合适的呢。”

高洋接过项链，又惊又喜，脸涨得通红。他反倒有些不好意思了：“表姨，真，真，真太谢谢您啦!”

“没关系，我还有。要是就这一条啊，我还真舍不得送你呢。”

……

表姨回美国了。高洋将那项链送给了女朋友。

“不要白不要，哼！这是西方最时髦的项链呀？真没想到表姨会这么大方！来，我给你戴上!”

女朋友戴上了项链，高兴得连眉眼都在笑：“哎呀，这是什么做的？得多少钱哪?”

“不知道，我想，至少……至少也得五百元吧?”

高洋和他的女朋友真的不知道这是用什么东西做的项链——扁

圆形的珠子，发红褐色，明光锃亮。 表姨父是美国一家大公司的高级职员，生活富裕，穿用考究，因此，表姨戴的项链还能不高级吗?

两个人都很高兴。

……

一个月后，高洋去旅游胜地石林出差。 那是个有山有水有古迹的地方，他办完公事便到山里游玩。

忽然，他看见山道的边上有几个小女孩儿正在卖什么东西。

嗯？项链?

天哪，女孩儿面前的地上，摊着一块农村家制土布，在布上面一条一条摆着的就是——这项链!

扁圆形的珠子，发红褐色，明光锃亮……

“是你们这儿出的?”

“是呀！您买一条吧!”

“这是用什么做的?”

“黑瓜子。 嗯，外面涂的是透明漆。”

“黑瓜子?”

“对。 嗳，您买一条吧，留个纪念！连外国人都喜欢呢，说这是最有现代感的工艺品。”

“多少钱一条?”

“不贵——两毛五!”

找“帽子”

蒋子龙

这一下可叫金流傻眼了，他站在教育局大院中间的花坛旁边木呆呆、懵懂懂，像一棵被落霜打蔫的老水仙。他本来就是立身无傲骨，遇事缺主见的人，这一刻他真想一头撞死在花坛的岩石上。同村的右派分子一个个全都摘帽改正，落实政策回到城里，只剩下他没人管，没人问。今天他来到原工作单位——教育局查问，组织科的同志一查档案，全局的右派分子全部改正完落实政策回城了，记载右派名单的老册子上并没有金流的名字。当初既没有给他戴上右派帽子，现在只好回去。

“天哪，当初明明是把我打成了右派嘛！不然为什么要把我赶到农村去?”

“这我们就不知道了。当初整你的人已经不在教育局了。”

二十多年来，金流对右派这顶帽子既厌恶又害怕。可是如今这顶帽子对他来说，犹如吉祥鸟，恰似财神爷，变得无比珍贵、无比重要了。却偏偏在这时候右派的帽子飞走了，没有这顶帽子，他的名誉就得不到恢复，政策就得不到落实。往哪里找到这顶得而复失的帽子呢?传达室的老王头看他可怜，走过来拍拍金流的肩膀，真心实意地对他说：

“你去找找老隋，求他给你证明一下。”

对，金流挨整的时候老隋是教育局的书记，他会证明自己是右派。金流打听了五十个人，跑了五十个地方，最后才在一家高级宾馆的小会议室里找到了老隋。没说上两句话，老隋就想起来了，眼前这个傻小子当时作为右派上报过，上面没有批。后来同右派分子一样待遇，送到农村去了。现在，怎好认这笔账?老隋斩钉截铁地说：“金流同志，我在教育局当书记的时候，绝对没有把你打成右派分子，这都是有档案可查的。”

金流又气又恼，还想辩解。老隋一挥手：“现在我有重要的会议，你的事同你讲清楚了，你没有什么落实政策的问题，现在还是回去好好工作。”说罢，迈着方步，走到里间去了。

金流无可奈何地离开了宾馆，嘴里还在喃喃地咕哝着：“帽子，我的帽子……”

茶渣

曾子云

范俊进机关快二十年，同他一起来的，早已官至副厅、正处不等，他还是个副科长。

科里有三个副科长。正科长“下海”去了，位置空着。他是排第一的副科长，又是局里元老之一，可局里一直好像没有提拔他的意思，他终日惶惶惑惑反思自己哪方面做得不够，或是什么时候得罪了上司，想来想去也想不出个所以然。

就这样过了两年，科长补缺的事仍然挂着，妻子嘲笑他说，像你四十大几的年龄，若换上别人，官早做腻了，给你个科长有啥味？有时间不如跟我爸学种兰花，一棵兰花比你三个月工资强。

妻子的话虽刻薄，但讲的也是实情，罢罢罢，自此，他一下班就跟岳父去学种兰花。

种兰花需大量茶渣做基土。从不洗茶杯的范俊揽了办公室洗茶杯的活。在热水房，他备有只篮子收集茶渣，再放到热水房外无人注意的小平台晒干，周末待人走完再带回家。

源源不断的茶渣供给，保障了岳父的兰花事业获得了空前的发展，从几十盆变为百多盆。岳父满心欢喜，对他说：“你带回的是普通的茶渣，名种兰花要高级绿茶的渣，这种不行。”女婿说：

“这不难。”

翌日开始，范俊把洗茶杯的范围扩大到局长室，那里常年饮碧螺春、白毛尖。

第一批兰花上市，范俊分得三千元，从没拿过这么多钱的他感慨万千，过去二十多年算白活了。

范俊自觉替人清洗茶杯，且常年不辍，局长说难能可贵。此话说过没多久，一纸公文下来，任命范俊为科长。

一次吹牛的经验和理论

孙绍振

和几个号称中国通的美国教授在一起谈幽默是很有意思的。许多中国人都在不断地说，中国人缺乏幽默感，我自己也常常有这样的感觉。倒是美国教授不同意，他们对中国的相声和民间笑话简直是着了迷，他们甚至说，你们中国人甚至比英国人更幽默，至于德国人和日本人就更不在话下了。我被他们说得将信将疑。

其中一个叫作查罗斯的教授拍拍我的肩膀说：其实你自己就很幽默，按照美国幽默理论，再放松一点儿就可以进入非同一般的境界。我问他们什么叫“放松”（relax），他说，就是不要那么谦虚，要敢于吹牛。这是最著名的美国幽默理论。我不得要领。后来在他的书桌上看到一本美国笑话集。其中一则对我很有触动，说的是一个美国老祖母看到自己的孙子在念小学课本上林肯的著名的《葛第斯堡演说》，就说：“看我的孙子多么了不起，林肯活到五十多岁才会《葛第斯堡演说》，我孙子才一岁就会念了。”我觉得似乎开了窍。

不久以后国内一所大学邀请我去作演讲，时间约定了。可就在那前两天，大学的学生会来电话：希望更改时间，原因是同一时间有一个青年歌手大奖赛，就在我演讲的会场对面。但是我的时间表已经排满，无法更改，对方又不愿取消，逼得我只好按原定计划前往。

车子开进校门，远远看到会场外面围了一些人，可是会场里面的座位却空了不少。这时，我多少有点儿发怵，我的自尊心是多么脆弱呀！我一边往会场里走，一边想：这些站在门外的听众是一批动摇性最大的家伙。他们显然随时准备脚底揩油，只要我开头几句话抓不住他们，他们纷纷离去的脚步声就可能转移会场内听众的注意，弄得他们东张西望、交头接耳，把会场中聚精会神的气氛迅速瓦解，这自然会打击我的自信心，最后是惨败而归。

这时，我想起在美国教授家看的一本幽默故事，说是一个钢琴家到一个城市去演奏，一上台看见座位有一半是空的，于是他说：我深深感谢你们这座城市观众的热情与慷慨，因为你们每人都买了两张票来看我的演出。我想用类似的话来开头，但不知怎的好像一下子说不出口，气氛也没有热烈到那种可以即兴调侃的程度。我又想到一些前辈学者常用的开场白，例如，本来是不想来的，对这个问题，研究得不够，演讲中难免有错，请大家批评指正。这显然更不对头，不但老一套，而且有点儿虚伪。就在这个时候，我突然想到了查罗斯教授的话，放松，吹牛，不要怕不如青年歌手漂亮，就是怕，也吹成大无畏的样子。

我灵机一动，干脆放开音量大吹，首先把那站在门外的动摇分子镇住。我还想起了一个著名将军讲的一段话："一上战场，就横下一条心，老子今天就死在这儿了，完蛋就完蛋。"我把"死"字，改成了"吹"字。这样一想，我不但不紧张了，反而觉得灵感来了。沉吟未决的几种开场白不翼而飞，我的嘴巴不由自主地吹了起来：

“今天，我走进会场的时候有一个感想：那就是要特别感谢那些站在门口和走廊里的同学，因为他们是用身体语言给我鼓气，宁愿站着也要听我老头子讲完。而且他们是经过慎重选择的：在老头子的美和少男少女的美之间，他们选择了老头子；在说的和唱的之间选择了说的。因此，他们相信：说的一定比唱的好听。”

我话还没有讲完，满场就欢笑起来，掌声真像一位台湾诗人所写的那样“像鸽群四起”。而那些站在门外的动摇分子也笑着涌进了会场，一些被掌声和笑声吸引来的过路的大学生只好挤在门外，有的就爬到窗户上。

一种和谐的气氛，台上台下互相交流、互相鼓舞的气氛形成了。以后，哪怕是我一举手、一扬眉，乃至一次偶然的口吃，都引起了热烈掌声和笑声，我的自身感觉达到一种峰巅状况，我在记忆中那是我几十年讲课、演说生涯中最幸福的享受。

后来，我把这个经历告诉了查罗斯教授并且感谢他美国理论的启发。他笑了笑说，其实，他应该感谢我。因为他观察过我，每逢我认真严肃地讲话，总是很枯燥，很平淡，而每当我和好朋友一起高谈阔论，吹牛、放炮、骂人、造谣，我的语言就特别有趣，表情也格外生动可爱。

“其实，”他拍拍我的肩膀说，“美国根本没有什么吹牛构成幽默的理论。”

游戏气节

嫣　然

儿子忽然向我要《三国演义》看，让我吃了一惊。问他原因，他说正在玩一个叫作“烽火三国”的游戏，所以要看《三国演义》。本来我一直反对电脑游戏，觉得那纯粹是误人子弟，但如今看到电脑游戏能让一个十一岁的孩子自觉自愿地读《三国演义》，于是觉得这些游戏也不是一无是处。

只听儿子边玩边说：“奇怪了，为什么武安国被抓住之后招降了三次就归顺了，而这个孔融怎么也招降不了呢?”

我问他用什么方法招降，他笑我笨：“你怎么连这个都不知道?用金子呗，用五百两金子就能招降一次，以后每次加五百两。第一次招降武安国的时候，给了他五百两金子，他说：你乃叛军之徒，吾安能降你？第二次招降就给了他一千两，他又说：忠臣不事二主，焉能降你？第三次给了他一千五百两，他就不这么说了，他说：吾三生有幸，愿跟随大人一生一世。就这样被招降了。”

我大惑不解：“他被招降之后会不会再一次反叛呢?”

儿子胸有成竹：“不要紧，再给他点儿金子，他的忠诚度就提高了，就不会反叛了。”又听儿子说，连诸葛亮都被曹操招降过。我就忍不住咧嘴：这是哪儿跟哪儿呀？说电脑游戏误人子弟一点儿也不冤枉。

儿子继续往下说：“你说这个孔融就怎么也招降不了？我现在已经招降八次了，花了四千两金子，孔融还是不降，这是怎么回事呢?”

我听了大喜，告诉他：“孔融是文人，文人不爱金子，讲究的是气节。气节，你懂吗?”

儿子显然没有把我的话听进去，仍是一门心思忙着招降孔融，甚至把他的兵马粮草都卖了换成金子。我不跟他一般见识，开始从我的书橱里翻书。孔融让梨他老早知道了，不用再找，我要给他找文人的气节，找文天祥，找管宁割席，找赵广拒画，想等一会儿给他好好上一课。

我在这边忙活，儿子也没闲着，只听他在那边自言自语：“怎么都一万两金子了还不行呢？都二十次了，孔融再不投降我就要破产了！”他在那边着急，我在这里窃笑：小子，文人都是有信仰的，金子有什么用？知道金子在文人眼里是什么吗？阿堵物！记不清“阿堵物”出自哪里。又是一阵好找，好不容易找到了，于是抱着一堆书过去准备开讲。不料走到他身边，正逢儿子欢呼一声：“成功了！我一共花一万一千五百两金子，招降到第二十三次，孔融说：承蒙厚爱。大人德高望重，小人愿效犬马之劳。”

我一听，傻在半道儿，手里的书掉下来，把脚砸得生疼。

想象的故事

郑国伟

这些年我一直在后悔，后悔我出生在一个偏远落后、信息闭塞的小山村。

在我的周围，全是些质朴、本分、憨厚的农家人，他们终日面朝黄土背朝天，日出而作日落而息，句句话里榨不出一丁点儿水分，就连教我们识字的先生也不例外，因此我没有多少想象的细胞。

有一年我参加了高考。那一年的考题怪怪的，有许多东西都需要发挥，连作文题也需要弯几弯脑筋。按照惯常的思维，我只有回家种地。临行前班主任告诉我：你失败的原因是缺乏形象思维。这件事我一直伤心了好多年。

如今，儿子已上二年级了。令我欣慰的是，儿子聪明伶俐，充满好奇，而且他还有一个最大的特点：平时爱听故事，一没事干的时候，非缠着让人给他讲故事不可。

这日放学后，儿子又一步不落地跟在我的屁股后，迫不及待地要我给他讲两个让人猜不到结局的故事，并说下午的班会上每个人都有表演的机会。我说，那好，我敢保证这故事老师听后会表扬你。于是，我给他讲了如下两则小故事：

“其一：一天，一只母老鼠带着几只小老鼠在草地上漫步，突然来了一只猫。小老鼠们吓得全都躲了起来，只有母老鼠没走开。眼看猫快到眼前了。母老鼠突然学了一声狗叫，猫不知其中有诈，吓得掉头跑了。小老鼠们一个个胆战心惊地走出来，等所有小老鼠都到齐了，母老鼠才语重心长地说：‘孩子们，掌握一门外语是多么重要啊！’”

“其二：几个小男孩到郊外去玩，在芦苇丛中，他们发现了一只蛋。有的说是鸟蛋，有的说是蛇蛋，争论没有结果。他们决定把蛋拿回去放在烘箱中去孵……蛋壳快破了，大家紧张地盯着看，哈——蛋壳里孵出的是里根总统！”

儿子聚精会神地听着，眼睛一眨不眨，说真是太奇妙了。

那天，儿子直到很晚才回来，一副垂头丧气的样子。我很纳闷，忙问发生了什么事。儿子委屈得眼里一下子噙满了泪水，不满地说：“爸爸骗我！老师说，老鼠根本不会学狗叫，蛋壳里也根本孵不出里根总统。我仔细想想，也是这个道理。”

我禁不住一怔，半天说不出话来。第二天，我给孩子办理了转学手续，一路艰辛进城去。

写信

雨　瑞

他们是在一个偶然的机会里相识的。相识不久就要分道扬镳，各奔东西了。可谓聚也匆匆，别也匆匆。分手时，她意味深长地瞅着他问："你会给我写信吗?"

"当然。"他毫不迟疑地点了点头。

她嫣然一笑，伸出温暖柔软的小手让他握了一下："那我等着。"

一晃半个月过去了。该不该写这封信的问题搅得他食不甘味，夜难成眠。在经过漫长的权衡、掂量过程之后，他觉得无论如何这封信是非写不可了。

他铺开一叠信笺，拧开了笔帽。

一开头他就卡了壳。怎么称呼她?他在一张废纸上写下"余莉雯"三个字，又添上了一个硕大无朋的"?"。

就直呼其名吧?是不是显得太生硬太突兀?冰冷冷气汹汹的，倒像是找人家兴师问罪似的。不行不行!

于是在"余莉雯"后面添上"同志"二字，想了想，又画去了。太公事公办了吧?"同志"?这称呼是不是过时了?全国十二亿同胞，怕有十亿同志吧?你干吗偏给这位余同志写信呢?

于是又写出"小姐"、"女士"几个字。琢磨了一会，又画掉了。总觉得不伦不类的有股馊味儿。人家准会笑话我装腔作势附庸风雅假洋鬼子!

要么就称"小余"吧?啊呀，是不是有点居高临下倚老卖老的口气？何况也太机关化公式化了。

他忽然将“余”字画去。要不就呼“莉雯”？还是不妥！这种称呼让人感觉过于亲昵，像是在拉近乎，弄不好会使她产生错觉和误会，甚至……

真难哪！怎么称呼都不够妥当。好吧，暂且空在这儿，等想好了再补上。先往下进行吧。

接下来该是问候语了。他又犯了难。是写“您好”呢？还是写“你好”？要是写“您好”是不是太假客套假斯文了？明显地带有那种寒暄味，颇犯虚伪做作之嫌。要是写“你好”，又会不会显得太随便，显得对人家不够尊重，显得写信者太粗鲁太没礼貌太没教养？得，干脆也先空着，等想好了再补上吧。还是先写正文要紧。

可这“正文”的开头怎么个“开”法？原想写“我早想给您(你)写信”，又觉不妥。她会不会觉得你这个人太黏糊？见过一面就“早想”给人家写信了，人家只是顺口随便说说你倒认起真来，兴许人家压根就没把你当回事哩。你小子莫不是癞蛤蟆想吃天鹅肉？这信要是被别人看到传出去还不成了一个大笑柄！那么，干脆这样写：“我原本不打算给您(你)写信了，但我既然答应过写信，只得履行自己的诺言了。”哎呀，这成什么话！她会觉得你这人太自高自大瞧不起人，明明说好的“当然”写信，却又“原本不打算”了，现在写这封信也不过仅仅是为了“履行自己的诺言”。难道说你对给她写信毫无兴趣、毫无热情，只是在敷衍应付，只是在尽一种义务，只是迫不得已而为之？难道你把这封信当成了一种负担，当成了是对收信人的施舍恩赐？你倒是有多大多粗？人家余莉雯难道还要仰你鼻息不成！只这一句话，就足以把她气得半死……

得得得，万万不可如此造次！

他瞅了瞅涂改得一团糟的那张废纸，又瞅了瞅面前那叠空白信笺，长叹了口气，慢慢拧上了笔帽。

一个月后，他收到她的一封信。信上说：“真想不到，这么快你就将我连同你的许诺忘得一干二净。我原以为你是个诚实可靠的人哩！”

总统梦

谌　容

“胖胖，快起来！”

“天还没亮呢！”

“你昨晚保证了，早晨起来把作业做完呀！”

“嗯——嗯，人家刚做了个梦……”

“别说梦话了，快穿衣服，看你爸打你！”

“妈，我真的做了个梦嘛！”

“好，好，好孩子，听妈的话，快点，抬胳膊！”

“我梦见呀，我当了总统了！”

“算术不及格，还当总统呢？伸腿儿！”

“不骗您，我还下了一道命令呢？我……”

“伸脚丫儿！”

“管学校的大臣跪在我面前，我坐在宝座上，可威风啦！我命令：给老师的孩子的作业留得多多的！”

旁白

滕 刚

一天早晨，张三从不安的睡梦中醒来，发现浑身难受，他体味半天，发现找不到合适的词语形容自己症状。他去卫生间小便，冲水时发现小便发红，大惊，奔到厨房，准备告诉老婆，但喉咙被什么东西堵着，说不出话来。老婆见状，问："是不是不舒服?"

张三虚汗淋漓，说不出话。

老婆说："一定是受凉了，感冒了。昨晚要你不要做，你偏要做，受凉了吧。"

张三知道自己一定得了大病，做了两个手势，老婆没看懂，张三从床头柜翻出病历卡，老婆才知道他要去医院。

老婆说："其实喝点儿生姜茶就好了，你一定要去我就陪你去。"

老婆收拾一下，把张三扶到门口，叫了一辆人力三轮车，来到市人医。

张三排在第七位。

好不容易轮到张三。

老婆把张三扶到医生对面的候诊椅上坐下。

医生问张三看什么。

张三张了张嘴，挣扎半天没说出话。

老婆说："受凉了，感冒了。"

医生在病历上写了几行字，又问："什么时候开始的?"

老婆说："前天他鼻子有点儿不通，打过几个喷嚏，还咳了几下，昨天晚上受凉，今天早上就感冒了。”

医生说：“还有哪里不舒服？”

老婆想了一下说：“头昏，胸闷。”老婆摸了一下张三的头发说：“没劲，口味不香，喉咙不舒服。”

医生在病历上又写了几行字，问：“他怎么不说话？”

老婆说：“难过呗。我感冒也不想说话。”

医生拿听诊器听了张三的前胸后背，托住张三的下巴看了看咽喉，问：“有痰吗？”

老婆说：“没有，没看到他吐痰。”

医生说：“睡眠怎么样？”

老婆说：“睡眠很好，还打呼呢。”看见张三弯下腰，老婆握住他的手说：“别急，马上就好。”老婆发现张三手掌发烫，说：“是感冒了，他的手热乎乎的，我感冒时也是手脚发热。”

医生又问：“大小便正常吗？”

老婆说：“大小便好的。”

医生撕掉处方笺下方的报查联，开始在处方笺上开药。

张三突然夺过医生手中的笔，医生一惊。

张三在处方笺的反面，想写“请让我住院检查”，只写了一个“请”字，手一软，就写不下去了。他觉得整个身体在倒着飘。

医生抬头望张三老婆。

老婆说：“他请你开中成药。我们家先生只吃中成药，不吃西药，他认为西药副作用大。你就开点板蓝根之类的吧。”

医生开好了处方，对张三老婆说：“这个一天吃两顿，一顿三颗。这个一天三次，一次一包。这第三种一天三次，一次一粒，多喝水。”

老婆扶张三起来，张三赖在椅上不肯走。老婆用力拉了一下张三说：“你看你一病就像小孩子似的。”

老婆把张三扶到一楼大厅的休息椅坐下，说：“不要急，吃了药就好。”老婆划价、缴费，拿了药，跟扫地的阿姨要了一杯水，冲了一杯板蓝根，要张三赶快喝下。

张三甩手打掉茶杯，一脚把老婆蹬倒，冲上三楼内科诊疗室，一脚把医生踢倒，自己也倒在了地上。

有人打了110。

保安闻风过来把张三一顿拳打脚踢，老婆冲上楼抱住张三的头说：“你心里有什么不高兴的事打我不要紧，打人家医生干什么。你的脾气越来越古怪了。”

110民警把张三从地上拉起来时，张三堵在喉咙里的东西终于吐了出来，是血块。张三指着老婆和医生说：“我老婆居然帮我说病情，这家伙居然根据我老婆说的病情给我开药，你不抓他们，反而抓我。赶紧送我去病房。”

配套

魏金树

“请坐。”我拉过一把椅子，笑吟吟地对同事小王说。

“咔嚓”，“扑通”，小王笑吟吟地坐到了地上。

笑容很快在小王脸上凝固，面对原来四条腿现在还剩下两条腿的椅子，他现出一副尴尬而不好意思的神色。

我歉意地笑了一下，说：“真对不起，没摔疼你吧?”

他爬起来，掸掸尘土，做出一副大度的样子说：“我倒是没事儿，只是你这椅子该换新的了。”

这时，我才发现他的话具有非常的现实性与合理性。椅面千疮百孔，椅腿长短不齐，又黑又脏，像个出土文物。每当人一坐上去，它便发出有节奏的“嘎吱嘎吱”声，很给你一种“山雨欲来风满楼”的危机感。

此后的半个月，我开始着手做一把椅子。

“我一定要将椅子做得既美观又结实。”我暗暗下了狠心。

椅子做成了，浑然一体的红松结构严丝合缝、玲珑剔透，古铜色的油漆散发出一股芳香，表面光亮得像面镜子。

来的人都说我这椅子做得好，只是跟另一把椅子不配套。我这才想到，椅子原来是一对的，分别摆在茶几的旁边。这把椅子已很漂亮，可它越漂亮，就越衬出茶几另一侧那把椅子的寒酸和丑陋。

于是，我重又绰起工具，改造另一把椅子。

半个月之后，又一把椅子完工了，与前一把椅子一模一样。

“嚯，这椅子可真漂亮！”我小舅子一进门就大嚷。

也难怪，由于我这一屋子破烂家什的烘托，这对椅子成了鸡群里的凤凰，自然非常显眼。

“只是，这个茶几太不来劲了，若再换个茶几就配套了。”小舅子临走时甩下这么一句话。

我一想也对，椅子是立在茶几两侧的，椅子光彩照人，茶几却黑不溜秋，就像两个天姿国色的丫鬟守着一位奇丑无比的小姐，的确让人看着别扭。

又费了一个月的时间，我为“小姐”做了整容。

“这回该行了吧！”我退后一步，看着自己的杰作踌躇满志。

“不行！”邻居李妈用挑剔的眼光扫视了一下“丫鬟”和“小

姐”，目光又落在椅子旁边那只旧木箱上，“依我看，这只箱子若改成个酒柜就好了，你这种箱子早就不时兴了。”于是过了几个星期。箱子又变成了酒柜。以后，又有许多人来过，逐渐地，双屉桌变成了写字台，床头柜变成了高低橱，旧书架变成了梳妆台……而且还增添了彩电、冰箱、放像机等。里里外外焕然一新，整个屋子里的一切都无可挑剔地配套了。

东西在更新，赤字在增长，为此妻子整天跟我叫苦连天：“你这老不死的，信的哪门邪？别人说吗你听吗，日子你还过不过？——老婆也是旧的，你怎么不再换一个？”

言者无心，听者有意。妻子的气话令我一振，也是！这么一屋精巧细致的东西，却由这么一位粗笨龌龊的女人来管理和使用，的确让人憋气。

有志者，事竟成。经过我不懈的努力，两年之后，我的屋里终于换进一个年轻美貌的老婆。

我满足了，很惬意地微笑，并得意扬扬地向朋友炫耀，朋友们于是纷纷表示赞叹，其中一位跟我开玩笑：“你这屋里，真没的说！除你之外一切都换成新的了，是不是连你本人也换换呀？”

大家都笑，我也跟着笑。

没想到，我这位朋友的预言不久就应验了。有一天下午，我也搬了出去，因为，另有一位年轻英俊的男子搬了进来。

三月花开

石　鸣

三月花开，春意拂面，桂花回家，去看爹娘。爹被狗咬，娘被气伤，桂花心里，急如火扬。先乘汽车，再迈脚板，一刻不歇，村庄在望。一路走来一路想：可恶的王大麻子，怎就不看好自家的狗，惹出这祸事一场？

走进家门，就见爹带伤在床。娘见桂花，几欲泪淌。拉了桂花手，将事情说端详：你爹去村头买肉，肉香引来了王大麻子的狗。王大麻子的狗跟着你爹走，突然张口就咬住了你爹买的肉。你爹将肉紧抓在手，王大麻子的狗却死不松口。这时你爹见周家门口有一根棍子，就抄起棍子想吓唬吓唬王大麻子的狗，谁知那畜生转身就咬了你爹一口。你爹一急，就打瘸了王大麻子的狗。王大麻子的狗简直是疯狗，瘸着腿又咬了你爹一口，还将你爹扑进水沟，闪伤了你爹的腰，跌坏了你爹的腿，一斤二两肉也被全部抢走。你爹要王大麻子赔钱看病，可王大麻子只肯赔咱一斤二两肉，说你爹也打伤了他的狗。你说这是什么混账话！这王大麻子，还不就是欺咱现在家里没人！你哥在广东，不好大老远把他叫回来，这才托人叫你回来……

爹去打狂犬疫苗没有？桂花打断了娘的话。

打什么疫苗！王大麻子一分钱也不给，要是你爹自己去打了，王大麻子还不就更不给钱啦。你回来就好，下午我们就去王大麻子的家，让他把钱掏出来！桂花娘恨恨地说。

妈，你们也真是，现在油菜正开花呢，万一王大麻子的狗真有狂犬病毒咋办？不管怎么样，都应该先去打疫苗嘛。桂花说。

找你回来是说这个的？打不打我们不知道？桂花娘放下桂花的手，在床沿坐下来，望着桂花爹，接着说，你看你爹现在躺在床上起不了身，他王大麻子要撒手不管，休想。桂花也走过来坐下，桂花娘就又拉了桂花的手，问，还没吃饭吧？我给你弄去。

吃了饭，桂花和桂花娘就迈步去王大麻子的家。 王大麻子的家离桂花家只隔着几丘田，过了油菜田，再过小麦田，跨过小水沟，穿过小竹林，母女二人就来到了王大麻子家。 只见门闭户掩，但闻笑声不断，原来王大麻子正在家里请客吃饭。 桂花娘站在门外，大喊了好几声，王大麻子才叼着一根烟慢悠悠地走出来。 门一打开，就蹿出一阵犬吠，吓得桂花和桂花娘都往后退。 王大麻子哈哈大笑，母女俩这才看清，狗被一条链子拴在院子里的樱桃树上呢。 院子里摆了两桌酒席，有人喝酒有人夹肉，有人往大门这边瞅了瞅，然后起身往大门走。

你的狗把我爹咬伤了，还把我爹扑进水沟里，摔伤了我爹的腿，扭伤了我爹的腰，我爹的治疗费，应该由你来出。 桂花对王大麻子说。

又不是我把你爹弄伤的。 王大麻子对着桂花吐了一口浓烟。再说，你爹还把我的狗打瘸了呢。

狗是你家的狗，你不看好，咬了人，就是你的责任。 法律上也是这样讲的。 我爹打你的狗，是受到伤害时的正当防卫，又不是主动攻击，不应该负责任，这也是法律有规定的。 桂花用手扇开王大麻子吐过来的臭烘烘的烟雾，对王大麻子说。

哟嗬，刘桂花，看不出来你喝了几天城里的水，吃了几天城里的饭，也会跟着放城里的屁了。 告诉你，你会放城里的屁我王大麻子也不怕。 北京人的屁我都闻过，我还怕你的屁不成?

你当过兵，就更应该知道讲道理。 桂花说。

我是讲道理，但我跟你讲个屁道理。 你以为你会放城里的屁就是讲道理了? 也不看看你这模样，你在城里做什么，我们又不是不知晓。 王大麻子叼着烟说着回头看看身后的人。 身后的人一阵哄笑。

王大麻子，你乱说话要烂你的嘴！我家桂花在城里做的可是正正经经的服务员，你去城里问问，福满堂酒楼，都是有身份的人去的，谁不知道？桂花娘说。

我说大嫂子，你莫说我烂了嘴，我看是你瞎了眼。你睁眼看看你闺女，又涂脂来又抹红，和早些年村头被改造的婊子秦二姐有什么两样？你再看看那头发，黑不黑来红不红，公鸡尾巴似的，就是当年的秦二姐，也没这般骚过！还来跟我讲道理？讲啥屁道理？王大麻子说着，又吐出一口浓烟。身后的人又一阵哄笑。

王大麻子，你要烂了你子孙八代的嘴！桂花娘说。

我烂子孙八代的嘴，你家就卖子孙八代的×！王大麻子说。

王大麻子，你个畜生都不如的杂种！桂花娘气冲脑顶，花白头发狂舞不止作响，对着王大麻子挥手就是一记耳光。王大麻子气急败坏，举手要打桂花娘，身后众人忙拦住，说，莫动怒，你看她这病模样，闹出人命为哪桩？

桂花娘不解恨，还要往上扑，桂花赶忙将娘拉住；王大麻子也不解恨，也要往外扑，但双手被众人死死攥住，只好破口大骂。道理是没法往下讲了，桂花担心娘有闪失，死命拉了娘往家走。

好不容易回到家，桂花对娘说，你也真是，我们是去讲道理让王大麻子负担治疗费的，你去发火打人干啥？弄得道理也不好讲了。他王大麻子乱说，只会显得他没见识没文化，你去跟他发什么火？气伤了身子，还不是自己吃亏。

桂花娘不搭话，理了理自己的花白头发，瞪着桂花说，你好好一个人弄成这样是干啥？桂花娘心里又气又懊丧。桂花回来时，她只顾将事发缘由说个端详，却没注意自家的闺女变了模样。你看你，衣服穿得像捆绑，裤子紧得像腊肠，你就不会买件布料多点的吗？

妈，你懂个啥？这叫紧身衣紧身裤，现在就流行这个，有线条。 桂花说。

呸，不害臊，这样紧绷绷的有啥好？别人一眼就看出你奶子有多大屁股有多翘，你不脸红我还心跳。 还有这头发，弄得像钟馗，你说你是人还是鬼？你赶紧给我去洗了。 桂花娘说。

妈，这是染发，哪能说洗就洗掉的？说洗就洗掉了，还算什么染发。 你看你这火，染个发又有什么大不了的？城里人都染发的。你去城里看看，都是这样的。 桂花说。

桂花爹躺在床上，看着母女说话，一脸茫然。 好不容易瞅住个空儿，赶忙问，那王大麻子，同意付医药费啦？

同意个屁！桂花娘气咻咻地冲着桂花说，原本指望着你回家来为你爹说话，不成想你反倒回来将脸丢光。

妈，你这是啥话啊？是王大麻子蛮不讲理，你怎么反倒怪我呢？要不咱们去找找书记和村主任，这件事他们应该来管的。 桂花说。

你还嫌没把脸丢够？还要到书记面前去丢脸？还要到村主任面前去丢脸？现在你就给我回城里去，别在村里走来晃去丢人现眼。下次回来，你先给我收拾得像个人模样了再往家走。 你爹的事，让你哥来管，我这就给你哥打电话，看他王大麻子能赖几天！桂花娘说着，出门就奔李家的杂货店打电话。

三月春来，菜花飘香，桂花出门，满腹惆怅。 回家一趟，让人迷茫。 村庄渐远，城市在望。 一路走来一路想：到底是哪里出了错，让事情变得这般荒唐？

风水大师的职业道德

李　谦

表姐是个著名的风水大师，结交的朋友非富即贵，最近更是鸟枪换炮，换上了别墅豪车，我却一向对她那套鬼画桃符不以为然，经常讥笑她是“高级骗子”。表姐倒也不恼，耐心的跟我灌输“国学”常识，还常常说什么“君子爱财取之有道”，一再标榜自己是一个讲“职业道德”的风水师。我当然嗤之以鼻，不就是骗人吗！还提升到了职业操守的高度？

这天我来到表姐家，果然又是门庭若市，她按照预约的牌号逐个讲解释疑，我只觉得好笑。好容易清静下来，屋子里只剩下一对男女，男的器宇轩昂，女的性感貌美，不过似乎走路略微别扭。看年龄差两人做父女都绰绰有余，可明眼人一眼就能料定，这是一对野鸳鸯。

果然，女子一开口就急切地问：“大师，听说您破婚合婚是一绝，我们是经朋友介绍慕名前来求教的，请您帮我俩算一算姻缘，他啥时候能获得自由？我俩啥时候能结婚？”

表姐吸了一口烟，不疾不徐地说：“虽然你们是老朋友介绍来的，可初次登门的客人，我有句丑话可要说明白，干我们这行当的最讲究职业道德，算命的嘴黑口冷，说得不合心意你们可不要见怪。”男女对视一眼，连连点头如鸡啄米。

表姐这才要了两人的生日时辰，五个手指挨个伸屈了几番，又拿起朱笔在一个记事本上划拉半天，我凑过去瞟了一眼，都是我认不得的“天书”，不由叹服表姐“画符”的功力见长。

表姐双目微合许久，嘴唇皮微动念念有词，睁开眼的一刹脸色却骤然变得很难看，一出口石破天惊：“你俩还想成姻缘？要命不要？”

这句话一出口，不要说那俩人，连我这个旁观者都吓了一跳，表姐还真敢捅词！

表姐微微冷笑：“你是不是跟他好了以后经常头晕腰疼？你母亲是不是好端端的突然就去世了？你三个月前还出了一次车祸吧？”女子大惊，连连点头：“是的是的，这不我腿还没好利索吗？那次是捡了一条命！”

表姐又问一旁那同样变颜变色的男子：“你老婆是不是有多年的胃病，心脏也不好？”男子傲然的脸上立时充满了敬畏，急忙连连称是，屋子里的气氛一下子凝重起来，我也有点惴惴不安。

可表姐接下来的话更惊人，她说那男的是孤鸾星照命，命里孤独，一生要妨害三方妻子！女方更绝，八字居然是先天的败禄命！然后表姐不顾那女子越来越惨淡的脸色，问男子：“你是不是跟她好了以后仕途坎坷？好端端一把椅子也归了别人？如果我料得不错，纪检委没少找你吧？你们别见怪啊，我事先告诉你们了，算命的嘴黑。”

男人慌乱地点头，掏出手帕连连擦拭着冷汗，女子忽然不满地说：“怎么会呢？我还没正式嫁过去呢！就妨着他官运了？”表姐冷笑一声，拍了拍女子那裸露的肩头，意味深长地说：“孩子！就因为你还没正式嫁，你们遇到的才只是小小的坎儿！要真等嫁过去呀……”表姐摇头咂嘴不再说话。

男子额头的汗珠滚落下来，女子也慌了，蹲下来摇晃着表姐的膝盖恳求着：“大师求您给破解一下吧！我跟他这么多年也不容易……”表姐满脸慈悲：“孩子，我要是答应能破，跟你俩要多少钱你们都得掏吧？”男子连忙说是是是，女子更是点头不绝，可表姐话锋一转：“我要说能破解那是伤天害理骗人钱财！要啥都能破，还要命理运数干吗？我干脆转了自己的运呗，何苦辛辛苦苦做这不上台面的行当？记住，天命难违，算命的嘴黑心慈！”

两个人面面相觑，扔下三百元钱仓皇离去，我不由感叹，叹息这俩人的命硬，叹息牛皮不是吹的，表姐果然有两把刷子！也才明白表姐的“职业道德”是咋回事了，这么大好的赚钱机会，贪财的表姐居然推出门去，还真是有职业操守！

表姐目送他们的身影冷笑一声：“小三想转正？在我这讨不了好！宁拆十座庙不破一桩婚，我没那么缺德！”我如有所悟，难道表姐才说的那些是骗他们的？为了挽救一个濒临破碎的家庭，钱都不赚了？我看向表姐的目光不由带了几分敬意，原来是这么个“职业道德”呀！服了！

客人依旧络绎前来，到中午才都打发走，这时门铃再一次响起，来的却是先前那个中年男子！只见他满脸堆笑，在门口递给表姐一个大大的信封：“大师，这几个月她逼我离婚我都快崩溃了！还天天吵着我为她全家以权谋私，这么下去我早晚得毁到她手里！您算得太准了，这女人果然是命里败夫，好悬啊！这下她可死心塌地了，不用我撵，要了一笔损失费就乖乖滚蛋了，太感谢您了！大师，我们圈子的人都信服这些，以后我把朋友们都介绍给您！”

我大吃一惊，看那信封里鼓鼓囊囊的，原来是耗子拉木锨——大头在后边！难怪刚才表姐要笑得那么有内涵，这回我是真服了！

男人走后，表姐随手把信封扔到桌子上，我还没来得及表达敬仰之情，她已经拨通了座机按下免提键：“陈姐吗？放心做你的官太太吧，就一句命里败夫……你交代的事情就都搞定了！”那边传来一个女人激动得哽咽的声音：“刘大师，您太厉害了，您不知道，这小三太牛了，这几年闹的我几次想自杀……多亏我好朋友把您推荐给他们，谢谢您！那一万块我一会儿就打到您卡上，以后我还会给您介绍很多我身边的朋友，她们家里啊……一人几本难念的经！”

表姐客套了几句挂断电话，我目瞪口呆！表姐斜了我一眼轻描淡写地说：“我这叫一举三得，一石三鸟，既保全了一个家庭又赚了钱拉了潜在客户，还积了阴德，更重要的没违背职业道德！”

我连连摇头：“表姐，你的吸金手段我佩服，不过你的数学可不咋样，这哪是一石三鸟啊，分明一石头打下来四只鸟嘛！”

天上垂下来一根绳子

沙黾农

天上突然垂下来一根绳子，它的上端也许固定在某一个比地球大好多倍的星球上，而下端如今落入地球的大气层内，悬挂在全世界人民的头顶上。

这根绳子并不很粗，但结实无比，它刚垂下来，一些长期困惑人类的难解之谜便相继有了答案。比如说埃及金字塔上的巨石是如何从采石场运来并一层层堆砌起来的？当时既没有吊塔更没有起重车，现在也就明白了。那是在四千多年前建造金字塔的时候，天上也垂下这么一根绳子，聪明的埃及人肯定是在绳子末端装上了葫芦，也就是我们现在所说的那种能升能降的滑车，这样一来，巨石不就被吊离地面并放到想要放的地方去了吗？再比如说智利复活节岛上的石雕之谜、大马士革北部的古代飞机场遗址之谜……谜底不都是因为当时有一根天绳在大显绳道吗？

怪不得古希腊的科学巨人阿基米德说：“给我一个支点，我可以撬起整个地球！”

半小时后，联合国便召开了成员国代表大会，一向沉稳的秘书长喜形于色地说：“据说天绳几千年才垂下来一次，有了它，也就在地球之外找到了一个力的支撑点，它既能让我们轻而易举地移山填海，又能让诸位像荡秋千一般地漂洋过海……”等一阵笑声过后，秘书长转而用严肃的口吻说：“女士们，先生们，让我们来讨论一下，该怎样来使用这根天绳？”

美国代表三步并作两步地走上讲台，她开门见山地说：“自从自由女神来到我们美国纽约，至今还未回法国老家去看看埃菲尔铁塔、凯旋门呢！我国准备给自由女神做一个宫殿式的巨型集装箱，用天绳载着自由女神探访她美丽的故乡；当然，在来回的路上，也让她去亚洲、非洲、拉丁美洲看看……请允许我国首先使用天绳！”

德国代表走上讲台，这位日耳曼人彬彬有礼地说：“尊敬的各位代表，东西德统一后，我们就计划将首都从波恩迁往柏林，由于耗资巨大，计划难以实施，现在有了天绳，就可以把波恩的政府办公大厦及许多重要的建筑物连根搬迁到柏林。谁都明白，东西德的统一象征着冷战时代的结束，是有关世界和平的大事，因此我们应当最先使用天绳！”

日本代表站在他的座位前大声说：“秘书长先生，我们日本国自二战结束以来，一向以无可挑剔的、高品质的产品造福于人类，尽管有许许多多的人不喜欢我们这个国家，但几乎所有的人都喜欢使用我们国家的产品。鉴于日本国为人类经济生活所作出的巨大贡献，请允许日本国首先使用天绳，这样好把澳洲的铁矿、中东的石油、非洲的……统统迅速地运到我们日本国加工，而后再把成品统统地运到世界各国！”

又一位代表走上讲台，他也是黄皮肤，但他只讲了一句话便结束了自己的发言；话音刚落，整个会场就爆发出了热烈的掌声，鼓掌的当然也包括美国、德国、日本的代表。

这位代表说的是：“用天绳把漂浮在南极的巨大冰块，吊运到赤地千里的非洲中部，这才是当务之急！”

广场陷阱

滕　刚

车站前面的广场脏乱不堪。站长这一次把广场综合治理的任务交给治保处。治保处的四个人，研究了一个上午，决定引进新加坡的随地吐痰罚款制度，从而从根本上改变广场的卫生局面。方案一敲定，他们立即拟定了一项关于吐痰罚款的规则，在广场几个要害位置竖了几块“随地吐痰者，罚款一元”的布告牌，又做了几个红色袖章，一场打击非法吐痰的战争很快就打响了。

车站广场臭归臭，脏归脏，但它毕竟是大车站，是省城车站。所以，第二天就有二十多个外地旅客一踏上广场，便情不自禁地吐痰，都被当场拿获，学习规则，朗读布告牌，缴纳罚款。开始几天下来，罚款数目呈几何级数上升，车站的领导和员工们都陶醉在打击非法吐痰的胜利中，谁都没注意到那些罚款。一个月下来，把罚款数额一统计，居然是一笔可观的收入。消息传出，立即在车站广大员工尤其在车站第三产业部门引起了强烈的反应，大家立即展开了对车站广场卫生承包的争夺战。站长在万般无奈的情况下，决定实行内部投标，分期承包。

第一任承包组D组长保证自己承包一个月内罚款数额在现有基础上翻一番。D组长带领全体组员把广场扫得干干净净，打光上蜡，还洒了一些紫罗兰香水，并在显著位置增设布告牌，又增强了流动岗哨。不要说吐口痰，就是掉一粒尘埃，你也插翅难逃。第二天果然罚款数额猛增。D组长揪住第一个非法吐痰分子的衣领子说，你在这么干净的地方吐痰，你怎么忍心？你看不到这些布告？你看不到我们这些哨兵？非法分子罚得心悦诚服。第一承包组果然在承包期内完成指标，组员收入丰厚，奖金滚滚到手。

第二任承包组C组长，保证自己承包一个月内罚款数额在第一组的基础上翻一番。C组长上任后立即撤去所有的布告牌及任何和罚款有关的标志，所有工作人员不戴袖章和任何标志，一旦有人随地吐痰，便衣纠察们就会从天而降。第二天果然罚款数额猛增。C组长揪住第一个非法吐痰分子时，非法分子说，你凭什么罚我款？你们在这儿哪有什么标志？C组长从口袋里掏出盖有红色电脑印章的规则说，我们有规定，有法律，法律一定要让你看到吗？街上没有贴不要随便杀人的布告，你就可以随便杀人了吗？非法分子张口结舌。第二承包组果然在承包期限内完成了指标。

第三任承包组G组长以自己在承包后一个月内保证罚款数额在第二组基础上翻一番的新指标，推翻了第二承包组。前面两组虽说罚款数额可观，但仍有相当一部分痰无主人，有的即使被抓获，也拒不承认自己是痰的主人，双方因此争执不休，严重影响广场的正常秩序，致使一部分非法分子逃之夭夭，逍遥法外。根据这一情况，G组长组织科研单位研制了一种测痰器。倘若你不承认痰是你的，只要从痰中取个标本，再用试管从你口中取适量液体，当场就能测出痰的主人。第二天果然罚款数额猛增。G组长揪住第一个非法吐痰分子的衣领时，非法分子说，你凭什么说是我吐的痰？你看见我吐了吗？你有证据吗？G组长亮出测痰器，从地上取点痰，又要把试管往非法分子嘴里塞。非法分子说，不要测了，不要测了，是我吐的。自此非法吐痰分子没有一个漏网。第三承包组在承包期限未到时就完成了指标。

第四任承包组A组长，保证自己在承包期内罚款数额在第三组基础上翻一番。A组长赴任后立即把广场上搞得脏乱不堪。A组长率领全组人员在广场上乱扔瓜皮果壳，吐了许多痰，A组长甚至用拖拉机到附近垃圾场上拖了一车垃圾，散布在广场上，把广场搞得脏乱不堪，叫你一看就恶心，一看就想吐痰。第二天果然罚款数额猛增。A组长揪住第一个不法分子时，不法分子说，你们这儿这么脏，满地都是痰，我怎么不能吐痰？A组长吐了一口痰说，我们这儿脏跟你吐痰有什么关系？这儿就是不准随地吐痰！已经脏了，你再吐痰，不是脏上加脏吗？

第四任承包组承包尚未结束，下面的承包组已经在酝酿过程中了。预计车站的第三产业在此基础上会日益兴旺。

抢救成功

樊发稼

1989年12月31日深夜，某市一家医院的病房里。

冷轧厂朱厂长不时抬腕看表，焦急地注视着一个已经失去知觉的重伤员……

半个月前，市局通知元旦后召开全系统安全生产经验交流大会，表彰先进单位，并指定冷轧厂在会上作重点发言。朱厂长立即组织几位秀才，亲自督阵，奋战十天十夜，写出了一篇长达万字的发言稿，详细介绍了该厂创造全年无死亡事故的基本指导思想、十五条措施、十项要求外加八点体会。朱厂长将亲自在大会上宣读发言稿。可偏偏在这节骨眼儿上，厂里发生了一起骇人的重伤事故！

伤员一直处于昏迷状态。输血、注射、接氧……均无济于事。

厂长恳求医院：千方百计延长伤员的生命，“只要不死在 1989 年就行”。事成后，厂方愿给医院一万元奖金。

伤员奄奄一息。周围围着十几位医护人员……

时间在一分一秒地消逝。病房里空气极为紧张。时间过得真慢啊！

伤员终于停止了呼吸。家属放声大哭。

人们不约而同一齐抬腕看表：

零点零一分。

“很好！好极了！”厂长激动地同在场医护人员一一握手，“谢谢你们！谢谢你们啦！”

一夜歌星

林玉钢

“今晚的演唱会到此结束！感谢朋友们的光临，谢谢！祝朋友们晚安！”报幕小姐的话音刚停，广播里又播出歌星林××刚才唱过的歌曲。

歌迷们欢呼雀跃。受那热烈气氛的感染，我也来到幕后，心中也巴望能得到歌星的亲笔签名。那个歌星架子大得很，任凭幕后台下的歌迷们呼声不断，就是不肯露面，几个舞台工作人员手忙脚乱地拦阻，眼看挡不住歌迷们潮水般的热情。拥挤中我突然被后面的人群猛冲了一下，踉踉跄跄越过工作人员的阻拦，进到后台里。歌星已换了装，在几个保镖的簇拥下准备离开，差点儿和我撞个满怀。

"外……外面……的歌迷们……在等着您签名……"我喘着气说。

歌星表情冷漠，与舞台上的形象判若两人。那几个保镖身材魁梧，满脸凶相。

我努力保持镇静地说："歌迷们真的很崇拜您……您若再不露面，外面乱哄哄地恐怕会出乱子……"

歌星冷冷地说："连唱了这么多首歌，我累得要命。要不，你帮我应付一下吧。"他说着从桌上拿起刚才在舞台上穿过的衣服递给我，那几个满脸凶相的保镖不容分说帮我穿好，把我推到了外面。

"大明星来了！"不知是谁高呼了一声，歌迷们的骚动才稍微平息。

我摇摆双手意欲逃开，一个长发小伙子已跳到我眼前，要不是我手伸得快扶住了他，他已双膝跪在地上了。长发说："您的歌声令我心醉……每次听您的歌，我都感动得热泪盈眶。我太崇拜您了！请您给我签个名留念吧！"在他那有力的双手纠缠下，我不得不冒充给他签上了名。

当我把笔还给他的时候，长发激动地搂住我大哭起来。

后台的灯光昏暗，而我的长相和歌星又十分相像，如今穿着舞台服，狂热的歌迷更不能识破了。我是个写小说的，因为拿不出几万块钱，自费出书的希望成了泡影。我早就幻想着能像歌星那样也拥有自己的书迷，在这激动人心的场合，心潮澎湃的我竟认为眼前的都是书迷了，手中的笔不停地写着、写着……

歌迷们为我的热情感动了，他们放声歌唱起来。我终于也尝到了成功者的喜悦。只是那几位舞台工作人员被挤到了一边，不知该如何才好。

当我签名签得满头大汗，一位小姐挤上来递给我一罐饮料，还在我的脸上温柔地亲了一下。

“您得注意，”她对我亲切地说，“不能太累。歌迷们总这个样子！您要是累倒了，我们就再也听不到您唱歌了……”

她说过之后，我感动得把歌迷们送给我的一束花转送给了她。她受宠若惊地闻着鲜花，和我来了一个紧紧的拥抱。这情景引来了歌迷们的又一阵欢呼，只见闪光灯一闪，这一刻被照相机拍了下来。

尽管我忙得晕头转向，但我心中丝毫也没忘记我是假的，要寻找机会脱身。无奈歌迷们把我围得水泄不通，在我认为自己要晕倒的时候，一个瘦小的女歌迷因拥挤晕倒在我的身边。

“请让让！”我趁机脱身，“有位小姐晕倒了，要送医院！请让让！”

我只有一个愿望，趁此机会摆脱歌迷们的纠缠。

事隔两天。早上，当我拿起报纸来看的时候，我既快活又惊讶：报纸以显要位置报道歌星林××不摆架子，把晕倒的女歌迷送往医院的感人事迹。报道还提到，歌迷们第一次知道歌星还有一个别名——其实那是我的名字啊。

秘书综合征

礼　平

老婆说，已经有种种迹象表明，我是患了秘书综合征，而且病情正在日益加重。以下就是她所观察分析出的症状。

我十分关心国家大事，每天晚上7时雷打不动地打开电视看《新闻联播》，第二天早上再把从中央到地方的报纸看上一遍。平时与同事、邻居闲聊，不管说的是什么话题，总要与大好形势、光明前景、WTO之类结合起来，并能从现象到本质分析总结个一二三四、首先其次再次总之来。结果，现在再也没有人敢和我聊天了。

我非常有礼貌，无论在何时何地总是面带微笑，以至于到了晚上脸颊酸痛，要用手揉搓半天。坐小车时，总是抢先一步替别人拉开车门，并用手背护在车门框上。家里的电话铃响了，我等铃声响过两次后，拿起话筒，用标准的普通话说“你好”，然后不假思索地报上单位的名称。前天在饭桌上，我见邻座杯里有酒，想也不想，拿过来倒入自己杯中。那人很奇怪地审视我半天，我才反应过来，他不是我们单位的领导。

我现在过于细心，以致有点固执、啰唆和吹毛求疵。不论在何时何地，我总要随身带着钢笔、笔记本和电话号码簿，口袋里再揣上手机，以至于再好的西装穿在身上也没形没款。读书看报时，我总是不自觉地寻找错字和病句，并用标准的校对符号改正。别人说知道我的电话号码了，我还是要坚持再重复一遍。上星期我老爸说想修一下卫生间，结果我用了四天时间到市场上搞调查研究，又用两天时间写了份可行性报告。不料，还没等我把报告交到老爸手上以便召开家庭会议讨论通过，老爸竟然已经把卫生间改造结束了！

总的来说，我是越来越不可理喻。上次我应老婆多次申请，给她写了一封情书，里面到处都是统计数字和形势一片大好的描写，而且，结尾署的是我们领导的名字！——天哪，我真是习惯做无名英雄了！跟老婆上街时，尽管她伸出手来想挽我的胳膊，我仍然谦恭地走在其右侧偏后约一步的位置，并主动给她拿着手袋。我常常打听哪位同行高升了，然后分析他是不是有什么后台和背景。我经常练字，练得最多的是“同意”和自己的名字。我对人的常用称呼是“领导”，对三岁小女也不例外！

以上几条，是我媳妇帮我总结出来的。她一边说，我一边埋头在笔记本上速记。等她说完了，我抬起头来一脸诚恳地说：“您说得太正确了，真是高屋建瓴，说理清晰，分析透彻。对我今后的学习、工作和生活很有指导意义——请问领导，您还有什么指示？”言毕，我们双方惊诧，半晌无语。

延缓生命

何开文

W 星球生命科学院一号绝密档案：

冷冻实验人蒙纱丽娜，女，出生于 2100 年 12 月 12 日，实验年龄二十八岁，职业为哈顿歌舞厅歌手。

实验报告记录之一：

2128 年 12 月 12 日，经 W 星球大总统里里森批准，被实验人蒙纱丽娜自愿接受由 W 星球生命科学院教授查丝德主持实施延缓生命实验，延缓生命时间为二十年。

实验报告记录之二：

2148 年 12 月 12 日，经 W 星球大总统西西里批准，对冷冻人蒙纱丽娜实施解冻实验。解冻实验由 W 星球生命科学院教授德赫曼主持实施（查丝德教授因年事已高不能参加实验）。

解冻实验成功。

蒙纱丽娜虽然冷冻了二十年，档案年龄增加了二十岁，但她的生命年龄仍为二十八岁。

延缓生命实验追踪记录之一：

蒙纱丽娜延缓生命二十年的成功实验大大地鼓舞了 W 星球公民们。于是乎，一些大款们纷纷邀请蒙纱丽娜现身说法，做报告，讲感受。不久，在 W 星球生命科学院的大门前排起了长长的队伍，大款们争先恐后地购买延缓生命的实验门票，每张计价一万美元。一万张入门票仅两天时间便已售完。W 星球新闻署派出若干记者向全宇宙进行了报道。于是乎，H 星球、M 星球、K 星球等等星球的总统们先后致电给 W 星球生命科学院，邀请德赫曼教授前往做关于延缓生命实验的学术报告。

延缓生命实验追踪记录之二：

二十年以后。

接受延缓生命实验的大款们忽然发觉生命年龄延缓了二十年，由于年龄相差甚远而无法再与自己的妻子、儿女们相伴生活，导致妻离子散、道德沦丧的社会问题大幅度上升。于是乎，这些大款们的妻子、儿女们纷纷向 W 星球最高法院提起诉讼，状告 W 星球生命科学院，说延缓生命导致离婚案件急剧增多，说延缓生命败坏了社会风气。

延缓生命实验追踪记录之三：

两个月之后。

接受延缓生命实验的大款们良心大复苏，随即又向 W 星球生命科学院申请恢复生命年龄，以确保其与家人和睦相处，白头到老。于是乎，在 W 星球生命科学院大门前又排起了长长的队伍，大款们争先恐后地购买恢复生命年龄实验的入门票……

第八辑　爱情星空

第八棵馒头柳

刘心武

丈夫是搞地质的，出差是家常便饭，总是背袋一背就走了，她从来不送。丈夫下楼出门也从不回头张望。

这回丈夫又走了。门在丈夫背后撞上时，她正站在桌边收拾碗盘，一副若无其事的表情。但门撞上以后，她却撂下手里的东西，去往阳台。她站在阳台上朝下望。阳台下面是马路，马路边上栽着一排馒头柳，馒头柳的树冠又大又绿，从楼上俯看下去并不像馒头而像帐篷。她习惯地朝阳台下往东数第八棵馒头柳那里望去。她等待着，她知道，再过五六分钟，丈夫的身影将在那棵馒头柳下出现。他们这幢楼门开在没有阳台的一面，从楼门出去绕出楼区前往地铁入口，必从第八棵馒头柳那儿经过，然后便被一座治安岗亭遮住视线。每次，她总是欣慰地在预计的时间、预计的位置望见丈夫宽厚的背影，特别是那只经丈夫设计，由她改制的帆布旅行背包，她总默默地对着那脊背、那背包送去她的祝福。但她从未向丈夫吐露过这隐秘的一幕，连儿子也全然未曾察觉。

这天她习惯性地去往阳台一站，却忽然不习惯起来，因为丈夫的背影迟迟没有出现。他必得去乘坐地铁直往北京站，不可能改往别的方向。怎么第八棵馒头柳下不见他的踪影？惶急中她痛切地意识到，这往常短暂而稳拿的一瞥于她有多么重要！

她忍不住跑到楼下。楼门口空空荡荡。她不知不觉地来到第八棵馒头柳下，朝四面张望着。难道他钻到地底下或飞到天上去了？真不可思议。她差一点跑进治安岗亭去报失。回到家中时儿子跟她说什么她没听见，却听见了街上急救车“呜哇呜哇”的由远及近又由近及远的声响。她无端地朝儿子发了火，心里堵着一块鹅卵石。

接连好几天她都无精打采。她一忽儿暗自取笑自己，一忽儿又从逻辑推理上断定情况的不正常。终于，有天晚上她接到了他从很远的地方打来的电话，她情不自禁地说：“你哪儿去了你？你急死我了！”丈夫莫名其妙，于是她便向他倾诉了一切，她怎么每次分别时都表面上若无其事，每次却都要跑到阳台上去望他的背影，在那第八棵馒头柳下……电话那边沉默了一会儿，然后是丈夫深受感动的声音：“傻女子！那天我刚一出门就遇上了咱们楼老王，他们单位的车正好接他去火车站，我就蹭了他的油，你真是死心眼儿……不过，我知道那棵馒头柳，对，第八棵馒头柳。你知道吗？每次我出差回去，你别看我进门的时候没事人儿似的，其实，我一走到那棵馒头柳下，就忍不住抬头望咱们家的阳台，咱们家的窗户，有时一站好几分钟，特别是晚上，那一窗灯火，让我心里头好爱你们……”

撂下电话，她才发现儿子站在面前，儿子正问她：“妈，您干吗抹眼泪儿?”

怀念拥有阳光的日子

墨　白

车停了，站牌前的人一齐拥向车门。乘务员用尖细的声音喊道：“先下后上，先下后上……”车里的人鱼贯而出，接着车外的人鱼贯而入。在门快要关闭的时候，车门外伸进来一根竹竿。我和萍同时看到了一位盲人，他摸索着走上车，把竹竿揽在怀中，伸手探摸着头上的吊栏。他高大的身子像一堵墙贴在我身边，他的衣襟被车外的风扬起来撩着我的脸，这使我的心中生出几丝不快。我看了身边的萍一眼，身子往里挤了挤。萍看了盲人一眼，对我说："让他坐下吧。"说完她就站了起来。

萍的善意驱走了我心中的不快，我也跟着站了起来，拉着盲人的衣服说："来，你坐下吧!"盲人很感激地说着谢谢，坐了下来。在行驶的公共汽车上，萍靠在我的怀中，她那光滑而散发着菠萝香味的长发使我感到无比幸福。恋爱使我身边的一切都变得十分美好，我用祥和的目光去看待世间的一切。那段日子我成了世上最幸福的人，那些日子里的阳光也无比的明媚，我和萍几乎每次都乘6路车去河滨公园，度过我们拥有浪漫情调的周末。

也就是在那个春季里，我和萍几乎每个周末都能在河滨公园里见到那位盲人。他总是一个人坐在河边的石凳上，面对洒满阳光的河道，久久地一动不动。渐渐地，我们对他产生了兴趣，一个盲人，每个周末都来到这里，他在寻找或者怀念什么呢？我想走过去和他交谈，但被萍拦住了，萍说："或许他正在回忆一段幸福的往事，你不要去打扰他。"

"那他在想什么呢?"

"可能在想他所爱的人吧。"

"他所爱的人到哪里去了呢?"

萍对我摇摇头说："不知道。"而后她又对我补充说："或许他所爱的人出远门了。他们约好了在这里相见，他就一直这样在这里等她归来……"

我抚摸着萍的头发说：“或许是这样。”说完紧紧地把萍拥在怀中。我们一同望着河道。在河岸上，有几个孩子正在放风筝，风筝飞得很高，风哨声从撒满阳光的天空中传下来，那快乐的风哨声掺和了某种情绪，布满了世界的每一个角落。

这样快乐的时光一直延伸到夏季。在最后一个周末里，一场暴风雨即将来临之前，我和萍又一次看到那个盲人。盲人在闷热的空气里坐在那条石凳上一动不动。雷声从头顶上滚过，狂热的风仿佛像一个巨人在蹂躏着我们身边的树丛和物体。萍说，我们应该去告诉他：“暴风雨来了。”但没等我们说，那个盲人已经站起身来用竹竿探着路向我们这边走过来。这时暴雨已经来临，可是，就在盲人的前边有一条高压电线不知道什么时候被风刮断了，黑黑的粗线像一条蛇盘在地上。盲人还在向我们走来。萍惊叫一声，挣脱我的手朝那个盲人跑过去。萍在风雨中展开她的双手像一只飞翔的鸽子，她一边跑一边朝接近高压线的盲人喊叫：“别动——”我心里闪过一丝惊恐，我知道他们都处在危险之中，我也朝萍飞奔过去。在大雨中，我看到萍在拉起那根黑线的时候被什么东西抛起来，而后又摔倒在地上。我还没有接近萍倒在雨里的身体，就感到一股强烈的电流涌进我的体内，我的身子被什么东西狠推了一下似的抛在了路边的冬青树丛里……

当我醒来的时候，我的眼睛上缠着白色的绷带，我再也看不到外面的世界了！我伸出颤抖的双手喊着：“萍——”可是没有萍的声音，回答我的只是悲伤的哭泣声。我撕心裂肺地叫着：“萍——”又一次昏迷了过去。

在那个遥远的夏季里，我失去了明亮的双目，世界从此在我的面前变得一片黑暗。我常常处在一种凄伤的情绪里，我的耳边常常回响着萍的笑声。我开始变得沉默不语，在黑暗里我常常回忆起我和萍在一起度过的快乐的时光。在一个周末，我突然产生了一种要到河滨公园去的渴望，就独身一人用竹竿探着路来到6路车的站牌前，我仿佛看到了萍就站在我的身边。车来了，我听到乘务员那尖细的声音："慢点，慢点。"我被一只手拉到了车上，我把竹竿揽到怀中，伸手摸索到了头顶上的吊栏。这时我听到了一个女孩子的甜甜的声音，她说："你坐吧。"我在一只手的搀扶下在座位上坐了下来，然后，我听到一对情人站在我身边如歌的窃窃私语。在黑暗里，我突然看到了萍，萍在灿烂的阳光里朝我奔过来，像一只飞翔的鸽子。我在心里默默地叫了一声："萍——"泪水夺眶而出……

情书

顾　工

当母亲的偷看一封女儿尚未寄出的情书时，是种什么滋味？喜呢？悲呢？愤懑呢？还是感伤？——杜雅一早起来，就把女儿芳芳关起房门写了一夜的信，悄悄藏进自己的衣兜。芳芳背起书包要去学校时，乱拉抽屉，乱翻字纸篓，四处寻找，大声嚷嚷："妈妈，您看到我写的一封信了吗？一封赶写的信？"

杜雅很紧张，很怕女儿识破自己的偷窃行为，只好支支吾吾地回答："什么信呀？自己写的信自己看不住，还问人家，还让别人操心？"女儿像个相面先生，用专注的眼睛盯着妈妈的脸，看了好久，最后像识破了什么似的把书包一甩，笑着跑了。她跑出大门后，转过脸来，朝站在阳台上的妈妈大声嚷嚷："妈妈，等我回来再找您算账!”女儿轻盈的连衣裙，像是刚刚落地的降落伞，一会儿就被初夏的熏风吹得无影无踪……

母亲忧虑地望着消失了的女儿的背影，长长地舒了口气。她怀着像看侦破小说一样的忐忑心情，从未封口的信中取出一张玫瑰色的信笺。她戴上老花镜，一字一句地读。女儿平时写作文很潦草，每个字都伸胳臂撩腿，像是鬼画符；这信上的字却很工整，仿佛是在刻钢板——

皮皮，我的皮皮：

我们俩是在做游戏吗？做一场人生的游戏？很小很小的时候，我就扮过新娘，采一束野菊花，拴在我的丫丫辫上。谁在扮演新郎？就是我家饲养的那条大狼狗。我搂住狗脖子，和它那毛茸茸的嘴巴，亲了个长长的吻。你看到这里，你以为我是在讽刺你吗？不，我是真心真意的，希望有一天，你能替代我小时候宠爱的那条大狼狗。吻你，再吻你，你将来也会有张毛茸茸的嘴巴吗……

你的芳芳，永远是你的!

杜雅看着女儿这封童话似的情书，顿时羞红了脸，哎!这死丫头，人小心不小。平常是一副天真烂漫、有口无心的样子，谁知在心坎里竟藏着这么些乱七八糟的东西。皮皮是谁？大狼狗？她小时候哪来这么条大狼狗？只有我小的时候家里才养过一条，它是我童年的忠实伴侣，衔着我的书包上学，衔着我的书包回家……后来，在路上遇到个小男孩……后来，他长成个小青年……后来，他成为芳芳的父亲……哎哎!这封情书，不就是我当年写的那封情书吗？几十年来，自己一直珍藏着、珍藏着，压在箱子的深处，压在心底的深处……可是现在，现在怎么落到女儿的手里，她又照抄了一遍——除了把她爸爸的名字，改写成为“皮皮”以外，别的几乎是一字没改……

唉唉，我可怎么再见我的女儿?!

唉唉，我的女儿可怎么再见我?!

傍晚，芳芳背着书包回来了。她一进门，就冲妈妈做了个调皮的神秘的鬼脸。杜雅不敢用正眼瞧。女儿的脸有处放，自己的脸还不知该往哪儿放哪！她觉得当妈妈的尊严、圣洁感，全被女儿抄了家。真悔不该箱子没上锁。女儿长大了，什么都乱翻。杜雅觉得自己的脸发烫发烧。

芳芳比妈妈大方得多，自在得多。她扒着妈妈的肩膀，贴近妈妈的耳根，用隐秘的气音说：“妈妈，咱俩来个交换俘虏吧！我把您当年写的情书还给您；您把我昨天写的情书还给我。行吗，君子协定!”

杜雅气得想哭，又想笑，真没办法，今天当丫头的，可不像过去当姑娘的！自己15岁的时候，写那封情书，是躲着、藏着，钻到床底下才写完最后一句。往邮筒里投的时候，还往四处看，方圆一里之内有没有人跟踪。女儿可倒好，写情书不肯费心思，还不脸红?

“你真该好好学文化!”妈妈用叹气来掩饰窘迫。

“我跟妈妈学!”芳芳做出一副乖顺的好孩子的样子。

“不学好。”杜雅都不知道自己是在真怒，还是假怒。

“咦，不是说要踏着革命前辈的脚印前进吗?”

“别在我面前耍嘴皮子。芳芳，你要知道你还小!”

“妈妈，您写那封信的时候，您是不是比我还要小?”

杜雅让女儿将军将得没词了。唉！现在的孩子，现在的孩子！现在一切的节奏都在加快，难道思想的节奏、爱情的节奏也在加快吗？自己是这样地为女儿忧虑，当年自己的爸爸、妈妈，可也曾这样为女儿忧虑过？

芳芳的爸爸进来了，领着个十七八岁的瘦高男孩。

爸爸真像是抓到了一名俘虏，进屋是粗声大气地嚷嚷：

“这个男孩，站在我们家门口来回溜达，还扒着窗户缝往里乱瞅。”

芳芳一见，乐得手舞足蹈，心花怒放，扑上前去说：

“哦，皮皮，我叫你站在远远的、远远的地方等我，多等一会儿，谁知道你……”芳芳握着男孩的手，兴奋地回过脸来说，“妈妈，您把我给皮皮写的信，当面交给他吧！我也把您过去写给爸爸的信，当面交给爸爸！”

送别

方英文

这是一个朋友的故事，为了叙述方便，咱们还是采用第一人称吧——

十八年前，在我故乡的那个小县城里，在那个如猪圈一样肮脏的小小的汽车站里，确切地说，在汽车站出口处的那个平淡无奇的斜坡上，我人生中至关重要的一页历史地被永远掀去了。当年的那个小车站在一个凹地里，出门时要爬一个三十多度的斜坡。其实这坡并不怎么陡，五十岁以下的成年人骑自行车加把劲也就冲上去了。但是，对于那种老式解放车，要爬上这个斜坡，非得一脚油门踩到底不可。我就是乘坐那种只有三十八个座位的老车离开车站的。我的座号在中间，临窗。

当车启动时，我故作镇静地伸出手与我的未婚妻握别。我的未婚妻不习惯于这种城市人的礼仪，在乡村，也只有穿中山装的人才握手。在我的未婚妻看来，握手，尤其是男女间握手，是非常别扭的，是某种把深沉化为浅薄的无法容忍的计谋。但是，面对我伸出的手，她还是抬起她的手——却不是和我握，而是擦她的眼泪。她擦拭的时候，眼睛并没有泪，当手挪开时，我看见两颗泪珠子翻出她的眼眶。

“到了大学就来信。”

“一定。”

汽车上坡时，我一直引颈窗外，与她挥别。别的送行的人跟着汽车爬坡，而我的未婚妻则静静地伫立在那儿，双手抚弄着垂在她胸前的又黑又粗的辫子。可是突然，她笑了，一脸的失而复得的神情，并且距我越来越近。我还未弄清原因，汽车已退回原位，与她头对头了。司机打开发动机的盖子，一边咒骂一边检修。未婚妻异常动情，急不可耐地补充了几句很要紧的话。汽车又动了，送行的多半散去，从检票口离开车站。

“要勤换裤衩，城里可比不得农村。”

“嗯。”

她的倩影又开始缩小。我在心里把她和我调换个位置，心里就异样难过起来。谁知，汽车又退下坡来。在汽车下退的过程中，我看见我的未婚妻双手不安地塞进裤兜。汽车停车，并未熄火，她掏出一把爆米花递到我手里，虽然我的行李包塞满了她的爆米花。我刚接过爆米花，汽车就动了。

“你咋想的你就咋办。”

“我的想法一百年不变。”

见汽车上爬，一些人趁机往厕所跑，边跑边解裤带，好像早就憋不住了，其实是怕汽车再倒下来与被送的人两相难堪。只有我的未婚妻还如一株小白杨般贞节地站在原地不动。

这次颇顺当。汽车的前两轮已爬上平地，可那两个沉重的后轮却恶作剧似的再次把车身拽下坡。我与未婚妻相视一笑，很尴尬地一笑，无话可说了。分别，尤其是相爱的男女分别，向来是人间最忧伤、最悲凉的场面，原因在于这一瞬间，我们心爱的人儿从眼前消失了，我们不知道今生今世还有没有重逢的可能。送别之所以酸楚揪人，更在于它是一次性完成的，所以才割心挖肺般难受。可是，我与未婚妻的这种复写纸式的分别却是何等的糟糕啊！如此地败坏胃口大概是史无前例的，犹如交响乐团演奏荡迷心灵的《梁山伯与祝英台》，而站在那儿指挥的却是赵本山……

所以，当汽车再次启动时，为了断然中止这一不幸的场面，我几乎是吼叫着对未婚妻说：“你赶快回吧！”

她还是不动，像一枚绣花针钉在原地。我、我的未婚妻，以及全车的旅客，都在心里默默祈祷：但愿这次一鼓作气，冲出车站。然而，汽车却是不以人的意志为转移的，这该死的斜坡！这无耻的汽车，它居然残酷地第四次退了下来！它下滑的时候，我发现我的未婚妻早已别过脸去……

“都下来推！”司机一声令下，旅客们全下了车。只有我一人没有下车，司机瞪我，我再把他瞪回去。我只看着他们掀车推车。而她的身子曲成一个月牙形，也用双手推，看上去还像是拿脑袋往前顶，要掀走一个瘟神似的。

奇怪的是，这辆破车跟断了履带的坦克一般，怎么也推不动。这时，从门口开进来一辆送油桶的大拖拉机。驾驶员停了拖拉机，跳下来帮大家推汽车，果然，加了这小伙子的力量，一下子把汽车推上来了。当旅客们乱哄哄地挤上车时，当汽车在平坦的道路上起步加速时，我的未婚妻不知去向了，我搜寻了我目光所及的一切地方，还是没见人影。我伸出手却无对象可招，只好朝天空胡抡了两下。

到了大学我即刻写信给我那远在千里之外的山沟沟里的未婚妻。可是写了三个月的信，才有了回音。她说：

“送你走的那天，我的心情本来极不好，加之汽车反复几次还上不去，我就彻底绝望了。这汽车简直成了一个累赘！我想，要是咱们结婚，我不也成了你的累赘吗?”

半年后，我的未婚妻出嫁了，丈夫不是我，而是一个开拖拉机的，就是那天帮我们推汽车的小伙子。

儿子睡中间

张卫明

小宇以幼儿园中班程度的判断力瞅着妈妈，固执地摇摇头。

她仍好言相劝：“宇儿，乖啊，你爸就在家半晚上。你睡中间，老蹬他怎么办?”

“捆住我这脚呗。”小宇赖在床中间，泪光闪烁，“爸好长好长不来家了，要挨爸，就挨！就挨！”

他停了电动剃须刀，拨拨儿子会动的小耳朵：“好好，宇儿挨爸，宇儿挨爸。爸挨着你，爸在中间，你靠里，当第一名，好吗?”

“那我又挨不上妈了。”小宇索性抱了枕头，坚守着他越发认为重要的好地方。

“宇儿！妈生气了啊，你要淘，你爸就再也不回来了。”

“就回来！就回来！我们班的小朋友，就挨着爸爸妈妈，就我老没爸。”小宇好委屈哟，嘤嘤伤起心来。

他忙硬脸贴软脸抱了儿子，少了半截中指的手，在儿子这小屁股蛋儿上摩挲。“好好，宇儿睡中间，谁欺负我们了？爸给你打他。”

“树诚，你别惯他。”妻回他脆脆一掌。他笑笑，朝妻眨眨眼。

小宇破涕为笑，嫩藕似的肥腿把床跳得咚咚响，小鸡鸡在裤衩里一颠一颠，嘴里念念有词：“水啊水，我爱你，每天用你把手洗。阿姨夸我真干净，爸爸妈妈多欢喜。”

“行了，别欢喜了。你爸坐了一天车，累着呢。”随她话落，日光灯灭，壁灯亮，梦境般的嫣红。

“爸。”儿子小嘴出气温软，奶甜味，“明天你带我一天吧。”

“不行，明天爸爸就走了。”

“就送我上幼儿园，就送一次嘛。”

她严厉了：“你到底睡不睡？早跟你说过，你爸明早两点钟走。”

小宇诡秘一笑，拱着她耳朵：“爸不走了。”

“你爸说的?”女人的心竟然一跳。

“不是。我把军帽藏在小人书下面了，他走不了。”

她笑。他笑。小宇笑。嫣红色幻成幽蓝，月光将竹影折上窗帘，刷刷拉拉作响。

“爸，上次你说不走，又走了。你得给我讲故事。”

“短的。”

“长的。”

他折中：“不长不短。睡中间，就讲中的。”

从前呀，有个小孩割草。一个老师问他，割草干吗？他说，卖钱。卖钱干吗？盖房。盖房干吗？娶媳妇。谁教你这样说的？我爹。你爸是谁？郑瞎子。那娶了媳妇又干吗？生小子。生了小子干吗？割草。孩子，跟我读书去吧，读了书，就不受穷了。

“后来呢？”

“后来小孩就读了书，成了大孩。啊——哈——”

“再后来呢？”

她接口：“再后来，长成大人，当了兵。再后来，有了儿子，儿子没割过草，可还特别淘气。再后来，他去打仗，儿子问妈妈：爸干吗去了？妈妈说，爸爸割草去了。背着儿子，妈妈偷偷哭。再后来，他从前边回来路过家，只待半晚上。好了，别缠你爸了。”

“那你再给我讲个故事。”

“哼个歌吧。”

“那你闭上眼睛。”

“搓着背哼。”

让我们荡起双桨，小船儿推开波浪……

唱，拍；越唱越远，越拍越轻。第五首没唱完，她已和儿子换了位置。

"宇儿睡了，树诚。"

丈夫呼呼大睡。亲亲他的肩，汗咸味。

她呆呆枕着臂。闹钟嘀嗒，不再似机枪嗒嗒。

床上月影急匆匆移了几尺。

一点钟。

"树诚，醒醒吧。"

他翻个身，嘴里粘粘嚼动，鼾声愈发沉闷悠长。

她亲亲他的肩，又分寸极好地轻咬一下，忙转脸装睡。

他腾地坐起——"有情况?"下了地，迷迷瞪瞪乱摸，撞到立柜上，"妈的，通信员!"

忽地浴了满屋温馨的嫣红。

妻的脸。

初恋

邓洪卫

秦皮从三十岁开始，好上了酒。一喝即醉，醉了爱说事儿。说什么事儿?说风花雪月的事儿。对谁说?对他的女人说。

叶儿呀，你过来一下。秦皮说。女人知道他又要说事儿了，女人就倒一杯水，坐在床边。秦皮抓住女人的手，说，叶儿呀——目光里柔情似酒，醇厚。

那时候，我们都还小，五年级吧。我要到县里参加少儿故事比赛。先在班上讲，又在全校讲。老师同学们都说好，我的心里甜呀，得意呀。可是那天早上，我上学校。我总是第一个到校的。我是班长，我要开教室的门。可那天早上，我一进校门，就见你站在教室的门口，你穿着一件蓝花上衣，是不是？你眨着黑眼睛，说，你的故事讲得好哇，要是讲话的速度再慢一点儿就更好啦。我想了想，真是有点快了呢。我就调整了语速。结果到县里一讲，第一名，第一名啊！

女人说，喝水。秦皮就咕咚喝了一口水。喝了水，清了清嗓子，秦皮接着说。每说完一段，总要握着女人的手，摇。情真意切。

秦皮四十岁，仍然爱喝酒。喝了醉，醉了爱说事儿。说风花雪月的事儿，对他的女人说。

叶儿呀，秦皮说，记不记得，高考结束那天晚上，我们到校园后面的响水河堤上散步？那天晚上，我们谈了好久。我说我没考好，你说你也没考好，作文还跑了题。你骗我呀。你的作文根本没跑题，得了个满分。跑题的作文能得满分吗？嗯？我们互相宽心，宽着宽着，我们的眼神就有点儿飘忽忽的。我们就拥抱了，我们就接吻了。我到现在也分不清是你先动的手，还是我先动的口。总之，我们都觉得语言是那么苍白无力，动作才最真实有效。那是我的初吻呀。麻麻的，咸咸的，多复杂的感觉呀。是这感觉不，叶儿？

对呀，麻麻的，咸咸的。女人说。

那咱们学着吻一个。秦皮伸着脸凑过来。女人有些犹豫，但还是闭着眼迎上去。

他妈的，找不着当初的感觉了。秦皮拍着脸，怅然若失，掉头睡去。

秦皮五十岁，越发爱喝酒，三天两头地，醉握着女人的手，说风花雪月的事儿。

叶儿呀，你后来怎么就做医生了呢？而且还分在一个乡医院。那天晚上，我去看你，正好该你值班。真是个小医院，一晚上没一个病人。值班室也不大，一张帘子隔开来，外面是桌子，里面支一张小木床。我们先在外面说话。后半夜，有些冷，你就坐上了床，盖了被。你让我坐在外面，有病人喊一声。我坐了一会儿，撩起帘子，钻进被窝儿。被子小，冷风顺着缝隙往里钻。我们就抱在了一起。后来，我松了手，我解你的纽扣，你拉我的手，不让解。我甩开你的手，解！就解了。解开了，就成了一团火了。多旺的火呀，我快要熔化了呀……你说巧不巧，我们的事儿刚完，就有病人了。外面的门就被捶得咚咚响。你赶紧穿衣服。看完病回来，我们都乐坏了。原来，你从上到下，都穿着我的衣服。你说好不好玩？你说呀。

好玩。女人挤着笑容。

秦皮六十岁了，仍然是酒不离口，醉眼迷蒙地对女人说事儿。女人真是好性子，仰着菊花状皱皱的脸儿，听。

有人对女人说，老醉鬼瞎绕绕，别睬他。

女人就笑，他高兴说，我也高兴听呢！

这一天，秦皮又跟一伙老朋友在外面耍闹。中午，聚在小酒馆喝酒。还没喝几杯，有人慌慌张张地来了，叫，秦皮，快回家！你女人喝醉了，躺在院子里，吐了一地。

秦皮扔了酒杯，跑到家里。女人已经被人扶在自家床上，歪着脖子，神志不清。

女人一把抓住秦皮的手臂，摇。

女人说，阿毛呀，你爱打架，成绩又最差，老师和同学都避着你，只有我喜欢你，跟你在一起玩。我考上了省城师范，家里没钱呀。你东跑西凑给我几百块钱，送我上了学。你什么也没考上，你就到省城做小工，挣的钱你舍不得花，给我买书，买衣服。我想好了，一毕业，就跟你结婚。可是，等我毕业后，你却瞒着我跟另一个女人结婚了，并且去了一个遥远的城市。你说你配不上我，希望我能找一个门当户对的，真心对我好的。我后来就找了秦皮。

女人摇着秦皮的手，说，阿毛呀，秦皮是个好人哪，对我也不错。可是他有一个毛病，爱喝酒。喝就喝呗，一喝就醉。醉就醉呗，可他爱说事儿。说就说呗，可尽说他以前的风花雪月事。他把我当作他以前的恋人了呀。我每次强作笑容，心都要碎了，碎了呀。三十年了，他讲了上百次了，我只好耐着性子听，我怕他不高兴呀。今天，他又出去喝酒了，一会儿回来，还得讲那些酸事儿，我真想拿胶布把他嘴粘上，粘上！

女人说，阿毛，你当初为什么要离开我呀？为什么呀？你知道我这么多年是怎么过来的吗？我苦呀。呜呜！

秦皮木木地坐着，任女人的手在他的手臂上，一下下地击打。

秦皮的眼里汪着泪，秦皮说，小苏呀！

六十岁的秦皮戒酒了，这是谁也没想到的事。

每到黄昏，小街上会出现一对老人相拥的身影。

有人喊，秦皮，喝酒。

秦皮转身微笑，说，谢了。

那人又喊，这老东西，老了老了还浪漫了。

秦皮说，我们在恋爱呢。恋爱，你懂吗？

风铃

刘国芳

兵回家探亲时，小琪抱一个孩子来看他，兵屋里一屋子人，很热闹，小琪进来，把一屋子热闹熄灭了。

旋即，众人离去。

一屋子只剩下兵和小琪，还有那个抱在小琪手里的孩子：

相对无言。

良久，小琪开口说话了："我对不起你。"

兵无言。

小琪说："是我母亲逼我嫁给大狗的，他有钱，给了聘礼两万元，我不嫁，母亲跳了两次河。"

兵无言。

小琪说·"我是爱你的，一直爱你，我也知道你喜欢我，你还同意的话，我跟大狗离婚，跟你结婚。"

兵无言。

小琪见兵不说话，出去了。俄顷，小琪走了回来，她手里除了抱着一个孩子外，还多了一只风铃。

小琪说："这风铃是你以前送我的，这两年我一直把它挂在门口。"

兵看见风铃，开口了："你现在来还我风铃，是吗?"

小琪摇头："我刚才说了，你还同意的话，我跟大狗离，跟你结婚。这事，你不要急于回答我，你考虑考虑，同意的话，把风铃挂在你门口，我看见了风铃，会来找你。"

小琪说着放下风铃走了。

屋里剩下一个兵。

兵呆着，许久许久，后来兵拿起风铃，在手里晃动，于是有丁零丁零的声音在屋里响起。小琪住在隔壁，听得到风铃声，她跑出来，抬头往他门口看。

他门口没有风铃。

小琪呆在自家门口，眼里潸然泪下。

兵回部队时，也没把风铃挂在门口，兵把风铃带走了。回连队后，兵把风铃挂在营房门口。是大西北，风大，风铃整天在门口丁零丁零地响。兵没事时，呆呆地看着，还说："小琪，我把风铃挂在门口了，你看到了吗?"

军营里挂一个风铃，起先让兵们觉得好玩，久了，兵们烦了，觉得丁零丁零的声音很吵人，于是让兵拿下。兵拿下来，把风铃放好。但没事时，兵会把风铃拿出来，兵找一个无人的地方，坐下来，然后把风铃在胸前晃动，让风铃丁零丁零地响，还说："小琪，我把风铃挂在我的心口了，你看到了吗?"

小琪看不到，兵把风铃挂在心口也罢，门口也罢，小琪都看不到。小琪只看得见他的家门口，那儿，没有风铃。

两年后兵退伍了，这回，小琪没来看兵。兵问人家，小琪呢，怎么不见。人家说小琪不怎么出来了，整天缩在家里。兵说出了什么事，人家说小琪老公找了一个更年轻的女人，把小琪离了。

兵沉默起来。

隔天，兵把风铃挂在门口。

小琪没来。

兵便看着风铃发呆，在心里说："小琪，我把风铃挂在门口了，你看到了吗?”

有风吹来，风铃丁零丁零地响，兵听了，又在心里说：“小琪，风铃在响哩，你听到了吗?”

小琪听到了，也看到了，但她一动不动地抱着孩子坐在屋里，没出来。隔天，兵找上门去。

兵去之前，把风铃取了下来，然后放在胸前，同时用手晃动着。于是在风铃丁零的响声中，兵走进了小琪屋里。

小琪见了兵，把头勾下，然后说：“我现在被人遗弃了，你还来做什么？”

兵说：“来告诉你，我不但把风玲挂在门口了，还挂在心上。”

说着，兵又把手中的风玲晃动起来。抱在小琪手里的孩子，四岁了，会说话，听见风玲响，孩子把一只手伸出来，还说：“妈妈我要。”

爱的阅读

徐慧芬

人很难把握生命。一位医生说，毛病不断的人，不见得短命。就像一只瓷瓶，纵然已显裂纹，但仔细爱护，亦可避免破碎。而一只好碗，一不当心也会粉身碎骨。这样的话应在他和她身上。

相伴走了三十年，一向无甚大病的她倒要走在常病的他之前了。昨天去参加了一个“文革”中与她同囚“牛棚”的一位老先生的追悼会，回来路上竟然猝然倒地。

他怎么都不能接受这个突降的不幸。他跪在她面前，紧握那只失血的手，一遍又一遍地念叨：“说好的，将来你是先要送我的，你怎么可以先走了呢！怎么可以不管我了呢！”她仿佛听到了他的声音，失神的目光亮了一亮，闭着的嘴张开了，发出了耳语般的声音，好像是说，对不起啊，对不起啊……

男人的哭声，使人心碎，他们的女儿拉开了跪地不起的父亲。

丧事之后，他和女儿整理了她的遗物。她的多种爱好让她收藏了好些东西：有书有画，还有一大叠集邮本。每一样东西，都让他重温妻的一切：恬静的笑脸，柔柔的声音，偶尔也发一点小脾气，还有那双为他常年端汤端药的粗糙得一点不像读书人的手……

他忍不住又一次泪满衣襟，他摩挲着一摞妻用过的书、笔记本，一页页翻着。突然，他觉得手上有些异样，仔细一看才发现，这本笔记本的内芯，每两页的四周都粘上了。

他终于小心翼翼地启开了粘着的纸边。出现在眼前的是，几十张蓝色的信纸，每一张上都有着长短句——这是一个男人写给女人的几十封情书。诗人正是不久前去世的那位老先生。银勾铁画，写活了一场持续了二十多年的静悄悄的爱！

他像一座雕像般地沉默着，久久。女儿一双手轻轻地按在父亲的肩上。望着满头白雪的老父，女儿的手战栗了，声音哽咽了：爸爸，请你原谅妈妈吧，她已经走了，对死者是要宽恕的……

父亲像是睡着了。好一会儿才睁开眼睛，望着女儿缓缓说道：“孩子，应该请求原谅的不是你妈妈，而是你爸爸……”女儿惊恐又疑惑地说道：“可是，可是妈妈毕竟骗了您这么多年……”“孩子，你听我说。”父亲擦去了女儿的眼泪，“不要说‘骗’这个字了。一天两天，一年两年，瞒着，那是骗。二十多年就不能说‘骗’字了。这世上有谁肯用二十多年的生命来骗我？这样的骗，难道不是爱吗？孩子，我是幸福的，我得到了你母亲几十年的爱，如果她还在，我还会得到很多。可是，遗憾的是，我知晓得太晚了，我没有能让你的母亲得到幸福……”

“爸爸！好爸爸！”女儿悲声如箫。

莜麦秸窝里

曹乃谦

天底下静悄悄的，月婆照得场面白花花的。在莜麦秸垛朝着月婆的那一面，他和她为自己做了一个窝。

“你进。”

“你进。”

“要不一起进。”

他和她一起往窝里钻，把窝给钻塌了。莜麦秸轻轻散了架，埋住了他和她。

他张开粗胳膊往起顶。“甭管它，挺好的。”她缩在他的怀里说，“丑哥保险可恨我。”

“不恨，窑黑子比我有钱。”

“有钱我也不花，悄悄儿攒上给丑哥娶女人。”

“我不要。”“我要攒。”

“我不要。”“你要要。”

他听她快哭啦，就不言语了。

“丑哥。”半天她又说。

“嗯?”

“丑哥唬儿我一个。”“甭这样。”

“要这样。”“今儿我没心思。”

“要这样。”

他听她又快哭呀，就一低头在她脸上亲了一下。绵绵的，软软的。

“错了，是这儿。”她嘟着嘴巴说。他又在她的嘴唇上亲了一下。凉凉的，湿湿的。

“啥味儿?”

“莜面味儿。”

“不对不对。要不你再试试看。”她扳下他的头。

“还是莜面味儿。”他想了想说。

“胡说，刚才我专吃过冰糖。要不你再试试看。”她又往下扳他的头。

“冰糖、冰糖。”他忙忙儿地说。

老半天他们又是谁也没言语。

“丑哥。”

“嗯?”

“要不，要不今儿我就先跟你做那个啥吧。”

“甭，甭，月婆在外前，这样是不可以的。咱温家窑的姑娘是不可以这样的。”

“嗯，那就等以后。我回来。”

“嗯。”

又是老半天他们谁也没言语，只听见外前月婆的走路声和叹息声。

“丑哥。”“嗯?”

“这是命。”“命。”

“咱俩命不好。”“我不好，你好。”

“不好。”“好。”

“不好。”“好。”

“就不好。”

他听她真的哭了，他也滚下了热的泪蛋蛋，“扑腾扑腾”滴在她的脸蛋蛋上。

霜降

符浩勇

霜降还未过完，寒风就早早地来到远山的褶皱里，吹在四英岭下人家的心上。

事出有因：一年前当兵去的亚荣在一次拉练中不幸殉身，才过去一月，而他生前的未婚妻秋妹的身子却有孕三个月了。

四英岭下人家在久远的年月里，历来以拥军优属著称，沿袭下来的一条古老而固执的规矩，在方圆千百户人家中颇有口碑：当兵的人家受到想当然的礼待，可在岭下人家中挑一名称心的女子订婚；被订婚的女子贞心相守，等待当兵的退伍完婚。

秋妹的肚子日甚一日圆鼓起来，是哪个吃了豹子胆，竟偷吃禁果……

每天，太阳总缓缓地升起，又急急地落，夜好长好黑，恹恹的日子里，仿佛有什么灾祸来临……

前日，部队来人了，每家都抽人去问话。问话的内容是，调查亚荣是否回过村？亚荣当兵未曾探过家，可在清理他的遗物时，发现了疑点。有人还说，部队在镇上拉练时，亚荣一夜没有归队。

村人都矢口否认亚荣回村过，但秋妹隆起的小腹，却又成为亚荣私溜回村的最大嫌疑。这关系到亚荣能否被追认为烈士的事。来人查问秋妹时，有板有眼，措辞严厉；秋妹什么也没说，被问急了，就凄凄惶惶地哭……

其实，只有亚川知道，秋妹腹中的情种就是亚荣种的。

那是三个月前的一个镇墟日，亚川遇上拉练路过的亚荣。亚荣没有回村，却嘱亚川让秋妹到镇上见面。亚川也一直爱着秋妹，打懂事起就倾心于她，怎奈一条不可抗拒的规矩，秋妹成了亚荣的订婚人，他就把秋妹当妹子待，可又总不能欺骗自己对她一往情深。秋妹在镇上会亚荣的那晚，亚川站在一个角落里，盯着他俩相会的客栈窗户的灯光一灭，泪水涌出了他的眼眶。

亚荣的噩讯传来，秋妹整天精神萎萎的，脸蛋瘦削，眼圄黑上一圈，他看在眼，痛在心。部队来人的问话，亚川想得更多更远，他决计了，他要帮她，他径直去找秋妹：

“秋妹，你要有勇气……你不嫌弃，我们就苟合过。”

“可我不是从前的我了。”秋妹脸上苦苦的。

“我知道，什么都知道，我们都要对得住亚荣，我要证明他是清白的。”

“怎么说呀，你只要不说亚荣让你找我，就好。”

“不，我要说，你的身子，我有责任……”

“那会连累你的，你不要说，什么也不要说。”

“不，我要说，我要说……”他甩下她，就去找部队来的人。

……

部队人一走，村长就勃然大怒了，亚荣在部队献身，亚川竟然乘人之危？亚荣家人听了串唆，到县上告亚川破坏军婚。一时间，亚川成了四英岭下人家的大逆无道，骂声四起……消瘦的日子里，狗吠也不精神。

县上很快就有了回音，说订婚不受法律保护。于是，亚川托媒提亲，将秋妹娶过了门。成亲那天，上门拜贺的人寥落，全没往日四英岭下人家婚娶的风光。

这事让四英岭下的人家心寒了些许日子：好端端沿袭下来的一条老规矩硬是给亚川败坏了，唯一让人宽慰的是还能保全着亚荣的名节。

霜降过后，部队就差人给亚荣家送来了金灿灿的烈士证书……

头发

胥得意

老韩和他老婆上初中时坐前后桌。整天往那儿一坐，老韩就愣呆呆地看他老婆的头发。老韩老婆的头发又黑又亮，像张帘子一样披在肩上。老韩看着看着，就看出了激动，终于有一天上自习，老韩就情不自禁地抓住了那黑黑的发梢。

这一抓不要紧，把他老婆的脸一下子抓红了。老韩在他老婆回头的一瞬间，才醒过神来，惹祸了。老韩挪着屁股刚要跑，谁知他老婆红着脸骂了句“烦人”。天啊，这一声骂怎么这么让人幸福呀，那根本就不是骂，是一种表扬，一种鼓励。老韩挪不动步了。

从此，班里一没人时，老韩就偷偷地抓那黑黑的头发，三抓两抓发展到常抓不懈，最后老韩毕业第二年就把老婆抓进了被窝。

婚后两年，老韩老婆在厂里上班，整天检查产品质量，也没什么大事。老韩又拿出了当年抓老婆的那股劲儿，先是干小买卖，三干两干就搞起了大生意，日子就像打了气的皮球，立刻就鼓起来了。

老韩不是那种花心的男人，除了做自己的生意一心一意挣钱以外什么事也不干，每天都往家里奔，闲了没事还是抓着老婆的头发一遍遍地抚摸，只不过结婚后老婆的头发梳成了一条大辫子。两人有时谈点儿什么，不说话时就静静地坐着。

后来老韩对老婆说，我挣的钱养得起你，你就别上班了，在家里给我安心生个娃吧。老韩老婆就辞了班，准备生一个小韩了。

老韩让车撞残不到一年，几年的积蓄就花得差不多了，先头两人还没意识到日子该咋过，随着物价一点点涨，下岗的一点点多，两人都感到不能再守着家过日子了。

老韩老婆对老韩说，头几年是你养活我，过了几年的舒服日子，现在你不行了，我出去挣钱养活你。老韩感动得就要哭。老韩就又抓过老婆的辫子，一遍遍地说对不起。

老韩老婆第二天就出去了，直到晚上才回来。看老婆那一脸疲惫样，老韩就知道老婆累得够呛。老韩老婆什么也没说，坐在了老韩床边从背后抓过辫子放到了老韩手里，老韩把老婆轻轻地拉到怀里，两人又流了许多泪。

当老韩早上醒来时，老婆已经出去了，除了床头放着的饭菜外，还有老婆的那根又黑又亮的长长的辫子。老韩又哭了。他看见老婆留的字条上写着："别寂寞，让辫子陪着你。"

老韩老婆在路上也哭了，她上班的单位和她签合同时就很明确地告诉她，要剪成短发才能去看机床。老韩老婆流了许多泪才想通，这两人都喜欢的头发不能当饭吃。

几天班上下来，老韩老婆渐渐地感到没了长发反而挺轻松的。

老韩慢慢地也习惯了，老婆比以前更温柔、更体贴了，只是躺在床上抓不到老婆的短发，只有两人离得很近时，他才能一遍遍地抚摸。

梳妆

袁琼琼

那天她忽然说想照相。

她头发养得很长了，到肩下，一面用发刷刷着，她从镜子里朝他微笑。玻璃镜面上反映着窗外射进来的阳光。从他这儿看，她的脸孔，在镜子里有点迷迷蒙蒙，让发耀的阳光遮盖着，不确定而迷离。

他坐在她背后，手上拿着相机，做势用镜头对准她，白花花的阳光被隔在镜头之外，她的脸在镜子里，呈现在相机的镜头中，缩小了，遥远而可怜。他放下相机。

她把发刷凑到眼前来，细声说："头发掉了好多。"挑剔的，然而又柔和的看着。从发刷的细齿间捡起已经编结成一片的落发，在手中捏成团。

药物的作用使她头发脱落和发胖。半年里她重了十公斤，脸孔变得圆圆的，虚虚的，有点儿像没打足气的球。她开始梳头，茫茫的望镜子里的自己，带着轻微的无望整弄发型，想遮掩那虚肿的脸。

花了很多时间。

她化妆，睫毛刷得翘翘的，眼影、腮红、口红。穿起他从香港买来的古董衣裳。那是清末或民初某个门户的女子为自己准备的嫁妆。她一直等着病好了穿。那件衣裳设色鲜明而奇妙，领口和襟边都镶着复杂而瑰丽的花边。她整套穿上，宽宽的大襟上装，绣了金凤凰的细褶长裙。她坐在院子里，让阳光照在脸上。胭脂染着两颊，造出虚假的红润，她笑着，偏脸摆姿势，说：“照好看一点儿。”

照好看一点儿。他从正面、侧面取镜头，全身、半身、特写。她挺着腰杆坐着，脸上红红白白的。那流丽华美的古代衣裳把她全身裹着，她像庙里头新供上的神像。

一直微笑着。深思而宁静的，眼光穿过了镜头，凝视着不可测知的什么。

当天就用快洗冲出来了。一共洗出二十六张，色彩鲜艳，相片上她的脸孔明亮润泽，非常自然，不像化过妆。她自己半躺在床上挑选，对某些照片发笑，像小孩似的单纯而欢喜。那时她卸了妆，脸很白，无生气的白，像沾了许多灰尘的粉壁。后来她捡出一张来说：“等我死了，这一张要做遗照。”

一个月后，摆在灵堂里，放大的这张照片，非常美丽，微笑着，仿佛早已测知了什么，宁静而深思地看着远方。

桃花朵朵开

杜秋平

王小黑探头探脑地望望那些拉客的艳丽女子，心里琢磨着：桃花在不在这里呢？小黑渴望尽快找到桃花，但他又不希望桃花会在这里。

小黑所在的施工队是上个月开进这条街的。这条街要进行改造，要把这片小平房推倒，建起一排高楼。两排小平房满是按摩店，店前总坐了眼神暧昧的女子，极尽妩媚的姿态。早有人告诉小黑，桃花很可能就在这条街上，或者说在类似于这条街的地方。

桃花和小黑是一个村的，小黑喜欢桃花，很喜欢，但他们还没走到一块儿就分开了。他们两家都缺钱，小黑就做起了农民工，桃花也到城里打工去了。

可桃花走之后就很少回来，回来时也打扮得花枝招展，脸上白皙皙的，口唇红艳，大腿裸露好大的一截。没见过啥世面的村里人哪里受得了，小黑更是受不了。“桃花，你知道我喜欢你。”“我知道，我在城里工作呢，我要挣钱。小黑哥，我也喜欢你。”可桃花很快又进了城，很少与小黑联系。

小黑一边吃力地干着活儿，一边想着心事。“喜欢我，喜欢我就不能做对不起我的事。桃花，俺也不信你是那样的人，可村里好几个人都说在这附近看到你了。你，你到底在哪里啊?”小黑想着就开始心绪不宁，眼神就游移不定的。有了这样的眼神，很快便有女子跟小黑搭话：“来，来呀，进来玩玩呀!”按摩店里一个妖艳的女子说着撩起了她的黑裙子。小黑猛然抬头，正好看到那女子的内裤，他急忙把头勾下。那女子笑嘻嘻地下了台阶，要伸手来拉小黑。也许是因为生意不景气吧，按摩女们有些急躁。还没等那女子近前，小黑就掂了铁锹，低沉地吼了句：“滚!”

那女子给了个白眼后知趣地走开了。小黑刚一低头，突然察觉身旁有个女子匆匆而过，而那身影很像是桃花。小黑急忙抬了头，那女子却转瞬即逝，不知钻进了哪里。小黑丢了铁锹快着步四下寻找，嘴里喘着粗气。眼前晃过一个个艳丽女子，可哪个都不是桃花。妈的，咋都出来干这个，挣这钱不觉得可耻吗？小黑想着。

也许这里面有许多跟桃花一样遭遇的丫头呢。小黑很来气。他回来时仍喘着粗气，有几个女子又冲他喊：“来，进来玩玩吧，帅哥。”

小黑拿眼瞪她们，小黑瞪她们的时候突然感觉她们好像都像桃花。“桃花，桃花。”小黑默念着。但他又很快意识到，那不是桃花。“桃花不会在这里的。”小黑仍不愿相信桃花会在这里。

当小黑磨磨蹭蹭回到工地时，很快有人围过来，嬉笑着说：“小黑，你也去玩了吧，那女人够味儿吧，花了多少钱？别想桃花了，天下女人多的是，只要你有钱。”

小黑唾了那人一脸，害得他们差点打起来。

施工的进程很快，小平房很快推倒了一半，有些女子没了巢穴只好扭动着屁股离开了。据说这里要建成市民文化活动中心。有些民工就笑：“在鸡窝上建文化馆？嘿嘿，你看，今天又有个弟兄被按摩女俘虏了。”“妈的，你们都他妈不是东西，玩这样的女人难道不觉得害臊。这里早该推掉！”小黑吼道。“推掉，推掉你家桃花还有工作吗？”有个民工突然冒出一句。

小黑这下急了，拿锨要劈他。可还没等他下手，小黑又好像看到桃花了，桃花急匆匆地又从眼前掠过。这次他看清了，是桃花。小黑急忙撇下锨去追，可桃花动作太快了，又一闪而过。施工的地方太杂乱，小黑慌手慌脚地越过杂物，早不见了桃花。

小黑快要疯了。妈的，快把这片平房推倒，把桃花推出来，老子要狠狠揍她。

过了些天，小平房快要全部推倒了。在这些日子里，小黑备受煎熬，他这回坚定地认为桃花真的堕落了，虽然他没看到桃花在按摩店里。他想，准是她看到自己后悄悄溜走了。妈的。老子不爱桃花了，老子只爱干净的女人！老子也不做肮脏的男人！

最后一些平房是小黑亲手推倒的。小黑吼叫着，像疯了一样大声喊着：“桃花!”当所有的平房都倒下，后面的街景一下子闪现出来，小黑的喊声传到了对面。“小黑哥，你咋来了?”是桃花的声音。是的，是桃花的声音。

小黑觉得自己是在做梦，可他分明看到对面的街道上也立着许多美女，其间居然真的有桃花。那是一家大型的超市，桃花是里面的售货员。“小黑哥，我工作忙，你一直在找我吗？可我真的没有时间。今天我们在外面搞活动，要不然我还听不到你的声音呢。”

是的，小黑找到桃花了，而且他还看到一排排秀丽的女子，一个个都露着灿烂的笑容，她们都是好女孩儿。这时，小黑又觉得她们都像是桃花。是的，她们才配是一朵朵盛开的桃花呢。

小黑在高楼上一边施着工，一边吹着口哨，他望着城市绚丽的美景惬意无比。再不要多久这里也会是一处美景呢。小黑想着，嘿嘿乐起来，他便更加卖力地干活了。夜里他还做了个梦，梦里，桃花朵朵开，绚丽无比。

万先生与方女士

戴　涛

不知道哪位名人说过，人与人的关系，距离远了太冷，靠得太近又有刺。夫妻之间，可谓是最接近的，自然就容易生出些“刺”来。

比如这一对，女的姓方，当然是方女士；男的姓万，该称万先生。方女士是某医院的麻醉师，因为她聪明好学，年轻轻的就在医院里有了名气。于是，她就有种青年得志的感觉，手术后回到家里总喜欢在万先生面前畅谈今天又采用了什么什么麻醉新方法，效果又是如何如何的好。完了，往往用遗憾的语气补充一句："唉，你又不懂这些，说了也是白说。"可她下次还是照样大谈一通。

这种反复的刺激终于使得万先生有些沉不住气了，便反唇相讥道："那么我搞的法律工作你懂吗?"方女士马上回敬："我懂医学你懂法律至多是一比一打个平手，你这个大丈夫并不比我高明呀。"

听了方女士的这句话，万先生岂肯罢休："那你历史地理知道多少？丝绸之路从哪到哪？马可·波罗什么时候到中国的？鉴真和尚又在哪儿下船去日本的?""哼，这种东西，懂了又有什么用？本人不屑回答。"方女士的这种战略，使得万先生的进攻再也无法向纵深发展。

后来，因工作需要万先生经常出差，两个人在一起的日子少得可怜，于是这种磕碰也就几乎绝迹了。一次万先生在外奔波了一年后，俩人又重新厮守在一起，日子一久，难免"刺"又萌生。

这天，方女士回来得很晚，一到家，她就抑制不住地对万先生说："今天开胆，照规矩麻醉进针应在第八胸椎，我来个第十胸椎，不料效果特好。"说到这里，她冷不防又冲出一句，"喂，你知道第十胸椎在哪里吗?"这无疑是战斗的信号，万先生只得慌忙应战，武器嘛，倒是现成的。

"你知道上海到成都坐几次列车?"

"182 次、190 次直快。"

居然给她答出来了，万先生感到有些意外："请问，两趟车走的是同一条线吗?"

“不是，182 次走陇海线、襄渝线、阳安线；190 次走陇海线、宝成线。”

又给她答上了，万先生有些发急了：“你说，两趟车都经过哪些省份哪些城市?”

“它们都先经过江苏的苏州、无锡、南京，安徽的蚌埠，河南的郑州，然后在洛阳分手。182 次再经湖北襄樊（今襄阳），陕西安康，到四川成都；190 次再经陕西西安、宝鸡到四川成都。”

方女士的回答如行云流水，万先生好一阵发愣，似乎坐过这两次火车的不是他自己，而是方女士了。不过，他岂肯轻易败下阵来，他还要作最后挣扎：“你知道两次列车的运行路线全长多少公里?”

“182 次全长 2620 公里，190 次全长 2351 公里。”

“哼，笑话，连我都不知道，你会说得清楚？还不是胡编乱造！”万先生冷笑道。

可方女士仍不动声色：“不信你自己翻火车时刻表。”

当万先生一翻开火车时刻表，顿时目瞪口呆，竟然一公里不差！这下他终于全线崩溃，半晌才缓过劲来：“你，你怎么如此精通?”

方女士从床底下拿出一卷纸和一本小册子，万先生急忙接过一看，一张中国地图和一本火车、轮船、飞机的时刻表。“你怎么突然研究起这些玩意来了?”万先生问。

“这叫急用先学嘛。”

“难道你能猜到我会考你这些东西?”

方女士不语，用幽怨的目光看着万先生，看得万先生又低下头去看地图。他忽然发现，地图上的一些地方全用红铅笔勾过，再仔细看，凡是红铅笔勾过的地方竟然都是他出差走过的地方！

顷刻，万先生明白了一切，于是情不自禁地冲上去，对准方女士的秀脸狠狠地一连“啄”了几下。

最后一张照片是莲花

郭忠信

他很想说：“咱们合拍一张好吗?”但试了几次，都没有张开那厚实的嘴唇，他实在缺乏这种勇气。以前，也正因为他的“临阵怯弱”而失去了几次绝好的机会。他已经三十岁了，照现今社会的流行说法，属于“大龄青年”。现在，他悄悄看了一眼身边那位异性“大龄青年”，又低头抚弄着胸前那架“海鸥”牌120照相机，再一次鼓起男子汉的勇气，但话到嘴边却变成：“咱们……休息一下吗?”

“怎么?你累了?”她扬起双眉，似乎有些挑战意味地看着他。

“不累不累！我是怕你累了。”他连忙声明，像是显示什么似的，更有力地迈动着双腿。

她扫了他一眼，嘴角闪过一丝令人难以察觉的微笑。她比他小一岁。他们是由团市委的“红娘”牵线相识的。经过几次交谈，相约今天在公园相见。星期天游人多，甚至难找到一个合适的坐处，他们就这样不停地走动着，几乎把这公园的大路小路全走遍了。然而他们都不觉得累，真是一点儿也不累。

说实在的，她很漂亮，她自己也这么认为。可能也正因为此，使她至今还没有结婚。他很认真地给她拍了几张照片，那恭敬的神态不亚于给国家元首拍照。后来，她提出也要给他拍几张，但她并不会使用相机。于是，他热情地向她讲解了拍摄要领，帮她调好光速和光圈，当他站在那里，等待她揿动快门时，觉得小腿有些颤抖。

她慢慢旋动着焦距旋钮，惊喜地发现，取景的反射镜竟能把景物映照得这么清楚。图案那样清晰，色彩那样明艳，比真实的还要美！那宽宽的肩膀，长长的双腿，浓浓的双眉，以及那局促不安的神态，都使她怦然心动。哦，就是嘴唇厚一些，闭得那样紧，像……她的脸色蓦然变红，似乎被人窥见心中的隐秘。同时也明白了：怪不得他给我照相时那样认真细腻，左挪右挪的，原来……这家伙！别看模样老实，鬼着哪！她不无嗔怪地抿嘴一笑，报复似的把头埋向取景框，半晌，才轻轻按下快门。

他再一次鼓起勇气，可惜话一出唇又变了："咱们……还剩一张底片了。"语调含一丝焦虑。

"你刚才说，这相机可以自拍，是吗?"

"是啊是啊。"他眼前一亮！

"那你表演一次，自己给自己拍一张嘛。"她忍住笑，眼里闪过一丝狡黠的光。

"我……"他愣了。

"我什么？我站在你旁边。"

她声音忽然变弱，脸色红红的。

"哦——"他激动得一阵晕眩，暗骂自己笨蛋。事情很明白，用不着取什么景，就在这莲花池塘边蛮好。她已站好位置；他放置好相机，用微微发颤的手指揿下自拍键，而后快步奔向姑娘身边。

他们第一次挨得这样近，彼此能听见心儿的跳动，默默地数着"一、二、三、四……"

突然，一个"咿呀"学语的小女孩挥着双手跑来，在距他们几步远的地方重重地跌倒了。像有一股神奇的力量驱使，他和她不约而同地跑了过去，把那女孩儿扶好。

“咔嚓！”照相机忠实地执行了任务。

“哎呀！拍了一张空白！”他失声说道。

“不，不是空白……”她深情地看着他，喃喃地说。两双眼睛对望着，他们都没有听到那位年轻妈妈的感谢……

照片洗出来了。最后一张果然不是空白，而是一片洁白的莲花。

想一个人有多久

梁　丰

没想到，与他的见面，竟是在这样的场合。她去市里参加军区的“科技标兵”颁奖大会，在住宿的宾馆房门上意外地发现了他的名字。一见面，果然是他。他已经是她当年所在那个集团军的参谋长了。

想见他的念头已经像梦魇一样缠绕了她二十年。二十年前，她是军医院的一名军医，他因在野营训练中抢救一名从山坡上滚下来的战士，小腿骨折入院，成了她的病人。那时候，她年轻、漂亮、有大学文凭，另眼看她的人多，他不过是来自部队基层的一名小连长，风吹日晒脸膛被吹打得非洲黑人一般，显然不在她的视野里。后来引起她兴趣的是他床头上那一摞厚厚的书。她顺手翻来，都是些研究战争和战例的，还有外文版的。

“当连长，还需要看这些书吗？”这恐怕是她第一次正眼看他。

“我不可能永远当连长，就像你，也不可能永远是个小军医。”他还引用了人们最常说的那句名言，“不想当将军的士兵不是好士兵。”

后来，她就开玩笑地喊他“未来的将军”。他总是快乐地接受：“等着吧，我这将军总有一天会被你叫成的。”到他能下地走路的时候，她有时会主动陪他到院子里走走，他喜欢为她讲些连队的故事，逗得平时并不怎么爱笑的她禁不住地笑出声来。走在他的身边，她的心中荡漾着一种甜蜜和愉悦。

他出院的前一天晚上，他们很默契地在院子里走到很晚，他终于抑制不住地拉住她的手。尽管这一切来得有些突然，但已是在她的渴望中了。她含泪说：“我会想你的。”他为她擦泪：“我会来看你。”然而，第二天一早，等她来到病房的时候，他却早没了踪影。望着那张空了的病床，她的心也空了。

一个月后，她病倒了。只是一场风寒，却稀里糊涂地发起高烧，咳嗽咳得要把肺泡咳破。她想发疯，却不知道该对着谁！她暗中发誓，等哪天碰到他，一定要让他说个明白，那个让她坠入爱河又把她丢掉的男人！

即便是结了婚，有了丈夫、孩子，事业蒸蒸日上，她也没有停止过偶尔想起他。她一直坚信，当年那个做着将军梦的小连长还会在军营里奋斗，即使不是将军恐怕也离当将军只有一步之遥了。可奇怪，二十年里怎么就没有再碰到他呢？

终于见到了，却是与他一同上台领奖，出乎意料却又感觉在预料之中。她想，盼望已久的与他心灵相对的那一刻到来了。

“能告诉我，为什么连个招呼都不打就偷偷溜走了吗？”会议结束那天，他走进她的房间告别，她忍不住地流下了泪。这是她第二次在他的面前流泪。他颤抖着双手不知该不该帮她擦。

她想，他也一定不会忘记，二十年前他曾为她擦过泪。她努力让自己恢复常态，听他说什么。多少年来，她盼望的就是要听他说！

“不，我是溜了，但我没溜走。”他眼里闪着激动，“我是一大早就离开了病房，但我一直躲在门口传达室里，等到上班号吹响，看着你从宿舍区走出来，走过门口，走进病房大楼，想喊住你，但又怕见到你就走不成了。”

他说，那年他回单位报到后，领导为了让他的腿伤得到充分恢复，又安排他休一个月的假。他本想回医院看她的，但又想，工作后就没有探过家，还是先回老家，等从老家回来再去看她不迟。那次探家，家里的情况让他难过，父亲瘫在床上，母亲又得了哮喘，弟弟妹妹要上学，爷爷奶奶年迈，他想，像他这种家庭出身的人是不配享受爱情的了。况且，他已经深深地爱上了军人这个职业，做军人，怎么能有家庭的拖累！他在用心照顾父母、补偿父母的同时，想了整整一个假期。他庆幸自己没有先去看她，并最终决定忘掉她……“就这么简单。老婆是我同村的，结婚后先后为我的爷爷、奶奶、父亲、母亲养老送终。也巧了，老人们走的时候，我都没能在身旁，不是赶上培训就是赶上演习。连生孩子，我都没能陪着她。”

想到那年自己一次小小的感冒竟病得死去活来，她的眼泪更是止不住。“可这些，是个女人就能做到！”其实她想说，换了她，也同样能够做到。

他似乎听出了她没有说出的话：“人的一生，精力有限。今天，我们能在同一领奖台上，我很高兴！这说明，我们彼此没有看错……”他刚想继续解释，楼道里传来嘈杂的声音，有人敲门。

她跑进卫生间。其实过去的已无法说清，因为命运不可能再给她另一种人生来实践、来证明。

门铃又响，是她的丈夫。她才想起，丈夫说了要早一点赶过来接她回家。她忙给他俩做了介绍，又自我解嘲："碰到老部队的首长了，谈了些过去的事，心情比较激动。"

"是啊，老乡见老乡，两眼泪汪汪嘛，不激动才怪呢。"丈夫的话语幽默中带着机智。他起身告辞后，丈夫帮她收拾东西，装车，带她回家。

路上，她静等着丈夫发问。可快要到家了，他只说家里准备好了要给她接风、祝贺，就是没问刚才的事情。其实她是真的不后悔嫁了这样的丈夫，他乐观、宽容，以娶到她为荣，不像他……怎么又是他！她望着开车的丈夫，心想自己到底是怎么回事？

回头再聊

甘桂芬

诸莲是个美丽优雅的女白领，和许多年轻时尚的职业女性一样，她的家是丁克家庭，双收入、无子女，生活舒适优裕。但是最近诸莲有了不一样的想法，下了班以后丈夫照例没回来，她一个人从冰箱里找了点儿零食对付肚皮。

一个人待着很无聊，打电话给在外面应酬的丈夫，诸莲想告诉他自己想通了，不再坚持不生孩子，即使因为生孩子把她变老变丑，她也要生。一个人在家太寂寞了。何况，柏杨说过，孩子是家庭之船的压舱石，没有孩子，爱情就会岌岌可危。

她想丈夫听了一定会很高兴，他早就盼着有个孩子，求了她好多次呢，可是她一直很固执，怕因怀孕丢了工作，怕生孩子影响升职，怕哺乳影响身材，怕带孩子麻烦。可是现在，当婚姻走过了五六年，所有的甜言蜜语都说完了，再浓烈的激情也稀释了，她有了危机感，想要一块压舱石。她决定现在就告诉他，他肯定会高兴疯了。晚上回来，他不定怎么讨好自己呢。

想到这儿，她心里很甜蜜，身上有些燥热。算起来有好多天没有在一起亲热了。她先去洗了个澡，穿上了他喜欢的睡衣，喷了香水，喜滋滋羞红了脸拨着爱人的号码。

电话接通了，听到一片嘈杂的人声，这是丈夫的习惯，意思是告诉她，他正忙着呢，不便接听电话，也让她明白，他没有和什么不三不四的女人搞什么对不起她的勾当。待一会儿，嘈杂声小了，应当是丈夫站到了走廊里，她听到电话那头一个压低了的声音问："怎么了？宝贝，有什么事回头再说。"

那就晚上吧。她心头的甜蜜淡了一些，穿着单薄的睡衣感到丝丝凉意，她抱着靠垫窝在沙发里看电视。是韩国的生活剧，拖沓冗长，但是很家常，就像身边许多人的日子，红红火火的，比自己的家热闹多了。

丈夫回来时，醉醺醺的，她已经睁着眼睛在床上躺了好久，不能指望他有什么作为了。她怅怅叹了口气，翻身要睡，但身体里欲望还在，翻来覆去睡不着，身边的人已经酒气冲天地鼾声如雷了。

第二天一早，丈夫醒来，想起头天晚上的电话，问："你要说什么?"

诸莲一夜没有睡好，眼皮都肿起来了，神情淡然，说："该上班了，有时间再说吧。"

丈夫多年的努力终于得到了回报，他要升职了，是公司最年轻的部门经理，他很得意。男人的得意总是要跟人分享的，他美滋滋地拨打最熟悉的电话。诸莲最近迷上了网上聊天儿，正坐在电脑跟前和网友神侃。

“今天不回家吃饭了……”丈夫想卖个关子，等着老婆问他为什么，然后他就告诉她他要请她吃饭，以庆祝他的升职。以前恋爱时总是这样，她对他有足够的耐心和兴趣。但是这天诸莲显然没有这样的兴致，她答道：“你不回来了？好，我就不做你的饭了。”他知道她没领会自己的意思，赶紧说：“有件事要告诉你……”她和网友聊得正酣，答：“回家再说吧，我正忙着呢。”电话挂断了。

丈夫火热热的喜悦生生地给截断了，没有了落脚处，笑容僵在脸上，可这骄傲总要找个人炫耀一下才好。他想起那个一直对他表示好感的女同事，她丈夫出国了，一个人也很寂寞。

他犹豫着在通讯录里找到人家的电话，那女人立即表示了热烈的祝贺，于是为了庆祝升职而一起吃饭就顺理成章了。

这桩婚姻最终在七年之痒中解体了。两个人都很理智，没有常见的争执打闹，冷冰冰的礼貌拉开了他们的距离，心越来越远了。

他们都有足够的风度，分手时，两个人还互相握手，说：“记得我的电话，咱们回头再聊。”可是他们永远也不会再聊了。

晚点

邢庆杰

男人慌里慌张地领着女人跑上站台时，火车还没有进站。

男人听到一个手拿对讲机的值勤说，这班车要晚点一个小时。

男人的脸就灰了，说，车又晚点了，怎么老晚点。

小站很小。仅有一排平房，墙体上刷的油漆大部分脱落了，脱落的地方露出水泥底子，像一幅抽象派的油画。

已是晚秋，风很凉。女人竖起上衣领子，对男人说，不行，咱回吧，待在这里俺心里不踏实呀。

男人说，别怕，没人会找你的，你毕竟不是三十年前的你了。

三十年前，男人和女人都很年轻。在一次全县大会战的劳动中，男人和女人认识并相爱了。但女人的爹娘要用女人换回一个儿媳妇。男人家里是弟兄三个仨光棍，既没有姐妹可去换女人，也没有足够的彩礼去满足女人的爹娘。两人的事自然就没有盼头。但男人不信邪，约了女人私奔，女人犹犹豫豫地答应了。

一个夜晚，两人相约跑出了家门，来到了这个小站。那时的小站也是这个模样，但在两个年轻人的眼里还是非常新鲜的。他们在小站见面后，都很激动，因为他们就要在一起了，谁也没法阻挡了。他们已经商量好去黑龙江投奔男人的一个姑妈。

本来两人的计划是天衣无缝的。男人已经事先问好了开车的时间，并提前买好了两人的车票。他们来到这里几乎正好是火车进站的时间。只要十几分钟，他们就可以双宿双栖了。

但是列车却给他们开了一个极其残忍的玩笑——车晚点了，晚了整整一个小时。

就在他们相偎着互相取暖时，女人家里的十多口人都找了过来。他们把男人打了个半死后，将女人五花大绑地弄回了家。

男人被抬回家后，休养了一个月才下地。这时，女人已经被爹娘匆匆地嫁出了。

男人又打了几年光棍，因为分了责任田，光景日渐好起来。男人虽已年近三十，但人长得魁梧，就有人上门提亲。但男人都拒绝了。后来，男人出人意料地去另一个村子当了“倒插门”，做了上门女婿。那些年，在农村，男人不到万不得已是不会走这一步的，因为“倒插门”就意味着“小子无能、改名换姓”，这是件丢祖宗脸的事。但男人宁可与家里人断了关系，也义无反顾地去做了“倒插门”。

后来有人才明白过来，女人正是嫁到那个村子去的。

有人开始担心，担心两人再出什么事。但很多年过去了，两人都各自有了儿女，并没有什么事情发生。

日子一晃，男人与女人就都老了。男人的媳妇先去了，得的是肺病。后来，女人的丈夫也被一场车祸夺去了性命。

再在街上碰面，男人和女人的眼光就开始焕发出一种已经消失了几十年的光彩。两人差着辈分，男人得管女人叫“婶”，为了避嫌，两人几十年未说过一句话。

但男人不想再失去这一生中最后的机会，他大着胆子与女人约会，讲出了想破镜重圆的想法。女人犹犹豫豫地同意了。

但两人的事情再度遭到了强烈的反对。是双方的儿女。不是儿女不开化，是因为差着辈分，传出去太难听。

男人和女人耗了半年多，与儿女们也斗争了半年多，但最终未能如愿。男人与女人再次走上了三十年前私奔的旧途。

远远的，火车已经拉响了汽笛。站台上骚动起来。

男人抓住女人的手，有些兴奋地说，车进站了。

车终于停在了站台上。但这时，女人的儿子、媳妇、闺女、女婿都来了，将女人强行架走了。

火车吐出一些人，又吞进去一些人，鸣着汽笛开走了。男人看着远去的火车，呆了半天。良久，他喃喃地道，这次晚点，晚了我一辈子呀！

男人就天天来火车站等火车。但男人并不上车，他只关心车是否晚点，一边望着铁路的远方，一边焦急地看着手表。站上的人赶他走，但赶跑了几十次，几十次都接着回来了。站上的人就不再管他了。

男人成了站台上一道持久的风景。

不朽的情人

陈力娇

她是个敏感纤细的人，却也处了个情人。像她这种人是不适合有外遇的。她和丈夫过平常日子绰绰有余，但一到她有了灵魂的渴求他就十分地难以招架。

而她的情人是个双料情人，他是个体贴女人又会料理家务的人，情感也十分丰富。她的思想流到哪里，他就在哪里等她，她的言行刚刚形成，他就已经有了答案。他在事业上的成功也令她刮目相看，这些优点她都爱不释手，她都用她滚烫的心把它们一一收藏了。

他们一处就是好几年，隐秘而长久。她乐此不疲，他们相亲相爱。

她和情人产生分歧也是有点说不清道不明的。以前他每天两个电话，用的是一个固定电话。有一天他忽然不用原来的电话了，而是换了一个。这小小的细节如果换了别人也就过去了，可是我说过她的敏感纤细，细到一棵小草，细到一颗沙粒。知道刚刚出生的小老鼠吧，红红嫩嫩的没有毛，一点儿风寒它们都知道。那就是她，那就是她那颗敏感易碎的心。

果真从那以后，她就察觉出其中的原因。他们公司来了一位漂亮的小姐，小姐是搞公关的，本来和他也没有什么关系，但是只要她在办公室里坐着，他就不像以前那么自如地给她打电话了。

他的坦白让她很平静，她立马从情人的角度跳了出来，成为一位慈祥的母亲。母亲是不能骗孩子的，她摸了摸他的耳垂很诚恳地告诉他，去爱吧，这就是开始。

从此她深居简出，不再在他面前露面，从此她谢绝一切与他的往来，成为一个孤独的人。爱从此远离她而去，并且不再回头。

小姐的攻势就是从她离开的那一刻开始的。她看到他不厌其烦地给一个人打电话又打不通，小姐就说，不必那么痴情吧，有时分手是必然的。小姐色眯眯的，他听了有些心动。他们去旅游，坐船的时候他走神儿险些掉进水里，小姐就凑上来，说，来，妹妹我陪你坐船头。那天小姐陪了他一整天。晚上和小姐睡在一张床上的时候，他想起了和他相处了五年的她，不由得佩服她那准确的预感，事儿还没出来，结局已被她说穿了。

小姐干什么都很专业，没用半个月就开始瓦解他的家。方法是半夜往他家打电话，电话铃炸响，接起来又没人说话，当然这是他老婆接，如果是他接，里面就有了内容。这样几个轮回下来，他老婆就开始明白了。

终于有一天，他老婆把什么都搞清楚了，就离家出走了。她没像其他女人一样，知道丈夫有了外遇后和丈夫闹个无休无止。她没闹，没闹的结果比闹还严重。

老婆悄然离去的第三天他才真正慌了神儿，外面的滂沱大雨让他几乎崩溃，他知道老婆的性格，倔强而呆板。从心里说，他不太喜欢他的老婆，但他也不想让事情发展到像现在这样。

深夜，他实在熬不住了，就打一个电话，这个电话既不是打给公关小姐的——他早对她绝望，也不是打给有关亲属的。他在这势单力薄的时候想起了她，那个像巫婆一样预测自己要恋爱的人。

这一次她没有像往常那样不接电话，她接了，而且一直听他把话说完。他大为感动，他想起这些年她待他的种种好处，她一直承担着母亲、妻子和女儿三重角色。

她对他没有任何戒心，没有任何索求，连起码的那一步也没对他首先要求过。她的底线就是我们做不了情人，我们也还是最好的朋友，她说前者是我的最高理想，后者是我的最低希望，怎么着都行。

大雨间歇的一瞬间，他不知所措地问她，我该怎么办？他已经没有了主意，她的话在这时就是圣灵的启示，只要是她说出的，不管多么难他都会义无反顾。

他等着她的回答，就像等待黑暗中射出的子弹。半晌他听到她说，找回你的妻子，重新和她过日子，远离那些花哨，回归从前的自己。

他没想到她会说出这些，等他想进一步把事情的艰难说清楚时，那头的电话早已决然地挂断了。

他没有找到他的妻子，不是没尽心找，是真的挖空心思也没有找到。就在他失魂落魄时，他的妻子出乎意料地自己回来了，回来后的她没有了先前的言语，轻易不说话，像得了失语症。他明白她是要养一段时间“伤”的，只要人能回来，他就心满意足了。

这一天他下班早了点儿，隔着防盗门他听到了她的笑声，他立即开门进屋想看个究竟，看看妻子到底和谁说话。奇怪的是妻子见他进来马上不说了，又一次恢复了以往的沉静。但他还是看出了蛛丝马迹，从那抖动的电话绳上，他判断出她在打电话。等妻子去卫生间时，他急忙奔过去查了一下来电显示，这一看他吃惊不小，原来和妻子欢声笑语的那个人，不是别人，正是那个待他千好万好的情人。

第九辑　港台珍品

玫瑰花

（中国台湾）杨　逵

国中三年级，农历年一过，压力愈大。 正常的考试之外，三天两天就有模拟考，几乎被“烤”焦了。 挨到毕业考考完，便是毕业旅行，才松了一口气。 老师说：“这次要经过台中，到雾社日月潭。”

我们请求到台中时上大度山，去看看“压而不扁的玫瑰花”。 老师笑着点点头。

当天，我们在东海大学旁下车，顺着小河边的小径走了四五分钟，就看到满山满谷的玫瑰花，一位老园丁正挑着水壶在浇花。

老师向他介绍说：“我们是高雄来的国中同学，有三个班一百多人来打扰了。 刚上过‘压不扁的玫瑰’一课，就想来看您啦。”

老园丁笑笑说：“免客气免客气。 不过，玫瑰花有刺，只可以看，不可以摸。 日前一位叫作绅士的，一进来就伸手去折，却被刺得哇哇叫起来了。”

“哈哈哈哈，玫瑰花有刺都不懂，真是大笨牛！”一百多个国中学生的开怀大笑震撼了整个花园。

十年后，我们几个女生到美国来，都念生物学。

去年“九一八”，芝加哥大学开了一次盛大的“抗议日本篡改教科书大会”。 报纸报道说，应邀参加爱荷华大学国际写作计划的老园丁，当天从纽约赶到这里来演讲，讲题是《日本殖民统治下的孩子》。 这消息引起我们的怀念，便去参加了。

大会开完，好像有很多人找他谈话，我们迫不及待的，两个人拉着他的左右手，一个人从背后推，把他送进我们的车开走了。

“老园丁，你认不认得我们?”

他摇摇头说：

“我曾听说过芝加哥从前是美国黑社会头头的巢穴，声势好比上海的杜月笙，美国总统对他都没办法……”

“哎哟！你曾叫我们小丫头的，怎么到美国来就变成了绑票了……”

“小丫头？你们到过东海花园?”

“是啊！你还送我们每人一节玫瑰枝条，还告诉我们怎么剪插、如何繁殖……”

同学使个眼色，暗示我不要再讲。

老园丁似乎迷糊了，我却在肚里暗笑。

终于车开到郊外一所住宅停下。我们扶着老园丁下车，带进屋里。在进屋前，他停在前庭看那遍地的玫瑰花，呆了一下。进到客厅，我们把他拥抱着带到落地窗前看那后院的更大一片玫瑰花，他更呆了。

同学们拍拍他的背说：“免惊免惊，这是东海花园的新生代呀!”

“唷!”他赞了一声，看来是多么开心!

我们后辈鬼鬼祟祟作弄他，是要让老园丁惊喜一番的。

缘情

（中国台湾）李　昂

她是一个三十五六岁的女人，中等姿色，只不过一身净白的肤色衬得原不怎样的眉眼有种委婉的动人风情，特别是当她把头发往上梳盘挽在脑后时。

她有两个孩子，是恰恰好，但都是男的，大男孩读小学，小男孩也已上幼稚园，她并不打算再试试是否生个女儿，倒有些想再恢复工作。

早些年刚结婚时，她做过一阵子会计，后来有了小孩，不放心让人照顾，丈夫也宁可她自己带小孩，不在乎多赚那几个钱，就辞了工作。这些年来，丈夫的生意做得还算稳当，多少剩下些钱，在台北近郊买下一层公寓，日子过得极平顺。只不过她想凡事总留个后步，对钱财方面，自然比较仔细。

比如说，她从来不把太多的钱放在家里，总是存到邻近邮局，再定额地取出来使用。除了参加亲戚、熟人的互助会外，她也在邮局开了一个储蓄长期存款，每个月定额地缴一千多元，几年下来，孩子的教育费自然不怕没着落了。

她因而经常去邮局。虽然走出巷子，转个弯就到了，她每次总把自己装扮整齐。她有这样的习惯，就是到隔壁小店买瓶酱油之类，也从不愿蓬头垢面。

由于经常出入，加上领钱、办存款手续的等待时刻，自然注意到局里的办事人员。几分不自觉的，她比较留意起这市郊邮政支局的局长。

他是个四十多岁的中年人，中等身材，略显肥胖，但大致说来保持得很好。一张朴实、稍见风霜的脸，并不见太大特色。但在他身上总有一种安然、笃定的气度，很沉稳的一种感觉，常叫她不免会多看他一眼。

然后从偶尔交接的眼神中，她知觉到他也留意到她。有一次，当办事人员例行地将一些存款手续单交由他签章时，他翻转过正面仔细看她的名字，那片刻，她发现自己脸都红了。

她继续出入那邮政支局有两三年之久。平时她有丈夫、两个小孩、一个家要照管，生活也十分繁忙，只有到邮局的时候，看到支局局长，她会知觉到有这样的一个人，多看他一眼，多半时候，他意识到她的眼神，也会回望她一下。

而后有一天，是个冬日下午，她出去帮即将出嫁的小姑采买，匆忙赶回家已是六点多，临时来照管小孩的一个远房亲戚告诉她邮局里有人打来好几次电话，说是几天前她转托邮局代领的一张支票遭到退票，并给了她一个电话号码，要她回电话。

她看看表已过六点半，有点迟疑。那亲戚附和地说，邮局的人说会等她，不管多晚。

她拨了电话，对方显然是等待着，立即知道她是谁，说明由于办事人员的差错，将退票的金额误打上她的存款单里，要她隔天一早带印章来更正。

她听出是那支局长的声音，问了该办的手续，最后客气地请问对方姓名，明天她好能立即处理这事。对方回答姓张。

隔天到邮局，她发现那支局长惯坐的位置换了一个不曾见过的陌生人，正低头忙碌着。她问询要找张先生办理退票更正手续，一个女办事人员不曾说什么地接过她手中的印章，立即着手办理，不一会儿更正完错误将印章交还给她。

她走出那邮政支局，冬天难得一见的阳光很是温暖。她在阳光下缓缓地朝家的方向走去，心中有了感觉，今生今世她将再也见不到那支局长。他大概被调走了，也许高升到总行，她想。而在他临走前，因着那支票的差误，于是他给她打了电话，并在下班后的邮局专等她的回电。

他说他姓张，她轻轻地说。

永远的蝴蝶

（中国台湾）陈启佑

那时候刚好下着雨，柏油路面湿冷冷的，还闪烁着青、黄、红颜色的灯光。我们就在骑楼下躲雨，看绿色的邮筒孤独地站在街的对面。我白色风衣的大口袋里，有一封要寄给在南部的母亲的信。

樱子说她可以撑伞过去帮我寄信。我默默点头，把信交给她。“谁教我们只带来一把小伞哪。”她微笑着说，一面撑起伞，准备过马路去帮我寄信。从她伞骨渗下来的小雨点溅在我眼镜玻璃上。

随着一阵拔尖的煞车声，樱子的一生轻轻地飞了起来，缓缓地，飘落在湿冷的街面，好像一只夜晚的蝴蝶。

虽然是春天，好像已是深秋了。

她只是过马路去帮我寄信。这样简单的动作，却要教我终生难忘了。我缓缓睁开眼，茫然站在骑楼下，眼里藏着滚烫的泪水。路上所有的车子都停了下来，人潮涌向马路中央。没有人知道那躺在街面的，就是我的，蝴蝶。这时她只离我五公尺，竟是那么遥远。更大的雨点溅在我的眼镜上，溅到我的生命里来。

为什么呢？只带一把雨伞？

然而我又看到樱子穿着白色的风衣，撑着伞，静静地过马路了。她是要帮我寄信的，那，那是一封写给在南部的母亲的信，我茫然站在骑楼下，我又看到永远的樱子走到街心。其实雨下得并不很大，却是我们一生一世中最大的一场雨。而那封信是这样写的，年轻的樱子知不知道呢？

妈：我打算在下个月初和樱子结婚。

新娘

（中国台湾）吴念真

蜜月旅行的最后一个夜晚，妻对即将到来的家庭生活似乎有些担忧，毕竟除了我之外，此后她必须和我的母亲、弟妹们一起过日子；而家人对她来说终究不像我这样早已自然且熟悉地相处着。

经过一番抚慰之后，她似乎宽心了些，最后她抬起头问：“我该怎么叫妈妈？”

“我们都叫‘妈’，不过你可以依你熟悉的称呼叫。”

“傻蛋，我当然跟着你叫，”她捶了我一拳说，“不过，我可得先练习练习。”

于是从进浴室开始到入睡前，她便一直轻呼着“妈！”“妈！”……脸上闪耀着欣喜且满足的光彩。

归程中游览车在高速公路上抛了锚，拖延了三四个小时，回到台北已过了晚饭时刻。我提议在外头随便吃些，但她坚持不肯。

“‘妈’一定会等我们。”她很肯定地说着又喃喃地念道，“妈，妈……”一边朝我笑了笑。

进了门，果然如妻所料，妈和弟妹都围桌而坐静候我们吃饭，那时是晚上 10 点。

妈拉着妻的手，让出自己的位子，而要我坐在几年来一直空着的先父的椅子上，好一会儿妈才含着眼泪低声说：“此后，这个家就交给你俩了……”

妻和妈彼此微笑相拥，盈盈的泪光在温暖的灯辉下闪烁着。

“我会好好顾着家……”妻轻轻地点头，突然叫了声，“娘……”

那晚，妻在我怀中轻轻饮泣，好久之后才说：“对不起……我只是忘情……”

“我只是突然间觉得，四个人的爱一下子都把我的心填满了，你，妈妈，我爹，还有……我娘……”她闭着眼睛任泪水流着，在我耳边低声说，“啊，傻蛋你不懂啦……”

我懂。

妻五岁时便失去了母亲，二十三年来她是两个妹妹的好母亲，但就没有机会再叫一声娘。她曾告诉过我：“……那时母亲已经昏迷不醒了。父亲抱着我靠近病床说：‘叫娘，乖，叫娘……’我依稀记得，我好大声、好大声地叫了：‘娘——’”

打电话

（中国台湾）爱　亚

第二节课下课了，许多人都抢着到学校门口唯一的公用电话前排队，打电话回家请妈妈送忘记带的簿本，忘记带的毛笔，忘记带的牛奶钱……

一年级的教室就在电话旁，小小个子的一年级新生黄子云常望着打电话的队伍发呆。他多么羡慕别人打电话，可是他却从来没有能够踏上那只矮木箱，那只学校置放的、方便低年级学生打电话的矮木箱……

这天，黄子云下定决心，他要打电话给妈妈，他兴奋地挤在队伍里。队伍长长，后面的人焦急地捏拿着铜板，焦急地盯着说话人的唇，生怕上课钟会早早地响，而，上课钟终于响起，前边的人放弃了打电话，黄子云便一步抢先，踏上木箱，左顾右盼发现没人注意他，于是抖颤着手，拨了电话。

“妈妈，是我，我是云云……”

徘徊着等待的队伍几乎完全散去，黄子云面带笑容，甜甜地面对着红色的电话方箱。

“妈妈，我上一节课数学又考了一百分，老师送我一颗星，全班只有四个人考一百呢……”

“上课了，赶快回教室！”一个高年级学生由他身旁走过，大声催促着他。

黄子云对高年级生笑了笑，继续对着话筒：

“妈妈！我要去上课了，妈妈！早上我很乖，我每天自己穿制服、自己冲牛奶、自己烤面包，还帮爸爸忙，中午我去楼下张伯伯的小吃店吃米粉汤，还买油豆腐，有的时候买一粒肉粽……”

不知怎么的，黄子云清了下鼻子，再说话时声嗓变了腔：

“妈妈！我，我想你，好想好想你，我不要上学，我要跟你在一起，妈妈！你为什么还不回家？你为什么还不回家？妈妈，你在哪里？妈妈……”

黄子云伸手拭泪，挂了电话，话筒挂上的一刹那，有女子的话音自话筒中传来：

“下面音响十点三十二分十秒……”

黄子云离开电话，让清清的鼻涕水凝在小小的手背上。

黑白

（中国台湾）张春荣

彭祖已八百二十四岁。

但他外表仍像二十四岁的年轻人。走起路来，快速敏捷，步伐又大。尤其他那双眼眸炯炯有神，恍如光洁明镜，并没有因阅读人间的浮幻沧桑而昏耗暗淡。当然，人们更不会注意他眼角的细细鱼尾纹。

那天，郊林清晨飘浮一层薄雾。雾中传来雄鸡唱晓。彭祖穿过湿凉竹林，在声声清脆鸟鸣的陪伴下，走向溪边。溪旁一名白衣汉子正蹲在水边洗东西。几个农人挨近观看，而后纷纷摇头："疯子！"荷着锄头走开。彭祖走了过去，只见白衣汉子手拿一束稻草拼命在水里洗刷木炭。

"干什么?"

"将黑木炭洗白！"白衣汉子冷冷地白了彭祖一眼。

彭祖察觉那汉子眼神深藏一股阴森寒意。彭祖不以为意，笑了笑。活了这一大把年岁，什么大风大浪、稀奇古怪没遇过。

"怎么可能?"

"怎么不可能? 像平常大家梳头发，不都把乌黑发丝梳成雪白?"

彭祖无奈苦笑："刷黑炭和梳头发是两件事，不能混在一块类比。"

"谁说不可以? 你想，黑木炭燃烧后全都化为灰烬。灰烬就是灰白色，"汉子语气坚定，"那表示黑炭可以变成灰白，用水刷久了，一定可以刷白。"

“你的话似乎言之成理。可是你手中的木炭仍然漆黑。”彭祖低头，注意水中鹅卵白石间，点点蝌蚪正曳尾游动。

“迟早会刷白，你看好了。”

“老兄，要吹牛、骗小孩也不是这样。不要再瞎讲!”彭祖觉得这家伙大概精神有问题。

“你不信，是不是?”汉子瞪他一眼，“好！告诉你，这是有根据的。八百多年前，就有人将黑炭刷白。”

有人？八百多年前？彭祖心想，这家伙真会杜撰，我活了这一把年纪，眼见耳闻，就没听说这等事？明明睁眼说瞎话。

“谁?”

“你一定不知道。”

“说说看。”彭祖意味深长地注视着对方。

“彭祖!”

“彭祖?”

彭祖怔忡一下，接着不禁朗朗大笑。意念急转，他瞬时明白眼前这家伙的身份。自二十四岁在云雾山巅，八位神仙每人送他百年时光以来，阴间阎王便派鬼卒捉他回去，以便销案。可是没有一个鬼卒认得出他。

“有什么好笑?”

“怎么不好笑，要臭美也不要这么离谱！彭祖怎么会——”

“怎么不会！你怎么知道他不会。”

“我当然知道。”彭祖忍住笑意。

“你是谁?”白衣汉子脸上疑云重重。

“我，就是，你所说的彭祖。”彭祖不疾不徐道。

“好啊！你不打自招。踏破铁鞋无觅处，得来全不费工夫!”

汉子两眼发亮，桀桀怪笑。

“这次你跑不掉啦!”白衣汉子丢下手中稻草，露出狰狞鬼脸一步一步地逼近彭祖，“看你往哪里跑?”

“我为什么要跑?”彭祖笑立原地。

“你，不怕死?”白衣汉子愣住了。

彭祖坦然大笑：“怕死也不会留在这里和你聊这么久。”

“该来的，怎么也躲不掉!”彭祖气定神闲地遥望天际在雾中若隐若现的青青山脉，面带微笑。

微笑里，彭祖走近松树下的巨大岩石。一阵飕飕凉风如白衣般飘了过来，石隙草丛间探出的金黄小野菊轻轻摇曳。彭祖安详地阖上眼，在困盹中，头枕灰白岩石，静静入眠。

AB爱情

（中国台湾）隐　地

时间是个魔术师。经过了三十年的岁月，一切往事真假难分。今早，我的办公室里就发生这样一件奇事：

A和B都是我的同学。A是女同学，B是男同学，B和我住校时同住一室，我们是上下铺，平时焦不离孟，孟不离焦。后来B和A恋爱，我不免帮他们传传信，偶尔也做做他们的和事佬。然而，中学时代，感情不成熟吧，毕业后各分东西，每个人都走着自己的路，他们也都各自成家，相同的是都移民到了美国，A在东部做牙医，B在西部，他是一位妇产科医师。

昨天下午A突然说要来看我，原来她人在台北，她在同学家临时得到我的电话，她告诉我，她搭明晨的飞机返美。她在我办公室里坐了半个小时，三十年的岁月，一时不知从何说起，又仿佛什么也说不完。临走，她放下了一罐茶叶，还问我和B可有通信，我摇摇头。

奇怪的事发生了。今天下午，毕业后几乎和我失去联络的B，突然也来了电话，他说回台北开会，好不容易在朋友家弄到我的电话，我说："你这个电话还是来迟了，如果你昨天拨这通电话，我会告诉你，A在我办公室，她正在和我喝茶聊天，你当然会飞奔而来，看看三十年不见的A。"B说："真的吗，真的吗?"他赶到我办公室，还没喘口气，就急着问我："A可不可能临时改班机，说不定还在台北?"我要他拨几个知道A行踪的同学的电话，他得到的确实消息是，A已于今早十时三十分坐华航飞机回美国了。

B怅然若失，重新向我要了A在美国的电话和地址，匆匆忙忙就走了。我把A送给我的茶叶送给他，我说："你们两个不约而同都带了一罐茶叶给我，你的我收下，她的一罐你带回美国喝，至少至少，你没握到她的手，这罐茶叶还留有她的手温，你提着回去，也算是一种随缘。"

他听了之后，连忙把茶叶罐抱在怀里，脸上也露出了笑容，带点满意的和我说再见，留下我，继续回忆着三十年前的这对旧爱。我一直想着：他们两个生命，究竟是相差一天，未能相遇比较好呢，还是经过三十年时空交错之后，突然同一天在我办公室偶遇，那又将成为如何一种结果啊！

特别的丈夫

（中国台湾）苦　苓

租来的丈夫，有什么特别的"功能"呢?

“结婚干什么？要丈夫，去租一个不就得了！”

莎莉第一次这样说时，我们一伙“单身贵族”还认为只是她的异想天开，纷纷打趣她这种说法未免太“酸葡萄”了，谁知她却一反常态的严肃认真，信誓旦旦地说真有“出租丈夫”的行业，大家又笑说那只不过是比“午夜牛郎”文雅一点的名词罢了，她却又解释租来的是真的丈夫，会修理电器，会帮忙家事，会和邻居打招呼，会和老婆散步谈心，如果有小孩子还会陪他打棒球……反正和一个正常的丈夫都一样就是了，唯一的不同只是，第二天早上吃了早餐 KISS GOODBYE 提着公事包出门之后，就不再回来了——除非你再打电话去！

看她说得像真的一样，不由得一伙人大起疑心，又呵又痒“严刑逼供”之后，莎莉终于承认她“租过一个”。

“真的?”这下天下大乱，马上逼着她打了那个神秘电话，约好当天下午五点，从这位丈夫下班回家——当然是回莎莉家——开始，到第二天早上九点，费用是 8000 元不包括“特别服务”（?），价钱还真不便宜，不过大伙好奇心重，很快凑够了数目交给莎莉，唯一的条件是要让大家在旁“参观”这场好戏。

“丈夫”果然如约出现，身材适中，长相普通，和全世界所有的丈夫没有两样，进得家门一声“老婆我回来了”，脱了领带皮鞋之后，收拾屋里杂乱的书报，把有故障的抽水马桶修好，提了两大袋垃圾去丢，又到厨房帮着莎莉(其实主要是他做的!)做了可口的晚餐，俩人吃完烛光晚餐他又忙着洗碗，这中间还应邀到邻居家帮忙搬了一个大衣柜……的确是温柔体贴、尽责顾家，这样的丈夫真比自己找的还好！我们躲在屋里啧啧赞叹，“丈夫”听到异声，立刻负起“一家之主”的责任，手持球棒冲了进来。

他先是一怔，继而马上恢复镇定，以男主人的风度接待太太的女朋友们，互相礼貌介绍了之后，又是水果又是饮料，还讲了两个不算太黄的笑话博取大家好感；倒是莎莉坐立不安，三番两次地催我们快走，他也优雅从容地送到门口，转身又去收拾满桌杯盘，我们当然不肯轻易放过莎莉。

“好了，看够了，快走吧！”莎莉轻声说，“十二点了，别耽误我的特别服务时间，”大家正要起哄，她杏眼一瞪，“这个部分的钱是我自己付的，你们休想看！”

第二天早上在公司里，人人都肿着大眼泡（想必每个人都是翻来覆去睡不着！）讨论像这样具备“全部功能”的丈夫，一次一万多块（不约而同都把特别服务加上去了！）实在不贵，最大的好处是可以招之即来挥之即去，而且看他对莎莉的言听计从，这样的男人世间哪里去找？我们只要有本事赚钱，随时随地可以去租个丈夫，甚至还可以经常变换不同的口味……

说着说着，莎莉来了，正要上前问她滋味，她却摘下太阳眼镜，露出颊上一大块瘀青。“怎么了？他打你？”

“对啊，他打我……”莎莉泫然欲泣，“我睡到半夜想喝水，叫他去倒，他不肯，我说要扣他钱，他就发起火来把我……把我打了一顿。”

“那怎么可以？”“太恶劣了！”“叫他们公司赔！”

“哇！”莎莉哭得更大声了，“我一早就打电话去了，他们公司……他们公司说打老婆也是丈夫的工作之一，而且还算特别服务的项目，不但不赔我钱，还要加收2000！”

睡衣，还有牙刷

（中国台湾）彭树君

晚餐是鲜蛤意大利面和蔬菜浓汤。以一个单身男子而言，他的手艺算是出色了。为了表达对他的赞美，她把属于她面前的那份食物吃得干干净净，并且抢着在饭后清洗碗盘。这是他第一次邀她到他的小屋里来共进晚餐，而可口的食物与和谐的气氛，让两人都觉得彼此的交往又进了一步。

正因为双方已经有了某种不必明说的默契，所以当两人坐在沙发里啜着葡萄酒聊天时，他就自然地倾过身来吻了她，而她也热烈地回应。昏黄的灯光充满暗示，慵懒又性感的爵士乐更是催情的配乐，在这种情境之下，恐怕是没有什么能阻挡这个蜜糖似的夜了。

但是，在他企图解开她胸口上的第一颗扣子时，她还是温柔地挪开了他的手，问了那个大部分的女人在这种关键时刻都会问的问题：

“先告诉我，你爱我吗？”

“我当然爱你！”他的情话和他的手艺一样出色，“难道你刚才吃晚餐的时候，没有尝出我偷偷调在浓汤里的爱情胡椒吗？”

“甜言蜜语是不够的，为我做晚餐也是不够的，真正的爱并非仅此而已。”她停顿了一下，让他去思索这句话，然后又轻声问，“我想知道，你爱我，爱到什么程度？”

他的脸色忽然严肃起来，一只手压在自己另一只手上，定定地凝视着她，一字字地说：“我爱你，爱到愿意为你牺牲一切的程度！”

她完全被取悦了，轻快地站起身来，一面从一旁的手提袋里拿出一件轻薄的丝质睡衣，一面弯下腰在他唇上印下嘉赏似的一吻：“那我先去洗个澡，你乖乖等我噢。”

她竟然带了睡衣来赴约，而且还是撩人的樱桃色！一时之间，他惊喜得简直坐立难安，只好一口气喝光瓶子里剩下的酒，因为呼吸急促的缘故，差点没被呛着。

他正在预支着等会儿的快乐，却见她又从浴室里走了出来，还穿着刚才的衣裳，手里拿着他的牙刷。

“我忘了带牙刷，可不可以先借你的一用?”

“不好吧?”他反射性地回答，脑海中也立刻浮现出可能残留在她口腔中的肉屑和菜渣……天哪，那真是够恶心的!

他的反应让她神色一变。经过刚才那一番缠绵的长吻，口水都不知交换了多少，他竟然还不肯出借他的牙刷?

她一言不发地冲回浴室，抓起那件樱桃色的睡衣，再一言不发地冲回客厅，拿起自己的手提袋，并且在他还来不及做出任何反应之前，把他的牙刷抛还给他，同时抛过去的还有一声冰冷冷的嘲弄：

“是啊，我真的相信你愿意为我牺牲一切——除了你的宝贝牙刷!”

他本能地接住了自己的牙刷，却没能接住情势的急转直下——怎么这个蜜糖似的夜，竟会毁于一把牙刷?

而她扭开门把，夺门而出，头也不回，心里虽然生气，但更多的是庆幸——她故意不带牙刷是对的，一个小小的测试，就证明了他爱自己的牙刷还胜过爱她。

枪

（中国台湾）林双不

车子愈往南驶，我愈觉得不对劲。司机始终不怀好意地透过后视镜瞅着我，有几次似乎再也忍不住了，居然微偏着头，眼睛向后掠。

恐怕我是上了贼船了。实在不应该冒冒失失搭乘这辆野鸡计程车。趁着星期日到台北处理一些事情，原本计划搭十一点半的最后一班平快夜车回员林的，谁知东拉西扯，赶到火车站时，那班火车已经开走了。怎么办呢？星期一一大早就有课，不赶回怎么行？

真是的，就算一定得搭野鸡车，也应该睁大眼睛啊，居然司机一说是回头车我就上了，居然司机说载不载客都无所谓我就让他开了。为什么我当时没有考虑到旅途的安全问题呢？报纸上几乎天天说，计程车司机在荒郊野外劫财抢色，甚至还要伤人，为什么我这么大意？

果然，车子刚过中坜吧，我就感到异样了。就如同我前面所说，司机一再从后视镜瞅我，瞅得我心底发毛。当然，我身上的钱不多，又是一个大男生，实在不必害怕，但如果他真正心怀恶意，如果他嫌钱太少不满意，无论如何，还是我吃亏。我悄悄打量他的体型，没有我高，但是比我结实多了，单打独斗，我未必就会输他，可他不可能没带东西，而且我根本不想打。

就在这时候，我看到他的右手从方向盘挪开，往下伸，不知在摸什么东西，大概是扁钻或刀子吧？车窗外一片漆黑，正是苗栗一带的山间，歹徒下手最理想的所在。要动手了吧？我下意识坐直身子，冷汗开始往外冒。

什么事也不曾发生，他的手又伸了上来，放在方向盘上，没有拿什么东西。一定是他看出我有了戒备，不敢轻率下手，在等待更恰当的时机吧？难道我就这样束手待毙吗？也许我可以想想办法，化解这场危机，我不是一向自诩最善于动脑筋的吗？怎么突然吓呆了呢？或许我可以试着和他聊聊天，动之以情，让他不好意思动手。

于是我吞了口口水，和他搭讪：

“生意好吗？老乡。”

他似乎吓了一跳，过了好几秒钟才回答我：

“不好啊，几乎连油钱都跑不回来。”

“不会吧？你不是回头车？刚刚还有客人包了你的车去台北，不是吗？”

他不再回答，我突然想到可能不是真的回头车，一紧张，舌头打结，也沉默下来。沉默最适于培养紧张的气氛。为什么他不跟我聊天呢？是不是怕暴露他口音或其他特征，增加警方缉捕他的可能？他当然明白，我被抢之后必定会去报案的，好聪明狡猾的家伙！我恨恨地咬了咬牙，他又从后视镜飞快地掠了我一眼。

这一眼非常狠毒，我有生以来不曾看过更狠毒的眼神，使我再度直冒冷汗，再度后悔自己的莽撞。即使赶不回员林上课，请一天假又有什么大不了，何必一定要搭野鸡车冒险？

算了，如果他真的要抢，就给他吧！好汉不吃眼前亏，财物嘛，生不带来死不带去，有人要就给他，犯不着因此打斗伤身。不行！这么一来，岂不是助长了恶人的气焰？无论如何，都应该和他拼斗一番，给他一点儿教训。

两种想法交战缠斗，还没有分出胜负，员林居然到了。可爱的员林！当计程车在公路局车站前一停，我立刻打开车门，冲了下去。松了一口气，才想到还没付钱，便绕过车后，走到司机窗口，伸手到旅行袋里掏钱。突然，车子往前冲，迅速拐一个弯，消失在不远的街角上。我最后看到的，是司机无比惊惶的神色。

怔怔地站在凌晨两点左右冷冷清清的员林街头，莫名其妙地把车钱再放入旅行袋，才看见旅行袋的右方开口突出一截枪管，那是我在台北特地为孩子买回来的玩具枪，枪管太长，无法全部塞进旅行袋。

送一轮明月

（中国台湾）林清玄

一位住在山中茅屋修行的禅师，有一天趁夜色到林中散步，在皎洁的月光下，他突然开悟了自性的般若。

他喜悦地走回住处，眼见到自己的茅屋遭小偷光顾，找不到任何财物的小偷要离开的时候在门口遇见了禅师。原来，禅师怕惊动小偷，一直站在门口等待，他知道小偷一定找不到任何值钱的东西，早就把自己的外衣脱掉拿在手上。

小偷遇见禅师，正感到惊愕的时候，禅师说："你走老远的山路来探望我，总不能让你空手而回呀！夜凉了，你带着这件衣服走吧！"

说着，就把衣服披在小偷身上，小偷不知所措，低着头溜走了。

禅师看着小偷的背影穿过明亮的月光，消失在山林之中，不禁感慨地说：“可怜的人呀！但愿我能送一轮明月给他。”

禅师目送小偷走了以后，回到茅屋赤身打坐，他看着窗外的明月，进入空境。

第二天，他在阳光温暖的抚触下，从极深的禅室里睁开眼睛，看到他披在小偷身上的外衣被整齐地叠好，放在门口。禅师非常高兴，喃喃地说：“我终于送了他一轮明月！”

最后的秘密

（中国香港）东　瑞

黑暗中，当丈夫的手从琳身子的上半部分游动，慢慢地移到她的小腹时，她浑身一震，啪一声轻轻地打着他的手，然后抓着丈夫的那只手，将它移开。这时会连着一声娇喝：“规矩一点！”

有时，苦恼的丈夫怀着好奇，会在半途中“啪”的一声将小床旁的台灯开亮了，琳会气极，一方面将他踢开，接着用毛毡将自己赤裸的身子盖住：“你要亮灯，那就不要再碰我！”

琳是很满意这一点的。结婚快二十年了，别的太太可能早把身体的一切都奉献给了丈夫，那种奉献是相当彻底的，连妻子身体哪一部位有几颗什么颜色、怎样大小的痣，丈夫都能如数家珍般说出来，所有的神秘感都消失了。

妻子哪儿松弛，哪儿饱满，哪儿大，哪儿小，丈夫看得厌倦了，再也没有一丝一毫的神秘感可言。不久，有一些丈夫在外头对别的女人感兴趣了，更有甚者，和别的女子鬼混上了，犯上了如今十分时兴的婚外情玩意。凡男人都贪好奇新鲜，感到有一种不可言宣的神秘感——神秘感即是快感。

她太明白这种哲学，也见过太多的夫妻分手的例子。 当然，夫妻嘛，总不能做得太离谱，妻子的义务她是懂得的，丈夫有需求的兴致时，她会如一般贤妻良母般地满足他。

但事情要严格地控制在黑暗中进行。

因此，实际是十几二十年来，丈夫还没曾在明亮亮的灯光下或大白天里见过她的裸体。 每次出外逛街、赴酒会前，抑或是浴后换衣裳，需要光着身子更衣时，遇丈夫同在房里，她会对瞪大眼想欣赏她裸体的丈夫下一道命令：

“别过脸去。”

丈夫只好乖乖地遵守。 他虽不服，心里会想：“什么玩意嘛！夫妻之道都进行了，看一下也不行。”但也会理解她：“可能是不习惯和害羞吧。 想不到男女结婚快二十年了，女性还会这样。”接着又是感到很困惑了：“做那事时，她从不亮灯。 可以让我摸，可是不准看。 这符合逻辑吗?”

琳对于自己的做法是很满意的。 人快到四十了，矮胖的身材和微微胀凸起来的肚腩，使她极不满意自己。 因此，愈是到近几年，她更严格地守着自己的秘密，总不让丈夫看她身体的全相，连摸也如此，他可以触及她女性最敏感的部位，如胸、臀及……肚子却万万不可。

琳并非对自己的婚姻没信心。 她只不过是在守着自己的最后一道防线。 女人如全部奉献，还剩什么呢?

虽然她守着自己的肚腩十分辛苦，而丈夫更辛苦；但女人没有最后的秘密，行吗?

八号风球下

（中国香港）东　瑞

八号风球猛烈地袭击着香港这个小岛。

天色很暗，这一带木屋区在暴风狂雨之下，飘摇欲坠。这一天不用上课，朱明生老师的小房亮起了灯。

他正在全神贯注地伏案批改作业。可是风声、雨声、锌片屋顶的稀里哗啦声，声声入耳；孩子吵闹声、电视广播声、音乐声，也声声烦人。设在阁楼的这小书房，小得只能放一张写字台，坐一个人。他隐隐约约觉得屋子在摇，他分明看到屋顶震摇得快被掀开了。看看玻璃窗外，湍急的雨水迅猛地从山上向下流，那土坡正在蠕移，快要崩塌了……他轻轻叹一口气："不会那么坏吧，不要担心。"他这样安慰自己，继续批改学生作文。

刚改了一本，他又胡思乱想："这住处迟早得搬……"

朱老师入校任教不久，家里大小口有许多张，太太身体不好……教师应有的那些好待遇，他还没享受到。

此刻，他又强打精神，打开另一本作文簿。

作文题目是规定的："八号风球下"。就在一星期前，八号风球袭港。他给同学们出了有关八号风球的作文题，要他们谈些看法和感受。那么巧，今日又是八号风球。

有好几位同学都写得不错，他们目光远大，胸襟宽阔，朱老师读了深受感染，给他们打上不低的分数。……这时，改到新的一本，他读到头一句就这么写着："八号风球真好，又不用上课了。"他正欲读下去，忽听得玻璃窗毕零八郎一阵响。抬头一看，玻璃窗已被震裂，碎片纷纷散落。朱老师慌得抓住一片方板，挡住那窗口玻璃破碎处。

他继续读那篇作文："每当八号风球来到，我喜欢睡懒觉。要不然呢，就听听音乐……"读到这儿，朱老师又被一阵巨响所打扰。屋外的狂风这时大施淫威，猛然一刮，将一片锌片刮到阴沉的天空去了。雨，从那露天的一角扑进。"屋破得这样了，毫无办法可想。"朱老师想，继续看那篇作文："要不然呢，我喜欢看看窗外风景。八号风球下的海真有气势，真美啊。"

看到此，朱老师不能不翻看写这篇作文的学生的姓名了。一看，是洪成平的。他记起了，他的家住在浅水湾畔那一列三四层高的别墅群之中。"我该给他打几分呢?"朱老师知道洪成平的父亲并不好惹，常为儿子学业的恶劣而怪罪老师。

继续读下去："八号风球下的窗外风景，雄壮美好!"刚读完这一段，朱老师抓笔的手停在半空，就听到楼下妻儿凄厉的尖叫，他看到窗外，泥坡向下塌去，一股很大的泥流迅速地朝自家滚涌而来……

打错了

(中国香港)刘以鬯

1

电话铃响的时候，陈熙躺在床上看天花板。电话是吴丽嫦打来的。吴丽嫦约他到"利舞台"去看五点半那一场的电影。他的情绪顿时振奋起来，以敏捷的动作剃须、梳头、更换衣服。更换衣服时，嘘嘘地用口哨吹奏《勇敢的中国人》。换好衣服，站在衣柜前端详镜子里的自己，觉得有必要买一件名厂的运动衫了。他爱丽嫦，丽嫦也爱他。只要找到工作，就可以到婚姻注册处去登记。他刚从美国回来，虽已拿到学位，找工作仍需依靠运气。运气好，很快就可以找到；运气不好，可能还要等一个时期。他已寄出七八封应征信，这几天应有回音。正因为这样，这几天他老是待在家里等那些机构的职员打电话来，非必要，不出街。不过，丽嫦打电话来约他去看电影，他是一定要去的。现在已是四点五十分，必须尽快赶去“利舞台”。迟到，丽嫦会生气。于是，大踏步走去拉开大门，拉开铁闸，走到外边，转过身来，关上大门，关上铁闸，搭电梯，下楼，走出大厦，怀着轻松的心情朝巴士站走去，刚走到巴士站，一辆巴士疾驶而来。巴士在不受控制的情况下冲向巴士站，撞倒陈熙和一个老妇人和一个女童后，将他们轧成肉酱。

2

电话铃响的时候，陈熙躺在床上看天花板。电话是吴丽嫦打来的。吴丽嫦约他到“利舞台”去看五点半那一场的电影。他的情绪顿时振奋起来，以敏捷的动作剃须、梳头、更换衣服。更换衣服时，嘘嘘地用口哨吹奏《勇敢的中国人》。换好衣服，站在衣柜前端详镜子里的自己，觉得有必要买一件名厂的运动衫了。他爱丽嫦，丽嫦也爱他。只要找到工作，就可以到婚姻注册处去登记。他刚从美国回来，虽已拿到学位，找工作仍需依靠运气。运气好，很快就可以找到；运气不好，可能还要等一个时期。他已寄出七八封应征信，这几天应有回音。正因为这样，这几天他老是待在家里等那些机构的职员打电话来，非必要，不出街。不过，丽嫦打电话来约他去看电影，他是一定要去的。现在已是四点五十分，必须尽快赶去“利舞台”。迟到，丽嫦会生气。于是，大踏步走去拉开大门……

电话铃又响。

以为是什么机构的职员打来的，调转身，疾步走去接听。

听筒中传来一个女人的声音：

“请大伯听电话。”

“谁?”

“大伯。”

“没有这个人。”

“大伯母在不在?”

“你要打的电话号码是……”

“3——975……”

“你想打九龙?”

“是的。”

“打错了！这里是港岛!”

愤然将听筒掷在电话机上，大踏步走去拉开铁闸，走到外边，转过身来，关上大门，关上铁闸，搭电梯，下楼，走出大厦，怀着轻松的心情朝巴士站走去。走到距离巴士站不足五十码的地方，意外地见到一辆疾驶而来的巴士在不受控制的情况下冲向巴士站，撞倒一个老妇人和一个女童后，将她们轧成肉酱。

两个女孩

(中国香港)秀　实

从这里外望，是一幅斑驳的水泥地。那原是一座篮球场，现在却因长久的废置，两边的球架都毁塌了。 地面上也左一块、右一叠地堆着破碎的水泥块。

午寐后，王丰喜欢耽在这个小屋二楼的窗前，看着这幅破损不堪的水泥地，搜索作画的题材。 日影把东边建筑物的轮廓如剪纸的模样般，投印在地上。 他心里常这样想，这不活像一幅简单朴素的民间艺术画吗?

大约三时半，便会有二十来个三至五岁的小男孩，从附近的闾巷中跑来这里玩耍。 他们有的蹬着拖鞋，有的赤着脚，但都一样的灵活如猴。 最先是三五个聚在一起，踢踢石块，打打扭扭。 后来人数多了，便分作朋党，互相追追逐逐、蹦蹦跳跳。 大概是在玩他们的“兵贼游戏”吧。 纷杂的童声显得特别清脆嘹亮。

白日耀眼的村庄建筑物中，成年男女在新设的加工厂内忙着，老年人围坐在凉亭中聊天，或在树荫下的河堤边打瞌睡。 这幅水泥地，如一面旗子待升起。 王丰决定就以这面旗子作为图画的背景，他认为这是相当有意义的。 况且他一直认为，人物画中的“孩童画”才是有价值的。

小男孩玩得闹哄哄时，在水泥地上唯一的大树后，悄悄地站着两个小女孩。 女孩披着相同的刘海，扎起相同的辫子，有着相同的空洞的大眼睛。 其余的不同，王丰认为都不重要。 他甚至以为，女孩衣服的颜色可以随画意来改动，以配合画作的主题。

女孩不投入男孩堆内和他们一起玩耍。 王丰没有想过真正的原因是什么。 他心中早已认定，女孩是内向的，不如男孩的活泼好动。 女孩静止地站在老远的地方，看着男孩子玩耍，是理所当然的了。

王丰架起画框，描画起那堆男孩子来。 他捕捉当中几个孩子的动作和表情，勾勒出一个轮廓来。画的草图差不多打好的时候，天色开始暗淡起来了。那群孩子已散去，留下一幅空洞洞的水泥地。他搁下画笔，跑到外面吃饭去。

在留月阁饭馆里，他慢慢地品尝着他嗜吃的糖醋松子鱼，心中暗暗叫好不迭。邻桌传来的谈话声，却使他为之一怔。

“杏嫦前日不是生了个女的吗?”说话的是一个较年长的女人，“听她的爱人说，昨晚在大塘那边把小的溺死了。他们想生男的，只有这样了。”

“人人都想有龙种，”另一个女人应道，“女孩不值钱啦，那有什么办法?”

王丰几乎呛了口饭。他马上放下饭碗，一径儿跑回小屋，撕下他原先的画稿，铺上新的稿纸，凝神地、细意地、逐笔逐笔地描画起那两对空洞的大眼睛来。

夜店

（中国香港）钟子美

一夫一妻制已崩溃。男女之间以“明会”（不再叫“幽会”）来维护短暂的关系。生孩子的事已交给“传宗接代”连锁店负责。

“明会”的地点一律都在夜店。夜店也已无复20世纪的模样。全世界的夜店都集中在地球到月球之间二十三万公里的真空中。它们是一些五彩缤纷的软塑料体，半透明，大的直径一公里，小的只有数十公尺。这些椭圆的东西漂浮着，轻轻摇晃着，软性地碰撞着，极具罗曼蒂克的随意性，这夜店现象，新的语言管它叫

“夜店蒂克”。

这一夜，约翰又坐上他的私人飞船去“夜店蒂克”了。他的对手是甘札娜——一位无懈可击的美女。

第一巡法国干邑刚过，他们面前忽然站着两个高头大马的警察，其中一个木然地对甘札娜说：

“把左手伸出来！”

他抓住甘札娜的无名指，轻易就将指甲揭开；泛着暗红色荧光的零件历历在目。

“果然是假人！你的出厂证呢？没有？还是个非法的假人！那么跟我们走——”

“且慢！”约翰站起来，从腰带上取下一张黄金咭。

警察的木然顷刻间溶化了。他将黄金咭往自己的腰带磁头上一刷，便向约翰敬了个礼：

“全球委员会委员约翰先生！你的五次大赦权还剩两次，好，我们就赦了这位女士。”

警察走后，脸色苍白的甘札娜扑到约翰怀中，感激地哭泣起来：

“你不会因为我是假人而嫌弃我吗，约翰？”

约翰大笑起来，轻轻地揭开自己无名指上的指甲。

“你也是假人？假人怎么可以做全球委员会的委员？”

“委员就假不来吗？”约翰好不容易止住大笑，“悄悄告诉你吧，我的黄金咭也是假的。”

约翰伸手抹去甘札娜脸颊上乳白色的泪水：“你泪囊里的泪水准是假牌子货。用黛玉牌吧，那名牌子假不了。这世道，假的东西也太多，这法国干邑也不可靠……”

正说着，另一队警察蜂拥而来，他们不向约翰走来，却从经理室拖出全身抖瑟着的经理。

“这夜店的牌照是假的，妈的！”警察吼道。

约翰走向前，亮出他的黄金咭。

一场扰攘就这样轻易地过去了，经理给约翰行了无数个九十度的日本鞠躬，退回到经理室。

“约翰！你真有担当！我为我们拥有你这样的假人而骄傲。”甘札娜依偎在约翰的怀中，复又轻声地自言自语，“要是恢复一夫一妻制该多好……”

窗外，全银河系最壮丽的夜店群景色还在铺陈着它们永无休止的“明会”的故事——夜店蒂克的故事，其中真真假假莫辨。

昨夜星辰

（中国香港）陶　然

他该送她去的。可是，糟糕！早上一睁开眼睛便感到天旋地转，胸口发闷，好像随时会呕吐一样。他看了看手表，已经八点多钟，他听她说过，十点钟她就会赶到红磡火车总站，经深圳再转车回上海去。

上海？这个似乎毫不相干的城市，一下子竟然就变得那么亲切起来，而且仿佛不再遥远了。他当然去过上海，那是十年前的事吧？外滩、黄浦江、大世界……他都有点印象，但都是模模糊糊的，如今竟一下子记忆回涌，立体得好像就在眼前，甚至自己便置身其中。可是，此去关山重重，提着那么多件的行李，一个女的，要孤身一人去挤火车、过海关，想想都不可思议。昨晚在餐厅饯行，他就有些为她担忧："六大件，你怎么提呀？——有拖行李的小车也不行，过海关要检查，万一给你来个翻箱倒柜，你一个人怎么对付？"

但她只是微微一笑，很温婉却很自信地一笑："总会有办法的。"他熟悉她的这种笑容，他在这个国际学术会议上邂逅她，也只不过是两个半星期吧？但她的这种很有内涵的笑容，却很快便吸引了他。幽暗的餐厅里，桌面上的烛光闪烁，这到底是为了重温，还是为了惜别？他也有些搞不清楚了。他未必喜欢吃西餐，想来她也不会喜欢，但这里却胜在情调，坐在这里，心境自然会柔和起来。台上的男歌手一面弹着电子琴，一面用忧郁的歌声唱着保罗·安卡的"黛安娜"，让人的心一下悠远空蒙起来。她悠悠地叹了一口气："我曾经屈着手指数日子，老是盼望着会议赶快结束，离开香港回去……香港？香港当然很好、很美丽，要看什么电影都可以看到，要买什么东西也都买得到……可是，我总觉得，在这里并没有我的位置，我想找的位置是在上海，在我的家乡，虽然比起香港来，条件要艰苦得多，我还是急着要回去，因为那里有我的分量……"柔和的昏黄烛光在她那带着笑容的脸上摇曳，他却读出隐藏在她眼眶里的闪烁的泪光。只听她顿了一顿，忽地轻轻笑出声来，短暂而急促："可是后来，越接近离开的日子，我就越感到舍不得，真有点奇怪。"

"要是时间再长一点就好了……"他接着说。但心里不禁又想，再长一点又怎么样，不也一样终须一别？

终须一别，就像留恋得再晚餐厅也总是要打烊一样，就像骚动的梦终于迎来命定的别离一样。他已经说好了，送君千里，终须一别，他不要去送行，让那分手的场面太过戏剧化地出现，又何必呢？

但今早他有些改变主意，只是为了再见她一面，但他却已有心无力，他双腿酸软，早已自顾不暇。勉力提起电话打去，他听到她的声音依然带笑："我这就走了……"他听到室内几个人的谈笑声传来，她又说："他们来送我，你多多珍重……"

几句歌词滑进他的心田："……今天且有暂别，他朝也定能聚首，纵使不能会面，始终也是朋友……"嗯，是昨晚在餐厅所听的最后一首歌"友谊之光"呢。昨夜仰望夜空，星辰寥落；这寥落的几颗，此刻又遗落何方？

为你疯狂

（中国香港）桑　妮

司马娜忘不了那掌声！

她第一次登台，唱了第一首歌，台下反应冷淡，竟没有人为她鼓掌，弄得"再来一首"便没有了一个顺当的借口，司仪阿 M 不得不出来打圆场，面对着台下那一围一围的听众，口沫横飞地说：

"我们的司马娜小姐从×埠来，特地为我们香港的歌迷演唱她几首风靡了许多年轻人的最新爱情歌曲。她很喜欢香港……让我们用热烈的掌声，欢迎司马娜小姐为我们再唱一首她最拿手的《为你疯狂》！"

这，掌声才稀稀落落地响起来了。

第二首歌唱毕，听众的掌声开始为她鼓了！看来都是发自内心的。她大感兴奋。

第三首，掌声又热烈了些……

从夜总会出来，已是午夜十二时过后。司马娜的男友截了辆的士送她回家。

在车上，男友不客气地说：“娜，你今晚唱得真糟。”

“怎么?”司马娜说，“你是说我第一首歌吧? 我明白，唱得不好。可香港的听众，也太没礼貌了，一点反应也没有，你叫我能唱得起劲吗?”

“你唱得不好，怎能怪人家?”

“第二首、第三首歌唱得比第一首好。你明白其中奥秘吗?”司马娜说。男友摇摇头。

“我十分情绪化，客观反应对我很重要，我很需要掌声，那是一种刺激。”

司马娜初次登台，听到掌声，兴奋了一夜不得入眠。半夜她从床上爬起来，站在大镜面前唱了一首歌。她想象着镜子那边就是台下，几百名夜总会客人在那边听着。然后，她幻想如雷掌声哗哗响起来，她闭上眼睛陶醉着、兴奋着，灵魂好似飞上云端。

然而乐评界对司马娜的歌艺不但不敢恭维，且兼有极尖锐的批评。司马娜不读报，什么都不知道。

又上了几次台，司马娜终于病了，医生诊断结果，是太兴奋导致，而司马娜明白是掌声引起的。在台上，热烈的掌声一起，她的心脏就跳得十分剧烈；掌声越疯狂，她更不能自制，感情放浪，竟终于嘶哑变音了。

最疯狂的是最近一晚，司马娜刚登台，口都还未张开，掌声忽然如雷暴一样爆发，还渗进了口哨和狂喊。司马娜兴奋过度，晕死过去。男友赶忙跳上台去，脱下西装，覆盖在她那薄如蝉翼、不着胸围的透视装上面……

钻石婚

（中国澳门）许均铨

我在整理出席社团茶会的老人名单，发现有部分领了茶餐券的老人没有出席，其中有罗仁杰夫妇。

记得去年他很辛苦地攀上一楼，当时他说前几年中风，后来经治疗竟奇迹般地能走路，他去年来参加每年一次的敬老茶会，他太太没有来，因为只能坐在轮椅上，行动不便。今年却是两人都没出席。

我带着两份礼物按照罗仁杰的地址送去，他住在三楼，我想起他上一楼都辛苦，每天上三层楼，真难为他。

门开了，我被眼前的红色双喜字弄得一头雾水，罗仁杰招呼我坐下，然后告诉我，今天是他们夫妇结婚六十周年纪念日。我见到两个老人穿上新衣，家里除了两位老人外，还有一个菲律宾女佣，他们的生活由她照顾。

“你是我们唯一的客人。”罗仁杰显然很高兴，因为意外地可以与人分享他的喜悦。

“这是敬老茶会送的礼物，如果我知道今天是你俩钻石婚纪念日，我一定备一份礼物，容我后补。”我是真心地说。这世上有多少钻石婚纪念？又有多少无关的人能这么巧遇上？

“我比她大十岁，今年八十八，当初结婚时就想，以后老了老婆可以照顾我，没想到，却是我照顾了她十年。”罗仁杰苦笑地摇着头说。

“多难得！”我见到女佣在喂罗老太太吃甜品，“你们的孩子呢？有几个？”“有三男三女，全成了家，有十多个孙儿，有时也会过来，他们很忙……”罗老太太说到儿女、孙儿便有一点兴奋的表情。

没有音乐，没有笑声，一个静静的钻石婚纪念日让我无意之中遇到，暮年是否一定要冷清？我知道罗仁杰有退休金，他缺少的是那份儿孙满堂的热闹。

叶人

（中国澳门）陶 里

一个晚上，我走过森林。树叶纷纷落在我的头上、身上和手脚上，叶柄插入肌肤，拂不去，拔不掉，我变成一棵可以走动的树。

天亮时，我走到大路上，回到家里，没人发现我。

我没结过婚，家里没子女和用人。家是一间古老大屋，是一个吃素的朋友的物业。他信奉道教，不娶妻，最近去了埃及，有十足的信心以阴阳五行之法催生一具木乃伊作为终身伴侣，古老大屋交由我看管。

我变成一棵可以走动的树，不但没有不安，而且感觉到是一种幸福。当我走入内室时，听到朋友来自埃及的声音：

“你身上的叶子，是罪恶的象征，必须拔掉；否则，你将终身受罪！”这声音，确是叫人战栗的。

我眼前的大床本来空无一物，这时蓦地站起一个木乃伊，走下床来。

“好家伙，弄个木乃伊到家里来了！”我暗自揶揄朋友。

木乃伊的缠身白布迅速落下。一个赤裸的、丰满的、粉红的女人站在我面前。 我以为她要动手拔除我身上的叶子，我做着自卫的准备。 这时，无论如何，我宁可做一棵树，不做人。

“靠近她吧！她将使你过着人的生活！”一个雄浑的声音说。

信奉道教的朋友说，当人听到那么一句话的时候，他就得道了。 我想，我一向除了自己之外，不相信任何人，怎会得道？

粉红色的女人取来一个埃及壶子，拦腰劈去一半，叫我看里面的水。 水里，有个美丽的翡翠城。 她说：“这是你随时可以占有的城市。”

我摇头，表示不愿意占有任何东西。

她一把拉住我跳进水里，呼吸毫无困难，而且感觉到前所未有的舒服。 一个全身漆黑而赤裸的女人游过来，一下子把我身上的叶子拔光，使我像她们似的赤裸。

两个女人贴身伴我在翡翠城中穿插游泳，我第一次感觉到接触女体的快感。 但我又很快地感觉到好比接触蛇体似的油滑冰冷。

我连忙浮出水面，走出半截埃及壶子。

粉红色的女人站在我面前，叫我看看壶里刚才的翡翠城。 它倒塌了，变成了一个废墟。 那个黑皮肤的女人，跪在一堆尸骨前哭泣。

“美丽的城市，可以霎时变成废墟；人呢，不外是一堆骨头！”女人说。 她迫近过来，目光像蛇眼似的闪烁。

我已无退路，只想找一片叶子，遮蔽我要遮蔽的地方，但是森林离我很远很远。

我倒在床上，耳畔听到野兽的吼叫声。 无论如何，叶子都不再从我的身上复生。